*Zum Buch:*

Die angesagte Anwältin Rebecca Madison fürchtet das Thanksgiving-Fest ihrer Familie. Wenn es um ihre Karriere geht, ist sie die Beste der Besten, aber wenn es um ihr Liebesleben geht… hat sie das Schlupfloch zum Glück noch nicht gefunden. Als sie einen One-Night-Stand mit einem umwerfenden Fremden hat, beschließt Becca, das zu tun, was sie am besten kann: einen Deal mit Mr. One Night einzugehen, damit er für die Feiertage ihr Mr. Right wird. Mit einem eisernen Vertrag, der die Bedingungen ihrer Scheinbeziehung festlegt, hat Becca alles abgesichert: kein Küssen, kein Sex (so atemberaubend er auch sein mag) und absolut keine emotionale Bindung!
Aber jeden wachen Moment mit einem Mann zu verbringen, der sie Dinge fühlen lässt, die sie noch nie zuvor gefühlt hat, macht es Becca nicht leicht, sich an ihre eigenen Regeln zu halten.

*Zur Autorin:*

Cassie Connor liebt minimalistische Garderobe, leichtes Gepäck und genießt Wochenendausflüge nach Nizza. Sie nimmt überallhin ihr eigenes Champagnerglas mit. Sie hat Geschichte studiert und *Krieg und Frieden* nie zu Ende gelesen. Was Datings angeht, lautet ihr Motto: Kann mich nicht dazu aufraffen. Sie beschränkt sich ganz aufs Schreiben und darauf, ihre eigenen Männer zu erfinden, denn die Helden ihrer Geschichten sind besser. Hudson in ihrem Erstlingsroman *Love Under Contract* ist der perfekte Beweis.

Cassie Connor

# Das *unausweichliche* Gesetz der Liebe

Roman

Aus dem Englischen übersetzt von
Christian Trautmann

HarperCollins

Die Originalausgabe erschien 2022 unter dem Titel
*Love under Contract* bei One More Chapter
an imprint of HarperCollins *Publishers*, UK London.

1. Auflage 2023

Deutsche Erstausgabe

Published by arrangement with
HarperCollins *Publishers* Ltd., London
Umschlaggestaltung von Zero Media, München
Nach einem Entwurf von Lucy Bennett © HarperCollinsPublishers Ltd 2022
Umschlagabbildung von © Maja Tomljanovic
Gesetzt aus der Stempel Garamond
von GGP Media GmbH, Pößneck
Druck und Bindung von CPI books GmbH, Leck
Printed in Germany
ISBN 978-3-365-00490-6
www.harpercollins.de

Klimaneutral
Druckprodukt
ClimatePartner.com/15109-2009-1001

MIX
Papier
FSC FSC® C083411

*Dieses Buch ist der unglaublichen*
*Charlotte Ledger gewidmet;*
*ihre Leidenschaft und Begeisterung für ihre Autorinnen*
*ist unübertroffen*

# 1. Kapitel

»Verdammt noch mal!« Das rutscht mir einfach heraus, während ich mein Handy auf den Bartresen knalle. Ernsthaft? Ich kann es nicht fassen.

Wie durch einen kosmischen Zufall kommen exakt die gleichen Worte zur gleichen Zeit aus dem Mund des Mannes neben mir. »Verdammt noch mal!« Es handelt sich um den Typen, dessen Blick ich meide, obwohl unsere Hocker an der überfüllten Hotelbar praktisch aneinanderkleben.

Wir schauen uns verdutzt an.

»Hat Ihr Date Sie versetzt?«

Ich will ihn finster ansehen, weil er mir ein so kleines Problem unterstellt, aber leider hat er ein mitfühlendes Lächeln im Gesicht.

»Nein«, antworte ich seufzend. »Meine Schwester hat mir gerade geschrieben, dass sie verlobt ist.«

Er blickt skeptisch drein. »Und das ist nicht gut?«

»Nicht, wenn sie mit meinem Ex verlobt ist.«

»Autsch, das ist ziemlich übel …« Er hält kurz inne. »Das kann ich locker toppen.« Um seine faszinierenden Lippen spielt ein Lächeln. Ich brauche eine Sekunde, bis ich mich davon losreißen und den Blick auf das Handy richten kann, das er in der einen Hand hält.

»Wir spielen ›Wen hat es schlimmer getroffen?‹?«, frage ich.

»Jap.«

»Ich bezweifle doch sehr …« Ich mustere ihn von oben herab, denn Männern wie ihm muss man Kontra geben. »Aber nur zu.«

»Meine Geschäftspartnerin hat gerade den Stecker gezogen.«

Mein Blick gleitet über seine verwaschenen Jeans, die seine muskulösen Oberschenkel umspannt, und über sein weiches Henley-Shirt, das seine breite Brust betont. Die Knopfleiste ist offen, sodass dunkle Brusthaare herauslugen. In welcher Branche könnte er tätig sein? Er strahlt enorme Männlichkeit aus und hat diese flirtenden Ich-weiß-dass-ich-heiß-bin-also-los-Augen. Sie sind hellblau und funkeln unwiderstehlich.

Und er ist absolut nicht mein Typ. Noch während ich mir das sage, frage ich mich insgeheim, wie er wohl nackt aussieht, denn man müsste schon blind sein, um nicht zu bemerken, dass er Muskeln an all den richtigen Stellen hat und sie zu benutzen weiß. Ich reiße mich am Riemen und kneife die Augen zusammen. Solche Gedanken habe ich nicht.

Er grinst mich an, als wüsste er genau, was ich denke.

Ich schlucke. Bin ich so leicht zu durchschauen? Mein Männertyp trägt maßgeschneiderte Anzüge, ist rasiert, hat kurze Haare, besitzt gebügelte weiße Hemden, geschmackvolle Krawatten und bescheidene Manschettenknöpfe. Traue keinem Mann mit ausgefallenen Manschettenknöpfen. Die betrachte ich als Barometer für Arschlochhaftigkeit, wie Andrew bestens bewiesen hat.

In welcher Branche könnte er nur arbeiten? So wie er aussieht, würde ihn niemand für einen Geschäftsmann halten. Nicht mit diesen vollen, zu langen Haaren, die ihm bis auf die Schultern fallen, dem Fünftagebart und den großen starken Händen, die seltsam anmutig sind, aber auch nach harter Arbeit aussehen.

»Das ist arg«, sage ich, wobei ich versuche, ganz sachlich zu klingen und das lächerliche Kribbeln im Bauch zu ignorieren. Wenn das Schmetterlinge sind, können die gern verschwinden, denn so bin ich nicht. Ich hebe das Kinn. »In Ihrem Vertrag gibt es doch sicher Ausstiegs- und Kündigungsklauseln. Und eine Kündigungsfrist.«

Er hebt eine Braue, und prompt erscheint ein Grübchen, als er lächelt. Ah, nein, es ist auch noch süß.

»Sie müssen mit Ihrem Anwalt sprechen«, füge ich rasch und formell hinzu. Ich habe nichts übrig für schnuckelige junge Männer oder schnuckelige ältere Kerle.

Das Grübchen wird tiefer, als hätte ich etwas wirklich Amüsantes gesagt.

»Immerhin handelt es sich um einen Vertrag zwischen Geschäftsleuten.«

Er macht ein Gesicht, als wollte er sagen, dass er jetzt ohnehin nichts mehr tun könne.

»Sie meinen per Handschlag besiegelt?«

Er nickt und zuckt mit den Schultern. »So was in der Art. Wir hatten uns darauf geeinigt, uns gegenseitig zu helfen, und sie bot an, alles zu finanzieren.«

Wann werden die Leute es jemals lernen? Die wollen Anwaltsgebühren sparen, aber wenn es in die Hose geht, wird es viel teurer. Ein guter Vertrag ist wasserdicht, bombensicher, hieb- und stichfest und welches Klischee man sonst noch bemühen möchte. Ich muss es wissen; als Senior-Partnerin einer der größten Anwaltskanzleien in London setze ich Verträge auf und prüfe sie. Ich habe den Ruf, die Beste zu sein, und ich bin nicht zu bescheiden, das zuzugeben. Vor Kurzem habe ich im Vertrag eines Klienten ein Schlupfloch entdeckt und ihn vor dem Verlust von siebzig Millionen Pfund bewahrt. Ich bin teuer, aber jeden Penny wert.

»Das heißt, sie hat den Geldhahn zugedreht.«

»Ja, so ungefähr. Ich dachte, wir wären Freunde. Sie sah das anders.«

Ein Flackern in den Augen verrät ihn, und wie ein Hai, der Blut gerochen hat, stürze ich mich darauf. »Ah, Sie haben also mit ihr geschlafen?«

Er sieht mich einen Moment lang an, dann zuckt er mit den Schultern. »Ein- oder zweimal. Es war nichts Ernstes. Und in jüngster Zeit nicht mehr.«

»Sie wollte aber?«, hake ich nach, denn ich weiß, wie das läuft. Nicht umsonst heißt es, man solle Berufliches nicht mit Privatem vermischen. Dabei kommt nie etwas Gutes heraus. Die beiden hätten einen Vertrag aufsetzen sollen, bevor sie auch nur in die Nähe eines Schlafzimmers kommen.

»Sie wusste, dass es nichts Ernstes war. Da war ich ganz ehrlich. Letztes Jahr habe ich mich voll und ganz darauf konzentriert, mein Unternehmen aufzubauen. In dieser Anlaufphase hat die Arbeit einfach Vorrang.« Er schiebt das Kinn auf leicht störrische Weise vor, um seine Worte zu unterstreichen, und das fasziniert mich. Er scheint *seinem* Unternehmen leidenschaftlich verbunden zu sein.

Statt ihn auf den Sie-wusste-dass-es-nichts-Ernstes-ist-Bullshit anzusprechen – denn ich bin solchen Typen oft genug begegnet –, frage ich: »Was genau machen Sie nun eigentlich?«

Er richtet den Oberkörper auf, und in seinen blauen Augen flackert Inbrunst auf. Offenbar sitze ich zu nah bei ihm, denn ich spüre einen seltsamen Adrenalinrausch – das muss an der energiegeladenen Ausstrahlung liegen. »Ich entwerfe und baue Möbel.«

Damit habe ich nicht gerechnet. Ich weiß nicht, was ich erwartet habe, aber jetzt sehe ich es, die breite Brust, die muskulösen Arme unter dem weißen Shirt. Er ist also Tischler. »Sind Sie gut? Könnte ich von Ihnen gehört haben?« Ich trinke einen Schluck von meinem Wein.

»Noch nicht, aber das werden Sie. Mein Name ist Hudson Strong.«

Ich schnaube, allerdings nicht schweinchensüß, sondern mir läuft der Wein aus der Nase. Was für ein Name ist das denn?

»Den haben Sie sich ausgedacht«, werfe ich ihm hustend vor.

Er grinst. »Beschweren Sie sich bei meinen Eltern. Meine Mum und meine Grandma sind große Doris-Day- und Rock-Hudson-Fans. Meine älteste Schwester heißt Doris.«

»Im Ernst?«

Er zuckt erneut mit den Schultern, was seine Haare leicht in Bewegung bringt. Das sollte nicht attraktiv sein, aber sein Haar sieht so weich und seidig aus.

»Haben Sie denn auch einen Namen, Miss Vertragsanwältin?« Einer seiner Mundwinkel hebt sich zu einem etwas arroganten Grinsen.

»Gut geraten.«

»War nicht schwer, man sieht es Ihnen an.« Er mustert mein schwarzes Kostüm. Vernünftig ist es nicht, aber smart. Hugo Boss für Frauen. Ich bin die bestgekleidete Frau in meiner Kanzlei, und das ist wichtig in diesem Haifischbecken. Meine schwarzen Louboutins bringen meine Waden vorteilhaft zur Geltung, während meine blonden Haare zu einem klassischen Knoten zusammengebunden sind. Diese Frisur hebt meine Strähnchen hervor.

»Außerdem«, fährt er fort, »haben Sie Begriffe wie ›Ausstiegsklausel‹ und ›Kündigungsfrist‹ verwendet, und es klang sehr routiniert.«

»Rebecca Madison. Ich arbeite für Carter-Wright.«

Er stößt einen Pfiff aus. »Die Big Boys. Sorry«, setzt er rasch hinzu. »Die Big Girls.« Das bringt ihm einen Pluspunkt ein. Allerdings nur diesen einen, wegen seiner Miene, während er mein Kostüm mustert.

»Stimmt was nicht?«

»Ich glaube nicht. Das ist Ihre Uniform.«

»Was ist damit?«

»Sie sehen ein bisschen zugeknöpft aus.«

»Nun, das bin ich nicht«, sage ich auf sehr zugeknöpfte Weise. Dieser Typ hat etwas an sich, was mich auf die Palme bringt.

»Zurück zu Ihrer Schwester.« Er deutet auf mein Handy. »Was hat es mit dem Ex auf sich?«

Auch wenn sich alles in mir dagegen sträubt, davon zu erzählen, zögere ich, denn seine Stimme hat diesen sanften Unterton eines guten Zuhörers. Ach, was soll's, er ist ein Fremder. Warum es ihm nicht anvertrauen? Allerdings brauche ich vorher einen weiteren Drink. Ich winke den Barkeeper herbei.

»Double Hendrick's mit Tonic.« Den bestelle ich, weil Gin bei mir immer gut Wirkung zeigt, und ein wenig Betäubung käme mir gerade recht. Ich wende mich wieder Hudson zu. »Und Sie?«

»Ein Glas Merlot, danke.«

Nimmt er das so gelassen hin, weil er es gewohnt ist, dass Frauen ihm Drinks spendieren, oder stört es ihn tatsächlich nicht? Die meisten Männer, die ich kenne, bestehen ganz altmodisch darauf, die Drinks zu zahlen. Nicht wirklich gerecht, wenn man bedenkt, dass ich mindestens so viel verdiene wie sie, wenn nicht gar mehr. Manche scheinen das sogar als Freifahrtschein für Sex zu sehen. Ist es natürlich nicht.

»Ihre Schwester hat Ihnen also eine Nachricht geschrieben?« Er klingt ungläubig.

»Ja, wir stehen uns nicht sonderlich nah.« Was sehr untertrieben ist.

»Da können Sie sich glücklich schätzen. Ich habe drei Schwestern. Wenn sie mir doch bloß Textnachrichten schreiben würden.« Er schüttelt sich dramatisch, was mich zum Lächeln bringt, obwohl ich dazu eigentlich nicht in der Stimmung bin. »Doris, meine älteste Schwester, mir auf Instagram folgen zu lassen, war der größte Fehler meines Lebens. Sie tippt fleißig Kommentare und telefoniert … viel.« Trotz seiner Worte wirft er einen liebevollen Blick auf sein Smartphone.

Ich frage mich, wie das sein muss. Ich selbst habe keine Ahnung, was im Leben meiner Schwester vor sich geht. Ihr Instagram-Account ist wahrscheinlich voll mit Posts ihrer Designer-Handtaschen-Sammlung, ihrem neuesten Sportwagen (sie tauscht sie alle sechs Monate aus) und jeder Menge schmollmündiger Liebe-euch-Leute-Posts.

»Also«, lässt er nicht locker. »Ihr Verflossener, wie ist er so?«

»Sehr verflossen und ein komplettes Arschloch. Da ist nicht der Hauch eines Gefühls für ihn übrig. Das Ganze ist auch schon sehr lange her – vor drei Jahren hat er mit mir Schluss gemacht.« Dass er direkt nach der Trennung Interesse an Laura bekundet hat, behalte ich besser für mich.

»Aber so ganz sind Sie noch nicht über ihn hinweg?«

»O Gott, natürlich bin ich das«, sage ich verächtlich, denn Andrew gehört diesem Idioten-Club der ausgefallene Manschettenknöpfe tragenden Typen an. »Ich bin nur sauer, weil mir nahegelegt wurde, mich an Thanksgiving nächsten Monat gefälligst zu benehmen, wenn die beiden ihre Verlobung feiern.« Jetzt schüttele ich mich, und es ist nicht gespielt.

»Thanksgiving?«

Mehr fällt ihm dazu nicht ein?

»Mein Stiefvater ist Amerikaner, meine Mutter Engländerin. Sie verbringen viel Zeit in New York.«

»Sie fliegen also an Thanksgiving nach New York. Das ist cool.«

»Die werden jede meiner Reaktionen genaustens unter die Lupe nehmen, dabei ist es mir völlig schnuppe. Die haben einander verdient, aber es wird trotzdem ein Albtraum, egal was ich sage oder tue. Sie werden glauben, ich sei eifersüchtig, weil ich angeblich mit meiner Schwester im Wettstreit stehe. Warum glauben die Leute das immer?«

Er verzieht das Gesicht. »Echt blöd.«

Ich seufze. »Ist eben so.« Ich trinke meinen Gin aus und winke den Barkeeper herbei, um den nächsten Doppelten zu bestellen. »Wollen Sie auch noch was?«, frage ich.

»Die Runde geht aber auf mich. Das kann ich mir gerade noch leisten.«

»Ist schon in Ordnung. Meine Drinks gehen aufs Spesenkonto.« Ich habe in den letzten zwei Tagen an einer Konferenz teilgenommen, und dann hat die Personalabteilung dieses Meeting anberaumt, daher einigten wir uns darauf, dass ich das Hotelzimmer für eine weitere Nacht behalte, obwohl ich in Chelsea wohne.

Er lacht. »Natürlich, was sonst? Wenn die Firma zahlt, lasse ich mich gern einladen. Bei mir ist das Geld in nächster Zeit ohnehin knapp.«

»Was werden Sie machen?«

»Ach, ist alles nicht so schlimm. Im Januar habe ich eine große Ausstellung. Ich muss nur ein paar Stücke verkaufen, um das Geschäft wieder in Gang zu bringen.«

»Das klingt nicht schlecht.«

»Ist es auch nicht, eher das, was sie gesagt hat.« Er grinst. »Ich sei ein Taugenichts mit einer Beziehungsphobie, der sie reingelegt und ausgenutzt hat.«

»Und? Haben Sie?«

Er zuckt mit den Schultern. »Ich habe nie irgendwelche Versprechungen gemacht.«

Ich kenne diesen Typ Mann. Ihm steht ›beziehungsunfähig‹ auf die Stirn geschrieben. Einige Frauen glauben jedoch immer, sie könnten einen solchen Mann ändern. Arme Dummchen.

»Im Grunde haben Sie es aber doch getan. Sie haben ihr etwas vorgemacht und sie ausgenutzt.«

Er mustert mich abschätzig, und nun bin ich es, die die Schultern zuckt.

In dem folgenden verlegenen Schweigen trinken wir beide von unseren Drinks, als wäre uns gerade wieder eingefallen, dass wir uns ja überhaupt nicht kennen und die Unterhaltung deshalb beendet ist.

Glücklicherweise summt mein Handy, und ich schnappe es mir.

»Jetzt bin ich versetzt worden«, sage ich, als Hudson Strong mich ansieht. »Der Kerl, mit dem ich verabredet war, hat gerade abgesagt.« Was echt ärgerlich ist, denn ich hätte heute

Abend nach Hause gekonnt, statt das Hotelzimmer eine weitere Nacht zu behalten.

Der einzige Grund, warum ich an einem Freitagabend auf diesem Viehmarkt bin, ist meine Freundin aus der Personalabteilung, die mich gebeten hat (nein, sie bestand darauf, und ich schulde ihr etwas – ich scheine Mitzie immer etwas zu schulden), mit einem Ex-Kollegen über die Unternehmensstrategie zur Förderung des Wohlbefindens zu sprechen. Und man weiß eben nie, wann ein Kontakt einem mal nützlich sein kann. Dabei bin ich ganz sicher die Falsche, um über Wohlbefinden zu reden. Wenn ich höre, jede Firma brauche eine tägliche Yoga-Session von acht bis neun, verdrehe ich die Augen. Wie viel Arbeit man erledigt bekommt, bevor das Telefon ab neun Uhr heißläuft! Ganz zu schweigen davon, wie lange es dauert, bis alle wieder an ihren Schreibtischen sitzen. Und dann sind alle dermaßen entspannt, dass sie aus ihren Sesseln rutschen, und zwar nachdem sie bei dem hübschen Barista Tony waren. Den gibt es erst seit Kurzem am Empfang, mit seiner eleganten Gaggia-Kaffeemaschine für Mocha Latte, Hafermilch-Cappuccinos und doppelte Espressos. Anscheinend ist kostenloser Qualitätskaffee unabdingbar für die geistige Gesundheit. Ich gebe zu, er hält mich wach, tut jedoch meinen Schlafgewohnheiten nicht besonders gut.

»Was für ein Armleuchter.«

Ich schaue mich in der überfüllten Bar um. »Sind Sie mit jemandem verabredet?«

»Ja, mit meiner Ex-Geschäftspartnerin. Solche Bars sind eigentlich nicht mein Ding.« Er zieht ein Gesicht. »Lauter Bürospießer«

»Wie ich?«

Er sieht mich an, dann erscheint ein Lächeln, und er raunt mir zu: »Ja, aber ich wette, Sie sind nicht immer und überall so zugeknöpft.«

Er betrachtet meine Bluse. Die Knopfleiste.

Ich verspüre ein elektrisierendes Kribbeln. Er sieht mir in die Augen, die eine Braue ganz leicht gehoben. Er hat mich gerade herausgefordert.

Niemand hat mich je aufgeknöpft. Nicht richtig. Ich bin mir nicht einmal sicher, ob das überhaupt möglich ist.

Ich schlucke und hebe das Kinn, kann den Blick nicht abwenden. Es knistert zwischen uns, und wie. Plötzlich wird mir klar: Ich will, dass dieser Mann mir die Bluse aufknöpft. Dieser Fremde. Ich will herausfinden, ob ich mich bei ihm fallen lassen kann.

Nachdem ich meinen Gin ausgetrunken habe, flüstere ich, den Blick auf seine sinnliche Unterlippe gerichtet: »Dann probieren Sie es doch aus.«

## 2. Kapitel

Ich habe ihn kalt erwischt. Seine Pupillen weiten sich. Ich habe die Herausforderung angenommen, und mich durchströmt ein Gefühl der Macht. Er sieht mich bestimmt eine volle Minute nur an. Keiner von uns sagt ein Wort, und mein Herz pocht vor Aufregung angesichts meiner Worte von eben. Jeden Moment wird er aufstehen und gehen. Natürlich wird er das. Aber dann betrachtet er meine Lippen, und auf seinen erscheint ein amüsiertes Lächeln.

Er lehnt sich herüber, ohne den Blickkontakt zu unterbrechen, und mir stockt der Atem. Ich kann mich nicht bewegen. Zuerst sind seine Lippen weich und streifen meine nur. Man kann es kaum einen Kuss nennen, und halb rechne ich damit, dass er sich wieder von mir löst, mit einem spöttischen Grinsen, weil ich so leicht zu haben bin. Doch dann berührt er meine Wange so zärtlich, was einen Kontrast darstellt zu dem jetzt sinnlichen Kuss, der immer leidenschaftlicher wird. Flammen lodern. Es ist wie ein Erdbeben zwischen uns, und ich erwidere den Kuss mit der gleichen Leidenschaft, während er die Finger in meine Haare schiebt und meinen Hinterkopf hart umfasst, als wollte er nie wieder loslassen.

Die Geräusche der Bar, das Stimmengewirr und das Lachen treten weit in den Hintergrund, bis es nur noch ihn und mich gibt. Ich erwidere den Kuss, weil ich es will. Er ist süß, flirtend und absolut nicht mein Typ. Es ist schon eine Weile her, seit ich etwas so Unbesonnenes getan habe. Was rede ich?

Ich habe noch nie etwas Unbesonnenes getan, und plötzlich will ich es. Scheiß drauf, die vernünftige, brave Schwester zu sein. Ich will auch mal ein Abenteuer erleben und ausbrechen – besonders an dem Tag, an dem ich erfahren habe, dass meine Schwester den Typen heiratet, der mir das Herz gebrochen hat.

Ich bin von meinem Hocker gerutscht und nun zwischen Hudsons Schenkel gepresst, die ich gepackt halte, während er mit beiden Händen meinen Po massiert. Seine Zunge gleitet über meine Lippen, und ich öffne den Mund für ihn. Der erste Kontakt seiner Zunge mit meiner sendet ein Feuerwerk abwärts und weckt prickelnde Lust, die ich seit meiner Teenagerzeit nicht mehr verspürt habe. Ich bin heiß, und statt zurückzuweichen, wie mein Verstand es mir rät – er kreischt geradezu –, mache ich weiter. Jede Vernunft ist ausgeschaltet. Ich drücke mich an ihn, während er mein leises Stöhnen verschluckt.

»Wir müssen von hier verschwinden«, murmelt er an meinem Mund.

Benommen sehe ich ihn an. Ich bin nicht betrunken, aber auch nicht nüchtern. Nur ein bisschen mehr als beschwipst, und das gefällt mir, denn dadurch verliere ich meine Hemmungen.

Ich nicke, nehme seine Hand und führe ihn aus der Bar in die Lobby. Ohne etwas zu sagen oder mich zu ihm umzudrehen, ziehe ich ihn praktisch hinter mir her zum Lift. Er scheint sich allerdings auch nicht beklagen zu wollen.

Noch ehe die Fahrstuhltüren sich schließen, küssen wir uns schon wieder. Inzwischen hat er mir die Bluse aus dem Rock gezerrt, und nun schiebt er seine Hände hinauf zu meinen Brüsten. Ich stöhne in lustvoller Erwartung. Es ist eine Weile her, das ist alles. Angestaute Begierde.

Er weicht ein wenig zurück, aber ich küsse ihn erneut. Ich will nicht, dass er aufhört oder seine Meinung ändert. Ich glaube, ich bin momentan ein bisschen verrückt. Die Nachricht meiner Schwester hat das Fass zum Überlaufen gebracht. Ich habe genug davon, immer das Richtige zu tun. Zumindest für diese Nacht. Morgen werde ich wieder auf dem Pfad der Tugend wandeln und welches Klischee mein langweiliges Leben sonst noch am besten beschreibt. Heute Nacht werde ich aufregend sein. Das scheint dieser Mann jedenfalls zu glauben.

Wir erreichen den dritten Stock, und die Türen öffnen sich. Keiner von uns beiden macht Anstalten, sich in Bewegung zu setzen, weshalb sie sich wieder schließen. Hastig drücke ich auf den Türknopf.

Wir stolpern aus dem Lift und stoßen dabei eine Vase von einem Konsolentisch. Entsetzt und amüsiert zugleich starren wir uns an, aber das beendet den Zauber nicht. Er drängt mich gegen die Wand, um mich erneut zu küssen. Ich kann seine Erektion hart unter dem Jeansstoff spüren. Er streichelt auf sehr sinnliche Weise meine Haut. Mein Hirn schaltet sich aus, sodass ich nur noch seinen Mund spüre, seine aufregenden Lippen, mit denen er an meinen saugt, dann an meinem Hals. Ein unerträgliches Sehnen erwacht zwischen meinen Schenkeln, ich bin kribbelig und aufgewühlt, fast als müsste ich aus meiner Haut. Ich bin getrieben von Begierde, will seine Hände auf mir spüren, überall. Ich will, dass er seine Kleidung loswird. Unter der weichen Baumwolle seines T-Shirts kann ich seinen Bizeps fühlen.

»Verdammt, ich will dich«, murmelt er an meinen Lippen, und statt geschockt zu sein, wie ich es üblicherweise wäre, erregen mich seine Worte. Er will *mich*. Ich begehre ihn ebenso sehr wie er mich. Wir lösen uns schwer atmend voneinander.

»Verdammt«, sagt er wieder, diesmal mit einem Lächeln, und streicht mir mit einer rührend zärtlichen Geste die Haare aus dem Gesicht. Ich sehe ihn an. Bin ich verrückt? Aber die Begierde hat mich noch nie so überwältigt. Etwas wie das hier habe ich noch nie gemacht, ganz zu schweigen von dem, was als Nächstes passieren wird. Denn es wird geschehen, andernfalls sterbe ich vor Frustration.

Ich krame nach der Zimmerkarte in meiner Handtasche, die glücklicherweise zum Umhängen ist, sonst hätte ich sie längst irgendwo liegen gelassen oder verloren. »Zimmer 306«, sage ich, als ich die Karte gefunden habe, und senke den Blick, da mich plötzlich Verlegenheit überkommt. Ich will es so sehr, aber was tun wir hier eigentlich? Ich kenne ihn nicht einmal. Vernunft und Verlangen kämpfen in mir miteinander, doch das Verlangen siegt mit Abstand.

Zum Glück ist weit und breit niemand zu sehen, denn es ist ziemlich offensichtlich, was wir vorhaben. In einem Cartoon würde ein Neonschild über unseren Köpfen aufpoppen, das mit Leuchtschrift darauf hinweist, dass irgendwer hier irgendwen abschleppt. Vor Zimmer 306 bleiben wir stehen, doch als ich die Karte in das elektronische Schloss stecken will, legt er seine Hand auf meine. O nein, er hat seine Meinung geändert. Natürlich, was sonst?

»Bist du dir sicher?«, fragt er, und ich sehe ihn überrascht an.

Die Frage steht zwischen uns, und für einen Moment bringe ich kein Wort heraus, da mir bewusst wird, dass er es ernst meint.

»Wir haben viel getrunken.«

Ich runzle die Stirn. »So viel nun auch wieder nicht.« Stimmt, der Drink hat mir die Hemmungen genommen, aber es ist mehr als das. Meine Libido hat das Kommando übernommen. Ich will seinen Körper, seine Haut unter meinen Händen spüren und das Gewicht seines muskulösen Körpers an meinem.

Ich streiche über die nackte Haut im V-Ausschnitt seines Henley-Shirts und lasse die Hand an seiner Brust hinabgleiten; streife mit dem Daumen seine Rippen. Der menschliche Körper ist wunderbar, lebendig, atmend, all diese Zellen und das zirkulierende Blut. Ich atme scharf ein. Durch den Stoff spüre ich die Hitze seiner Haut.

Ich suche seinen Blick. Seine Züge verraten Anspannung, als erwartete er mit jeder Faser seines Körpers meine Antwort.

»Ja, ich bin mir sicher«, flüstere ich und lasse die Tür aufklicken.

Im nächsten Moment sind wir in meinem Zimmer, und ich lehne mit dem Rücken an der Tür, während er mich erneut stürmisch küsst. Jetzt, da wir sicher und ungestört sind, können wir es langsamer angehen, denn die Sache ist besiegelt, und es besteht keine Eile mehr. Wir wechseln zu einem gemächlicheren Tempo, und ich frage mich, ob ich wohl dahinschmelzen werde angesichts seiner langsamen, sinnlichen Küsse. Sein Mund ist zielstrebig, als wollte er jeden einzelnen Zentimeter meines Körpers gründlich erkunden. Ich habe ihm meine Hände in den Nacken gelegt und lasse die Finger durch sein seidiges Haar gleiten, während meine Brüste gegen seine harte Brust gepresst werden. In diesem Augenblick halte ich es für möglich, als glückliche Frau zu sterben. Der Mann versteht es, zu küssen, und wenn ich ehrlich bin, habe ich das stets für ein überschätztes Vergnügen gehalten. Aber das hier ist etwas Außergewöhnliches. Es ist, als führe man in einem kleinen Boot durch rauschende Stromschnellen. Das erotische Spiel seiner Lippen und Zunge befeuern meine Lust.

Er umfasst mein Gesicht und streichelt meine Wangenknochen, ehe seine Hand den obersten Knopf meiner Bluse findet. In seinen blauen Augen liegt ein Funkeln, als er mit der Handfläche über meine Brust gleitet.

*Tu es*, denke ich, und er schiebt einen Finger unter den Knopf, dann zwischen den Stoff. Er küsst meinen Hals und berührt zärtlich meinen Nippel. Ich schließe die Augen, werfe den Kopf in den Nacken und gebe ein leises Wimmern von mir, während ich mein Becken an ihn presse. Meine Erregung nimmt zu, als er den zweiten Knopf öffnet, und ich stöhne leise, als ich seinen warmen Mund an meinem Ausschnitt spüre, das harte Holz der Tür noch im Rücken. Ich bin gefangen zwischen der Tür und seinem Körper, und das fühlt sich verdammt gut an. Er presst seine Schenkel an meine und hält mich auf diese Weise zusätzlich fest.

Mit der Zunge fährt er über meine Brust, und am liebsten würde ich mir die Bluse vom Leib reißen. Doch zunächst nimmt er sich Zeit. Die Barriere aus Bluse und BH zwischen seiner Handfläche und meiner Haut wird mir unerträglich. Ich verzehre mich nach seiner Berührung und spüre ein Prickeln in den Nippeln. Er öffnet einen weiteren Knopf, und seine Finger gleiten an meinem Brustbein abwärts zum nächsten Knopf. Er knöpft meine Bluse ganz auf und teilt den Stoff. Ich schlucke, während er mich betrachtet und dann mit einem lüsternen Grinsen aufschaut. Er streift mir die Bluse von den Schultern und die BH-Träger gleich mit, schiebt sie meine Arme hinunter, sodass die Körbchen heruntergezogen werden. Sein Lächeln geht mir durch und durch, als er den Kopf senkt und eine meiner Brustwarzen in den Mund nimmt.

Das Spiel seiner heißen Zunge verursacht mir weiche Knie, und ich gebe ein atemloses, beinah panisches Stöhnen von mir. Es ist fast nicht mehr auszuhalten. Mein Atem ist gepresst, und ich stöhne erneut, jetzt definitiv in Panik. Es ist zu viel.

»Verdammt.« Ich muss mich an seiner Taille festhalten, um aufrecht stehen zu bleiben. Ein Mix aus Lust, Erregung und Furcht durchflutet meinen Körper, bis in die feinsten Nervenenden hinein.

»Ja«, sagt er und widmet sich der anderen Brust, was meine Begierde weiter anfacht. Er leckt und saugt, als gäbe es so viel zu erforschen. Ich bin vollkommen darauf fokussiert und reibe mich an ihm, bewege das Becken ruhelos, Erlösung herbeisehnend. Er hakt meinen BH auf, und dann sind seine beiden Hände an meinen Brüsten, umfassen und massieren sie. Ich will ihm sagen, dass er aufhören soll. Ich will die Kontrolle zurückgewinnen, aber er macht solch wunderbare Dinge mit mir. Sein Mund liegt wieder auf meinem, und sicher werde ich gleich vor Lust sterben.

Jetzt liegen seine Hände auf meinem Rockbund, was meinen Brüsten gnädigerweise eine Pause verschafft. Er zieht den hinten befindlichen Reißverschluss herunter und schiebt die Hände in meinen Slip, um meinen Po zu massieren und mich fester an seine lange, harte, drängende Erektion zu pressen. Sein Stöhnen gibt mir den Rest. Ich war nie der passive Typ, daher schockiert es mich geradezu, dass ich ihm einfach die Initiative überlassen habe. Ich habe ihn Dinge mit mir tun lassen, die er, das muss ich fairerweise zugeben, sehr gekonnt getan hat. Bei Andrew habe ich mich nie so gefühlt. Als könnte ich explodieren. Ein Orgasmus braut sich zusammen, er baut sich auf und naht wie eine Welle, die sich jeden Moment brechen wird. Alles krampft sich in mir zusammen wegen der unausweichlichen Frustration, meiner Unfähigkeit zu kommen. Wie oft habe ich vergeblich darauf gewartet, dass die Welle sich bricht und mich überspült. Stattdessen verflachte sie stets und lief ans Ufer, zu nichts verplätschernd. Vielleicht, wer weiß, wird es diesmal ja anders.

Zögerlich schiebe ich meine Hand zwischen unsere Körper, hebe sein T-Shirt an und berühre seine gebräunte Haut. Ich umfasse seinen breiten Oberkörper, und er saugt scharf die Luft ein, als ich mit einem Finger am Bund seiner Hose entlangfahre. Das verschafft mir das Selbstbewusstsein, den Finger zu seinem flachen Bauch zu bewegen, wo ich ihn spielerisch durch den schmalen weichen Haarstreifen gleiten lasse, direkt oberhalb des Jeansknopfes. Er spannt sich merklich an, und ich umfasse ihn durch seine Jeans hindurch. Während ich mit der Hand über seine Länge streiche, schießt ein lustvolles Pulsieren zwischen meine Schenkel.

»Wow«, stöhnt er voll männlicher Ehrfurcht, was ich mit weiblicher Zufriedenheit registriere. Dass ich diese Wirkung auf ihn habe und ihm derartige Laute entlocken kann, fühlt sich unglaublich gut an. Er nimmt meine Hand, sieht mir erneut in die Augen und schiebt meinen Rock herunter. Seine Hand gleitet in meinen Slip. Ich bin so feucht, und er kann es fühlen. Er dringt mit einem Finger in mich ein.

»Ahh«, quietsche ich, da der lustvolle Schock meine Stimme einige Oktaven höher steigen lässt. Er dringt mit einem zweiten Finger in mich ein und fängt an, mich zu liebkosen. Sein Mund liegt auf meinem, während ich keuche und stöhne und allmählich die Kontrolle verliere.

Er bewegt seine Finger schneller. »Das ist es«, flüstert er an meinen Lippen. »Das ist es.«

Mein Becken zuckt angesichts dieser sündigen, entschlossenen Finger, die geschickt hinein- und wieder herausgleiten und dabei immer wieder über meinen Kitzler streichen. Ich fühle, wie die Welle größer und höher wird, und gebe unzusammenhängende Laute von mir. »Komm für mich«, flüstert er.

Ich ziehe scharf die Luft ein, und dann komme ich tatsächlich. Die Welle bricht, überwältigende Lust entlädt sich. Ich bekomme weiche Knie und stoße einen heiseren Schrei aus und bin für eine ganze Weile wie benommen.

Ich bin schlaff wie eine Nudel, und Hudson hält mich. Ich spüre seinen Blick und lächle. Es muss am Alkohol liegen. Nie zuvor habe ich mich so sehr gehen lassen. Ich spüre die sexy Nachwirkungen zwischen meinen Beinen und hätte sie am liebsten fest zusammengepresst.

»Tut mir leid«, sage ich und wende den Blick ab.

Mit der einen Hand umfasst er meine Taille, mit der anderen hebt er mein Kinn und küsst mich sanft auf den Mund.

»Was tut dir leid?«, fragt er aufrichtig verwirrt.

»Du weißt schon …« Ich schaffe es nicht zu sagen: »Weil ich gekommen bin«, deshalb zucke ich nur mit den Schultern und sage stattdessen: »Dass ich nichts für dich getan habe.«

Er hebt eine Braue und grinst schief. »Nichts für mich getan?« Er lacht. »Ich glaube, ich habe mein Ego gerade für die nächsten tausend Monate aufgebaut. Es ist toll zu wissen, dass ich das bei dir auslösen kann.« Seine Miene drückt neben dem Selbstbewusstsein auch eine Ehrfurcht aus, die mich beflügelt. Es verleiht mir den Mut, den obersten Knopf seiner Jeans zu öffnen, doch als ich seinen Reißverschluss herunterziehen will, schüttelt er den Kopf. »Nein.«

Ich beiße mir auf die Unterlippe.

»Wenn du das machst, ist es vorbei, ehe es überhaupt angefangen hat.«

Ich werfe ihm einen aufreizenden Blick zu. »Dann musst du eben einfach an Backsteinmauern denken.«

Er lacht leise, schmiegt das Gesicht an meinen Hals und bugsiert mich zum Bett. Ich steige aus dem Rock, der um meine Füße liegt, trage aber noch meine Pumps.

»Mmm, sexy«, bemerkt er und mustert mich schamlos. Ich bin nackt bis auf Slip und High Heels, doch der Anblick scheint ihm zu gefallen, denn er reibt sich, während er mich betrachtet. Das ist unerwartet erotisch, und ein neues Verlangen beginnt in mir zu pulsieren.

Da ist es wieder, dieses sexy verwegene Grinsen, das mir das Gefühl gibt, eine Göttin zu sein. Meine Nippel richten sich auf, meine Brüste sehnen sich danach, erneut berührt zu werden.

»Das war nur zum Aufwärmen.« Er zieht seine Jeans aus, nimmt ein kleines quadratisches Folienpäckchen aus der Brieftasche und steht, meine Hand haltend, vor dem Bett, nur noch mit seinen engen Boxershorts bekleidet, die nichts der Fantasie überlassen. Sanft drängt er mich, mich aufs Bett zu setzen. Dann beugt er sich herunter, legt eine Hand in meine Kniekehle und lässt sie an meiner Wade hinuntergleiten, um mir den Schuh auszuziehen. Das wiederholt er am anderen Bein und schaut zu mir hoch. Ich verspüre den Drang, die Knie zusammenzupressen, denn ich fühle mich ausgeliefert und verletzlich. Dafür bin ich eigentlich nicht der Typ, aber ausnahmsweise macht es mir nichts aus. Normalerweise ergreife ich die Initiative und habe die Oberhand, doch angesichts der Empfindungen, die er in mir auslöst, überlasse ich ihm gern die Führung. Er spreizt meine Knie und beugt sich vor, um meine Oberschenkel mit Küssen zu bedecken, jedes

Mal ein Stückchen weiter aufwärts. Besonders viel Aufmerksamkeit schenkt er dem großen Muttermal an der Innenseite meines Oberschenkels, das aussieht wie die Umrisse Australiens.

Ich erstarre. Ich kann das nicht. Ich hatte noch nie Oralsex. So eine bin ich nicht. Männer machen das nicht mit mir. Dafür bin ich viel zu zugeknöpft, und trotz des überwältigenden Orgasmus glaube ich nicht, dass ich das jetzt tun kann oder, besser gesagt, es zulassen kann. Ich versuche die Beine zusammenzupressen, und er schaut wieder auf zu mir. O Gott, wird er mich dazu bringen? Aber er berührt mein Gesicht, steht auf und zieht mich hoch. Er schiebt seine Boxershorts herunter, und ich spüre seinen Schwanz an meinem Bauch, als er mir mit der anderen Hand den Slip auszieht.

»Wir müssen nichts tun, was du nicht tun willst«, flüstert er und küsst mich zärtlich. Ich bin überhaupt nicht ich selbst. Ich bin schwach und willenlos, beinah unterwürfig, was mir absolut nicht ähnlich sieht. Kaum zu glauben, dass es mir tatsächlich gefällt, ihm die Initiative zu überlassen. Normalerweise würde das nicht passieren, nie und nimmer, aber er ist ein Fremder. Nach dieser Nacht werde ich ihn nie wiedersehen. Es ist ein bisschen schade, dass wir uns in meinem Hotelzimmer befinden. Ich frage mich, wie er sich fühlen wird, wenn ich ihn bitte zu gehen. Wahrscheinlich wird er einschlafen, und ich werde stundenlang wach liegen und grübeln, wie ich mich ihm gegenüber am nächsten Morgen verhalten soll. Allerdings könnte ich mich davonstehlen und auschecken. Duschen kann ich auch heute Abend noch.

»Hey, bist du noch da?«

Ich merke, dass mein Verstand wieder übernommen hat und ich wie üblich alles Mögliche vorausplane.

In Panik umfasse ich ungeschickt seine Härte.

»Woah«, sagt er.

»Sorry.«

»Nein, aber deine Hände sind kalt.«

»Oh.« Ich bin fasziniert von der samtweichen Haut über der harten Länge und vom Kontrast meiner etwas dunkleren Haut zu seiner helleren. Er zieht scharf die Luft ein. Sein Gesicht hat einen seltsam verzerrten Ausdruck angenommen. Ich streichle ihn erneut, und er schließt die Augen, während seine Miene sich entspannt.

»Ja«, murmelt er stöhnend. Ich bin im Einklang mit jedem Laut, den er von sich gibt, und reagiere darauf, als würde ich ein Instrument stimmen. Es beflügelt mich, zu wissen, dass ich diese Wirkung auf ihn habe. Mein Selbstbewusstsein kehrt allmählich zurück. Ich fange an, ihn zu erforschen, das Tempo zu variieren, meine Hand mit sicherem Griff auf und ab zu bewegen und seinem begleitenden lang gezogenen Stöhnen zu lauschen. Es erregt mich ebenfalls.

Plötzlich legt er entschlossen seine Hand auf meine. »Wenn du so weitermachst, ist es gleich vorbei.«

»Das macht nichts«, sage ich und schlucke. Wie kann ich zweimal kommen, wenn ich zuvor nie richtig gekommen bin?

Er nimmt das quadratische Folienpäckchen, reißt es auf und streift sich das Kondom über. Ich bereite mich innerlich vor, denn seien wir ehrlich, so großartig ist Sex nicht. Sicher gibt es Leute, die tollen Sex haben, aber ich bin mir ebenso sicher, dass das nicht die Norm ist. Ich rechne damit, dass er sich gleich auf mich wirft.

Hudson lacht leise. »Anscheinend habe ich es nicht mehr richtig drauf. Du bist mit den Gedanken schon wieder woanders.«

»Tut mir leid.« Ich frage mich, was er sagen würde, wenn ich ihm erzähle, dass ich an meinen Ex gedacht habe. Wahrscheinlich nicht viel.

»Du entschuldigst dich zu oft.«

»Ha, normalerweise nicht«, erwidere ich; ein Teil meiner üblichen Persönlichkeit behauptet sich. Außerhalb des Schlafzimmers weiß ich immer, was ich mache. Ich bin diejenige, die anderen sagt, was sie tun sollen und wann und wie. Manche nennen mich Kontrollfreak, was ich nicht unbedingt für etwas Schlechtes halte. Zumindest nicht, wenn man es mit Millionen Pfund schweren Verträgen zu tun hat. Da ist es wichtig, sich auf jedes Detail konzentrieren zu können. Ich würde sagen, Hudsons Aufmerksamkeit für Details ist in diesem Augenblick verdammt gut. Seine Finger spielen mit mir, und die Begierde ist schon wieder voll erwacht. »Nimm mich«, flüstere ich und sage es gleich noch mal, diesmal lauter. »Nimm mich, jetzt sofort.«

Ich zerre an seinen Handgelenken, damit er zu mir kommt. Er lacht und presst seine Lippen für einen sinnlichen Kuss auf meine, mit geöffnetem Mund, und das Verlangen nach ihm kehrt mit voller Wucht zurück. Unsere Küsse werden wilder, und er spreizt meine Schenkel. Dann gleitet er sehr langsam in mich; sein Gesicht über mir entspannt sich.

»Verdammt, bist du eng«, sagt er stöhnend. »So eng.« Er bewegt sich, und ich schließe die Augen, während wir den besten Sex meines Lebens haben.

# 3. Kapitel

Mein Verstand ist benebelt, als ich aufwache. Tageslicht fällt durch die Vorhänge in meinem Hotelzimmer. Tageslicht! Wie spät ist es, um Himmels willen? Dann kommt die Erinnerung an die vergangene Nacht zurück. Mist, ich bin immer noch hier. Und ich habe die ganze Nacht durchgeschlafen. Ich weiß gar nicht, wann ich das zuletzt geschafft habe.

Hudson Strong liegt neben mir auf dem Rücken, ein Arm über seinem Kopf, die Decke ist bis zu seiner Taille heruntergerutscht, das frische Bettzeug hebt seine gebräunte Haut hervor. Ich betrachte ihn und erinnere mich mit lebhafter Klarheit an sein Gewicht und wie er sich anfühlte. Ich schlucke, denn ich hatte nicht vor, an diesem Morgen noch hier zu sein und mit postkoitaler Verlegenheit konfrontiert zu werden.

Irgendwo im Zimmer klingelt mein Handy. Shit. Erneut werfe ich einen Blick auf den Mann neben mir, den ich nicht aufwecken will. Was sollte ich zu ihm sagen? Ich steige aus dem Bett und gehe zu meinem Rock, meinem BH und meiner Handtasche, ehe ich mich buchstäblich auf mein Handy stürze. Noch mal Shit. Es ist meine Mutter. Warum ruft sie mich um diese Uhrzeit an? In New York muss es drei Uhr morgens sein. Ist jemand gestorben? Ich habe keine Ahnung.

»Mum«, flüstere ich ins Telefon und verschwinde mit einem letzten Blick auf den Mann im Bett ins Badezimmer.

»Rebecca, warum flüsterst du?« Anspannung erfasst mich bei ihrem forschen Ton.

»Bin gerade erst aufgewacht«, sage ich, was ja auch stimmt. »Ist alles okay?«

»Warum denn nicht?«

»Du rufst mich um drei Uhr nachts nach eurer Zeit an.«

»Das ist mir durchaus bewusst.« Das ist die Art von Unterhaltung, wie ich sie meistens mit meiner Mutter führe. Wir bewegen uns auf verschiedenen Frequenzen. Ich halte meine für gemäßigt, während die meiner Mutter hoch ist – viele Wellen, viel mühsam beherrschtes Zickendrama. »Ich rufe wegen der Verlobungsfeier deiner Schwester an.«

Großartig, genau das, was ich jetzt brauche.

»Du kommst doch, oder?«

»Ich weiß nicht recht«, erwidere ich.

»Rebecca, du hast gesagt, du würdest zu Thanksgiving kommen.«

Das war vor der Verlobung meiner Schwester.

»Du musst kommen. Wie würde es aussehen, wenn du dich nicht blicken lässt?«

Es wird so aussehen, als wäre ich nicht da. »Ich habe wirklich viel zu tun.«

»Natürlich, aber es ist Thanksgiving. Jonathon findet doch sicher jemanden, der für dich einspringt. Ich könnte mit ihm reden.«

O ja, das würde gut funktionieren. Ich schließe die Augen bei der Vorstellung, dass mein sturer Stiefvater den Managing Director Marcus Carter-Wheeler anruft oder den Finance Director Geoffrey Wright-Davies oder irgendeinen anderen Kanzleipartner. Gar nicht auszudenken, was das mit meinem Ruf als knallharte Vertragsanwältin machen würde.

»Ich werde da sein.«

»Ausgezeichnet. Gib mir deine Flugdaten durch, dann lasse ich dich abholen.«

Und damit legt meine Mutter auf. Gott, ich bin eine dreiunddreißigjährige Frau, doch meine Mutter besitzt nach wie vor die Fähigkeit, mir den Tag zu vermiesen. Jetzt bleibt mir keine andere Wahl mehr, ich werde die traurige Single-Schwester bei der Feier sein. Alle werden mich ansehen und denken, dass er mich für Laura verlassen hat. Hat er aber gar nicht. Er hat Schluss gemacht, weil ich den Job bekommen habe, für den er sich beworben hatte. Nur brachte er das nie zur Sprache. Es ärgert mich immer noch, dass er darauf bestand, ich solle mich nicht für den Job bewerben. Zu der Zeit wohnten wir zusammen, und er erwartete, dass ich ihm die Beförderung überlasse – obwohl wir beide wussten, dass ich mit Abstand die bessere Kandidatin war. Als er mir von seinem Misserfolg berichtete, wollte er, dass ich die Position ablehne. Und als ich Nein sagte, packte er seine Sachen und verschwand zurück in die Staaten. Da hätte mir klar werden müssen, dass Männer und Karriere für eine Frau nicht zusammenpassen.

Was für ein toller Start in den Samstagmorgen. Ob ich mich hier drin einschließen kann, bis Hudson Strong gegangen ist? Auf keinen Fall werde ich mich wieder zu ihm ins Bett legen, sonst glaubt er noch, ich möchte eine Wiederholung. Was auch stimmt – trotzdem nein. Nee, mach ich nicht. Jetzt, bei Tageslicht, will ich bloß zurück in meine Normalität. Die vergangene Nacht war zwar kein Fehler – der Sex war gigantisch –, hat mir aber dennoch Angst gemacht. Derartig die Kontrolle zu verlieren und sich jemandem gegenüber so verwundbar zu machen. Andererseits hat es mein Selbstbewusstsein enorm gestärkt. Er stand wirklich auf mich, und wir hatten jede Menge Spaß. Und wow, ist er heiß.

Wenn ich mir vorstelle, ich könnte ihn mit zu meiner Familie nehmen. Ha! Da würden Andrew und Laura Augen machen. Ich gebe mich der wundervollen Fantasie hin, an Hudson Strongs Arm das Wohnzimmer meiner Eltern zu betreten. Ich muss ihn unbedingt weiter mit diesem albernen Namen ansprechen, unabhängig von dem, was letzte Nacht passiert ist, denn ihn einfach Hudson zu nennen, käme mir zu intim vor. Vor- und Nachname wahren die Distanz, als hätte ich es mit einem Klienten oder einem Kollegen zu tun. Nicht dass ich wilden Sex mit Klienten oder Kollegen hätte.

Ich male mir das verblüffte Gesicht meiner Schwester aus. Schöne Fantasie, aber mehr auch nicht.

Seufzend stelle ich die Dusche an, um die Rückkehr ins Zimmer hinauszuzögern. Ich überlege, den riesigen Jacuzzi zu benutzen, und stelle mir kurz, aber wundervollerweise vor, wie Hudson zu mir in den Whirlpool steigt. Stattdessen gehe ich unter die Dusche, die beinah die Größe meiner Küche hat. Ich benutze das teure Jo-Malone-Duschgel vom Hotel, das nach Orangenblüten duftet, und lasse mir Zeit. Ich wasche sogar meine Haare, obwohl ich kein Glätteisen dabeihabe. Frisieren kann ich mich auch noch, wenn ich wieder in meiner Wohnung bin, bevor ich zur Arbeit aufbreche. Allerdings wird mich wohl kaum jemand sehen, da ich niemanden sonst heute bei der Arbeit erwarte. Ich rede mir ein, niemand sei ebenso engagiert wie ich, um mir nicht eingestehen zu müssen, dass die vielleicht alle etwas Besseres zu tun haben.

Irgendwann verlasse ich das mit Dampf gefüllte Badezimmer doch und kehre in das kühle riesige Schlafzimmer zurück. Es ist eine Junior Suite mit einem super Kingsize-Bett, graublauen Samtsofas, interessanter Kunst an den Wänden und einem tollen hohen Teppich, in dem die Zehen angenehm versinken. Und auf dem man gut vögeln könnte. Der Gedanke bringt mich zum Lächeln.

Jemand – nun, es gibt nur eine Person, die das gewesen sein kann – hat die Tür zum verglasten Balkon geöffnet. Der Voile-Vorhang weht sanft im Wind und gibt den Blick frei auf die unten vorbeifließende Themse sowie die berühmte Tower Bridge. Dieses Zimmer hat wirklich eine besondere Aussicht – und was für eine, denn vor dem Fenster steht Hudson Strong, nackt. Obwohl mein Mut ein wenig sinkt, weil er noch da ist, komme ich nicht umhin, seinen Po zu bewundern. Trotz meiner halb amerikanischen Erziehung bringe ich es nicht fertig, das Wort »Arsch« zu benutzen. Es handelt sich um etwas Schönes, wie Gemeißeltes oberhalb der muskulösen Schenkel. Meine Hormone reagieren für meine Begriffe einen Tick zu entzückt. Sogar meine Nippel richten sich in der Morgenbrise unter dem Handtuch auf, das ich fest um mich gewickelt habe.

Er dreht sich um. »Guten Morgen.« Seine sinnlich heisere Stimme lässt prompt Schmetterlinge in meinem Bauch flattern.

»Hi«, sage ich in sachlichem Ton, damit er gleich begreift, dass unser kleines Intermezzo vorbei ist. Leider sieht er so umwerfend aus, dass ich einen trockenen Mund bekomme. »Willst du das Bad benutzen?« Ich halte den Blick tapfer auf sein Gesicht gerichtet. Bloß nicht nach unten schauen. Natürlich tue ich es doch, und prompt erscheint dieses sexy Grinsen in seinem Gesicht, als durchschaue er mich.

»Hast du gut geschlafen?«, erkundigt er sich mit seinem Grübchenlächeln, während er genau weiß, dass ich nicht hinzuschauen versuche.

»Ja, danke.« Ich bin verlegen. Warum geht er nicht einfach ins Badezimmer?

Endlich bewegt er sich an mir vorbei und schließt die Tür hinter sich. Ich seufze erleichtert, hebe meinen Slip vom Fußboden neben dem Bett auf und ziehe ihn hastig meine noch nassen Beine hinauf. Wo zum Geier befindet sich mein BH?

Er liegt auf dem Sessel auf seiner Seite des Zimmers.

Ich habe gerade beide Arme in meine Seidenbluse geschoben, die an meiner noch feuchten Haut klebt, als sein Handy klingelt. Ich winde mich in meinen Rock, und mein Herz pocht ein wenig. Vielleicht hört er es nicht? Vielleicht wird er es ignorieren? Ich könnte das nicht. Anrufe müssen entgegengenommen werden, obwohl ich nicht denke, dass er am Wochenende von einem Kunden behelligt wird.

Das Klingeln verstummt, und ich atme auf. Dann schnappe ich mir meine Handtasche und suche nach meinen Schuhen.

Die Tür zum Bad geht in dem Moment auf, als ich sie unter dem Frisiertisch entdecke, wo ich sie letzte Nacht hingekickt habe.

»War das mein Handy?«

Er ist in ein Handtuch gewickelt, wodurch ich mich besser fühlen sollte, nur tue ich das nicht. Der weiße, fest um seine Hüften gewickelte Stoff bildet einen Kontrast zu seiner goldbraunen Haut, und der Anblick seiner dunklen seidigen Haare, die von seinem Bauchnabel abwärts führen, verfehlt seine Wirkung auf mich nicht. Wow, er ist so sexy, dass es mich heiß durchläuft.

Natürlich merkt er das. Was sonst? Ein weiteres wissendes Lächeln erscheint auf seinem Gesicht, ehe er sich seinem Handy widmet. Er wirft mir einen entschuldigenden Blick zu. »Sorry, aber ich muss mit diesem Typen sprechen.«

Ich zucke mit den Schultern.

»Hey, Dave.«

Während er mir den Rücken zukehrt, schnappe ich mir meine Schuhe und schlüpfe hinein.

Als würde ich Stopp-Tanz spielen, schleiche ich auf Zehenspitzen zur Tür des Hotelzimmers und bleibe zwischendurch stehen, um ihn vorsichtig zu beobachten. *Bitte dreh dich nicht um.*

»Ja, sie ist nicht mehr beteiligt, aber du musst dir keine Sorgen machen … Was? Das kannst du nicht tun.« Es folgt eine längere Pause, da der Teilnehmer auf der anderen Seite offenbar spricht. Ich mache einen weiteren Schritt auf den Ausgang zu.

»Sobald die Ausstellung vorbei ist, kann ich die ganze Miete bezahlen.«

Er hebt aufgebracht die Stimme. »Kumpel, das kannst du nicht machen.« Er fährt sich durch die Haare, nach wie vor in gebeugter Haltung und mit dem Rücken zu mir. »Ich brauche meine Werkzeuge, meine Vorräte. Ich kann nicht arbeiten, wenn du mich ausschließt. Gib mir wenigstens noch Zeit bis Januar.«

Er klingt jetzt wirklich verärgert, und von dem unbeschwerten Mann, mit dem ich die Nacht verbracht habe, ist nichts mehr da. Ich mache zwei weitere Schritte und drehe mich noch einmal um, bevor ich verschwinde. Sein ganzer Körper wirkt angespannt. »Sieben Riesen! Das soll wohl ein Witz sein. So viel Geld kann ich momentan nicht auftreiben.«

Ich fühle angesichts seiner Verzweiflung und dem Flehen in seiner Stimme mit ihm, aber inzwischen bin ich der Tür so nah, dass ich meine Hand auf die Klinke legen kann.

»Du musst mir zwei Monate Zeit geben.«

Die Tür geht mit einem Klicken auf.

»Dave? Dave!«

Anscheinend hat Dave aufgelegt.

Das Letzte, was ich höre, ist das Aufprallen des Handys und Hudsons Worte: »Scheiße, Scheiße, Scheiße!«

Ich eile den Gang entlang. Es war ein One-Night-Stand. Was auch immer sein Problem ist, ich habe nichts damit zu tun.

# 4. Kapitel

Ich erwarte von meinen Sekretärinnen nicht, dass sie mir Kaffee kochen oder mir mein Mittagessen besorgen oder Geburtstagsgeschenke in meinem Namen, aber ich erwarte Pünktlichkeit und Sorgfalt. Sie sollen zu ihren Fehlern stehen und nicht alle fünf Minuten in Tränen ausbrechen. Wir sind alle nur Menschen, Fehler passieren, doch dies ist das zweite Mal, dass meine neueste Sekretärin (die bleiben alle nicht lange, weil der Druck zu hoch ist) Terminüberschneidungen zu verantworten hat. Und in dieser Woche saß sie noch nicht einmal vor neun an ihrem Schreibtisch – na schön, es ist erst Dienstag, aber hey, ich werde sie dafür tadeln und in der Personalabteilung antanzen lassen. Mal wieder.

Mitzie Wilson, die stellvertretende Leiterin dieser Abteilung bei Carter-Wright, versucht kummervoll und ernst dreinzuschauen. »Rebecca, so kannst du nicht weitermachen.«

»Womit denn?« Ich spitze den Mund.

»Leute anzuschreien.«

»Wie schwer kann es sein, einen Terminkalender vernünftig zu führen? Oder pünktlich hier zu sein? Ehrlich, das ist peinlich.«

»Da sind Arbeitsabläufe einzuhalten. Du musst ein Meeting anberaumen, um angemessenes Feedback zu geben, und dazu gehört konstruktive Kritik, die Stärken und Schwächen einschließt.«

Ich verschränke die Arme und sehe sie finster an. Wir hatten diese Unterhaltung schon.

»Im Augenblick ist sie eine wandelnde Katastrophe.«

»Rebecca«, sagt sie in warnendem Ton. »Du weißt, dass sie gerade eine Trennung nach einer langjährigen Beziehung mit ihrem Freund hinter sich hat. Sie hat ihn mit ihrer besten Freundin im Bett überrascht.«

»Ups, das ist nicht schön. Ich hatte ja keine Ahnung. Armes Mädchen.«

Mitzie beobachtet mich misstrauisch. »Du meine Güte, war das gerade echtes Mitgefühl bei dir?«

Ich zucke mit den Schultern und ignoriere die Frage. »Warum weiß ich das nicht?«

»Wahrscheinlich, weil sie wusste, dass sie von dir kein Mitgefühl erwarten kann.«

»So schlimm bin ich nun auch wieder nicht. Ich habe lediglich hohe Ansprüche.«

Sie seufzt dramatisch. »Schon klar, du hältst diese Generation für verwöhnt.« Sie macht eine Pause und setzt ihr Tollwütiges-Eichhörnchen-Gesicht auf. »Das tue ich auch, aber wenn du in diesem Fall wenigstens ein paar tröstende Worte finden und eine empathische Seite zeigen könntest … du weißt schon, Solidarität unter Frauen.« Ihr durchdringender Blick soll mir signalisieren, dass wir jetzt ernst reden, auf der Ebene der Führungskräfte, die wir sind.

»Ich werde ihr Schokolade kaufen«, verspreche ich.

Sie stutzt. »Wie bitte?«

»Was?«

»Du hast gerade gesagt, dass du ihr Schokolade kaufen willst.«

»Ich bin nicht ganz und gar ein Unmensch.«

Sie mustert mich sehr eingehend. »Ach du Schande.«

»Was?«

Sie betrachtet mein Gesicht, steht auf und geht um mich herum. »Irgendetwas ist anders.«

»Keine Ahnung, wovon du sprichst.« Ich verschränke die Arme vor der Brust und erkenne sofort, dass das ein Fehler ist. Es ist verräterisch und entgeht Mitzie nicht.

»Hattest du etwa Sex? O mein Gott, ja.« Sie grinst. »Die kleine Becca hatte Spaß. Na los, raus damit. Wer ist er?«

»Niemand, es war nur ein One-Night-Stand. Ich brauchte es und bekam es.«

»Wo hast du ihn kennengelernt? Bumble? Online?«

»In einer Bar, und krieg dich ein, ich werde ihn nicht wiedersehen.« Obwohl es mir schwerfällt, nicht mehr an diese Nacht zu denken. Zwei Orgasmen. Der Mann wusste, was er tat.

»Das möchtest du aber?«

Mitzie besitzt die unheimliche Fähigkeit, Gedanken zu lesen.

»Ich möchte überhaupt nichts«, erwidere ich. »Ich will darüber nicht sprechen. Kann ich jetzt gehen? Einige von uns haben Arbeit zu erledigen und müssen, wie's aussieht, auch noch Schokolade kaufen.«

»Das wäre sehr nett von dir, und vielleicht könntest du ja ein bisschen Nachsicht mit ihr haben. Nur bis sie wieder einen klaren Kopf hat.«

Ich verdrehe die Augen. »Mal ernsthaft, Mitzie, ich habe es begriffen, dass sie eine harte Zeit durchmacht. Aber den Terminkalender der Chefin ordentlich zu führen, ist absolut wichtig. Kannst du dir vorstellen, dass wir früher die Termine unserer Chefs derartig vermurkst hätten?«

Mitzie steigt für einen Moment von ihrem hohen Personalabteilungs-Ross und schüttelt sich. »Wir wären dran gewesen.« Lächelnd verdreht sie ebenfalls die Augen und verwandelt sich gleich wieder zurück in die Leiterin der Personalabteilung. »Ich verstehe dich, wirklich. Aber du kannst Sekretärinnen nicht behandeln, wie wir damals behandelt wurden. Wir leben nicht mehr in diesen dunklen Zeiten. Wir begegnen den Menschen mit Respekt, so wie wir selbst auch respektvoll behandelt werden wollen.« Ich verziehe das Gesicht bei ihrem kleinen Vortrag zur Firmenpolitik.

»Das ist erst zehn Jahre her«, murmele ich. »Und diese Typen haben keine Ahnung, wie glücklich sie sich schätzen können.« Es war die Hölle, damals als Trainee für Wright junior zu arbeiten. Ich hatte einen erstklassigen Jura-Abschluss aus Cambridge, aber ich verbrachte in den ersten sechs Monaten mehr Zeit damit, für ihn Klamotten von der Reinigung abzuholen oder Hundesitter für seinen Hund zu organisieren, als mit juristischen Unterlagen. Das war der Grund, weshalb ich mich auf Vertragsrecht spezialisierte. Am Ende meiner Probezeit bewarb ich mich in der Vertragsabteilung, so weit weg von Wright junior wie möglich. In meinem neuen Job lernte ich innerhalb von drei Wochen mehr als in drei Monaten bei ihm.

»Du machst wieder dieses Gesicht«, bemerkt Mitzie und zeigt auf mich. »Als würdest du auf Wespen in Essig kauen.«

»Ich habe bloß daran gedacht, wie weit wir es inzwischen gebracht haben. Trotz aller Widrigkeiten. Und dass ich Senior-Partnerin bin.«

»Andrew hat dir einen Gefallen getan, indem er sein wahres Gesicht zeigte.«

Ich winke ab. »Habe ich dir erzählt, dass er verlobt ist?«

»Nein. Ich wusste nicht, dass ihr zwei noch in Kontakt seid«, meint Mitzie verwirrt.

»Sind wir nicht«, sage ich mit bitterem Lachen. »Aber er hat sich gerade mit meiner Schwester verlobt.« Ich beobachte ihre Reaktion auf diese Neuigkeit.

»Ach du Schande! Nicht wirklich, oder? Was für ein Armleuchter. Und deine Schwester? Ich weiß, ihr steht euch nicht nah, aber … was für eine Kuh.«

Ich muss über ihre Empörung grinsen. »Verdammt, es ist wahr! Und sie feiern Thanksgiving eine Verlobungsparty.«

»Du hast dein Flugticket schon.« Ich liebe Mitzies Scharfsinn. »Sag mir, dass du nicht fliegst.«

Ich zucke mit den Schultern. »Muss ich leider. Meine Mutter setzt mich unter Druck. Die ganze Familie ist eingeladen, sogar meine Großtante Maude, die Boston seit fünf Jahren nicht mehr verlassen hat.«

»Shit, das tut mir leid.«

»Muss es nicht, mir ist es nämlich egal. Was mich hingegen ärgert, ist die dauernde Frage, wie es mir damit geht – als scherte es mich irgendwie –, und dass ich ständig zu hören bekomme, ich solle mir keine Sorgen machen, ich würde auch noch jemanden finden. Die Hälfte meiner Verwandten wird glauben, dass ich ein gebrochenes Herz habe, obwohl er ein Idiot ist und er und meine Schwester einander verdient haben. Meine Schwester wird überaus selbstzufrieden sein, als hätte sie irgendetwas gewonnen, aber sie kann ihn getrost haben.« Ich gebe ein gereiztes Seufzen von mir. »Das ist noch nicht das Schlimmste. Ich weiß wirklich nicht, ob ich es ertrage, alle fünf Minuten danach gefragt zu werden, warum ich noch immer Single bin. Ehrlich, es ist eine Endlosschleife aus den immer gleichen drei Fragen: Was macht dein Liebesleben, warum findest du keinen Mann und bist du eine Lesbe?«

»Du brauchst ein Fake-Date, um sie hinters Licht zu führen«, sagt Mitzie.

»Außer in romantischen Komödien gibt es das nicht. Oder existiert eine App, von der ich nichts weiß?«

»Siehst du, das ist eine Marktlücke«, erwidert sie.

Ich lache. »Mensch, stell dir die Verträge dafür vor. Das wäre der reinste Albtraum, die Details darin festzulegen. Kein Kaugummi, kein Spucken, pünktlich sein.« Gar nicht auszudenken, was da alles schiefgehen könnte.

»Oder man amüsiert sich! Echt jetzt, Rebecca, nur du denkst dabei als Erstes an einen Vertrag. Hast du nie den Film *Wedding Date* gesehen?«

»Eine romantische Komödie, was zu meiner anfänglichen Bemerkung passt.«

»Ein guter Film, den solltest du dir mal ansehen. Und wer weiß, möglicherweise findest du, dass du deinen eigenen Dermot Mulroney brauchst.«

Ich gehe, und kaum bin ich in meinem Büro, google ich den Film und muss den restlichen Tag an das denken, was Mitzie gesagt hat.

Um halb vier google ich *Hudson Strong Möbel.*

# 5. Kapitel

Die Bar, in der er sich mit mir zu treffen bereit erklärt hat, ist einer dieser echten alten Londoner Pubs, mit Holzfußboden, bunten Bleiglasfenstern, Eisensäulen, verblassender roter Tapete und einem großen gusseisernen Holzofen. Die Gäste sind überwiegend alte Männer in schweren Mänteln, die über ihre Pints gebeugt an den runden zerschrammten Holztischen sitzen. Unnötig, darauf hinzuweisen, dass es kein Ort ist, den ich für gewöhnlich frequentieren würde – meine Pumps, deren Absätze Dellen in den Bodendielen hinterlassen, weisen mich als Außenstehende aus. Das ist die Art von Strategie, die ich anwenden würde – Leute in Situationen bringen, die außerhalb ihrer Komfortzone liegen, um mir einen Vorteil zu verschaffen. Tja, wenn er taktische Spielchen will, bitte sehr …

Zum Glück ist Hudson Strong schon da, denn es handelt sich nicht um die Art von Etablissement, in dem ich allein sitzen und warten möchte. Ich bin verblüfft, dass meine Schuhsohlen nicht am Boden kleben bleiben.

Er bekommt einen Pluspunkt, weil er aufsteht, als ich an den Tisch trete. Ich ziehe meinen roten Kaschmirmantel aus. Es ist Anfang November und frostkalt draußen, aber wenigstens trocken, was mir die Frisur bewahrt hat. Um diese Jahreszeit ist es ein ständiger Kampf wegen der Feuchtigkeit. Ich sollte mir einen Hut zulegen.

»Hübsches Kostüm«, sagt er, und ich betrachte ihn misstrauisch. Aus gutem Grund, wie sich zeigt. Sein Blick wandert von Knopf zu Knopf bis hinauf zu meinem Gesicht. Ich nehme Platz und schlage langsam die Beine übereinander. Ich trage mein Lieblingsbürokostüm; der Bleistiftrock rutscht hoch bis zur Mitte des Oberschenkels, als ich mich setze. Mit einem kühlen, selbstbeherrschten Lächeln beobachte ich, wie er die Aufwärtsbewegung des Stoffes gebannt verfolgt. Mir gefällt natürlich, dass ihm gefällt, was er sieht. Es verschafft mir für einen kurzen Moment das Gefühl von Macht. Sein Blick wandert höher zur Jacke, die meine Taille betont und die Wölbung meiner Brüste andeutet. Man kann mit Kleidung viel bewirken, besonders mit teurer, die genau das verbirgt, was verborgen bleiben soll, aber hervorhebt, was hervorgehoben werden soll. Nicht, dass ich da besorgt sein müsste, denn von allen Leuten, die mich in diesem Kostüm gesehen haben, hat nur Hudson Strong mich auch schon nackt gesehen. Das wird allerdings nicht noch einmal passieren, wie ich in dem Vertrag klar dargelegt habe.

Ich lege den braunen Umschlag auf den Tisch und schiebe ihn zu Hudson.

Sein Mund zuckt. »Du willst gleich zur Sache kommen? Kein Vorspiel?« Das Scharren von Holz auf Holz ist zu hören, als der alte Mann am Tisch vor dem Fenster einen besseren Blick auf uns zu erhaschen versucht. Ich sehe ihn eisig an, und prompt wendet er sich ab.

Ich mache wegen des schwachen Scherzes ein böses Gesicht und wünschte, hier drin wäre es nicht so leer und hallend.

»Möchtest du etwas zu trinken?«, sagt er und stellt sein Bierglas ab. Er trinkt ein echtes Ale in einem traditionellen Glas, auf dem *Sam Smith's* steht.

Ich nicke. »Gin Tonic bitte, aber nur, wenn es Hendrick's

und Fever Tree Slimline Tonic gibt, und den hätte ich gern mit Gurke, aber Zitrone tut's auch.«

»Ist das alles?«, fragt er trocken, und ich sehe ihn scharf an. Fühlt er sich etwa verarscht?

Ich beobachte ihn jetzt mal genauer. Er trägt eine verwaschene Jeans, was keine große Überraschung ist – ich habe bereits einen Dresscode in den Vertrag aufgenommen. Außerdem hat er wieder ein Henley-Shirt an, diesmal dunkelblau – offensichtlich seine Lieblingssorte T-Shirt. Ich frage mich, ob er die in allen Regenbogenfarben besitzt.

»Bitte sehr.« Er gibt mir den Drink, und ich koste ihn. Überraschung, es ist kein Slimline Tonic, aber es schmeckt nicht so schlecht, da der Barmann den Gin großzügig eingeschenkt hat. Der haut mich fast um.

»Danke.«

»Ist es so genehm?«, fragt er.

»Ja.«

»Gut.«

Ich tippe auf den Umschlag, weil ich plötzlich nicht mehr weiß, was ich zu ihm sagen soll. Was mir vor zwei Tagen noch wie eine brillante Idee vorkam, fühlt sich auf einmal nicht mehr so genial an.

Ich hole tief Luft. »Wie ich bereits am Telefon erklärt habe, will ich dir einen Vorschlag unterbreiten.«

Er sieht mich schweigend an – offenbar hat er nicht die Absicht, es mir leicht zu machen.

Ich hole erneut tief Luft und lege los: »Du brauchst Geld. Ich brauche …« Verdammt, ich muss es aussprechen. Am besten, ich konzentriere mich auf den geschäftlichen Aspekt des Vertrages. Ich habe etwas, was er will, er hingegen kann mir etwas geben. »Ich habe einen Vertrag aufgesetzt für eine … eine Rolle.« Eine Rolle – woher kam das denn jetzt? Ich nehme meinen Mut zusammen und erzähle den Rest.

»Ich brauche für Thanksgiving ein Fake-Date. Du benötigst siebentausend Pfund. Ich biete dir an, diese Summe zu zahlen, wenn du dich für einen viertägigen Besuch bei meiner Familie als mein Freund ausgibst, Reisekosten inklusive.« Jetzt bin ich in Schwung, auch wenn er große Augen macht. »Sämtliche deiner Kosten werden übernommen, und ich leiste bei Vertragsunterzeichnung eine Anzahlung, den Rest erhältst du am Ende der Laufzeit.«

Er starrt mich perplex an, was ich ihm kaum verübeln kann. Es klingt ja wirklich ein wenig verrückt.

»Hast du *Wedding Date* zu oft gesehen?«

Anscheinend kennt jeder außer mir diesen Film.

»Du weißt schon, der Film, in dem die Schwester der Braut einen Begleiter engagiert …«

»Ich kenne die Handlung«, sage ich knapp.

»Ich soll also dein Begleiter sein?«

»Im Prinzip schon«, bestätige ich förmlich. Wie er »Begleiter« sagt, klingt nach einer ziemlich abgebrühten Sache statt nach der Lösung eines Problems, die ich mir so schön ausgedacht habe.

»Werden die Leute nicht überrascht sein, wenn du mit jemandem auftauchst, von dem sie nie etwas gehört haben?«

»Umso besser für mich. Außerdem erwartet meine Familie nicht, die Einzelheiten aus meinem Leben zu kennen. So sehr sind sie an mir nun auch wieder nicht interessiert.«

Er zuckt mit den Schultern. »Kann ich es mir überlegen?«

»Nein, ich muss die Flüge buchen.«

»Flüge?«

»Vergiss nicht, meine Eltern leben in New York.«

Die Augen treten ihm fast aus dem Kopf, anders lässt es sich nicht beschreiben, und irgendwie ist das süß. Er sieht dadurch ein bisschen bescheuert aus, statt wie ein nackter Sexgott, was, offen gestanden, sehr einschüchternd ist.

»Du bietest mir an, siebentausend Pfund zu bezahlen, wenn ich mit dir nach New York fliege.« Er grinst. »Zur Hölle, ja! Abgemacht.«

»Es ist ein Job, kein Urlaub«, erinnere ich ihn streng. »Und wir werden nicht lange dort sein.«

Er grinst unbeirrt. »Du wirst deinem britischen Freund – denn das bin ich – keine Sehenswürdigkeiten zeigen?« Er zieht einen Schmollmund und sieht mich mit diesem Welpenblick an, der mich fast zum Lächeln bringt.

»Möglicherweise bleibt Zeit für Sehenswürdigkeiten«, biete ich an, weil wir dadurch aus dem Haus kommen und weg von bohrenden Fragen. Ich will nicht, dass meine Familie mich durchschaut, denn das wäre demütigend.

»Ich mache es, wenn du eine Klausel hinzufügst, die mir einen Besuch des Empire State Buildings garantiert.«

Ich verdrehe die Augen, weil das für einen Besuch in New York so klischeehaft ist. »Es gibt eine Million lohnenswertere Ausflugsziele, die weniger von Touristen überlaufen sind. Mein Favorit wäre Grand Central Station.«

Er geht gar nicht darauf ein. »Oh, und Central Park und das *Friends*-Appartment.«

»Es ist ein Geschäftsvorschlag, kein Urlaub«, erkläre ich noch einmal, ein wenig hochnäsig. »Wie gesagt, ich habe einen Vertrag aufgesetzt.« Ich war sehr gründlich und schiebe ihm erneut den Umschlag hin.

»Langsam! Einen Moment.« Er hält eine Hand hoch und fragt skeptisch: »Warum?«

»Warum?«, wiederhole ich. »Ich habe dir doch gerade erklärt, dass ich jemanden brauche, der sich als mein Freund ausgibt.«

»Aber du …« Er deutet mit den Händen meine Figur an. »Schwer vorstellbar, dass du keinen echten finden kannst.«

Ich winke genervt ab. »Natürlich kann ich einen echten Freund finden. Nur will ich keinen.«

Er schüttelt den Kopf. »Warum nicht?«

Muss ich das wirklich erklären? Warum begreifen Männer nicht, dass meine Karriere an erster Stelle steht?

»Ich fange nichts mit Männern an, weil ich keine Zeit habe und nicht interessiert bin.«

»Okay«, sagt er langsam, als spräche er mit einem Kind.

Anscheinend muss ich es genauer erklären.

»Sieh mal, ich liebe meinen Beruf. Ich habe auf die harte Tour gelernt, dass die Männer, mit denen ich zusammen bin, Erwartungen haben. Sie erwarten, dass ich sie über meine Arbeit stelle. Andrew, der Verlobte meiner Schwester, war so jemand. Er hat mich verlassen, als ich Partnerin der Kanzlei wurde und nicht er.«

Meine Karriere ist mir das Wichtigste im Leben, besonders seit dem Tod meines Vaters. Er war stolz auf das, was ich erreicht habe. Meine Schwester ist ein Mamakind, während ich stets ein Papakind war. Er sagte mir einmal, nie sei er so stolz gewesen wie an dem Tag, als ich nach Cambridge ging, um Jura zu studieren. Gegen Ende meines Studiums wurde er krank und erlebte meinen Abschluss nicht mehr. Aber er war mein größter Unterstützer. Ich will immer das Gefühl haben, dass er stolz auf mich wäre.

»Habe ich das richtig verstanden? Andrew, der Idiot, der deine Schwester heiratet, hat dich verlassen, weil du befördert wurdest und er nicht?«

»Ja«, antworte ich knapp, denn ich will nicht bei diesem Thema verweilen.

»Was für ein Arsch.«

»Siehst du, da sind wir uns doch schon in einem Punkt einig.«

»Du willst also einen Fake-Freund, damit er begreift, was ihm entgeht?«

»Nein! Überhaupt nicht. Der könnte mir nicht gleichgültiger sein. Ich will mir bloß die ständigen neugierigen und besorgten Fragen meiner Familie ersparen. Warum hast du noch keinen Mann? Bist du eine Lesbe?«

Er lacht. »Okay, ich verstehe, dass das nervig ist. Aber mal ernsthaft, ein Fake-Freund? Geht das nicht ein bisschen zu weit?«

Ich verschränke die Arme. »Dir mag es vielleicht so vorkommen, aber du verstehst das nicht. Männer haben diesen Druck nicht. Niemand scheint besorgt zu sein, dass die menschliche Rasse ohne deinen Beitrag aussterben könnte. Junggesellen werden gefeiert, Jungfern nie. Ich würde mich nicht als Jungfer bezeichnen, doch es lässt meiner Mutter keine Ruhe. Sie behauptet, sie bekomme Stressfalten davon, dass eine ihrer Töchter eine Jungfer ist. Ich will nicht schuld sein an einem weltweiten Lieferengpass für Botox.«

»Komplizierte Sache«, stimmt Hudson mir zu. »Besorgte Mütter sind heikel, das ist mir klar.« Er schenkt mir ein beruhigendes, mitfühlendes Lächeln.

»Ich würde dir siebentausend Pfund bezahlen.«

Er runzelt die Stirn. »Das ist viel Geld.«

Ich nicke. »Aber du brauchst es, oder?« Ich formuliere es als Frage, denn möglicherweise hat er seine Probleme bereits gelöst. Für einen Moment frage ich mich, warum er einverstanden war, sich mit mir zu treffen. Er hatte schließlich keine Ahnung, dass ich die gute Fee für ihn spielen will.

»Woher weißt du überhaupt davon?«

»Dave? Der Anruf?«

»Dann hast du noch alles mit angehört, bevor du weggerannt bist.«

»Ich bin nicht weggerannt. Ich hatte einen Termin.« Mein erhabener Ton wischt das wissende Lächeln nicht aus seinem Gesicht. »Du schuldest also jemandem Geld?«

»Nein.« Er weicht zurück, als hätte ihn etwas gestochen. »So wie du das sagst, klingt es, als hätte ich Spiel- oder Drogenschulden. An dem Abend, als wir uns kennenlernten, habe ich dir doch erzählt, dass meine Geschäftspartnerin ausgestiegen ist. Leider erwähnte sie mir gegenüber nicht, dass sie keine Miete mehr für meine Werkstatt überweist. Dave, der Besitzer, hat mich ausgeschlossen, bis die ausstehende Miete gezahlt ist. All meine Werkzeuge und Materialien befinden sich dort. Das ist eine Zwickmühle, denn wenn ich nicht ins Studio kann, verdiene ich kein Geld. Meine Sachen für die Ausstellung sind alle dort. Wenn ich an die nicht herankomme, bin ich erledigt.« Er legt die Stirn auf die Hand und erinnert in dieser Haltung ein wenig an Rodins Skulptur *Der Denker*.

Er beugt sich vor, nimmt sein Bier und trinkt einen großen Schluck. Mein Blick klebt an seinem Hals, und prompt erinnere ich mich sehr genau an seine nackte Brust, die Haare darauf und wie er jedes Mal stöhnt, wenn er kommt. Bei der Erinnerung an diese Orgasmen frage ich mich doch, ob ich das Richtige tue. Vielleicht hätte ich jemanden finden sollen, zu dem ich mich nicht hingezogen fühle.

»Dieser Vertrag«, beginnt Hudson und zieht den Umschlag

an sich. Ich halte den Atem an. Denkt er wirklich ernsthaft darüber nach? »Was steht drin?«

»Warum schaust du nicht hinein?«

»Gleich.« Er grinst. »Du bist die Vertragsexpertin. Das ist in etwa, als würde man den Bock zum Gärtner machen. Eher unwahrscheinlich, dass du mich auf fragwürdige Klauseln aufmerksam machst.«

»Es gibt keine fragwürdigen Klauseln darin«, kontere ich und versuche dennoch eine sanfte Miene aufzusetzen. Schließlich muss ich ihn überzeugen, sich darauf einzulassen. »Es handelt sich nur um praktische und vernünftige Aspekte.«

Er zieht den Vertrag aus dem Umschlag, überfliegt die erste Seite und dann die zweite.

»Ich bin der Auftragnehmer?« Er liest vor: »›Die folgende Dienstleistungsvereinbarung – Datum ist einzusetzen – zwischen Rebecca Madison und dem Auftragnehmer Hudson Strong …‹«

»Das ist ein Fachterminus. Du verpflichtest dich vertraglich zur Durchführung des Auftrags, ergo bist du der Auftragnehmer.«

»Okay.« Er richtet den Blick wieder auf die Papiere, und ein kleines Lächeln umspielt seine Mundwinkel.

»Was?«, frage ich.

»›Der Auftraggeber ist der Ansicht, dass der Auftragnehmer über die nötigen Qualifikationen, Erfahrung und Fähigkeiten verfügt, um die erwartete Dienstleistung zu erbringen.‹« Er hebt eine Braue.

»Du bist männlich«, erkläre ich mit einer Spur Verärgerung. »Das ist die entscheidende Voraussetzung. In den einzelnen Klauseln siehst du, was der Vertrag vorsieht und was nicht«, füge ich in plötzlich formellem Ton hinzu.

»Ah«, sagt er, während er weiterliest, »keine sexuellen Beziehungen.«

»Ich finde, es sollte klar hervorgehen, was meine Erwartungen sind«, sage ich und bin mir durchaus bewusst, dass meine Wangen pink werden.

»Natürlich – keine Erwartungen.« Er sieht mich an, und mein Herz pocht angesichts des amüsierten Funkelns in seinen Augen.

Er richtet seine Aufmerksamkeit wieder auf den Vertrag und schüttelt den Kopf. Dann tastet er nach seiner Jeansjacke auf der Stuhllehne hinter ihm und holt einen Bleistiftstummel hervor.

»Keine öffentlichen Zuneigungsbekundungen? Was für Freunde hattest du eigentlich? Wir werden bei deiner Familie wohnen und uns vermutlich ein Zimmer teilen. Die werden doch sicher gewisse Anzeichen physischer Zuneigung zwischen uns erwarten, oder?«

Mir klappt die Kinnlade herunter – er zieht das ernsthaft in Betracht.

Jetzt kritzelt er etwas in den Vertrag. Ich lese es. Was!

»Ich finde, wir sollten es zumindest limitieren«, gebe ich zu bedenken. »Drei Küsse pro Tag.«

»Zehn.«

»Zehn.« Ich schüttele den Kopf. »Das ist zu viel.«

»Wie könnte das zu viel sein?«

Da hat er mich leider erwischt. Ich habe keine Ahnung, wie viel zu viel ist. Oder zu wenig.

»Elf. Jedes Mal, wenn du widersprichst, werden es mehr.«

»So verhandelt man nicht.«

Er grinst. »Wer verhandelt denn?«

»Ich bezahle dich, also musst du tun, was ich dir sage.« Mein gebieterischer Blick richtet nichts aus, außerdem ist mir zuwider, was ich da sage. Das sind nicht die Worte einer guten Managerin bei Vertragsverhandlungen. So etwas musste ich im Job nie sagen. Mein Team macht immer, was ich ihm auftrage.

»Zusätzlich sollte es Streicheleinheiten geben.« Wieder verspüre ich angesichts seiner samtigen Stimme dieses Flattern, wo es nicht sein sollte. Das macht er mit Absicht.

»Ich bin keine verdammte Katze«, fahre ich ihn an und bedauere umgehend erneut meine Wortwahl, da es mir unsere einmalige und einzige Nacht in Erinnerung bringt. Die wird mir ewig im Gedächtnis bleiben. Es war *die* Sexnacht schlechthin. Aber, rede ich mir ein, mehr war es auch nicht. Bloß Sex. Damit komme ich klar.

»Und Händchenhalten.«

Ich sehe ihn finster an. Jetzt treibt er es zu weit. »Derartige Dinge tue ich nicht.«

»Kleiderordnung?« Das Zucken seines Mundes verrät mir seine Belustigung.

»Ja, passende Kleidung. Du brauchst einen richtigen Anzug. Besitzt du einen?«

»Ich habe einen Anzug.«

»Das beantwortet meine Frage nicht. Ist es ein passender Anzug?« Mir schwebt vor, dass er in einem einigermaßen noblen Anzug aus einem der besseren Läden erscheint.

»Ich habe mir einen für die Hochzeit meiner Schwester gekauft. Der wird wohl angemessen sein.«

»Gut. Und du musst zum Friseur.«

»Wie bitte?«

»Du musst dir die Haare schneiden lassen. Meine Familie wird mir nicht glauben, dass ich einen Freund mit langen Haaren habe.«

Er zupft an einer seiner glänzenden braunen Strähnen. »Die sind doch nicht lang.«

»Sie reichen dir bis auf die Schultern.«

Er verschränkt die Arme. »Ich lasse mir nicht die Haare schneiden.«

»Musst du aber.«

»Muss ich nicht.«

»Warum nicht?«

»Weil ich es nicht will.«

»Du bist störrisch.«

»*Ich* bin störrisch? Wir sollen verliebt sein. Ein Liebespaar schert sich nicht um solche Dinge.«

Ich stutze. »Wer behauptet denn, dass wir verliebt sind?«

Er lacht halbherzig. »Du willst deiner Schwester beweisen, dass dich ihre Verlobung nicht stört, und du wirst mich quer über den Atlantik mitschleppen – natürlich sind wir verliebt.«

»Müssen wir nicht sein.«

»Das würde es aber überzeugender machen. Sonst könnte ich ja irgendein Freund sein. Du willst doch, dass deine Schwester glaubt, diese Beziehung sei wichtig und der alte Oswald interessiere dich nicht mehr.«

»Andrew.«

»Der auch.«

»Du nimmst das nicht ernst.«

Hudson setzt ein gespielt ernstes Gesicht auf, was für seine sonst augenzwinkernde Miene derartig untypisch ist, dass ich prompt lachen muss, obwohl er echt frustrierend ist.

Er blättert zur letzten Seite um und unterschreibt. »Sieht ganz okay aus.«

Jede Zelle in meinem Körper erstarrt angesichts seiner flüchtigen Prüfung des Vertrags, und ich fühle mich beschwingt. Eine ganze Minute lang bin ich sprachlos. Man liest einen Vertrag nicht auf diese Weise. Ich fürchte, ich mache Goldfischbewegungen mit meinem Mund.

»Entspann dich«, sagt er und sieht mich an, doch ich bringe immer noch kein Wort heraus.

Er legt seine warme Hand auf meine und wirkt besorgt. Ich werde nicht hyperventilieren, nein, aber ich bin nah dran. Genau aus dem Grund geraten Leute in Schwierigkeiten – sie lesen ihre Verträge nicht gründlich. Endlich schaffe ich es auszuatmen, nachdem ich praktisch die ganze Zeit die Luft angehalten habe.

Ich schnappe mir den Vertrag von ihm. »Du musst auch die anderen Paragrafen lesen.«

Er schüttelt den Kopf. »Arbeiten wir uns ein bisschen ein.«

»Was meinst du damit?«

»In der altehrwürdigen Tradition vorgetäuschter Beziehungen müssen wir mehr voneinander wissen. Du weißt schon, als würden wir uns auf einen dieser Einwanderungstests vorbereiten, um zu beweisen, dass man nicht nur wegen der Aufenthaltsgenehmigung geheiratet hat.«

Ich starre ihn verblüfft an, aber er hat recht.

»Was denn?«

»Deine Lieblingszahnpasta und auf welcher Seite des Bettes du schläfst und den Namen deines ersten Haustieres.«

»Colgate, rechts und Brandy.«

»Oh, das ist schlecht, denn auf der Seite schlafe ich auch. Wir werden eine Münze werfen müssen. Was ist deine Lieblingsfarbe?«

»Wozu ist das wichtig?«

»Na ja, nehmen wir mal an, deine Schwester sagt, ihre Brautjungfern tragen alle Grün. Dann kann ich erwidern: Gut gemacht, das ist/ist nicht Becs Lieblingsfarbe.«

»Niemand nennt mich Becs«, stelle ich klar.

»Niemand außer mir.« Er strahlt.

»Du nicht und sonst auch niemand.«

Er nimmt die Unterlagen in die Hand. »Steht nicht im Vertrag.«

Ich sehe ihn wütend an. »Ich hasse Grün. Die Farbe hatte meine Schuluniform.«

»Siehst du, war doch gar nicht so schwer. Da habe ich schon zwei Informationen.«

»Niemand wird erwarten, dass du weißt, welche Farbe meine Schuluniform hatte.«

»Mag sein, aber sie werden davon ausgehen, dass ich weiß, welche Farbe du hasst. Braun ist übrigens meine Lieblingsfarbe.«

»Braun? Niemand hat Braun als Lieblingsfarbe.« Ich mustere ihn. Bestimmt nimmt er mich auf den Arm; ich habe noch nie von irgendwem gehört, dessen Lieblingsfarbe Braun ist.

»Ich schon. Ich arbeite mit Holz. Holz ist braun, in jeder Schattierung, dunkel, hell, golden, rotbraun. Borke ist braun. Braun ist eine tolle Farbe. Es ist die Farbe der Natur. Was ist deine Lieblingsfarbe?«

»Ich habe keine.«

»Jeder hat eine Lieblingsfarbe.«

»Ich nicht.«

»Ernsthaft?«

»Ja. Müsste ich mich festlegen, würde ich mich wohl für gedämpfte Farben entscheiden – Dunkelblau, Schwarz, Burgunderrot, Grau.«

»Wie steht's mit Essen?«

»Ich mag alle möglichen Sachen.«

Er wirkt schon wieder belustigt. »Säßest du in der Todeszelle, was wäre deine Henkersmahlzeit? Ich würde Würstchen mit Kartoffelpüree nehmen. Dicke Bratwürste mit Zwiebelsoße und massenhaft körniger Senf, dazu ein großes Glas Rotwein. Am besten gleich die ganze Flasche. Dazu Yorkshire Pudding.« Er lehnt sich zurück, schließt die Augen, mit einem verträumten Ausdruck auf dem Gesicht, und atmet tief ein, als könnte er den Duft des Essens riechen. Die Leute um uns sind ihm völlig egal; zum Glück schaut niemand in unsere Richtung.

Er macht die Augen wieder auf. »Jetzt du.«

Um Zeit zu gewinnen, trinke ich einen Schluck Wein. Essen ist gut. Versteht mich nicht falsch, ich verfüge über einen kultivierten Gaumen, meine Mutter und mein Vater bewirteten häufig Gäste, als ich klein war. Ich aß von frühester Kindheit an Sushi, Curry, Dim Sum, Kaviar und gepökelten Fisch. Im Beisein der Gäste mussten wir alles essen, was wir auf dem Teller hatten, ob wir es mochten oder nicht. Ich erinnere mich nicht daran, etwas besonders gemocht zu haben. Es war eben Essen, das gegessen werden musste.

Erneut erscheint ein besorgter Ausdruck auf seinem Gesicht, während er wartet. Er will eine Antwort, und ich kann ihm keine geben. »Essen ist Essen«, sage ich leise und fühle mich idiotischerweise unzulänglich. Warum habe ich mir nicht einfach etwas ausgedacht, nur damit dieser befremdete Ausdruck auf seinem Gesicht verschwindet? Als wäre ich ein Alien.

»Lieblingsmusical?«

Dafür bekommt er den »Ernsthaft, sehe ich aus wie jemand, der Musicals mag?«-Blick von mir. Ich lasse mich nicht einmal zu einer Antwort auf diese Frage herab. Die Kollegen in der Kanzlei haben ständig vom neuen David-Hare-Stück im Bridge Theatre geschwärmt.

Niemand, nicht einmal Mitzie, weiß, dass ich *Come From Away* dreimal allein gesehen habe oder dass *Grease* mein absoluter Lieblingsfilm ist.

»Okay.« Er schüttelt missbilligend den Kopf, was mich nicht stört, denn ich versuche nicht, ihn zu beeindrucken. Hier geht es strikt ums Geschäft.

»Wie steht's mit einem Lieblingsbuch?«

Leichte Frage. »Anne Elliot.«

Er schaut spöttisch drein und stöhnt. »Das ist vielleicht klischeehaft. Jane Austen, ernsthaft?«

»Es ist ein Klassiker«, kontere ich.

»Tee oder Kaffee?«, wechselt er gekonnt das Thema.

Ich atme erleichtert auf. Eine Frage, die ich beantworten kann, ohne mir darum Sorgen machen zu müssen, wie die Antwort klingt. Seit wann mache ich mir Gedanken darüber, wie ich auf Leute wirke? »Kaffee. Schwarz und ganz gelegentlich mit Zucker. Höchstens einen halben Teelöffel.« Wenn ich gestresst bin und einen Zuckerkick brauche, aber das erzähle ich nie jemandem. Mitzie weiß es, weil wir seit zehn Jahren Kolleginnen und Freundinnen sind.

»Ich bin Teetrinker und mag meinen Tee stark, mit zwei Stück Zucker und einem Schuss Milch. Für echte Handwerker. Yorkshire-Tee ist der beste, und wenn der nicht zu haben ist, dann Marks and Spencer Extra Strong.« Er grinst. »Es gibt nichts Besseres als einen guten Becher Tee morgens. Ohne kann ich meinen Tag nicht beginnen. Bist du ein Morgenmensch?«

»Das muss ich sein, aber eigentlich bin ich es nicht.« Für gewöhnlich fange ich um halb acht an zu arbeiten, und gegen neun bin ich halbwegs wieder Mensch. Bis dahin habe ich drei Tassen Kaffee getrunken, das hilft. Würde ich meiner natürlichen inneren Uhr folgen, könnte ich glatt bis neun im Bett liegen, und das mache ich manchmal an den Wochenenden auch, aber vor allem, weil ich in den meisten Nächten von zwei bis fünf wach liege. Mein Gehirn schläft nicht, es dreht nächtliche Runden im Laufrad. Vielleicht war ich im früheren Leben ein Hamster. »Und du?«

»Ich bin ein Morgenmensch. Beim ersten Tageslicht bin ich bereit zum Aufbruch.«

Wir sind so verschieden. Für einen Moment frage ich mich, wie wir das hinbekommen sollen.

»Es sind nur ein paar Tage«, sagt er, als würde er meine Gedanken lesen. »Wie lauten die genauen Daten?«

»Thanksgiving und die Party sind am Vierundzwanzigsten, also fliegen wir am Zweiundzwanzigsten und kommen am Fünfundzwanzigsten zurück, vorausgesetzt, ich kann die Flüge buchen.«

»Vier Tage für siebentausend Pfund.« Er hebt die Schultern. »Scheint angemessen zu sein.«

Ich bin froh, dass er das Geld zur Sprache bringt. »Sobald du den Vertrag unterschrieben hast, überweise ich dir die erste Hälfte der Summe auf dein Konto. Nennst du mir deine Kontonummer?«

»Klar.« Er zückt sein Handy und schickt mir seine Bankdaten. »Muss ich noch irgendwo anders unterschreiben?«

»Erst musst du den Vertrag gründlich lesen.«

Er betrachtet mich mit ernstem Blick. »Ich werde vier Tage lang dein Fake-Freund für sieben Riesen sein. Das ist der Deal. Es ist nicht kompliziert. Hauptsache, es steht nichts davon im Vertrag, dass du dich in mich verliebst und wir zusammen glücklich bis an unser Ende werden. Ich habe *Selbst ist die Braut* gesehen.«

»Das ist mir nicht in den Sinn gekommen«, entgegne ich knapp. »Aber ich kann einen Vertragszusatz anfügen.«

»Ausgezeichnet. Dann wäre alles geklärt.«

Ich schlucke. Wenn es nur so einfach wäre. Er muss während unseres Aufenthaltes meine Eltern davon überzeugen, dass er meine bessere Hälfte und verrückt nach mir ist. Habe ich den Verstand verloren? Er hat keine Ahnung, worauf er sich da eingelassen hat. Aber auf was habe ich mich eingelassen?

Ich spüre die Wärme seiner Hand, die er sanft auf meine legt. »Becs, alles wird gut laufen. Wir schaffen das. Wir wollen es beide unbedingt. Ich brauche das Geld, und dies ist die einzige Möglichkeit, wie ich es bekommen kann. Ich verspreche dir, ich werde dafür sorgen, dass es funktioniert.« Er sieht mir in die Augen, und sein Blick wird sinnlich sanft, als bitte er mich ins Bett. Mein Herz schlägt schneller. Er senkt die Stimme, sodass ich mich vorbeugen muss, um das heisere Flüstern zu verstehen: »Am Ende der Woche wird deine Mutter den Kauf eines Hutes für die Hochzeit in Erwägung ziehen.« Die Worte schweben in der Luft, und ich rieche den Duft des Aftershaves, das er benutzt, holzig zitronig, und das bringt scharf und klar eine Erinnerung zurück. Ich sehe ihn wieder in ein Handtuch gewickelt, frisch aus der Dusche, Wassertropfen rinnen von seiner breiten Brust.

Oh, Shit, ich fürchte, ich stecke in Schwierigkeiten. »Ich glaube nicht, dass du so weit gehen musst«, erwidere ich gereizt, um dringend Distanz zwischen uns zu bringen. »Außerdem werden wir kein weiteres Mal miteinander schlafen. Hier geht es nicht um Sex.«

»Moment!«, protestiert er und hebt beide Hände. »Selbstverständlich nicht. Das hast du schon in den Vertrag aufgenommen, außerdem bin ich kein verdammter Gigolo.«

Autsch! Das ist ein ziemlicher Dämpfer für mich. Natürlich will er keinen Sex mit mir haben.

# 6. Kapitel

Während wir an Bord des Flugzeuges gehen, mustere ich missbilligend seine Jeans. Ich bin eher dafür, dass man sich für einen Flug schicker kleidet. Das habe ich von meiner Mutter, wahrscheinlich stammt es aus den 70ern, als das Fliegen noch eine große Sache war.

Klar, heutzutage fliegen jede Menge Rockstars in ihren zerschlissenen Jeans erster Klasse. Seit wir uns beim Check-in getroffen haben und durch die First-Class-Lounge gegangen sind, ist Hudson aufgeregt wie ein Welpe – trotz unseres kurzen Disputs darüber, warum er sich nicht die Haare hat schneiden lassen. Es gelingt ihm, dieser Unterhaltung auszuweichen, als er die kostenlose Bar entdeckt. Offenbar ist er noch nie in der ersten Klasse geflogen. Er war auch noch nie in New York, scheint ganz außer sich vor Aufregung, und ich finde es wirklich ein wenig hinreißend. Seine Begeisterung ist ansteckend. Ich kann mich nicht erinnern, wann ich mich zuletzt für irgendetwas derartig begeistert habe, und das macht mich etwas traurig. Hudson Strong hat keine Angst, seine Gefühle zu zeigen.

»Hi«, begrüßt er die Stewardess, die uns an Bord willkommen heißt.

»Guten Morgen.«

»Das ist er. Sogar großartig. Ich hatte bereits ein Glas Champagner.« Er sieht sie strahlend an, und prompt weicht ihr sprödes Lächeln einem breiten Grinsen.

»Das ist immer ein guter Start in den Tag«, erwidert sie mit einem neckischen Zwinkern.

So ist Hudson, begreife ich. Er freundet sich mit jedem an, wohin er auch geht. Er gibt sich weder versnobt-gleichgültig noch kühl-distanziert, sondern freut sich aufrichtig, Leuten zu begegnen.

»Ich würde meinen gern damit beginnen, meinen Platz zu finden«, sage ich und drücke der Stewardess mein Ticket in die Hand. Wir erreichen zuerst Hudsons Sitz – es ist mir nicht gelungen, zwei Plätze nebeneinander zu bekommen. Er sieht mich an.

»Wow!« Er ist tatsächlich sprachlos, dann setzt er sich und fängt an, sämtliche Knöpfe und Funktionen auszuprobieren. »Das ist ja fast wie eine eigene kleine Kabine.« Er hüpft auf und ab, stellt die Lehne zurück und wieder nach vorn, noch ehe ich einen Schritt gegangen bin. »Steak au poivre oder Schweinemedaillons zum Lunch. Toll. Das ist so cool. Ich bin noch nie in der ersten Klasse geflogen.«

»Das sagtest du schon.« Ich glaube, es ist das vierte oder fünfte Mal, dass er es erwähnt. Die Leute um uns herum lächeln. Normalerweise verhalten sich die Passagiere im vorderen Teil des Flugzeugs cool und tun so, als würden sie das ständig machen.

»Das ist fantastisch, oder?«, wendet er sich an die ältere Dame in der Nerzjacke am Fenster.

Auf ihrem hochnäsigen Gesicht breitet sich ein Lächeln aus. »Ja, mein Lieber. Ihr erster Flug?«

»Ja. Wohin fliegen Sie? Wir besuchen Becs Eltern an Thanksgiving in New York.«

Ich atme hörbar aus. Ich muss ihm wirklich abgewöhnen, mich Becs zu nennen. Auf der Suche nach meinem Sitzplatz schaue ich den Gang entlang und stutze. Sie scheinen alle besetzt zu sein.

Mrs. Nerzjacke unterhält sich nach wie vor mit Hudson. »Ich besuche meine Tochter zu Weihnachten. Sie und ihr Mann haben ein Haus in Southampton auf Long Island.«

»Das ist ein bisschen was anderes als unser Southampton, nehme ich mal an«, sagt er mit seinem Grübchenlächeln.

Alle sind hingerissen von ihm. Bei unseren zwei vorangegangenen Begegnungen hatten wir mit anderen Leuten nicht viel zu tun, deshalb kannte ich diese Seite von ihm, sich gleich mit allen anzufreunden, noch gar nicht. Und da wird mir auf einmal klar, wie wenig ich über ihn weiß. Unsere Einarbeitung im Pub kratzte lediglich an der Oberfläche. Ich kenne nur grundsätzliche Fakten, zum Beispiel, dass seine Eltern noch leben und er zwei ältere Schwestern hat und dass der Altersunterschied fünf Jahre beträgt. Außerdem gibt es da noch eine fünf Jahre jüngere Schwester.

»Ich weiß nicht einmal, wo du wohnst«, stelle ich erschrocken fest. Wie konnte ich etwas so Wichtiges vergessen? Ich war mir sicher, ich hätte an alles gedacht.

»Clapham«, sagt er ruhig. »Und du?«

»Chelsea.«

»Besitzt du eine noble Wohnung am Fluss?«

Die habe ich in der Tat. Wie peinlich, dass er so schnell darauf gekommen ist.

Ich gehe durch die Kabine auf der Suche nach meinem Platz und überprüfe meinen Boarding Pass. Jemand sitzt auf meinem Platz. Ein Mann mit kantigem Kinn und Rausschmeißer-Statur, der ziemlich zufrieden mit sich wirkt und nicht den Eindruck macht, als wäre er ein Gentleman, der den Sitz freiwillig räumt. Als ich ihm auf die Schulter tippen will, hält mich die Stewardess, die Hudson so begeistert begrüßt hat, davon ab.

»Verzeihung, Madam, ich fürchte, es gab ein Problem mit unserem Buchungssystem, sodass dieser Platz doppelt belegt wurde.«

»Wie bitte?« Mein Ton könnte die Sahara einfrieren.

»Ich fürchte, da kann ich nichts tun«, erwidert sie mit falschem Lächeln.

Hudson bietet mir seinen Platz an, aber die ach so hilfreiche Stewardess zitiert mit einem zufriedenen Lächeln die Vorschriften der Zivilluftfahrtbehörde und erklärt mir, dass es nicht möglich sei, Erste-Klasse-Sitze an andere Passagiere weiterzugeben. Ich hätte mich an die goldene Regel halten sollen: nie das Bordpersonal gegen sich aufbringen.

Mir bleibt nichts anderes, als der Stewardess mit einer Beschwerde zu drohen. Dann hole ich einen Ordner aus meiner Umhängetasche und werfe ihn Hudson hin.

»Hintergrundinformationen. Ich habe unsere Beziehung auf den neuesten Stand gebracht.«

Dazu gehört eine Liste von Fragen, die mein stets wacher Verstand mir in den vergangenen Wochen noch eingegeben hat.

»Sie müssen mit mir kommen«, sagt die Stewardess einen Tick ungeduldig.

Ich werfe ihr einen angriffslustigen Blick zu. »Eine Minute noch.«

Ich wende mich wieder an Hudson. »Du musst das alles lesen, und lass mich wissen, wenn du Fragen hast. Ich glaube aber, ich habe alles berücksichtigt.«

»Entspann dich, wir lassen es einfach auf uns zukommen. Es wird gut gehen, Becs.«

»Nenn mich Rebecca«, zische ich mit zusammengebissenen Zähnen.

»Sind Sie sicher, dass ich ihr den Platz nicht überlassen kann?«, fragt er die Stewardess. »Es macht mir wirklich nichts aus.« Ich bin verblüfft von seiner Fürsorglichkeit, bis er hinzufügt: »Sie ist immer so schnell gestresst.«

Ich erleide die Demütigung, in die Premium Economy Class geführt zu werden. Alle schauen mich an, als wäre ich eine Kriminelle oder jemand, der widerrechtlich in die erste Klasse einzudringen versucht hat. Noch während ich auf meinem neuen unterdurchschnittlichen Sitz Platz nehme, formuliere ich eine E-Mail an den Kundenservice. Die Airline wird definitiv von mir hören – die vorgeschriebene Erstattung des doppelten Flugpreises kann mich kaum darüber hinwegtrösten.

Wütend zerre ich meinen Laptop aus der Tasche und ignoriere die Sicherheitsunterweisung, sehr zum Missfallen des Herrn neben mir, der mich streng ansieht. Ich starre finster zurück. »Kann ich Ihnen helfen?«

»Nein.« Er scheint überrascht zu sein von meiner grimmigen Miene, aber ich glaube, er hat begriffen, dass er mich verdammt noch mal in Ruhe lassen soll. Kurz darauf setzt er seine Kopfhörer auf und sieht sich einen Film an.

Fünfzehn Minuten nach dem Start taucht Hudson im Gang mit zwei Champagnergläsern auf und reicht mir eines.

»Ich sehe nicht ein, weshalb du darauf verzichten solltest.«

Ich schürze die Lippen und kann mich nicht dazu durchringen, ihm zu danken, obwohl das sehr aufmerksam von ihm ist.

»Hast du die Informationen gelesen, die ich zusammengestellt habe?«, frage ich mit leiser Stimme.

Er lacht. »Wir müssen nicht alles voneinander wissen. Warum unterhalten wir uns nicht einfach? Das ist eine gute Möglichkeit, um sich besser kennenzulernen.«

»Weil wir dann vielleicht etwas vergessen«, flüstere ich aufgebracht und schaue mich um, ob uns auch niemand hören kann.

»Wenn wir etwas vergessen, wirkt es doch nur umso natürlicher. Ich bin mir sicher, deine Eltern erwarten nicht, dass du das Maß der Innenseite meines Oberschenkels weißt.«

Ich schüttele den Kopf, hebe die Brauen und deute auf die Sitze auf der anderen Seite des Gangs.

»Niemand hört zu«, sagt er.

»Sag mir, dass du wenigstens weißt, wo wir uns kennengelernt haben«, flüstere ich.

Er rümpft die Nase und trinkt einen Schluck Champagner, während er sich auf meine Armlehne setzt. Der Mann neben mir mustert uns misstrauisch.

»Mir wäre es ja lieber, dass wir uns bei Costa begegnet sind, wo ich Kaffee auf dich geschüttet habe und dich als Wiedergutmachung zum Essen einlud.«

»Das ist doch keine romantische Komödie.« Ich seufze in kindischer Verärgerung. »Wo waren wir nun zum Abendessen?«, frage ich.

»In Soho gibt es dieses Sri-Lanka-Restaurant namens Hoppers. Hast du schon einmal davon gehört?«, erkundigt er sich hoffnungsvoll.

Zufällig habe ich das. Ich bin der einzige Mensch in meiner Familie, der scharfes Essen mag. »Ich war mal in einem im King's Cross.«

»Hattest du eine Dosa? Die Masala Dosa ist fantastisch.«

Ich lache über seine Begeisterung, denn die hatte ich wirklich, und sie war köstlich. Es ist viel besser, wenn wir beide das Restaurant kennen. Das würde ich vermutlich niemandem gestehen, aber ich bevorzuge tatsächlich das gemütliche dämmrige Licht in dem kleinen Sri-Lanka-Restaurant im Vergleich zu dem Members-Only-Club, den ich in meinen Notizen vorgeschlagen habe. »Na schön, also waren wir bei Hoppers zum Dinner.«

»Cool. Wir hatten ein großartiges Essen, tranken vielleicht ein bisschen zu viel und gingen hinterher zu mir. Der Rest ist Geschichte. Job erledigt.«

»Ich schlafe nicht beim ersten Kennenlernen mit jemandem …« Ich halte inne, da ich in normaler Lautstärke gesprochen habe und die Frau gegenüber mich neugierig mustert. Außerdem habe ich genau das getan, als ich Hudson kennenlernte. Es war vielleicht kein Date, doch das ist Haarspalterei.

»Bitte?«, sagt er mit einem dreisten Funkeln in den Augen.

Ich winde mich in meinem Sitz. »Normalerweise nicht«, flüstere ich und weite meine Augen, um anzudeuten, dass jemand uns zuhört.

»Ah, aber es hat zwischen uns geknistert.« Er senkt die Stimme auf diese Art, mit der er mich jedes Mal kriegt; es ist fast wie ein Cellobogen, der über meine Saiten streicht und die perfekte Schwingung auslöst.

»Das werde ich meinen Eltern nicht erzählen«, sage ich und kämpfe gegen das kleine Glühen in mir an. Es knisterte wirklich zwischen uns, aber sinnliches Knistern ist keine Grundlage für eine Beziehung. »Wie heißen meine Eltern?«

Er grinst triumphierend, als wollte er sagen: *Siehst du, ich habe aufgepasst.* »Jonathon und Jennifer. Jon und Jenny.«

»Niemals Jon und niemals Jenny. Nur Mums beste Freundin Traci, mit i am Ende, darf sie so nennen.«

»Ehrlich? Mein Vater heißt Geoffrey und wurde immer nur

Geoff genannt. Mum heißt Micky, und meine Schwestern sind DD – Doris Day, PP – Catherine, Cat Urine, und meine jüngere Schwester ist CC.«

Ich schaue ihn verblüfft an. »Noch mal – Cat Urine?«

»Verrückt, was? Das ist meine Familie. Meine Schwester wurde Catherine getauft, und DD war noch sehr klein und sprach es *Cat Urine* aus. Das fand mein Dad lustig und kürzte es zu Pussy Pee und dann PP, weil wir ja schon eine DD hatten. Deshalb wurde aus Cecily CC.« Er zählt das auf, als wäre es ganz offensichtlich.

»Klar.« Ich nicke, froh, dass ich seine Eltern nie kennenlernen muss. Die klingen alarmierend übergeschnappt. Ich tippe die Namen rasch in den Laptop ans Ende des Dokuments, an dem ich gearbeitet habe.

»Verzeihung, Sir«, sagt eine Stewardess. »Würde es Ihnen etwas ausmachen, zu Ihrem Platz zurückzukehren? Sie blockieren den Gang.«

»Okay, bis später, Becs.« Er prostet mir kurz mit dem Champagnerglas zu und verschwindet mit einem Augenzwinkern und einem Grübchenlächeln hinter dem Vorhang.

Mist, ich habe eine Liste von Fragen, die ich ihm während des Flugs stellen wollte. Als das Bitte-anschnallen-Licht erneut ausgeht, kritzle ich schnell welche hin.

*Wo bist du aufgewachsen?*

*Hast du studiert?*

*Wo hast du deinen letzten Urlaub verbracht?*

*Leben deine Großeltern noch?*

Keine dieser Fragen kommt mir sehr persönlich vor. Was kann ich ihn fragen, um zu zeigen, dass ich ihn kenne? Was weiß ich über ihn? Er trägt Jersey-Boxershorts, hat ein Muttermal links vom Bauchnabel, sein zweiter Zeh ist länger als der große Zeh, außerdem hat er Brusthaare und ist im Bett völlig hemmungslos. Ich bin mir nicht sicher, ob ich irgendetwas davon seiner Familie gegenüber erwähnen kann.

Ich falte das Blatt zusammen, stehe auf und gehe auf den Vorhang zu.

»Verzeihung, Miss, aber Sie können hier nicht durch.« Da ist meine freundliche Stewardess wieder.

»Ich wollte nur zu meinem Freund und ihm etwas zeigen.«

Auf ihrem Gesicht erscheint ein kühler, verächtlicher Ausdruck. »Tatsächlich?«

Ich gebe ein gereiztes Seufzen von mir. »Können Sie ihm diese Notiz geben?«

Sie hebt eine Braue und verzieht den Mund, nimmt aber das Blatt Papier, wirft die Haare zurück und macht sich auf die Suche nach Hudson.

Eine Stunde später ist von Hudson noch immer nichts zu sehen, und ich warte ungeduldig. Wo zur Hölle steckt er? Warum nimmt er das nicht ernst? Ich spähe immer wieder den Gang entlang, um durch den Vorhang einen Blick in die erste Klasse zu erhaschen.

Endlich taucht er auf. »Wow, das Essen ist richtig gut. Ich hatte das Steak und ein Glas guten Wein.«

»Schön für dich«, sage ich. Ich hatte gerade ein extrem trostloses Omelett mit einem halbherzigen Salat, der am besten gleich in den Kompost gewandert wäre. Dazu einen warmen und sehr dubiosen Chardonnay, der so fruchtig war, dass man eigentlich Trauben am Boden des Plastikglases hätte sehen müssen. »Hast du meine Notiz erhalten?«

»Ja.« Er kniet neben meiner Armlehne, als eine andere Stewardess ihn daran erinnert, dass er den Gang blockiert und daher auf seinen Platz zurückkehren soll.

»Verdammte Scheiße«, murmele ich.

»Sorry«, sagt Hudson zur Flugbegleiterin, die dasteht und darauf wartet, dass er sich in Bewegung setzt.

Hudson deutet mit dem Kopf in Richtung Gang, und seine Brauen senden mir eine Botschaft, die ich nicht verstehe.

»Ich bin dann mal auf der Toilette«, sagt er, wirft mir einen weiteren bedeutungsvollen Blick zu und geht den Gang entlang in den hinteren Teil des Flugzeugs.

Eine Sekunde später erhebe ich mich. Der Mann neben mir grinst wissend. Ich sehe ihn finster an, dann folge ich Hudson zu den Toiletten. Er wartet in der Schlange, hat aber nur noch eine Person vor sich. Dummerweise öffnen sich beide Toilettentüren, als ich ihn erreiche. Der Mann vor Hudson betritt eine der Kabinen. Hudson schaut sich um, nimmt meinen Arm und schiebt mich in den anderen Toilettenraum.

»Hudson!« Mein aufgebrachtes Flüstern geht in der winzigen Kabine unter. »Was tust du?«

Unsere Körper sind aneinandergepresst. Ich muss den Kopf nach hinten neigen, um zu ihm aufzuschauen. Das ist viel zu nah, um angenehm zu sein. Ich kann sein Aftershave riechen und die Wärme seiner Haut spüren.

»Du wolltest reden.« Er blickt grinsend auf mich herunter. Ich kann die dunkleren blauen Flecken in seiner Iris erkennen und die kleinen Fältchen um seine Augen. Wie üblich sieht er sehr von sich selbst überzeugt und dreist aus.

»Ja, aber nicht hier drin.«

»Das ist okay.« Sein Grinsen wird breiter. »Die Leute werden denken, wir treten dem Mile High Club bei.«

»Das ist ja noch schlimmer«, kreische ich beinah.

»Nimm es einfach erhobenen Hauptes hin und steh dazu«, rät er mir augenzwinkernd.

Ich könnte ihn umbringen. »Ich will nicht dazu stehen.«

»Du solltest wirklich lockerer werden, Becs, sonst bekommst du noch einen Herzanfall.«

»Ja, und zwar deinetwegen.«

»Das meinst du nicht ernst.« Er schaut sich in der engen Kabine um und setzt sich auf den Toilettensitz; jetzt muss er zu mir aufsehen. »Ich weiß, dass du in Cambridge Jura studiert und danach gleich bei Carter-Wright angefangen hast, wo du in den letzten zehn Jahren gearbeitet hast. Vor zwei Jahren wurdest du Partnerin der Kanzlei, als erste Frau und jüngste Person. Du bist Treuhänderin von zwei Wohltätigkeitsorganisationen, Vorsitzende des Juranetzwerks für Frauen namens Prudentia und hast in den vergangenen Jahren sowohl in Oxford als auch in Cambridge Vorlesungen gehalten.« Er grinst erneut. »Also, was willst du von mir wissen?«

So habe ich mir unsere Unterhaltung nicht vorgestellt. »Ich habe dir meine Liste zukommen lassen.«

Er seufzt. »Studium an der Nottingham Trent, Master in Applied Design an der HDK-Valand Academy of Art and Design an der Universität Göteborg. Aber was sagt dir das schon über mich? Über den Menschen, der ich bin? Ich könnte trotzdem ein Serienkiller sein.« Er steht auf und legt sanft die Hände um meinen Hals, mit einem leicht irren Bösewichtblick, der mich zum Kichern bringt. Die sanfte Berührung seiner Hände kitzelt und löst ein warmes Gefühl in mir aus.

»Du bist kein Serienkiller.« Ich muss über seine albernen Worte grinsen.

Er streichelt meinen Hals. »Bist du dir sicher?«, fragt er mit tiefer Stimme, die mich erschauern lässt. Aber nicht Angst bewirkt, dass sich meine Nackenhärchen aufrichten, sondern seine Nähe und das plötzliche Verlangen nach einem Kuss von ihm. Obwohl es sehr klischeehaft ist, betrachte ich seinen Mund und stoße unfreiwillig den Atem aus.

Wir stehen so nah zusammen, dass er mich sicher durchschaut, und tatsächlich neigt er den Kopf und presst seine Lippen sacht auf meinen Mund. Ich schließe die Augen, und mein Herz pocht vor Erleichterung.

»Hey!« Jemand hämmert von draußen gegen die Tür. »Wir müssen mal pinkeln. Wollt ihr etwa den ganzen Flug über da drin bleiben?«

Hitze schießt mir in die Wangen, ich weiche erschrocken zurück und stoße mir dabei den Kopf an der Tür. »Shit!«

»Jetzt ist die Stimmung ruiniert.« Er zwinkert, legt mir die Hände auf die Taille und bewegt sich mit mir zusammen, bis er vorn ist. Dann macht er die Tür auf und hebt die Hände. »Sorry, Leute. Meiner Freundin geht es nicht gut. Ich wollte sie nicht allein lassen. Komm, Schatz, ich bringe dich zurück zu deinem Sitz. Morgenübelkeit ist wirklich lästig.«

# 7. Kapitel

Die Passkontrolle am JFK-Airport dauert wie immer ewig, aber irgendwann sind wir durch, erhalten unser Gepäck und gelangen in die Ankunftshalle. Meine Anspannung steigt an, und ich spüre einen beginnenden Kopfschmerz hinter meinen Schläfen. Ich reibe sie, während Hudson unseren Gepäckwagen schiebt.

»Alles okay mit dir?«, erkundigt er sich.

»Ja, nur ein bisschen besorgt.«

»Keine Sorge, wir schaffen das schon.«

*Wie kannst du das wissen?*, will ich fragen. Ich wünschte, ich besäße dieses enorme Selbstbewusstsein.

Ich halte Ausschau in der Reihe der Fahrer, die iPads oder Mini-Clipboards mit Namen darauf hochhalten, und da ist es: *Madison R. und Gast.*

Ich stoße Hudson an. »Da drüben steht unser Fahrer.«

»Fahrer!« Er schenkt mir einen seltsamen Blick, aber ich trete bereits auf den Mann zu, der ein Schild hochhält.

»Miss Madison, bitte folgen Sie mir.« Er nimmt Hudson den Gepäckwagen ab und geht voran zum Parkplatz.

Als wir den eleganten Mercedes erreichen, hält der Fahrer mir die hintere Tür auf. Bevor er die andere Tür öffnen kann, hat Hudson das schon selbst erledigt und ist eingestiegen.

»Was soll das?«, will er wissen. »Wo sind deine Leute?«

»Mein Stiefvater wird bei der Arbeit sein, und meine Mum und meine Schwester sind beschäftigt.«

Es herrscht dichter Verkehr, sodass die Fahrt auf die Upper East Side ewig zu dauern scheint. Endlich halten wir kurz nach achtzehn Uhr vor einem sechsunddreißigstöckigen Gebäude, und ich seufze vernehmlich. Das ist es. Meine Handflächen sind feucht, obwohl es ziemlich kalt ist.

Der Concierge im Foyer begrüßt uns, während der Fahrer das Gepäck auslädt. Er ist neu, deshalb muss ich ihm erklären, wer ich bin.

»Ah, das Penthouse«, sagt er, als er im Computer nachschaut, ob ich auf der Liste der Personen stehe, denen es gestattet ist, mit dem Lift direkt hinauf ins oberste Stockwerk zu fahren.

»Das Penthouse?«, murmelt Hudson sichtlich beeindruckt. »Ich glaube, das hast du nicht erwähnt.«

Bei dem Lift handelt es sich um eines dieser High-Speed-Modelle, in denen einem der Magen durchsackt. Ich werde mich nie an dieses Jahrmarktgefühl gewöhnen, und es verschafft mir jedes Mal einen Nervenkitzel.

Als wir aus dem Lift aussteigen, geht Hudson gleich zur Fensterfront auf der rechten Seite.

»Wow! Das nenne ich eine Aussicht.«

»Das ist der Hudson River«, erkläre ich. »Central Park, und auf der anderen Seite des Flusses New Jersey.«

»Cool, was? Meinen eigenen Fluss zu haben.« Er streckt die Brust heraus und zwinkert mir albern zu.

Ich lache, denn auf so etwas kann auch nur er kommen. »Na los, Zeit für die Höhle des Löwen.«

Er hält mich zurück. »Es wird alles gut gehen. Wir kriegen das hin.«

Schaffen wir das wirklich? Ich drücke die Türklingel mit leicht zitternder Hand. Dies hier war nie mein Zuhause. Wir lebten in New York, bis ich ungefähr fünf war, dann zogen wir nach London und wohnten in einem Reihenhaus in Knightsbridge.

»Rebecca, du bist da.« Meine Mutter öffnet die Tür und umarmt mich mit einem aufrichtigen Lächeln. Sie duftet immer lieblich nach Shalimar, so lange ich denken kann.

Ich erwidere die Umarmung und bin selbst erstaunt, wie sehr ich mich freue, sie wiederzusehen.

»Es ist lange her, Schatz.« Sie hält mich auf Armeslänge von sich. »Du siehst ein wenig blass aus. Isst du auch richtig? Du bist sehr dünn.«

Großartig. Ich fühle mich wieder wie ein Kind. Ich weiß, dass es nicht negativ gemeint ist, nur eine Feststellung. Aber warum kann sie nicht etwas Nettes sagen, wie zum Beispiel: »Deine Haare sehen reizend aus heute Abend. Diese Strähnen stehen dir wirklich gut.«? Zumindest sagt Mitzie das.

»Mum, das ist Hudson.« Ich trete zur Seite, um ihn vorzustellen, da er auf der Stufe unter mir steht. Es ist ziemlich befriedigend zu sehen, wie meine Mutter so gar nicht unauffällig große Augen macht. *Ja, Mutter, ist er nicht umwerfend?*

»Hudson. Das ist ein … interessanter Name«, sagt sie.

»Hallo, Mrs. …« Er hält inne, und mir fällt ein, dass ich ihm den Ehenamen meiner Mutter gar nicht gesagt habe und ihm gerade klar wird, dass sie nicht mehr Madison mit Nachnamen heißt. Anfängerfehler. So viel zu meinem Dossier.

»Ich bin Rebeccas Mutter, Jennifer Adler. Willkommen.«

»Freut mich, Sie kennenzulernen, Mrs. Adler.« Er streckt die Hand aus. »Rebecca hat mir so viel über Sie erzählt.«

Sogar meine Mutter sieht verblüfft aus. Wir stehen uns als Familie nicht nah.

»Es ist großartig, an Thanksgiving hier zu sein und für die Verlobung Ihrer anderen Tochter.«

Sie nickt gebührend majestätisch, doch dann setzt er sein Lächeln ein. »Sie müssen aufgeregt sein. Meine Mum hat Monate gebraucht, bis sie sich für ein Kleid zur Hochzeit meiner Schwester DD entschieden hatte. Wenn man im Mittelpunkt stehen wird, andererseits aber die Aufmerksamkeit aller nicht von der Braut auf sich lenken will, ist das eine schwierige Entscheidung.«

Jetzt bin ich diejenige, die perplex ist. Er schmeichelt meiner Mutter, und sie nimmt es dankbar an.

Ihre Augen leuchten, und ihr Lächeln wird freundlich. Sie lacht sogar kurz. »Wem sagen Sie das, ich bin längst im Stress. Kommen Sie, ich stelle Ihnen den Rest der Familie vor.« Hudson ist es gelungen, sie zu umgarnen und ihren kühlen Hochmut zu überwinden. Tatsächlich ist meine Mutter eher schüchtern, aber das verbirgt sie hinter ihrer reservierten, unnahbaren Haltung.

Wir lassen unser Gepäck im Flur am Fuß der Treppe stehen und folgen meiner Mutter durch die Eingangshalle zur Tür, die zum Wohnzimmer führt, das von vorn bis in den hinteren Teil des Gebäudes reicht.

»Hattet ihr einen guten Flug?« Sie bleibt an der Tür stehen und lässt uns eintreten.

»Ausgezeichnet«, antwortet Hudson und nimmt meine Hand. »Nicht wahr, Becs?«

»J-ja.« Er hat mich ein bisschen überrumpelt, umso mehr, als er mir auch noch einen Kuss auf die Wange gibt.

Mein Stiefvater, meine Schwester und Andrew stehen alle im Raum mit Champagnergläsern in den Händen. Alle zucken auf sehr komische Weise zusammen, als sie Hudsons Kosenamen für mich hören.

»Dies ist Hudson, Rebeccas …« Meine Mutter hält inne.

»Freund«, hilft Hudson ihr.

Es folgt eine verlegene Pause in der allgemeinen Unterhaltung, da alle Hudson anstarren, seine lässige Eleganz, sein lächelndes Gesicht und sein extrem gutes Aussehen. Obwohl ich ihn auch betörend attraktiv finde, habe ich mich inzwischen daran gewöhnt. Ich weiß, dass er gut aussieht, deswegen durchzuckt es mich nicht mehr jedes Mal, wenn ich ihn ansehe. Aber bei meiner Familie verfehlt er in diesem Augenblick exakt diese Wirkung nicht. Ich weiß nicht recht, ob ich das beleidigend finden soll oder nicht.

Meine Schwester, die ebenfalls zu den schönen Menschen zählt, fängt sich als Erste wieder und kommt auf ihren hochhackigen Peeptoes auf uns zu. Laura wirkt auf mich immer, als wäre sie mit einer Art Geisha-Gen auf die Welt gekommen.

»Hi«, säuselt sie und mustert ihn ziemlich unverblümt von Kopf bis Fuß. Ihr Raubtierlächeln verrät, dass ihr gefällt, was sie sieht. »Freut mich, Sie kennenzulernen. Wie lange sind Sie schon mit meiner Schwester zusammen?«

Prompt werde ich wütend und hätte am liebsten laut gesagt: *Nicht lange genug, dass du schon deine Krallen nach ihm ausstrecken dürftest.* Aber ich halte mich zurück, denn ich bin erwachsen. Andrew ist nicht mein erster Freund, der zu ihr übergelaufen ist. Immer behauptet sie, nichts damit zu tun zu haben, und meine Mutter verteidigt sie, denn was kann sie schon dafür, dass die Männer sie schön finden? Und das ist sie. Schön. Sie hat eine üppige Mähne glänzender brünetter Haare mit natürlichen rötlichen Strähnen, eine Barbiefigur und ein perfektes ovales Gesicht mit schimmernder cremefarbener Haut sowie großen dunklen Augen, die Bambi Konkurrenz machen können. Als wir Kinder waren, blieben die Leute auf der Straße stehen, um meiner Mutter zu sagen, was für ein wunderschönes kleines Mädchen sie habe. Laura bekam ihren ersten Modeljob mit zwei, als tapsiges Kleinkind in einer Windelwerbung, nachdem ein Modelscout uns vom Park bis nach Hause gefolgt war. Überhaupt nicht unheimlich.

»Sechs Monate«, antwortet Hudson und zieht mich an seine Seite, um mir einen Kuss auf die Wange zu geben. »Sechs wundervolle Monate.«

Wow, er legt ja ganz schön los.

»Komisch, sie hat Sie nie erwähnt.« Natürlich stürzt Laura sich gleich darauf.

Er hebt eine Braue und grinst. »Ich habe sie vor meinen Schwestern auch ein wenig geheim gehalten. Die hätten mich sonst ausgehorcht und wissen wollen, ob es ernst ist, wo und wie wir uns kennengelernt haben.« Er legt die andere Hand auf meine und sieht mir verliebt in die Augen.

In diesem Moment wird mir klar, dass er meine kleine Schwester nicht besonders mag. Das überrascht mich total. Alle mögen Laura.

Andrew kommt angeschleimt. Erstaunlich, dass er keine Schneckenspur hinter sich herzieht. Es ist echt peinlich – was habe ich je in ihm gesehen?

»Hi, ich bin Andrew, Lauras Verlobter. Freut mich, Sie kennenzulernen.« Er hält Hudson die Hand hin, der meine loslässt. Andrews schmale Hand wirkt in Hudsons klein, beinah jungenhaft. Tatsächlich verblasst mein zukünftiger Schwager neben Hudson; er ist weder so groß noch so breit, und sein Anzug sitzt, als hätte er sich hineingezwängt, wohingegen Hudson gebräunt und zufrieden aussieht.

Jonathon tritt auf uns zu. »Willkommen in New York. Ich bin Jonathon, Jennifers Mann und Stiefvater dieser beiden

Ladys.« Ich habe Jonathon schon immer gemocht; er ist ein braun gebrannter, vitaler Mann, der viel Golf spielt und gern draußen ist, wenn er nicht arbeitet. Er hat seine Firma vor einigen Jahren verkauft, sitzt aber noch in etlichen Aufsichtsräten und kennt nach wie vor sehr viele Leute. Er und meine Mutter wirken glücklich zusammen. Sie kehren es nicht besonders heraus, doch sie sind ein gutes Team und scheinen sich in allen Dingen einig zu sein. Manchmal frage ich mich, ob meine Mum nach dem Tod meines Vaters eher auf Kameradschaft aus war statt auf erneute Liebe. Aber offenbar funktioniert es zwischen ihnen, und sie ist ihm liebevoll zugetan, wenn auch nicht auf dieselbe Weise, wie sie es mit Dad war. Die beiden haben viele Freunde, sind regelmäßig unter Leuten und scheinen ganz allgemein zufrieden mit ihrem Leben zu sein, was, nehme ich an, schon ein Gewinn ist. Sie haben eine gute Partnerschaft, was wohl für eine Ehe am besten ist. Es muss ziemlich anstrengend sein, ständig von Leidenschaft getrieben zu sein. Prompt erinnere ich mich genau daran, wie es sich anfühlt, von Leidenschaft überwältigt zu werden, und an die sinnlichen Empfindungen, als Hudson mich küsste. Die Bilder tauchen in meinem Kopf auf – *pop, pop, pop* – und zerplatzen wie Ballons voller Konfetti.

»Freut mich, Sie kennenzulernen, Sir«, sagt Hudson. Er besitzt wirklich tadellose Manieren.

»Kann ich Ihnen etwas zu trinken holen? Champagner?«

Für einen kurzen Moment halte ich den Atem an, aber Hudson sagt nur: »Ja.«

Wir setzen uns auf die formell arrangierten Sofas zu beiden Seiten des Couchtisches. Jonathon nimmt im Sessel am Kopf des Tisches Platz, Hudson neben mir, während meine Mutter, Laura und Andrew uns gegenübersitzen.

»Wo habt ihr zwei euch kennengelernt?«, erkundigt sich Laura mit einem Haifischlächeln.

Hudson und ich tauschen einen Blick und ein verschwörerisches Lächeln. Ich nicke und erteile ihm damit die Erlaubnis zu antworten.

Er zieht ein Gesicht. »Bei Costa. Ich dachte, sie bringt mich um.«

»Hudson!«, platze ich heraus, denn das ist absolut nicht das, was ich von ihm erwartet habe.

»Ja, sie war wütend wie eine nasse Henne. Na ja, nass war sie auch, weil ich gerade Kaffee auf einen ihrer schnieken Hosenanzüge geschüttet hatte.«

Ich glaube es nicht. Ich werde ihn umbringen, weil er sich nicht ans Skript hält und sich gleichzeitig über mich lustig macht. Er nimmt das alles nicht einmal ernst. Ich stoße ihm den Ellbogen in die Rippen.

»Sie wissen ja, wie sie ist, wenn sie wütend wird. Wenn Blicke töten könnten …«

An dem Punkt klatscht meine Mutter in die Hände und lacht schallend. »Oh, ja, Rebecca bekommt den finstersten Gesichtsausdruck, wenn sie wütend ist. Sie kennen sie so gut.«

Meine Schwester wirft ein: »Ihr berühmtes Zickengesicht.«

»Oh, nein«, widerspricht Hudson. »Sie war dermaßen sauer, und der Kaffee tropfte überall von ihr herunter, es war richtig süß.«

Jonathons Lippen zucken, und er zwinkert mir zu.

»Da musste ich sie einfach um ein Date bitten.«

»Sie haben sie gefragt, ob sie mit Ihnen ausgehen will?«, fragt Andrew ungläubig. »Anstatt ihr anzubieten, die Reinigungskosten zu übernehmen?«

Hudson grinst. »Es handelte sich um einen schwarzen Anzug, allerdings war die Bluse hinüber, und ich bot ihr an, eine neue zu kaufen. Großer Fehler. Wer hätte gedacht, dass Blusen so teuer sind?«

Ich werfe ihm einen düsteren Blick zu. Nie und nimmer hätte ich mir von irgendwem eine neue Bluse kaufen lassen, und jeder hier weiß das. Sie wissen alle, dass ich den Vorfall heruntergespielt hätte, um eine Szene zu vermeiden und nicht noch mehr Aufmerksamkeit auf mich zu ziehen.

Er lacht. »Sie gab mir unmissverständlich zu verstehen, dass ich mir das nicht leisten könne.« Er wendet sich an mich, nimmt meine Hand und verschränkt seine Finger mit meinen. »Also sagte ich ihr, dass ich mir ein Abendessen durchaus leisten kann.«

»Und sie ließ sich von Ihnen zum Essen ausführen?«, will Laura mit einem verächtlichen Lächeln wissen.

»Natürlich nicht«, erwidert Hudson in sehr nachsichtigem Ton. »Ich musste sie kidnappen.« Alle starren ihn an. »Nicht buchstäblich, aber ich fühlte mich so schlecht, dass ich ihr zur Arbeit folgte und sie anflehte, sich von mir zum Essen einladen zu lassen.«

Ich verdrehe die Augen, denn es ist genau das, was Hudson tun würde. Obwohl er aus unserem Kennenlernen ein viel größeres Drama macht als die zivilisiertere Begegnung zwischen uns, die ich geschildert hätte, trifft er unsere Charaktereigenschaften doch ziemlich genau. Außerdem redet er, als kenne er mich gut.

»Und der Rest ist, wie es so schön heißt, Geschichte«, sage ich süßlich, um diese Unterhaltung abzukürzen.

»Wo wart ihr schließlich essen?«, erkundigt sich Laura schlau wie ein NYPD-Detective beim Verhör.

»Hoppers«, antworten wir beide gleichzeitig.

Hudson hebt meine Hand und küsst sie, dann sagt er: »Es war Liebe auf den ersten Bissen von den Masala Dosas.«

»Was für ein Essen ist das?«, will meine Mutter wissen.

»Ein Gericht aus Sri Lanka«, erkläre ich. »Sehr scharf.«

Mum und Laura schütteln sich.

»Es war definitiv heiß«, meint Hudson zweideutig und senkt dabei die Stimme.

Andrew mustert ihn angewidert, als wäre Hudson einfach zu vulgär, um es in Worte zu fassen. Das wiederum ärgert mich, denn auch wenn Hudson nicht mein Typ ist, ist er doch hundertmal besser als Andrew.

»Nicht nur das Essen«, scherze ich zu meiner eigenen Überraschung. Habe ich das wirklich gerade gesagt? Am liebsten wäre ich im Boden versunken. Andrew, meine Mutter und Laura starren mich an.

»Definitiv eine unvergessliche Nacht«, murmelt Hudson laut genug, dass jeder es hört. Er tut jedoch so, als wäre es nur für meine Ohren bestimmt, indem er den Arm um mich legt, mich an sich zieht und mir einen Kuss auf den Mund gibt. Vor allen Anwesenden. Öffentliche Zuneigungsbekundungen gibt es in unserer Familie eher nicht, dennoch hat Hudson gerade ein ziemlich öffentliches Statement abgegeben.

In Gedanken kehre ich an den Abend zurück, an dem wir uns wirklich kennengelernt haben. Das war aufregend. Superaufregend, und ich würde lügen, wenn ich behaupten wollte, dass ich seither nicht immer wieder an die sinnlichen Küsse gedacht hätte. Plötzlich taucht die Erinnerung daran auf, wie er mich berührt hat und meine inneren Muskeln sich um seine Finger zusammenzogen, als ich diesen lustvollen, süßen Orgasmus erlebte.

Er sieht alle strahlend an. »Und so haben wir uns kennengelernt.«

Ich spüre, wie ich erröte. Jap, er hat gerade verkündet, dass wir beim allerersten Date miteinander geschlafen haben. Laura schürzt die Lippen. Meine Mutter lächelt freundlich, sichtlich hingerissen von Hudson, während mein Stiefvater ein klein wenig perplex aussieht, es jedoch ganz geschickt verbirgt, weil er beinah Karriere im diplomatischen Dienst gemacht hätte. Andrew verzieht den Mund in vornehmer Verachtung, als würde er etwas so Ordinäres, wie mit jemandem beim ersten Date zu schlafen, niemals tun.

»Genug von uns«, sagt Hudson und erstaunt mich schon wieder damit, dass er die Initiative behält. »Es geht einzig und allein um euch. Erzählt mal vom Antrag, für den Fall, dass ich ein paar Tipps gebrauchen kann.«

Ich starre ihn verwundert an. Unsere Fake-Beziehung ist nicht einmal annähernd in diesem Stadium, was er auch wissen sollte. Sie steckt bestenfalls in den Kinderschuhen, um es einmal so auszudrücken. Wir haben praktisch gerade erst laufen gelernt und sind noch sehr weit davon entfernt, vor den Altar zu treten. Er zwinkert mir zu und küsst mich erneut.

»Es war so romantisch«, schwärmt Laura. »Andrew hat mich zu Momofuku Ko ausgeführt.« Lächelnd sieht sie Hudson an. »Es ist *das* teuerste Restaurant in New York. Man muss Monate im Voraus einen Tisch bestellen.«

*Natürlich habt ihr das gemacht*, denke ich und widerstehe dem Impuls, die Augen zu verdrehen. Typisch Andrew, wie aus dem Lehrbuch.

Sie hält ihren Princess-Diamantring von Tiffany hoch, der die Größe eines kleinen Kronleuchters hat. Wahrscheinlich soll ich jetzt über den Tisch langen und das Ding ordentlich bestaunen. »Das war eine komplette Überraschung. Und er hat den Ring ausgesucht.«

»Sehr hübsch«, sage ich, weil ich irgendetwas sagen muss. Was ich tatsächlich denke: *Wenn ich mich verlobe, will ich den Ring gemeinsam mit meinem Verlobten aussuchen, und es soll etwas Bedeutungsvolleres sein.* Vielleicht bin ich zynisch, aber ein Tiffany-Ring kommt mir klischeehaft vor und ein bisschen zu einfach. Andererseits ist Andrew auch nicht bekannt für seine Fantasie.

Nach einem zwanzigminütigen detaillierten Bericht über den Antrag, von den applaudierenden Kellnern, dem Champagner, dem Preis für jeden Gang, bringt meine Mutter ihre Emotionen noch einmal zum Ausdruck, indem sie sich ans Herz fasst und erklärt: »Ihr wollt bestimmt vor dem Essen eure Sachen auspacken.«

Ich schließe die Schlafzimmertür und lehne mich geschafft dagegen. Dann betrachte ich das supergroße Doppelbett. Natürlich war mir klar, dass wir uns ein Zimmer teilen, schließlich sähe es seltsam aus, wenn wir es nicht täten. Und ich habe eine Klausel in den Vertrag aufgenommen, die erwachsenes Verhalten über das gemeinsam genutzte Bett vorsieht. Allerdings macht es einen enormen Unterschied, eine Klausel in einem Vertrag zu verfassen oder mit der Realität konfrontiert zu sein. Das Bett mit Hudson zu teilen sowie das An- und Ausziehen und die Gänge ins Badezimmer zu choreografieren, kommt mir viel heikler vor, als ich erwartet habe.

Er steht am Fenster und sieht hinaus, nicht im Geringsten beeindruckt von dem Bett, das den Raum dominiert, und das ärgert mich – in mir krampft sich alles zusammen, während er den entspannten Touristen gibt, der die Aussicht genießt.

Er dreht sich um. »Das war gar nicht so schlecht. Ich habe dir ja gleich gesagt, dass eine Begegnung bei Costa besser klingt als ein Luxushotel.«

Ich lege meinen Koffer aufs Bett und beginne mit dem Auspacken. Hudson setzt sich aufs Bett und schaut mir zu. Das macht mich nervös, deshalb gehe ich zum Angriff über.

»Du musst mit diesen öffentlichen Zuneigungsbekundungen aufhören«, sage ich. »Mit den Küssen.«

»Das waren doch gar keine richtigen Küsse«, erwidert er in sinnlichem Ton und nähert sich mir, als wollte er mir zeigen, was richtige Küsse sind.

»Ich will das nicht vor aller Augen«, stelle ich rasch klar.

»Ah, ich aber schon.« Das wissende Funkeln in seinen Augen löst prompt ein warmes Kribbeln zwischen meinen Beinen aus. Ich will die Schenkel zusammenpressen und widerstehe dem Wunsch, sie übereinanderzuschlagen wie eine züchtige Jungfer, obwohl ein verrückter Teil von mir mich drängt, sie für ihn zu öffnen.

»Die Leute erwarten von uns, dass wir Zärtlichkeiten austauschen. Liebende tun das.« Ich denke prompt an seine Lippen an meinem Hals und wie ich dabei erschauerte. Dann sage ich mir, dass es nur Wissenschaft ist. Die Stimulation von Hautrezeptoren, die Signale via Nervenbündeln an Neuronen im Rückenmark senden und von dort in den Thalamus und ins Gehirn.

»Wir sind keine Liebenden. Wir sind Leute, die sich als Liebende ausgeben.«

Er lehnt sich zurück, stützt sich auf die Ellbogen und wirkt sehr entspannt, mit diesem ironischen Lächeln, als bemitleidete er mich. Mistkerl.

»Dein altes Ich tauschte in der Öffentlichkeit keine Zärtlichkeiten aus, aber willst du dem guten Archibald da unten nicht zeigen, dass du jetzt eine andere bist und ihn nicht vermisst?«

»Er heißt Andrew«, fahre ich ihn an, um überhaupt etwas zu sagen. Verdammt, er hat recht, dennoch wehre ich mich. Denn was, wenn ich mich an diese Dinge gewöhne? Ich verdränge diesen Gedanken. »Niemand wird glauben, dass ich praktisch über Nacht so blöd geworden bin.«

Er zuckt mit den Schultern. »Es ist deine Show, aber du willst doch, dass ich überzeugend bin, oder?«

Ich stoße ein Seufzen aus, denn schon wieder hat er recht. »Gelegentliche Berührungen und Händchenhalten nur, wenn es unbedingt notwendig ist.«

»Notwendiges Händchenhalten.« Er nickt ernst, doch ich weiß, dass er mich auf den Arm nimmt. »Möchtest du das aufschreiben?« Er deutet auf mein Notizbuch. »Damit du es nicht vergisst.«

Ich gebe einen hochnäsigen Laut von mir. »Das werde ich wohl kaum vergessen. Und wo wir schon dabei sind, sollten wir deine Garderobe für die nächsten Tage durchgehen.«

Er öffnet seinen Koffer. »Such dir was aus.«

Obenauf liegen Boxershorts, und bei ihrem Anblick muss ich daran denken, wie es sich angefühlt hat, ihn durch den Stoff hindurch zu streicheln. Fast schüttele ich den Kopf, als würde die Erinnerung mich verbrennen. Ich werde seine Unterwäsche nicht anfassen.

Ich verschränke die Arme, und er grinst. »Keine Berührungen meiner Unterwäsche?« Es gibt Zeiten, da glaube ich, er hat telepathische Fähigkeiten.

»Nein, ganz sicher nicht. Aber ich muss sehen, was du sonst noch zum Anziehen hast.«

Ich hatte recht mit der Auswahl an Henley-Shirts. Er hat

ein blaues mitgenommen, ein hellblaues und ein rotes. Außerdem hat er einen Anzug mit, ein gebügeltes Hemd sowie eine Krawatte. Die Marke überrascht mich: Armani der Anzug, Hermes die Krawatte und Turnbull & Asser das Hemd.

»Die Sachen habe ich mir geborgt«, erklärt er angesichts meines überraschten und misstrauischen Blicks. Die Qualität dieser Stoffe bringe ich nicht unbedingt mit ihm in Verbindung, aber plötzlich will ich ihn in diesem weißen Hemd sehen und male mir aus, die warme Haut seiner breiten Brust durch die edle Baumwolle zu fühlen. Ich habe keine Kontrolle über diese Fantasie, in der meine Finger bereits Knöpfe durch die Knopflöcher schieben und über seine dunklen seidigen Brusthaare streichen.

»Rebecca.«

»Mm?«, erwidere ich beinah verträumt und merke, dass ich seine Brust anstarre, während er etwas gesagt hat, was ich nicht mitbekommen habe.

»Werfen wir eine Münze wegen des Bettes?«

»Du musst nicht auf dem Fußboden schlafen. Wir sind erwachsen, und dies ist ein rein geschäftliches Arrangement.«

»Ich habe nicht die Absicht, auf dem Boden zu schlafen, aber soweit ich mich erinnere, bevorzugen wir beide die rechte Seite, und obwohl wir beide erwachsen sind, wird das nicht funktionieren.«

Ich schlucke, während wir das Bett betrachten. Er nimmt seine Brieftasche heraus und öffnet das Kleingeldfach. Ich stehe nah genug bei ihm, um das Kondompäckchen in einem der Fächer zu sehen. Das weckt eine neue Erinnerung, die ich schnell verdränge, als er die Münze wirft.

»Kopf oder Zahl?«

»Zahl.«

»Pech.« Er streckt mir die Hand mit der Münze hin.

Ich gehe nach unten und fühle mich nach der Dusche viel besser, aber da wir halb acht New Yorker Zeit haben und mein Körper noch nach britischer Zeit funktioniert, nach der es Mitternacht vorbei ist, bin ich allmählich müde. Dennoch fühle ich mich glücklicher. Hudson und ich haben ohne Peinlichkeit die abwechselnde Benutzung des Badezimmers hinbekommen. Nicht die geringste Verlegenheit. Es würde also doch alles gut laufen. Ich rief ihm durch die Badezimmertür zu, er solle nach unten kommen, sobald er fertig sei.

Ich gehe die breite Treppe hinunter und denke an den mühelosen Stil meiner Mutter. Die Wände sind bis zur halben Höhe cremefarben vertäfelt, die Treppe ist mit einem hellgrünen Läufer ausgelegt, der mit Messingstangen befestigt ist. Geschmackvolle viktorianische botanische Drucke zieren die Wände, passend zu den über der Vertäfelung grün gestrichenen Wandflächen. Nur dass nichts davon wirklich mühelos ist; es mag so aussehen, aber wie ich meine Mutter kenne, passt die Farbe zu einer authentischen Quelle in einem Museum, und sie wird Stunden mit der Recherche der Drucke zugebracht haben.

Meine Absätze klappern auf dem Marmorfußboden, und ich betrete den Salon, einen kleinen Raum neben dem Esszimmer. Dort gibt es einen Servierwagen mit einer Auswahl an Spirituosen, die vermutlich eher aus ästhetischen Gründen dort stehen als wegen ihrer geschmacklichen Qualitäten. Für gewöhnlich kommen wir hier für einen Sherry als Aperitif zusammen, ehe wir uns zum Abendessen setzen. Ich bin die Erste heute, was in gewisser Hinsicht beruhigend ist, da ich mit niemandem reden muss. Andererseits bin ich mit meinen Gedanken darüber, wie die nächsten Tage wohl verlaufen werden, allein. Bisher ging alles gut.

Das schnelle Klappern von Absätzen kündigt meine Schwester an, und ich mache mich innerlich bereit für neue Attacken.

Und tatsächlich vergeudet sie keine Zeit. »Gute Arbeit, Rebecca. Wie hast du das hinbekommen?«

Ich schenke ihr ein dünnes Lächeln. Wie immer sieht sie makellos aus. Sie hat ihr Make-up aufgefrischt; ihr rauchgrauer Lidschatten passt nun perfekt zu ihrem engen Seidenkleid, das ihre Brüste und die schmale Taille betont.

»Was hinbekommen?« Ich sehe sie ratlos an. Spielt sie auf meine letzten Vertragsverhandlungen an? Die waren nicht so spektakulär. Und seit wann verfolgt sie meine Karriere?

»Mr. Hottie.«

»Wen?«

Sie verdreht die Augen über meine Dummheit, aber ich begreife immer noch nicht, was sie meint.

»Hudson. Strong. Was für ein ausgedachter Name ist das eigentlich?« Sie lacht spöttisch. »Wie viel hast du ihm gezahlt?«

»Bitte?«, erwidere ich mit so viel eisiger Verachtung, wie ich aufzubringen vermag, obwohl mein Herz pocht.

Sie kann unmöglich wissen, dass Hudson nicht echt ist. Die beste Verteidigung ist, wie jeder weiß, komplette Ignoranz vorzutäuschen.

»Netter Versuch. Ich kenne dich.« Ihre Augen bohren sich mit boshafter Freude in meine. »Komm schon, Schwester. Du würdest niemals mit einem solchen Typen schlafen oder gar zusammen sein.«

»Was stimmt nicht mit ihm?«, frage ich, und ihr Urteil über Hudson trifft mich. In einem Kreuzverhör wären die logischen Fragen an sie, warum sie das gesagt hat und worauf diese Aussage basiert. Wo ist ihr Beweis? Aber nein, ich gehe sofort in die Defensive und zeige dadurch Schwäche.

Nun wird ihre Miene raubtierhaft. »Da ist nichts verkehrt mit ihm, im Gegenteil. Ich wette, ohne Kleidung sieht er noch heißer aus. Nur ist er überhaupt nicht dein Typ. Komm schon, Rebecca.«

Ich will etwas sagen, doch sie kommt mir zuvor.

»Du stehst mehr auf die Spießigen und Verklemmten. Und unser Hudson Strong, falls das tatsächlich sein Name ist, sieht kein bisschen verklemmt aus.«

Ich sauge scharf die Luft ein. Sie blufft. Trotzdem muss mir schnell etwas Geistreiches einfallen. »Oh, er ist keineswegs verklemmt. Dafür verbürge ich mich.«

# 8. Kapitel

Auch wenn ich selbstbewusst klinge und auftrete, bildet sich doch ein Eisklumpen in meinem Bauch, und das Blut gefriert mir in den Adern. Sie hat recht, Hudson ist kein verklemmter Typ. Ich atme vorsichtig ein und beiße mir auf die Lippen bei der Erinnerung daran, wie sein Blick auf mir ruhte und ich die Beine zusammenpresste, als er anfing, sich meinen Schenkel küssend aufwärts zu bewegen. Die Verklemmte bin ich. Zugeknöpft eben.

Aus dem Flur hinter mir ist Hudsons laute Stimme zu hören. »Becs.« Hat er etwas von diesem Gespräch mitbekommen?

Ich höre seine Schritte, die sich mir nähern. Ehe ich mich umdrehen kann, hebt er die Haare in meinem Nacken und küsst mich dort zärtlich, was mir prompt eine Gänsehaut beschert. Angesichts der sinnlichen Berührung schließe ich die Augen und erschauere.

»Mmm«, knurrt er, legt mir die Hand auf die Taille und dreht mich um. »Habe ich dir schon gesagt, wie sehr ich es liebe, deine Schönheitsflecken zu küssen?«

Meine Augen weiten sich, und er grinst verwegen. O nein, er wird doch nicht das Muttermal an der Innenseite meines Oberschenkels erwähnen.

»Besonders dieses … Vielleicht sollten wir eines Tages mal nach Sydney fliegen.« Er schmiegt das Gesicht an meinen Nacken und sieht dann augenzwinkernd zu Laura.

Ich erröte, völlig unangebracht hin- und hergerissen zwischen Freude und Verlegenheit, während meine Schwester aussieht, als wäre sie geohrfeigt worden. »Hudson«, flüstere ich tadelnd, obwohl ich ihm insgeheim gerade die Queen's Gallantry Medal verleihe, von meiner ewigen Dankbarkeit ganz zu schweigen.

»Sorry«, sagt er und klingt dabei nicht im Geringsten, als bedauerte er irgendetwas, während er Laura lächelnd ansieht. »Aber Sie wissen ja, wie das ist. Wir sind frisch verliebt. Vermutlich lässt das nach, wenn man länger zusammen ist.«

Laura nickt, aber langsam, als versuchte sie, eine schwierige Rechnung zu lösen oder zwei Dinge gleichzeitig zu tun, wie ihren Bauch zu reiben und sich dabei mit der anderen Hand auf den Kopf zu klopfen. Ein tolles Triumphgefühl und großartige Erleichterung durchströmen mich, weil Hudson so deutlich demonstriert hat, dass wir miteinander geschlafen haben.

Als Hudson sich für einen weiteren Kuss nähert, kann ich nicht anders, als ihn auch zu küssen. Eigentlich sollte es ein flüchtiger Dankeschön-Kuss werden, nur erwische ich ihn voll auf die Lippen, die sofort nachgiebiger werden, während er mich an sich drückt. Sämtliche Nervenenden in meinem Körper erwachen, als ich den Kuss erwidere.

»Ähem.«

Himmel! Ich weiche erschrocken zurück. Jonathon und meine Mutter stehen im Türrahmen und sehen einigermaßen belustigt aus. Tatsächlich sieht meine Mutter mich liebevoll an. Ich kann mich nicht erinnern, wann ich zuletzt einen solchen Ausdruck auf ihrem Gesicht gesehen habe. Laura kneift die Augen zusammen und wirft die Haare zurück.

»Wo ist Andrew?«, fragt sie in scharfem Ton.

»Ich glaube, er telefoniert in Jonathons Arbeitszimmer«, erklärt meine Mutter.

»Ich gehe ihn suchen.« Laura verschwindet ohne Blickkontakt zu mir oder Hudson.

Jonathon schenkt Drinks ein, gibt Hudson ein Bier und mir einen GinTonic.

»Spielen Sie Golf, Hudson?«, fragt er, als wir es uns in den Clubsesseln aus Leder bequem gemacht haben.

Ich rechne mit einem Nein als Antwort, weil er nicht wie einer der Männer bei mir in der Kanzlei aussieht, die sich auf dem Golfplatz treffen, um »Mein Putt ist besser als deiner« zu spielen, daher bin ich erstaunt, als er Ja sagt.

Schon fangen sie an, über Plätze zu reden, auf denen sie gespielt haben. Wie sich herausstellt, hat Hudson offenbar auf vielen der Golfplätze in Großbritannien gespielt, auf denen Jonathon auch war, einschließlich des Royal and Ancient in St. Andrews, von dem ich weiß, wie äußerst prestigeträchtig er ist.

»Sie müssen mit uns am Morgen von Thanksgiving spielen, Hudson. Andrew und ich haben um halb neun eine Tee Time gebucht. Nur neun Löcher.«

Hudson schaut zu mir, ob ich einverstanden bin.

»Nur zu«, sage ich, da ich mir vorstellen kann, dass ich bis dahin eine Pause von ihm brauche.

»Er scheint sehr nett zu sein«, bemerkt meine Mutter leise. »Was macht er beruflich?«

So gern ich auch geantwortet hätte, Hudson sei Banker oder Anwalt oder Führungskraft bei einer Firma in der Stadt, waren wir uns einig, wenn möglich bei der Wahrheit zu bleiben.

»Er ist Möbeldesigner«, sage ich daher.

»Wirklich?« Meine Mutter hebt die Stimme und legt den Kopf schief. Sie sieht mich an, als hätte ich gerade verkündet, dass ich mir einen Ashram in Indien suchen werde.

»Ja, er ist sehr gut«, sage ich, was wahr sein könnte oder auch nicht, denn er betreibt die schlimmste Website der Welt. Die Fotografien darauf sind dermaßen schlecht, dass die Qualität der Möbel unmöglich zu beurteilen ist. »Er hat die HDK-Valand Academy of Art and Design an der Universität Göteborg besucht.« Der Name kommt mir mit angenehmer Vertrautheit über die Lippen.

Meine Mutter nickt, als wüsste sie genau, wo das ist.

»Das ist in Schweden«, füge ich für noch mehr Authentizität hinzu. Tatsächlich habe ich es recherchiert. Plötzlich kommt mir der Gedanke, dass ich vielleicht zu präzise bin – würde ich wirklich den Namen einer ausländischen Universität kennen und ohne Schwierigkeiten aussprechen können? Ich muss aufpassen, denn es gibt eine feine Grenze, jenseits der man jemanden nicht nur kennt, sondern verdächtig viel über ihn weiß. Wenn ich so weitermache, wird es sich bald anhören, als hätte ich Hudson gestalkt, bevor wir zusammenkamen. Meine Schwester hat ihre Zweifel schon bekundet. Ab jetzt muss ich auf der Hut sein. Sie wird auf Hinweise lauern, die ihre Theorie untermauern. Hat Hudsons Rettung vorhin gereicht?

Beim Abendessen dreht sich alles um die Pläne für Thanksgiving und die Verlobungsparty. Ich kann mein ständiges Gähnen auf den Jetlag schieben, aber nach dem fünften Gähnen in rascher Folge hat meine Mutter Erbarmen mit uns.

»Ich glaube, ihr zwei braucht Schlaf. Wie spät ist es nach eurer Zeit?«

»Vier Uhr morgens«, antworte ich, ein weiteres Mal gähnend. Es war wirklich ein sehr langer Tag.

Hudson und ich stehen auf, wünschen allen eine gute Nacht und gehen schweren Schrittes zur Treppe. Es ist keine vorgegaukelte Zuneigung, dass wir wie zwei Betrunkene zu unserem Zimmer taumeln. Nicht ohne Grund ist Schlafentzug eine Foltermethode.

»Möchtest du zuerst das Badezimmer benutzen?«

Ich nicke dankbar und putze mir todmüde die Zähne. Dann tauschen wir, und während er im Bad ist, ziehe ich mich aus und lasse meine Kleidung auf dem Boden liegen. In BH und Slip krieche ich ins Bett, denn mir fehlt die Kraft, jetzt noch nach meinem Pyjama zu suchen. Außerdem ist es nicht so, als hätte Hudson nicht schon alles gesehen. Als mein Kopf aufs Kissen sinkt, fällt mir ein, dass ich auf der falschen Seite liege, also rutsche ich hinüber auf die rechte beziehungsweise linke Seite. Etwa eine Minute später nehme ich noch so eben wahr, das Hudson sich neben mich legt. Ich glaube, er murmelt »Gute Nacht«, aber ich bin kraftlos und bringe nichts mehr heraus. Kurz vor dem Einschlafen gratuliere ich mir selbst: Trotz des kleinen Zwischenfalls mit meiner Schwester, den Hudson mit Bravour meisterte, lief unser erster Abend sehr gut.

Mir platzt die Blase, doch als ich erleichtert auf der Toilette sitze, erkenne ich, dass ich bloß träume und gar nicht auf der Toilette bin. Ich kämpfe mich aus dem dicken Daunenbettzeug und registriere am Rande des Bewusstseins, dass ich nicht zu Hause bin. New York. Eltern. Badezimmer. Mit geschlossenen Augen tapse ich ins Bad, die Arme ausgestreckt, meinen Weg ertastend, zu gehetzt, um den Lichtschalter zu suchen. Die Toilette ist mein einziges dringendes Ziel. Ich spüre das kühle Porzellan und setze mich seufzend. Die Augen halte ich weiter geschlossen, denn ich will nicht aufwachen. Ich will nicht stundenlang in der Dunkelheit liegen und auf den Morgen warten, wie es üblicherweise nachts bei mir der Fall ist.

Als ich zurück ins Bett taumele, stelle ich glücklich fest, dass es noch warm ist. Ich kuschele mich hinein, atme einen männlichen Duft ein und lächle. Hudson. Netter Typ. Meine Nase stößt gegen warme Haut. Hudson.

Ich lächle erneut schläfrig. Netter Kerl, dieser Hudson. Toller Typ. Hudson.

Dann dämmert es mir – ich bin auf der falschen Seite ins Bett gestiegen. Eine Hand gleitet träge über meine Taille, und die Berührung seiner Finger auf meiner Haut setzt meine Nervenenden prompt in Flammen. Er schmiegt das Gesicht in meine Haare, und in meiner müden Benommenheit schmiege ich mich an ihn. Irgendwie scheint mein Körper meinem Verstand weit voraus zu sein, weshalb ich immer noch zu verstehen versuche, was hier geschieht. Haut an Haut fühlt er sich weich und stark zugleich an, und gewisse Instinkte in mir sehnen sich nach seinem Körper an meinem. Ich schiebe das Bein zwischen seine Beine und presse das Becken gegen seine steinharte Erektion. Ich will ihn. Mein Körper will seinen Körper, und meine Muskeln ziehen sich in sinnlicher Vorfreude zusammen. Ich fühle mich frei und entspannt, im Dämmerzustand zwischen Schlaf und Wachsein. Die Realität existiert nicht, nur Empfindungen, und ich gebe dem Verlangen nach, ihn zu küssen. Ich presse meine Lippen auf seine Haut, erforsche seine Brust mit meinem Mund, spüre das sanfte Kitzeln seiner Haare, die straffen Muskeln und … oh! Oh, ja, seine harten Nippel. Sie zu kosten, erregt mich, eine heiße Flamme der Begierde lodert in mir auf. Es entlockt ihm ein Stöhnen.

Ich erstarre. Mein Verstand ist jetzt hellwach, ich bin hin- und hergerissen. Mein Körper fühlt sich katzengleich und träge angesichts seiner behaglich warmen Nähe. Ich kann mich nicht bewegen. Nein, das ist eine große Lüge – ich will mich nicht bewegen. Nie mehr. Ich will hierbleiben und mich ihm hingeben. Ich bin hellwach.

Und er? Ist er sich dessen bewusst? Es besteht die Chance, dass ich mich aus dem Bett schleiche und er nie erfährt, dass ich jemals da war. Doch als ich zur Bettkante rutsche, hält er mein Handgelenk fest.

»Willst du irgendwo hin?«, flüstert er sanft und küsst mich auf den Mund, um gleich darauf das Gesicht an meinen Hals zu schmiegen. Wieder erstarre ich kurz, aber er ist so warm, dass ich nicht widerstehen kann. Ich genieße, wie er sich anfühlt, kann spüren, wie sein Brustkorb sich mit jedem Atemzug hebt und senkt. Sein Duft benebelt mir die Sinne. Ich kann seinen Herzschlag an der Innenseite meines Handgelenks fühlen. Meine Augen haben sich an das Dämmerlicht gewöhnt, und ich riskiere es, den Kopf zu heben und sein wunderschönes Gesicht zu betrachten.

Seine Augen sind offen, und er betrachtet mich beinah versonnen, als käme er gerade erst zu sich. Ich halte ertappt inne, als könnte nichts weiter geschehen, wenn ich mich nicht mehr bewege. Unsere Blicke treffen sich, und der Moment dehnt sich in der Stille der Nacht. Ich halte den Atem an, als könnte schon das Geräusch den Bann brechen. Ich versuche meine Hand wegzuziehen, doch er hält sie fest und küsst meine Handfläche, während er seine andere Hand an meinem Rücken hinuntergleiten lässt, um meinen Po zu umfassen und mich an sich zu ziehen. Erneut küsst er mich, sacht und verschlafen. Diese Zartheit ist aufregend, weil völlig anders als die wilde Lust unserer ersten Nacht. Ich seufze vor Wonne. Ich liebe es, Hudson zu küssen.

Dieser Gedanke lässt sämtliche Alarmglocken in meinem Kopf schrillen. Hudson küssen. Küssen ist erlaubt. Zehn Küsse. Was zählt als Kuss? Zählen diese betörenden, wundervollen Küsse als ein Kuss?

Seine Hüften stoßen gegen meine, und ich werde nachgiebig; mein Körper ist bereit für ihn. Er küsst mich immer noch, sein Mund liegt sanft auf meinem.

»Wir sollten das nicht tun«, murmele ich, obwohl ich es wirklich will.

»Doch, sollten wir. Du fühlst dich so gut an, Becs. So gut.« Er seufzt, und es ist die Art, wie er seufzend meinen Namen ausspricht, die mir den Rest gibt. Er findet, dass ich mich gut anfühle. Er fühlt sich auch gut an. Ich kann nicht dagegen ankämpfen, gegen diese warme Sinnlichkeit, die sich überall in mir ausbreitet. Ich fühle mich wie eine Frau und wie eine Frau sich fühlen sollte.

Als er sehr langsam und behutsam in mich eindringt, gebe ich einen lustvollen Laut von mir. Endlich. Ich hebe ihm das Becken entgegen und passe mich seinem Rhythmus an. Jedes Mal, wenn er in mich hineingleitet, steigen Sterne auf, und sobald er hinausgleitet, setzt panische Begierde ein und das Verlangen, ihn zu halten.

»Hör nicht auf«, flüstere ich und klammere mich an seine Taille, als könnte ich ihn dadurch tiefer in mich aufnehmen. Sein Becken sinkt auf meines, und wir verschmelzen auf vollkommene Weise. Ich halte ihn fester und dränge mich an ihn.

»Becs«, flüstert er an meinen Lippen. »Verdammt, es ist so gut. Du fühlst dich wunderbar an … ich kann nicht …« Seine Armmuskeln spannen sich an, und ich fühle, wie er kommt, während er stöhnt. »Oh, verdammt … oh, verdammt.«

Seine verzweifelten, sich wie eine Litanei wiederholenden Worte bringen mich zum Höhepunkt. Es verschafft mir einen erotischen Kick, dass er meinetwegen die Kontrolle verliert und sich ganz dem Augenblick überlässt. Ich klammere mich an ihn und empfinde tiefen Frieden, während wir langsam zur Erde zurückgleiten.

# 9. Kapitel

Ich kuschele mich beim Erwachen in das warme Bett. Ich liebe es, im Bett zu sein und nicht aufstehen zu müssen und … Mein Bein liegt über einem anderen warmen Bein. Eine Hand hält meine Hüfte. Warmer Atem streift mein Gesicht. Ich schlage die Augen auf. Hudson liegt auf der Seite und sieht mich lächelnd an.

»Du bist wie ein Hamster, weißt du das?«, flüstert er, als ich mich ins Kissen kuschele. Sein Mund verzieht sich zu einem breiteren Grinsen, während seine Finger meine Taille streicheln.

Verschlafen erwidere ich sein Lächeln und schließe die Augen wieder. Ich bin noch nicht bereit, mich dem Tag zu stellen, und drifte erstaunlicherweise zurück in den Schlaf.

Hudson tippt auf seinem Handy herum, als ich wieder aufwache. Er sitzt an die Kissen gelehnt, mit nackter Brust und zerwühlten Haaren. Ich liege auf der Seite und beobachte ihn heimlich, verhalte mich ganz still, um seine Aufmerksamkeit nicht zu wecken.

»Ich weiß, dass du wach bist«, sagt er grinsend, obwohl er unverwandt auf das Handydisplay schaut. Entgeht diesem Mann denn gar nichts? Er strahlt Fröhlichkeit und Frische aus. Du liebe Zeit, er ist ein echter Morgenmensch. Wahrscheinlich ist mein Make-up von gestern um meine Augen verschmiert, und meine Haare kringeln sich zu den ewigen

Locken. Seufzend drehe ich mich auf den Rücken und ziehe die Decke hoch bis zum Kinn, da ich mir plötzlich meiner Nacktheit peinlich bewusst bin. Und oh, ja … da war noch die vergangene Nacht. Es ist wirklich passiert.

»Wie spät ist es?«, frage ich und versuche trotz des Nebels in meinem Kopf herauszufinden, wie ich mich am besten benehme. Souverän. Würdevoll. Soll ich so tun, als wäre es nicht passiert und alles sei ganz normal? Warum bin ich in Sachen Sex bloß ein solcher Tollpatsch? Mit plötzlicher Klarheit erkenne ich: Es liegt daran, dass ich tief im Innern immer an das Märchen geglaubt habe, Sex und Liebe gehörten zusammen.

»Es ist halb sieben.«

»Was?« Ich stöhne. Das ist viel zu früh. Aber ich weiß, dass man seinen Körper schnell an die neue Zeitzone gewöhnen sollte.

»In England ist es halb zwölf, also hast du im Grunde ausgeschlafen.«

»Mm«, murmele ich, nicht überzeugt von dieser optimistischen Logik.

»Was machen wir heute?«, fragt er und legt sein Handy hin. Er lächelt, als wüsste er etwas, was ich nicht weiß. Wartet er darauf, dass ich die vergangene Nacht zur Sprache bringe?

Heute gibt es keine Pläne der Familie, was mir sehr entgegenkommt, da ich dringend aus dem Haus will, um so wenig Zeit wie möglich in Lauras Nähe zu verbringen. Hudson mitzubringen, hat sich als schlauer Zug erwiesen. Er dient mir als Vorwand zur Flucht.

»Wie wäre es, wenn wir Touristen spielen?«, frage ich.

»Ich hatte gehofft, dass du das vorschlägst. Empire State Building?«

Ich stöhne.

»Sei kein Touristensnob«, sagt er.

»Das bin ich nicht«, verteidige ich mich. »Aber die Schlangen werden höllisch sein.« Alles voller Touristen, die umherlaufen wie orientierungslose Schafe und staunend »Ah« und »Oh« rufen, statt sich zügig zu bewegen. Hätte ich dort etwas zu sagen, würde ich die Peitsche einsetzen.

»Ach, wir haben doch jede Menge Zeit. Sieh mal«, sagt er und zeigt mir das Bild auf seinem Handydisplay. »Es öffnet um elf.« Er sieht mich strahlend an. »Ich habe gerade online Tickets gebucht, sodass wir vorher noch irgendwo frühstücken können. Ich will richtige amerikanische Pancakes und Blaubeermuffins.« Er schaut amüsiert auf mich herunter. »Soll ich uns beiden einen Kaffee holen? Wo ist die Küche?«

Allein für den Kaffee könnte ich den Mann küssen. Stattdessen nicke ich nur, gegen meinen Willen beeindruckt von seiner Fähigkeit, sich sanft, aber bestimmt durchzusetzen. Nicht, dass ich ihm das berühmte Gebäude vorenthalten hätte. Schließlich muss ich die gute Gastgeberin und beflissene Freundin spielen. Nicht verliebt, wohlgemerkt.

Vor allem aber bin ich beeindruckt davon, wie lässig er die vergangene Nacht akzeptiert. Da fühle ich mich gleich viel besser. Keine große Sache. Nichts, worüber man reden müsste. Zwei Körper, die zueinanderfinden und tun, was Körper tun. Alles absolut normal.

Wem will ich da etwas vormachen? Warum hat er es nicht angesprochen? Wird er es noch ansprechen? Außerdem, verdammt, bezahle ich ihn. Wir hatten uns darauf geeinigt: kein Sex. Glaubt er, ich nehme an, es sei okay für ihn? Ich muss etwas sagen, doch bevor ich das kann, schlägt er die Decke zurück und geht durch das Zimmer. Sein Po ist etwas blasser als sein Rücken und die Beine. Ich verfolge das Spiel seiner Rückenmuskeln und erinnere mich, die Vertiefung seiner Wirbelsäule gestreichelt zu haben. Prompt bekomme ich einen trockenen Mund, und die Funken lodern auf. Er nimmt sich einen der weißen Gästebademäntel, die meine Mutter stets zur Verfügung stellt. Im Badezimmer werden sich außerdem reichlich Toilettenartikel befinden, denn sie ist eine brillante Gastgeberin. Es würde mich nicht überraschen, wenn es auch Ersatzrasierer, Strumpfhosen und Tampons im Badezimmerschrank unter dem Waschbecken gäbe.

Er verschwindet, und ich liege für einen Moment da, überlasse mich dem erotischen Nachglühen. Ich presse die Schenkel zusammen und spüre noch immer sanft die Nachwirkungen. Ob ich diese Empfindungen zu einem Orgasmus steigern kann? Feucht bin ich schon einmal – oder vielleicht auch noch feucht.

Ich zwinge mich, aus dem Bett zu steigen, schnappe mir einen der Bademäntel und gehe ins Bad, um den Schaden zu begutachten. Meine Güte, ich würde ja gern behaupten, dass ich aussehe wie nach gutem Sex, aber nein, es ist eher der wilde Hamsterlook, mit um die Augen verschmiertem Mascara und nach allen Seiten abstehenden Haaren.

Ich lege meine Sachen bereit und stelle mich unter die Dusche, denn ich will angezogen sein, wenn Hudson zurückkommt. Meine Haare erfordern einiges an Arbeit, um sie wieder zu glätten. Ich hoffe, er gehört nicht zu diesen Männern, die ständig darüber nörgeln, wie lange eine Frau braucht, um sich zurechtzumachen. So etwas ärgert mich wirklich. Die wollen, dass man gut aussieht neben ihnen, geben sich selbst aber kaum Mühe und haben keine Geduld.

Der Rest der Familie wird heute mit Andrews Eltern zu Mittag essen. Ich frage mich, was sie davon halten, dass er

Laura heiratet. Mit seiner Mutter bin ich ganz gut ausgekommen. Sie war Anwältin, daher hatten wir etwas gemeinsam. Ich wette, er hat ihr nie den wahren Grund dafür genannt, weshalb er mich verlassen hat. Laura hat ihre Berufung noch nicht gefunden, aber ich schätze, wenn sie ihn heiratet, wird ihr Job darin bestehen, in einem Wohltätigkeitskomitee zu sitzen, sich mit Leuten zum Lunch zu treffen und das Fitnessstudio-Häschen zu geben.

»Bitte sehr.« Hudson erscheint mit zwei dampfenden Bechern, in dem einen Kaffee, im anderen Tee. Anscheinend hat er die Küche allein gefunden. Er stellt mir den Kaffee auf den Frisiertisch und setzt sich in einen der bequemen Lehnsessel.

»Wegen gestern Abend ...« Er hält inne.

Ich umfasse meinen Kaffeebecher fester – was will er mir sagen?

»Es lief ganz gut. Ich habe dir ja prophezeit, dass die Geschichte mit dem verschütteten Kaffee die bessere Variante ist.« Er lächelt triumphierend. »Deine Schwester ist allerdings ein hartes Stück Arbeit. Und was zur Hölle hast du je in deinem Ex gesehen? Was für ein Spießer! Ist der in Anzug und Krawatte zur Welt gekommen?«

Ich lache, denn das beschreibt Andrew ganz gut; dennoch muss ich wohl meinen Geschmack verteidigen. »Was ist verkehrt daran, smart auszusehen?«

»Nichts, aber es gibt smart und ...« Er macht eine Pause, und in seinen Augen erscheint ein schlaues Funkeln. »Zugeknöpft.«

Bei der Erinnerung an meine geflüsterten Worte steigt mir Hitze in die Wangen. *Knöpf mich auf.* Ich trinke rasch einen Schluck Kaffee und eile ins Badezimmer, obwohl ich alles bereits erledigt habe. Ich brauche nur Abstand von ihm. Und seiner Pracht. »Wenn wir uns das Empire State Building ansehen wollen und du außerdem noch Pancakes möchtest, sollten wir uns lieber zeitig auf den Weg machen.«

Hudson befeuchtet sich die Unterlippe, an der ich in diesem Moment gern gesaugt hätte. Allmählich entwickle ich eine kleine Obsession für seinen Mund, und ja, es ist ein Klischee, aber seine lässige, unbekümmerte Art, zu genießen, ist einfach sexy. Ich habe noch nie jemanden gesehen, der sich über einen Stapel Pfannkuchen so freut wie Hudson. Wir befinden uns im IHOP, etwa zehn Blocks vom Empire State Building entfernt.

»Na los, Becs, probier mal.« Er hält mir die Gabel hin; der Sirup glänzt einladend.

»Nenn mich Rebecca«, ermahne ich ihn kopfschüttelnd. Dieser Mann ist einfach zu verlockend.

»Los, du willst es doch.« Er grinst frech, als würde er mich durch und durch kennen.

Was nicht der Fall ist, sage ich mir und erwidere: »Will ich nicht.« Obwohl mir das Wasser im Mund zusammenläuft, ich kosten will und möchte, dass er mir dabei zusieht. »Ich frühstücke nicht.«

Er macht ein betrübtes Gesicht. »Da entgeht dir aber was«, sagt er und fügt hinzu: »Schöne Dinge morgens sind ein guter Start in den Tag.« Seine Augen weiten sich in gespielter Unschuld. Er schiebt sich einen Happen in den Mund und schließt seufzend die Augen. »Oh, das ist so gut.« Seine Stimme geht mir durch und durch, denn es erinnert mich an seine Worte in der vergangenen Nacht und wie ich dabei zum Höhepunkt gelangt bin. Was stimmt nicht mit mir? Anscheinend kann ich nicht aufhören, an Sex zu denken oder, genauer gesagt, an Sex mit Hudson.

»Du solltest dich ein bisschen mehr gehen lassen«, bemerkt er, mit dem Finger durch den Sirup auf seinem Teller fahrend, um ihn anschließend in seinen sinnlichen Mund zu stecken. »Was machst du, um dich zu amüsieren?« Er fährt erneut durch den Sirup, doch diesmal presst er den Finger sanft auf meine Lippen. Wie ein Küken öffne ich automatisch den Mund und lecke seinen Finger ab. Heiß durchströmt es mich dabei.

»Mich amüsieren?«, wiederhole ich als Verzögerungstaktik, da meine Empfindungen mich aus der Bahn werfen.

»Ja, du weißt schon. Was machst du, um Spaß zu haben? Du hast doch gelegentlich auch mal Spaß, oder?«

»Natürlich habe ich Spaß.« Meine Stimme ist scharf, denn ich trage einen Kampf mit mir aus; einerseits will ich cool wirken, andererseits verspüre ich Lust, ebenfalls den Finger in den Sirup zu tauchen und ihn kosten zu lassen. »Ich besuche Restaurants, gehe etwas trinken.«

»Mit wem?«

Ich zucke mit den Schultern. »Mit Kolleginnen, Freunden.«

»Interessant. Arbeitskolleginnen nennt sie zuerst, Freunde an zweiter Stelle.« Er wirft sich eine Erdbeere in den Mund und kaut, ohne mich aus den Augen zu lassen. Ein winziger Klecks Saft spritzt heraus und bleibt neben seinem Mund kleben. Am liebsten würde ich den ablecken, die Süße der Beere kosten, genau wie ihn. Stattdessen konzentriere ich mich darauf, was er gerade gesagt hat.

In dem kurzen Satz hat er die ganze Wahrheit meines Lebens aufgedeckt. Aber es gibt nichts, wofür ich mich zu entschuldigen hätte. »Na schön, ich bin ein Workaholic. Ich mag meinen Job. Ich bin gut darin.« Und er ist mein Sicherheitsnetz, aber das verrate ich ihm nicht.

»Er definiert dich«, stellt er mit alarmierender Genauigkeit und einem Hauch Mitgefühl fest. »Darum beneide ich dich.«

Damit überrascht er mich. Angesichts seines Berufes und seiner lockeren Lebenseinstellung hätte ich bei ihm eher eine ablehnende Haltung dazu erwartet.

»Warum?«, frage ich; nach wie vor werde ich nicht ganz schlau aus ihm.

»Die Leute respektieren dich. Sie wissen, wer du bist und was du tust. Das ist doch was. Du bist erfolgreich.«

Ich hebe das Kinn. Er hat es ganz gut auf den Punkt gebracht. Ich bin stolz auf das, was ich erreicht habe, und ich weiß, mein Dad wäre auch stolz. Er liebte mich für meinen Erfolg, und ich werde ihn nie enttäuschen. Ich habe mir den Respekt verdient. Ich habe verdammt hart dafür gearbeitet, aber ich bleibe an Hudsons letztem Wort hängen.

Was bedeutet Erfolg? Ja, ich bin Partnerin der Kanzlei geworden, und ich besitze eine tolle Wohnung … doch was kommt als Nächstes? Was mache ich als Nächstes? Werde ich bei Carter-Wright bleiben? Es besteht keine Chance, geschäftsführende Teilhaberin zu werden, weil schon zwei mögliche Nachfolger bereitstehen – obwohl ich um Längen besser bin als sie. Ich könnte in eine andere Kanzlei wechseln und wurde auch schon häufig von Headhuntern kontaktiert. Aber etwas wirklich Neues würde mich dort nicht erwarten. Die Ehe hatte nie einen Reiz für mich, eine Familie mit den statistischen 2,4 Kindern auch nicht. Ich möchte eine Partnerschaft mit jemandem, der so stark ist wie ich. Nicht jemanden, der mich als Konkurrenz sieht oder gar als Bedrohung, weil ich mehr verdiene. Ich will jemanden, der nicht von mir erwartet, dass ich staubsauge oder koche, nur weil ich zufällig zwei X-Chromosomen habe. Das ist auch der Grund, weshalb ich keine Kinder will, denn dann wäre ich diejenige in einer Beziehung, die eine »Karrierepause« einlegen müsste, und das wäre gleichbedeutend mit beruflichem Selbstmord.

Als ich Hudson wieder ansehe, sieht er tatsächlich zum ersten Mal untröstlich aus. Verschwunden ist sein zuversichtliches, strahlendes Lächeln. Sein Mund ist verkniffen, und auf einmal bin ich ihm dankbar für seine Sorge um mich. Es gibt mir einen seltsamen Stich. Jetzt mache ich mir ein bisschen Gedanken um ihn.

»Diese Ausstellung ist wichtig für dich, nicht wahr?«

Er nickt. »Ja.«

»Warum?«, frage ich und bin mir noch nicht sicher, wie ich zu diesem neuen Blick auf Hudson stehe.

Er stützt die Ellbogen auf den Tisch, über seinen sauber leer gegessenen Teller gebeugt, legt das Kinn in die Hände und seufzt. »Da geht es um alles oder nichts. Wenn ich mit dieser Ausstellung kein Aufsehen errege, wird es mir nie gelingen. Was glaubst du, warum ich deinem verrückten Vertrag zugestimmt habe?«

Ich ziehe meine Lippe zwischen die Zähne. Der Vertrag, der vor allem keine sexuelle Beziehung vorsah. Ich habe meinen eigenen Vertrag gebrochen. Shit. Ich muss mit ihm darüber sprechen ... aber wo fange ich an?

»Warum ist diese Ausstellung so wichtig?« Warum hat es ihn dazu gebracht, bei meiner idiotischen Idee mitzumachen?

»Es handelt sich um eine kleine Ausstellung, doch es ist *die* Ausstellung. Die London Contemporary Arts and Crafts Exhibition. Man muss dazu eingeladen werden, um dort ausstellen zu dürfen. Nur zwanzig Leute, jedes Jahr. Das ist, wie ein Ticket für Wimbledon zu gewinnen. Ich erfuhr im vergangenen Jahr, dass ich einen der Plätze erhalten habe, also arbeitete ich in den letzten zwölf Monaten wie ein Verrückter, um zwei Kollektionen fertigzustellen.« Er zuckt bescheiden mit den Schultern. »Und ich bin ziemlich zufrieden mit ihnen. Sie sind innovativ, korrespondieren aber mit der natürlichen Holzmaserung. Ich habe Esche benutzt von ... einem Grundstück, der Sturm hatte einige Bäume umgeworfen, außerdem habe ich verwittertes Holz aufgearbeitet, das für einen großartigen Effekt sorgt.« Seine Miene hellt sich auf, und das erinnert mich an den Abend im Pub, als er sagte, Braun sei seine Lieblingsfarbe. Zum ersten Mal wird mir klar, wie wichtig ihm seine Arbeit ist, und das habe ich bisher deshalb auch nicht zu würdigen gewusst. Im Gegensatz zu mir definiert ihn seine Arbeit nicht, obwohl er mit Leidenschaft dabei ist. Ich hatte eher den Eindruck, dass es bei dem Zugang zum Studio um seinen männlichen Stolz geht und er das Geld braucht, um wiederzubekommen, was ihm gehört. Jetzt verstehe ich, dass es um viel mehr geht.

»Es ist meine beste Arbeit, das weiß ich. Ich muss nur hinbekommen, dass die Leute es sehen. Und diese Ausstellung bietet die beste Möglichkeit.« Er knetet seine Hände auf dem Tisch.

»Was hat dich dazu gebracht, Möbel herstellen zu wollen?«, frage ich, denn ich habe noch nie jemanden kennengelernt, der mit seinen Händen arbeitet. Na ja, natürlich bin ich solchen Leuten schon begegnet, aber ich kenne niemanden persönlich, der einer körperlichen oder kreativen Arbeit nachgeht. Ich kenne hauptsächlich Anwälte, Ärzte, Versicherungsagenten, Banker, Marketingspezialisten oder Managementberater. Leute mit smartem Verstand, smarten Jobs und smarter Kleidung.

»Mein Granddad hat immer geschnitzt. Als Kind hat er winzige Tiere gefertigt. Kleine Vögel, Kreaturen aus dem Wald. Meine Schwestern und ich besaßen eine ganze Menagerie. Seine Vorgehensweise hat mich stets fasziniert. Warum ein Frosch? Warum ein Zaunkönig? Er meinte, der Wald spreche zu ihm, und dann zeigte er mir die Holzmaserung oder einen Astknoten. Später wollte ich, sobald ich ein Stück Holz sah, herausfinden, welches Geheimnis es barg und was es mir sagen konnte. Aber ich wollte mit größeren Stücken arbeiten, und als ich in der Schule mit Holzarbeiten begann, wusste ich, dass ich meine Bestimmung gefunden hatte. Ich war in meinem Element, und zum Glück für mich fand der alte Mr. Dobson, der Hunderte gleichgültige Kids unterrichtet haben muss, Gefallen an meiner Begeisterung. Er ermutigte mich. Darüber hinaus besaß er ein tiefes Verständnis für Holz und brachte mir bei, was ich damit tun konnte, wie damit arbeiten, was sich daraus machen ließ.« Hudson blickt verträumt drein, während er von diesen glücklichen Erinnerungen erzählt. Er gestikuliert dabei und formt imaginäre Stücke aus Holz. Prompt erinnere ich mich daran, wie diese Hände über meinen Körper glitten, die Hände eines meisterhaften Kunsthandwerkers, sicher und stark. Er ist geradezu hypnotisierend. Leidenschaftlich. Er fühlt Dinge.

Ich bin fasziniert. Die Männer, die ich kenne, lieben das Tempo, die Herausforderung, die Jagd in ihren Jobs. Aber ich kann mir nie vorstellen, dass sie Dinge erfühlen oder etwas mit ihren Händen entstehen lassen. Was Hudson macht, ist für mich fremdartig und unglaublich. Wenn ich einen wichtigen Vertrag unter Dach und Fach gebracht habe, spüre ich das Adrenalin, doch dann wende ich mich gleich dem nächsten Projekt zu. Ich bezweifle, dass irgendwer sich je an meine Unterschrift auf einem Vertrag erinnern wird oder denkt: *Das wurde von Rebecca Madison entworfen und erschaffen.* Wie muss es wohl sein, etwas zu erschaffen, das Hunderte von Jahren besteht oder ein Leben lang benutzt wird?

»Also, gehst du mit mir auf diesen Turm oder nicht?«, fragt er und beendet diesen Moment. Sein Gesicht hat wieder diesen attraktiven unbeschwerten Ausdruck.

Obwohl wir vor elf da sind, gibt es bereits eine Schlange. Hudson beginnt sofort ein Gespräch mit einem kanadischen Paar vor uns. Ich höre mit halbem Ohr zu und nutze die Gelegenheit, mir eine Voicemail auf meinem Handy anzuhören. Ich bin zwar im Urlaub, aber es ist ein ungeschriebenes Firmengesetz, dass niemand sein Smartphone ausschaltet.

»Wie lange bleiben Sie?«, erkundigt er sich, nachdem geklärt ist, dass sie ihren zehnten Hochzeitstag in New York verbringen, in Toronto leben und drei Kinder haben, die bei seinen Eltern sind. Bis dahin habe ich ein Dutzend E-Mails gelöscht und auf fünf andere rasch geantwortet.

»Nur drei Tage«, sagt die Frau. »Heute ist schon unser letzter, aber es war super.«

»Bei uns dasselbe. Wir sind gestern Abend angekommen und fliegen Freitag zurück. Was können Sie uns empfehlen?«, fragt er.

»Oh, Sie müssen Ellen's Stardust Diner besuchen, nicht wahr, Liebling?«, sagt sie. »Sämtliche Kellnerinnen und Kellner sind zukünftige Broadway-Stars, und sie sind soooo gut.«

»Ja, es ist eine tolle Atmosphäre«, bestätigt ihr Mann. Sie fangen an, uns alles darüber zu erzählen. Natürlich habe ich davon gehört, aber selbst wenn es nicht so wäre, klingt es schrecklich. Singendes Servicepersonal. Ich kann mir kaum etwas Grässlicheres vorstellen.

»Das hört sich fantastisch an«, sagt Hudson. »Da sollten wir hin.«

Ich schaue von meinem Handy auf und starre ihn fassungslos an. »Mal ernsthaft«, sage ich leise, als das kanadische Paar sich über ihre Lieblingsnummer unterhält. »Das ist die größte Touristenfalle in Manhattan. Das Essen ist überteuert und von durchschnittlicher Qualität. Wenn du in Manhattan essen willst, gibt es dort die besten Restaurants der Welt.« Ich würde lieber sterben, als dorthin zu gehen.

»Und wieder bist du zugeknöpft«, erwidert Hudson mit einem schiefen, herausfordernden Lächeln. »Das klingt doch lustig. Warst du schon mal dort?«

Ich weigere mich, diese Frage mit einer Antwort zu würdigen, denn ich hasse es, wie die Spielverderberin dazustehen, die behauptet, etwas nicht zu mögen, obwohl sie es nie probiert hat. Ich schaue auf mein Handy, aber er schüttelt den Kopf und legt die Hand aufs Display. »Also nicht.« Seine Worte klingen vorwurfsvoll und triumphierend zugleich.

Wütend sehe ich ihn an. »Ich muss es nicht sehen, um zu wissen, dass ich aller Wahrscheinlichkeit nach mit meiner Einschätzung richtigliege.«

»Ich liebe es, wenn du wie eine Anwältin mit mir redest«, sagt er, und ich bekomme ein wenig Herzklopfen, weil seine Augen mir zu verstehen geben, dass er gerade an die Momente denkt, in denen ich überhaupt nicht wie eine Anwältin war.

Er wendet sich wieder an das Paar. »Was meinen Sie? Soll ich auf Ellen's bestehen?«

»Absolut«, antworten die beiden im Chor.

Ich sehe Hudson aufgebracht an. Wie kann er es wagen, aus dieser Sache eine Zuschauerbefragung zu machen?

»Na bitte«, sagt Hudson mit einem zufriedenen Lächeln im Gesicht. »Dann ist es entschieden.«

Während das Paar durch etwas anderes abgelenkt ist, zische ich: »Nein, ist es nicht. Wir werden da nicht hingehen.«

»Du wirst Spaß haben, das garantiere ich dir.«

Ich werfe ihm einen vernichtenden Blick zu. Er kennt mich wirklich nicht. »Werde ich nicht, und wir gehen nicht dorthin.« Das ist mein letztes Wort. Ich sage das in dem Ton, den ich bei der Arbeit benutze und bei dem alle wissen, sie sollten sich lieber zurückhalten.

»Doch, werden wir«, sagt er mit einem amüsierten Funkeln in den Augen. »Wenn nicht, nehme ich dir dein Handy weg.«

Ich zucke zurück und lege schützend die Hand auf mein Herz. »Das würdest du nicht tun.«

Er kommt näher, sodass wir fast Nase an Nase stehen. »Ach nein, würde ich nicht?«, neckt er mich.

Ich sehe ihm in die Augen. Sofort fühle ich mich beschwingter und erwidere sein Lächeln, denn in dieser Stimmung ist er unwiderstehlich.

Er betrachtet mich, und sein Mund formt sich zu diesem dreisten Grinsen, das mir stets verrät, dass er etwas im Schilde führt. Ich überlege, ihn zu küssen, nur um seine Reaktion darauf zu sehen. Aber dann kneife ich doch, weil ich ahne, dass er sofort einen leidenschaftlichen Kuss daraus machen wird, obwohl wir uns in der Öffentlichkeit befinden.

»Ich könnte deiner Schwester erzählen, dass sie mich hinsichtlich des Muttermals falsch verstanden hat, und wegen du weißt schon.«

»Ich bin mir nicht sicher, ob sie dir glauben wird – du klangst sehr, als wüsstest du, wovon du sprichst. Außerdem könnte ich dich wegen Vertragsbruchs verklagen. Darin gibt es eine Vertraulichkeitsklausel.« Ich setze ein falsches Lächeln auf. »Genau aus dem Grund solltest du einen Vertrag stets sehr genau lesen.«

Seine Augen funkeln. Er liebt Herausforderungen. Ich habe mich verrechnet. Schwer. Dieser Mann ist ebenfalls ein Gewinnertyp, nur ein wenig zurückhaltender. Er fällt nicht gleich mit der Tür ins Haus. An eine solche Taktik bin ich nicht gewöhnt. In meinem Job setzen Männer sich um jeden Preis durch, und ich muss dem etwas entgegensetzen.

»Was, wenn wir uns trennen?«, fragt er.

»Wir dürfen uns erst eine Woche nach unserer Rückkehr trennen«, erinnere ich ihn und spüre einen eigenartigen kleinen Stich im Herzen bei dem Gedanken, Hudson nicht mehr zu sehen.

»Steht das im Vertrag?«, hakt er skeptisch nach.

»Nein, aber das schwebt mir in etwa vor, wenn meine Familie sich später nach uns erkundigt. Und das werden sie, das weißt du.«

Er nickt. »Du hast an alles gedacht. Nur mal so aus Interesse – warum trennen wir uns?«

»Unüberbrückbare Differenzen.«

»Gilt das nicht bei einer Scheidung? Mir wäre es, glaube ich, lieber, wenn ich dich beim Seitensprung erwischt habe, woraufhin ich ihn k.o. boxte und du mich knapp vor einer Anzeige wegen Körperverletzung bewahrt hast.«

Ich muss lachen. »Ich bin keine Strafverteidigerin.«

Jetzt lacht er. »Und das bereitet dir mehr Sorge als dein Seitensprung?«

Gutes Argument. »Na ja, hallo, ich würde niemals fremdgehen.«

»Niemals?«

»Nie«, bestätige ich. Das ist eine eiserne Regel.

»Hast du das in den Vertrag aufgenommen?«

»Du hättest ihn wirklich lesen sollen«, necke ich ihn.

Er zuckt mit den Schultern und grinst. »Ich vertraue dir. Die Tatsache, dass du es nicht in den Vertrag geschrieben hast, sagt alles.«

»Wie kommst du darauf?« Die Unterhaltung entgleitet mir, schneller als ein Wollknäuel unter lauter Kätzchen. In der einen Minute reden wir über einen Restaurantbesuch, und in der nächsten geht es um … Weiß der Geier, um was es eigentlich geht. Jedenfalls driftet es auf Dinge zu, über die ich nicht sprechen will.

»Weil es dir nicht in den Sinn kam, dass du fremdgehen könntest. Das gefällt mir. Nicht, dass ich glaube, du könntest es nicht, aber dass du so davon überzeugt bist.« Er sieht mich mit einem Lächeln an, und ich glaube, es ist aufrichtig. »Du bist eine Frau mit festen Prinzipien und einem unerschütterlichen Glauben an sich selbst.« Er hält inne und fügt mit einem sinnlichen Grinsen hinzu: »Ich finde das sehr sexy.«

Ich verdrehe die Augen, aber ernsthaft, wie soll ich sonst auf diesen ärgerlichen und dennoch ziemlich charmanten Mann reagieren? »Wir gehen trotzdem nicht zu Ellen's Stardust Diner.«

»Du willst doch nicht, dass deine Schwester erfährt, dass du mich einmal betrogen hast, oder?«

»Was? Das würdest du nicht tun.«

»Es ist nur ein Restaurant. Außerdem willst du meine Schwestern nicht enttäuschen.«

Seine Schwestern. Du meine Güte, an die will ich lieber gar nicht erst denken, und ich werde nicht nachfragen. »Na schön, wir besuchen das verdammte Restaurant. Aber mach mir keine Vorwürfe, wenn ich anschließend tagelang *Summer Nights* singe.«

»Werde ich nicht«, verspricht er, hakt sich bei mir unter und küsst mich auf den Mund. »Danke, Becs.« Und ich kann nur denken: *Kuss Nummer eins, bleiben noch neun.*

Als wir den letzten Fahrstuhl erreichen, habe ich einige Anrufe getätigt, während Hudson sich mit der halben Besucherschlange angefreundet hat. Okay, das ist ein wenig übertrieben, doch er hat mit vielen Leuten geplaudert, die alle seinen Akzent lieben, genau wie ihn, sobald er ihnen erzählt, dass er die verstorbene Queen getroffen hat, nicht aber den König.

»Hast du wirklich?«, flüstere ich, während ich eine weitere E-Mail beantworte. Er lächelt nur, entgegnet aber nichts, also bin ich genauso schlau wie vorher.

»Du weißt wohl, dass dieses Gebäude ein Meisterwerk des Art déco ist, oder?«, erzählt er und stupst mich dabei mit dem Ellbogen an.

Ich schaue von meinem Handy auf. Sieht er nicht, dass ich beschäftigt bin? Es scheint ihn jedenfalls nicht zu kümmern. Wäre er mein echter Freund, bekäme er etliche Pluspunkte dafür, dass er nicht nörgelt, weil ich die ganze Zeit arbeite.

Er zeigt auf die scharfen vertikalen und horizontalen Linien der Fenster und den Marmor und das Metall innen. Als wir die Aussichtsplattform erreichen, komme ich mir wie die Touristin vor und als wäre er der Touristenführer. Er hat recherchiert und weiß einiges. Im Flugzeug hat er mich recherchiert. Ich darf nicht vergessen, dass er gründlicher ist, als er zugibt.

Es ist ein kalter Novembermorgen, die Sicht ist perfekt und Hudson hingerissen. »Wow, es sieht von hier oben aus wie eine Spielzeugstadt.« Weit unten erkennt man die typischen gelben Taxis, die tatsächlich aussehen wie Spielzeugautos. »Es wirkt nicht real. Alles ist so quadratisch. Überall gerade Linien. Das ist erstaunlich. Was für eine Aussicht.« Wir befinden uns auf der Südseite mit Blick auf die Spitze von Manhattan mit Brooklyn links davon. Seine kindliche Begeisterung ist ansteckend, und ich deute auf einige Wahrzeichen.

»Es ist sehr windig«, stellt er fest, als meine Haare ihm ins Gesicht wehen und er sich seine unter der Mütze hervorschauenden Locken ständig zur Seite streichen muss.

»Hast du gewusst, dass man ursprünglich Zeppeline oben anbinden wollte, die Aufwinde jedoch von den Häuserschluchten erzeugt werden? Man musste den Plan fallenlassen, weil es nicht sicher genug war, was echt schade ist. Es wäre cool gewesen.«

Er schaut nach oben, und ich betrachte sein Profil, plötzlich überwältigt von dem Verlangen, seinen eleganten Hals zu küssen. Wer sagt denn, dass die Küsse von ihm kommen müssen? Wir haben noch neun. Er ist so vital und energiegeladen und an allem interessiert. Das ist überraschend erfrischend.

»Ich wette, es wird nie langweilig, hier heraufzukommen, oder? Man wird ehrfürchtig, wenn man bedenkt, wozu der Mensch in der Lage ist.« Mehrere Stockwerke unter uns hat er die Bilder von den Arbeitern bestaunt, die hier ohne Sicherung gearbeitet haben.

Ich nicke, obwohl ich darüber noch nie nachgedacht habe. Jetzt, wo ich genau hinschaue, sehe ich die ganze Stadt vor mir ausgebreitet. Ich schaue hinunter auf Gebäude, die selbst Wolkenkratzer sind. Auf winzige Wassertürme oben auf den Häusern. Und staune, was Menschen erschaffen können.

»Es ist ganz anders als London«, sagt Hudson seufzend und damit beschäftigt, Fotos mit seinem Handy zu schießen. »Meine Schwestern werden eifersüchtig sein. Die lieben den Film *Schlaflos in Seattle*.«

Mir gefiel der Film auch ganz gut, aber ich habe ihn seit Jahren nicht gesehen.

»Ich frage mich, wie viele Leute sich hier oben verabreden«, überlegt er, während er sich umschaut.

»Ich hätte dich gar nicht als romantisch eingeschätzt«, necke ich ihn.

»Bei drei Schwestern bin ich mir meiner femininen Seite bewusst. Ich kann sehr romantisch sein, wenn ich will.« Er hebt die Brauen und lächelt vielsagend.

»Romantik beinhaltet nicht immer Sex«, ziehe ich ihn auf.

Er macht ein gespielt enttäuschtes Gesicht. »Nein?«

Wir begeben uns auf die Ostseite der Aussichtsplattform, wo es noch windiger ist und mir die Haare vor die Augen und den Mund wehen. Ich versuche, sie wegzustreichen, aber bei den ständigen Böen müsste man schon ein Oktopus sein, um damit Erfolg zu haben. Der einzige Effekt ist, das ich über meinen Mund streiche und merke, wie ich den Lippenstift verschmiere.

»Hier.« Hudson zieht seine Mütze vom Kopf und setzt sie mir behutsam mit beiden Händen auf. Er streicht mir die Haare zurück und wischt mit den Fingern die Lippenstiftspuren weg. Kleine Lachfältchen haben sich um seine Augenwinkel gebildet, und erneut pocht mein Herz angesichts seiner Nähe. Es wäre sehr leicht, ihn jetzt zu küssen. Wie würde er reagieren? Würde er den Kuss erwidern? Unser Vertrag sieht zehn Küsse pro Tag vor. Ich denke an den versehentlichen Kuss gestern und wie schnell ich mehr wollte. Das ist nicht gut.

»Danke«, sage ich und wende mich rasch ab, blicke über den East River und versuche, eine ruhige, gleichgültige Miene aufzusetzen. Ich darf nicht vergessen, dass es einen Vertrag zwischen uns gibt, und zwar mit gutem Grund. Außerdem ist dieser Kurztrip in wenigen Tagen vorbei. Wir müssen uns an die Regeln halten, sonst wird es nicht funktionieren. Allerdings gestatten die Regeln zehn Küsse pro Tag, erinnert mich eine hinterlistige Stimme in meinem Kopf. Aber es sollten demonstrative Küsse für die Öffentlichkeit sein. Küsse für die Show, nicht für uns.

Einen könnten wir uns doch noch gönnen, denke ich.

Ehrlich, ich fühle mich wie jemand, der auf Diät ist und sich nur einen Schokoriegel verspricht, obwohl ich weiß, dass ich nicht werde aufhören können. Da, bitte. Ich habe es gerade zugegeben: Hudsons Küsse machen süchtig. Ich will ihn küssen, und ich will, dass er mich küsst. Was kann daran falsch sein? Aber mir ist klar – sobald ein Funken Lust entfacht ist, wird es zu mehr führen. Na und? Wir sind erwachsen und wissen beide, was Sache ist. Es geht nur um Sex, das ist alles. In beiderseitigem Einverständnis. Zweimal haben wir es schon getan. Und ich kann nichts dagegen tun, ich schließe die Augen und denke an die vergangene Nacht. Bei der Erinnerung an meine Begierde presse ich die Beine zusammen. Nein, wir können es nicht noch einmal tun, wir dürfen nicht.

»Alles okay mit dir?«, erkundigt sich Hudson. »Du hast hoffentlich keine Höhenangst, oder?«

Ich wende mich wieder ihm zu. Er sieht mich mit freundlichen Augen prüfend an. »Nein, überhaupt nicht. Mir geht's gut.«

»Na schön. Meine Mütze steht dir. Du siehst süß damit aus und weniger frostig.«

»Frostig?«

»Ja, zugänglicher. Du kannst sehr einschüchternd sein, wenn du willst. Kein Wunder, dass deine Schwester und ihr Verlobter Albert sich ein wenig vor dir fürchten.«

»Die fürchten sich vor mir? Wovon redest du? Und sein Name ist Andrew.«

»Du schüchterst sie alle ein, deine ganze Familie. Sie haben sich in deiner Gegenwart benommen, als würden sie auf rohen Eiern gehen.«

Ich gebe einen verächtlichen Laut von mir. »Du machst Witze, oder? Es dreht sich doch alles nur um Prinzessin Laura.«

Er macht ausnahmsweise ein ernstes Gesicht. »Das glaube ich eher nicht.«

Ich werfe ärgerlich den Kopf zurück. »Na klar, du durchschaust unsere Familiendynamik ja auch schon nach ein paar Stunden.«

»Es ist nicht schwer, die Dinge zu entdecken, an die ihr euch alle gewöhnt habt. Euch fallen sie nicht mehr auf, wegen der Vertrautheit.«

Ich schüttele vehement den Kopf. »Du liegst definitiv falsch.«

»Ach ja?«, fragt er mit dieser entschlossenen Ruhe, die ich schon kenne. Hudson Strong kann ziemlich stur und hartnäckig sein, wenn er will. In diesem wundervollen Körper steckt ein stahlharter Wille, und ich habe ihn unterschätzt.

Ich war geblendet von seinem Charme. Er ist gar nicht so unbeschwert, wie der erste Eindruck vermuten lässt, und das bereitet mir Kopfzerbrechen. Ich will nicht, dass er mich und meine Beziehung zu meiner Familie analysiert. Ich will nicht, dass er unter die Oberfläche schaut und seine Beobachtungen in sehr treffende Worte fasst. Er ist hier, weil er gut aussieht und ich mich mit ihm schmücken will. Meinungen und Ansichten sind nicht willkommen. Ich könnte das als Zusatz in den Vertrag aufnehmen – ja, sicher, Rebecca, das würde auch prächtig funktionieren. Ich schließe die Augen, denn ich kann es mir alles viel zu gut vorstellen. Es würde Hudson signalisieren, dass seine Ansichten Bedeutung haben. Was definitiv nicht der Fall ist.

# 10. Kapitel

Als wir das Foyer des Penthouse betreten und von der Haushälterin Mrs. Makepiece empfangen werden, reiße ich mir die Mütze vom Kopf und stopfe sie in Hudsons Tasche. Mrs. Makepiece ist Engländerin und noch spießiger als meine Mom, aber diesmal schenkt sie mir die Andeutung eines Lächelns.

»Miss Madison, werden Sie heute Abend hier speisen?«

Ich werfe Hudson einen resignierten Blick zu. »Nein, wir gehen aus, danke.«

»Ihre Mutter befindet sich im Gesellschaftszimmer. Ich werde Tee und Kaffee bringen«, sagt sie und nickt, bevor sie geht.

»Wow.« Hudson schaut ihr ungläubig hinterher. »Die kann ja ein echter Besen sein. Heute Morgen war sie viel netter.«

»Heute Morgen?«

»Als ich Tee und Kaffee kochte. Obwohl ich es ein bisschen aus ihr herauskitzeln musste. Man wird schwer warm mit ihr.«

Ich wage kaum, mir auszumalen, was er mit »herauskitzeln« meint, aber ich glaube, letztlich ist keine Frau immun gegen seinen Charme. »So schlimm ist sie nun auch wieder nicht«, sage ich, obwohl sie uns indirekt den Befehl gegeben hat, meiner Mutter Gesellschaft zu leisten. Hinzu kommt, dass man sie nie lächeln sieht. »Möchtest du nach oben ins Zimmer, um dich auszuruhen oder so?«

»Ausruhen?« Er grinst. »Warum sollte ich mich ausruhen wollen? Oder meintest du *ausruhen*?«

Mir ist sofort klar, worauf er hinauswill. Und sofort denke ich daran, dass ich noch nie nachmittags Sex hatte oder mich hingelegt habe. Aber das darf er nicht wissen. Stattdessen werfe ich ihm einen vernichtenden Blick zu. »Ich dachte, du brauchst vielleicht eine kurze Pause.« Das gilt eigentlich für mich – unter ständiger Beobachtung meiner Familie zu sein, ist noch anstrengender als befürchtet.

»Und dich ungeschützt zurücklassen?« Er umfasst meinen Ellbogen. »Führe mich zum Gesellschaftszimmer.«

Ich nehme ihn mit, denn schließlich ist er deswegen hier.

»Rebecca, Hudson«, begrüßt uns meine Mutter und winkt uns zum weißen Ledersofa ihr gegenüber. Andrew und Laura sitzen mit einem Laptop bei meiner Mum. »Wir sprechen gerade über die Hochzeitspläne und denken dabei an England. Nächstes Jahr im Juni. Laura hat diesen bezaubernden Ort in Oxfordshire entdeckt.«

»Hudson kommt ursprünglich aus Oxfordshire«, sage ich, froh über diese Gelegenheit, beweisen zu können, wie gut ich ihn kenne.

»Es sieht perfekt aus«, meint Laura strahlend und dreht den Laptop-Bildschirm zu uns.

Hudson beugt sich vor. »Murcott Manor«, sagt er.

»Ja«, bestätigt Laura überrascht. »Kennen Sie es?«

»Ja«, antwortet er, und mir wird klar, dass ich ihn tatsächlich gut genug kenne, um zu merken, dass er ausweicht. Na ja, er verzichtet auf jede weitere Erläuterung, und das ist untypisch für ihn. Normalerweise würde er etwas über den Veranstaltungsort erzählen, das Gebäude oder das Gelände, aber er sagt nichts dazu. Das ist eigenartig.

Ich verstehe zwar nichts von Hochzeitsplanungen, doch selbst ich weiß, dass solche Orte Jahre im Voraus gebucht sind, mindestens aber Monate, und deshalb werfe ich ein: »Werden die im Juni nicht längst ausgebucht sein? Erst recht an den Wochenenden?«

Meine Mutter schließt die Augen. Laura schürzt die Lippen und dreht sich dramatisch schwungvoll zu mir um. Okay, es macht mir ein klein wenig Spaß, sie aufzuregen.

»Warum kannst du dich nicht einfach für mich freuen, Rebecca?«, fragt sie. »Stattdessen musst du gemein sein. Du warst schon immer eifersüchtig auf mich.«

»Ich habe dich nur auf das Offenkundige aufmerksam gemacht. Große Hochzeiten erfordern jahrelange Vorbereitung. Es sei denn natürlich, ihr habt es eilig.« Ich werfe einen kurzen Blick auf ihren Bauch.

Sie reagiert entsprechend empört. »Wir haben es überhaupt nicht eilig. Ich will bloß nicht mehr warten.«

»Möchtet ihr Tee?«, fragt meine Mutter schnell, als Mrs. Makepiece mit einem Tablett hereinkommt, auf dem die Porzellantassen leise auf ihren Untertellern klirren.

Hudson sieht das Tablett an und wendet sich mit seinem charmanten Lächeln an die Haushälterin. »Ich nehme nicht an, dass ich einen Becher Tee bekommen könnte, oder?« Er hält seine großen eleganten Hände hoch. »Ich glaube, diese zarten Teetassen sind für zarte Damen gemacht, nicht für Männer wie mich. Ich möchte keine Tasse zerbrechen und das ganze Set ruinieren, wo es doch zusammen so reizend aussieht.«

Andrew, der gerade an seinem Tee nippt, mit ausgestrecktem kleinen Finger, wirft Hudson einen finsteren Blick zu. Ich muss mir ein Grinsen verkneifen. Hudson hat ganz beiläufig

Andrews Männlichkeit infrage gestellt und, noch bedeutsamer, mit seiner gekonnt schmeichelnden Art Mrs. Makepieces kühle Distanziertheit überwunden.

Tatsächlich erscheint ein Lächeln auf ihrem Gesicht. »Selbstverständlich. Ein arbeitender Mann wie Sie braucht einen richtigen Becher Tee. Einen Moment.«

Andrew verschluckt sich fast an seinem Getränk. Ich lächle ihn an.

Hudson und ich sind gemeinsam wirklich gut darin, Andrew und Laura heute Nachmittag auf die Palme zu bringen.

Eine Minute später kehrt Mrs. Makepiece mit einem Tablett zurück, auf dem ein Becher und eine neue Kanne Tee stehen. Beides stellt sie vorsichtig auf den Couchtisch vor Hudson, als würde sie dem König ein Geschenk bringen. »Ich habe Ihnen English Breakfast zubereitet, der ist ein wenig stärker als der Earl Grey.«

Ich fasse es nicht. Bei jedem Besuch in diesem Haus bekomme ich Plörre vorgesetzt, und Hudson schafft es in nicht einmal vierundzwanzig Stunden, dass sie ihm aus der Hand frisst. Zu Hause bin ich starken Tee gewohnt, und zwar immer Yorkshire-Tee.

»Wie ist dir das gelungen?«, flüstere ich ihm zu, während meine Mutter eine große Sache daraus macht, ihm einzuschenken.

»Ich habe dir doch erzählt, dass wir heute Morgen eine nette Unterhaltung hatten, als ich für uns Tee und Kaffee zubereitet habe. Ihr Dad war Zimmermann, und so kamen wir ins Gespräch. Ich erwähnte wohl, dass ich starken Schwarztee mag.«

»Wie sehen eure Pläne für heute Abend aus? Laura und Andrew treffen sich mit Freunden im Balthazar.« Das klingt wundervoll; den Abend mit Andrew und Laura zu verbringen, weniger. Meine Mutter fährt fort: »Ich bin sicher, die quetschen noch zwei Leute zusätzlich hinein, falls ihr nirgendwo einen Tisch reserviert habt. Wegen der Feiertage wird es überall ziemlich voll werden.«

Mein Mut sinkt. Man kann bei Ellen's Stardust Diner nicht reservieren, also werden wir stundenlang Schlange stehen. Ich schaue aus dem Fenster. Die Wolken sehen sehr grau und schneebeladen aus. Wir werden erfrieren. Es war heute Morgen auf dem Turm schon kalt genug.

»Becs will mit mir in ein ganz besonderes Restaurant …« Ich schließe die Augen in Erwartung dessen, was unweigerlich kommen wird. Alle werden entsetzt sein, dass wir dorthin gehen, wo es von Touristen wimmelt. »Es ist eine Überraschung, aber sie meint, ich werde begeistert sein. Sie kennt mich so gut.« Er gibt mir einen Kuss auf die Wange, der freundlich sein soll, platonisch, nur dass dieser Kuss mich an andere sanfte Küsse erinnert und seine Lippen an meinem Schlüsselbein.

Meine Mutter strahlt zustimmend. »Ah, das sind die Dinge, die Jonathon für mich macht, obwohl er selbst gar nicht so viel Gefallen daran findet.«

»Becs ist sehr einfühlsam.« Er nimmt meine Hand und drückt sie. Ich bin überhaupt nicht einfühlsam. Sehr lange musste ich bloß an mich selbst denken. Hin und wieder überrasche ich Mitzie im Büro mit Blumen, weil sie Blumen liebt und ihr Mann gegen fast alles allergisch ist. Und meiner persönlichen Assistentin Hester, die momentan im Mutterschutz ist, habe ich mal einen Verwöhntag im Spa geschenkt. Alle anderen hatten Geschenke für das Baby, was ich nicht fair fand. Aber das ist auch schon alles an Einfühlsamkeit, was ich je aufgebracht habe.

Das Gespräch dreht sich wieder um die Hochzeit und Lauras Ideen für den großen Tag. Mir fällt auf, dass von Brautjungfern noch nicht die Rede war. Nicht, dass ich erwarte, eine zu sein. Mich interessiert nur, wie Laura dieses heikle Thema diplomatisch angeht und was unsere Mutter dazu zu sagen hat.

»Habt ihr schon überlegt, wo ihr eure Flitterwochen verbringen wollt?«, fragt Hudson, und ich könnte ihn (schon wieder) küssen für genau die richtige Frage.

Laura sieht Andrew glücklich an. »Wir dachten an einen Monat in Europa, eine Woche in Paris, eine in Rom.«

Ich verzichte auf die Bemerkung, dass das erst zwei Wochen ergibt.

»Aber wir könnten auch in die Karibik. Es gibt so viele Orte, die man besuchen könnte.« Sie sieht mich an. »Wir wissen alle, dass Rebecca gern nach Paris reisen und sich dort jedes Museum und jede Kunstgalerie ansehen würde. Wie öde.«

Hudson nimmt erneut meine Hand. »Wir sollten unbedingt zusammen nach Paris. Das Musée d'Orsay, der Louvre. Warst du je im Musée Marmottan? Es hat die weltweit größte Sammlung an Bildern von Monet, einschließlich einiger Giverny- und Wasserlilien-Gemälde.«

Meine Mutter klatscht in die Hände. »Ihr zwei passt so gut zusammen. Ich erinnere mich an eine Reise nach Paris, als ihr Teenager wart. Laura wollte ihre ganze Zeit im Galeries Lafayette in den Champs-Élysées verbringen, während Rebecca glücklich in Montmartre und durch die Museen wanderte.«

Ich werfe Hudson einen misstrauischen Blick zu. Ist er aufrichtig oder gehört es zur Rolle des verliebten Freundes? Auf jeden Fall zementiert er die Romanze zwischen uns.

»Jeans?«, fragt meine Mutter, als sie um halb sechs herunterkommt.

»Ja, das Restaurant, in das wir gehen, ist sehr schlicht.«

»Oh.« Sie macht ein zweifelndes Gesicht.

»Die rühmen sich damit, sehr leger zu sein«, improvisiere ich. Auf keinen Fall ziehe ich meine Max-Mara-Weekend-Hose für einen Besuch in Ellen's Diner an. Kellner und Kellnerinnen, die zu beschäftigt mit Singen und Schauspielern sind, werden vermutlich nicht gut servieren können, ohne zu kleckern. Das ist meine Ansicht, und dabei bleibe ich. Daher die Jeans, immerhin von Ralph Lauren, die nicht gleich ruiniert ist, wenn es mit jemandem bei einem hohen Ton oder so durchgeht.

Hudson trägt einen Mantel von North Face, dazu Jeans, Stiefel und einen mehrmals um seinen Hals gewickelten Schal. Das sieht vage vertraut aus, aber ich weiß nicht genau, woher.

»Doctor Who«, verkündet er fröhlich und stopft das lange Ende des Schals in die Tasche.

Ich runzle die Stirn, denn ich habe keine Ahnung, wovon er spricht.

»Der Doctor-Who-Schal. Meine Oma hat ihn mir gestrickt, als ich sieben war.«

»Du besitzt einen Schal, seit du sieben warst?« Ich hoffe mal, er hat ihn seitdem gewaschen.

»Das ist ja süß«, bemerkt meine Mutter. Ich starre sie an, denn sie wechselt ihre Garderobe mit jeder neuen Mode.

»Es war das Erste, was meine Oma je gestrickt hat. Sie war so stolz auf sich. Es ist praktisch ein Familienerbstück. Strickst du, Jenny?« Ich warte ganze zwei Sekunden darauf, dass meine Mutter die Augen zusammenkneift und ihn mit einem tödlichen Blick straft. Doch zu meiner Überraschung lacht sie.

»Nein, aber vielleicht sollte ich damit anfangen und meine Familienerbstücke stricken.«

Ich sehe sie fassungslos an. Meine Mutter gibt die Hemden meines Stiefvaters weg, sobald ein Knopf angenäht werden muss.

Hudson schaut mich an.

»Frag gar nicht erst«, warne ich ihn.

Erneut lacht meine Mutter. »Rebecca …« Bei der bloßen Vorstellung muss sie kichern. Okay, sie muss mir mein mangelndes Handarbeitstalent nicht unter die Nase reiben. Lauras selbst gebastelter Weihnachtsschmuck hat es immer an den Baum geschafft, damals, als Mutter noch selbst einen Baum schmückte. Meiner wanderte in Daddys Büro. Fairerweise muss ich einräumen, dass sie wirklich ein Auge für solche Dinge hat. Ich hatte nie die nötige Geduld, und es gab stets etwas anderes, was ich tun wollte. Außerdem glaube ich, dass es eine sehr subjektive Einschätzung ist, für wie gut etwas gehalten wird. In der Rechtsprechung weiß man immer, wo man steht und woran man ist. Es gibt Schwarz, Weiß und Grauzonen, aber ganz sicher keinen Regenbogen an Möglichkeiten.

»Wie Mum schon meinte, nicht mein Ding.« Niemals. Nur über meine Leiche werde ich je Stricknadeln in der Hand halten. »Wollen wir los?«

»Habt einen schönen Abend. Ich hoffe, es wird ganz reizend, wo auch immer ihr hingeht.«

Ich nicke, froh, dass ich über unser Ziel keine Auskunft geben musste.

»Bevor wir aufbrechen …« Hudson hält einen weißen Umschlag hoch und gibt ihn meiner Mutter. »Können Sie einen Blick auf die Rückseite werfen, um zu beweisen, dass das

Siegel nicht geöffnet wurde?« Ich beobachte ihn misstrauisch. Was hat er vor, und warum zieht er meine Mutter hinzu?

Natürlich lächelt sie wieder, und Lachfältchen bilden sich um ihre Augen. »Sie sind so romantisch, Hudson«, sagt sie, als wäre das etwas Gutes. Was ist los mit ihr? Romantisch? Ich habe nie erlebt, dass sie und Jonathon in der Öffentlichkeit Zärtlichkeiten austauschen. Ich hätte darauf gewettet, dass meine Mutter nicht mal weiß, was Romantik ist, geschweige denn, dass sie selbst romantisch wird.

Wir nehmen die U-Bahn zum Times Square. Sie ist nicht voll, aber Hudson steht wie immer hinter mir und legt mir eine Hand auf den Rücken, wenn wir anhalten oder abfahren. Die Berührung ist kaum spürbar, doch sie ist eine Konstante. Ich finde es beruhigend, obwohl ich die New Yorker U-Bahn seit fünfzehn Jahren immer wieder benutze. Aber diese Geste ist so typisch Hudson. Ich bin überzeugt, er würde es bei jeder Frau tun, mit der er unterwegs wäre. Es verrät sehr viel über ihn. Diese Art von Aufmerksamkeit liegt in seinem Charakter.

Die Schlange vor Ellen's Diner ist wie erwartet lang, doch Hudson ist nicht im Geringsten entmutigt. Er schiebt die Hände tief in die Taschen, nachdem er den Schal, der ein Eigenleben zu führen scheint, um den unteren Teil seines Gesichts gezogen hat, sodass nur noch die Nase herausschaut. Jetzt trägt er eine andere Beanie-Mütze, da ich seine vorherige noch habe. Ich zögere, sie ihm zurückzugeben, weil ... ich habe keine Ahnung, warum ich sie nicht zurückgeben will und er noch nicht danach gefragt hat.

Hinter uns murrt ein Mann: »Die Wartezeit beträgt fünfzig Minuten, Schatz. Willst du wirklich nicht irgendwo anders hin?«

Fünfzig Minuten. Im November, in New York.

»Lass uns etwas spielen«, schlägt Hudson vor. »Dann vergeht die Zeit schneller.« Er stampft mit den Füßen auf dem Gehsteig.

»Was denn für ein Spiel?« Wir sind beide ein bisschen zu alt für »Ich sehe was, was du nicht siehst«.

»Knutschen – Heiraten – Links liegen lassen«, schlägt er grinsend vor.

Ich sehe ihn skeptisch an. »Ernsthaft? Wie alt bist du?«

»Ich bin neunundzwanzig Jahre und neun Monate«, antwortet er.

Ich schlucke, als hätte ich gerade etwas Unerfreuliches gekostet. Er ist jünger als ich.

»Ich werde im März dreißig«, fügt er hinzu. »Die große Drei-Null.«

»Das war eine rhetorische Frage«, sage ich.

»Was möchtest du denn spielen?«

Er meint es offenbar ernst. »Nichts.« Ich will mein Handy zücken und meine E-Mails checken. Das habe ich seit heute Morgen nicht mehr getan. Normalerweise kommt so etwas nicht vor, und prompt zieht sich mein Magen zusammen. Ich nehme mein Smartphone in die Hand.

»Becs, du bist im Urlaub. Komm schon, ich habe bisher nichts gesagt, aber du *musst* mal eine Pause machen. Gib es mir.« Da ist zwar ein neckendes Funkeln in seinen Augen, allerdings auch dieses eigenartige Mitgefühl. Bedauert er mich etwa? Weil ich mein Handy nicht in Ruhe lassen kann? Trotzig drücke ich es ihm in die Hand. *Siehst du, ich kann es.* Hudson schiebt es in die vordere Jeanstasche, mit einem sanften Lächeln, das seine selbstherrliche Handlung ein wenig abmildert. »Ich tue es zu deinem eigenen Besten.« Er streicht über die Stelle zwischen meinen Augenbrauen. »Du hast da diese kleine Falte, wenn du deine E-Mails liest. Nimm dir mal Zeit für dich selbst. Du bist im Urlaub.«

»Ich habe nie Urlaub«, sage ich, ehe ich mich besinnen kann. Eine Spur Panik liegt in meiner Stimme. Denn natürlich war ich schon im Urlaub. Ich habe gleich als Erstes heute Morgen meine E-Mails gecheckt und seitdem nicht mehr. Das sieht mir gar nicht ähnlich. Ich habe die Arbeit vergessen, weil ich abgelenkt war durch das, worauf ich mich eingelassen habe.

»Du solltest es mal versuchen, womöglich gefällt es dir.« Er stupst mich an, mit einem kumpelhaften Lächeln, als stünden wir auf der gleichen Seite.

Ich bin so daran gewöhnt, allein zu sein, dass ich ein eigenartiges Glücksgefühl empfinde.

»Wo warst du denn sonst noch im Urlaub? Oder nicht im Urlaub?«, fragt er, und die nächste halbe Stunde unterhalten wir uns über die Orte, die wir bereist haben. Er scheint in jedem Winkel Großbritanniens gewesen zu sein und ein wenig von Europa gesehen zu haben.

»Wie kommt es, dass du schon an so vielen Orten warst?«, will ich neugierig wissen. Meine Mum und mein Dad haben mit Laura und mir eine Europareise unternommen, als wir Teenager waren. Wir sahen Paris, Rom, Dubrovnik, Prag und Berlin. Abgesehen von Cambridge habe ich seitdem hauptsächlich in London gelebt.

»Meine Eltern besaßen einen Camper Van, jedes Jahr zu Beginn der sechswöchigen Sommerferien fuhren wir los, einfach so. Wenn wir in England waren, trafen sich meine Großeltern und mein Onkel sowie meine Tante, die alle mit ihren Campern unterwegs waren, mit uns.« Er grinst bei der

Erinnerung daran. »Mein Dad nannte es ›die Wagenburg‹, weil wir jedes Mal einen ganzen Bereich des Campingplatzes einnahmen.«

Ich habe in meinem ganzen Leben noch nicht gecampt oder war in einem Camper Van oder Wohnwagen unterwegs. Und ich bin mir nicht sicher, ob sich das je ändern wird.

Endlich haben wir die Schlange hinter uns gebracht, und ein extrem breit grinsender Mann begrüßt uns mit theatralischer Begeisterung. »Willkommen in Ellen's Stardust Diner. Ich bin Rushton und heute Abend Ihr Kellner. Was ist Ihr Lieblingsmusical?«

»*Come from Away*«, antwortet Hudson, und sofort legt der Mann mit einem Song los.

Ich nehme mir die Speisekarte und hefte den Blick fest darauf, so peinlich ist mir das Ganze. Irgendwann merke ich, dass niemand in unsere Richtung starrt. Hudson strahlt übers ganze Gesicht und macht mit, als Rushton auf der Stelle tanzt oder, besser gesagt, stampft. Ich muss grinsen, während ich die Karte studiere, denn es handelt sich um einen meiner Lieblingssongs aus einer meiner Lieblingsshows. Aber das muss Hudson – oder sonst wer – nicht wissen.

»Und wie steht es mit Ihnen? Welche ist Ihre Lieblingsshow?«

Ich hebe die Schultern und will meine übliche Antwort geben, nämlich dass es keine gibt. Diesmal besinne ich mich jedoch anders und antworte stattdessen: »*Grease*.« Ich erinnere mich noch an das erste Mal, als ich das gesehen habe. Ich hatte Pfeiffersches Drüsenfieber und konnte eine Woche nicht zur Schule gehen. Die Nachbarin meiner Mum brachte einen Korb voller DVDs. Ich habe den Film in dieser Woche siebenmal gesehen. Eines Nachmittags überraschte mich mein Dad, wie ich *Greased Lightning* perfekt mitsang. Ich erstarrte vor Verlegenheit. Die Erinnerung daran bringt mich zum Lächeln. Mein Dad, in Schlips und Krawatte, der sich prompt in John Travolta verwandelte, mitsang und alle Bewegungen konnte. Er schlug sogar die Knie zusammen, sehr cool. Kurz darauf nahm er uns mit zur Bühnenshow. Traurig erinnere ich mich daran, dass Laura begeistert gewesen war. Irgendwie habe ich sie später ebenso verloren wie meinen Dad.

Wir bestellen Burger, und Hudson schaut sich in dem Restaurant um. »Das ist so cool.«

Es ist alles andere als cool, aber alle um uns herum scheinen sich prächtig zu amüsieren. Die Leute am Nebentisch singen »Mamma Mia«, angeführt mit wunderschöner hoher Stimme von ihrer Kellnerin. Sie ist wirklich talentiert und sieht aus, als hätte sie viel Spaß. Alle im Restaurant scheinen Spaß zu haben. Die Gesichter der Gäste sind gerötet, die Augen glänzen, und alle singen aus vollen Kehlen mit. Auch das gesamte Servicepersonal ist offenbar mit Begeisterung dabei.

Unsere Burger kommen, doch ich bin zu abgelenkt, um zu essen. Unser Kellner singt »Summer Nights«, gemeinsam mit einer Kellnerin, und sie machen es fantastisch. Sein Falsett am Ende lässt mich begeistert applaudieren. John Travolta würde vor Neid erblassen.

Hudson sieht mich grinsend an. Er genießt es offenkundig, spart sich aber ein »Ich hab's dir doch gesagt« in meine Richtung.

Während wir eines der köstlichen Desserts essen, steigen zwei Angestellte auf das Podest zwischen den Tischen und singen einen meiner Lieblingssongs.

Ich erkenne ihn schon bei den ersten Worten und strahle. Es ist das Finale von *Grease*, das Duett von John Travolta und Olivia Newton-John. Ich muss immer noch beinah weinen, weil sie nicht mehr unter uns ist. Schon bei der ersten Stimme bekomme ich eine Gänsehaut.

Beim Refrain »You're the one that I want« muss ich einfach mitsingen. Hudson stimmt bei den Ooh-ooh-oohs ein und bewegt im Einklang mit mir die Schultern. Wir singen jetzt beide glücklich mit und sehen uns dabei in die Augen. Das ist ein wunderbarer Moment voller Euphorie, während sich die Stimmen im Restaurant zum Crescendo steigern. Hudson sieht mich strahlend an, und ich grinse über das ganze Gesicht. Ich kann mich nicht daran erinnern, wann ich mich zuletzt mit jemandem zusammen so gefühlt habe. Jedenfalls seit dem Tod meines Dads nicht mehr. Er hätte dieses Restaurant geliebt.

Beim letzten Refrain nimmt Hudson meine Hand und singt aus voller Kehle: *You're the one that I want.*

Angesichts der ausgelassenen Stimmung um uns herum kann ich fast glauben, dass er es ernst meint.

# 11. Kapitel

»Wenn du wetten müsstest, worauf würdest du wetten?«, fragt Hudson, als wir durch die kühle Nachtluft gehen. Nach der Wärme und fröhlichen Stimmung in Ellen's Diner kommt es mir vor, als hätten wir eine Leere betreten.

Betrunken bin ich nicht, aber ich fühle mich gut und … glücklich. Ich lächele ihn an. Welche Verrücktheit plant er nun wieder? Er grinst von einem Ohr zum anderen, und ich grinse zurück. So habe ich mich nicht mehr gefühlt seit … sehr langer Zeit. Zum ersten Mal kann ich wirklich abschalten und denke nicht ständig an all das, was noch zu erledigen ist. Ich bin ganz im Hier und Jetzt.

Ein Windstoß wirbelt die albernen Enden seines Schals hoch und weht mir die Haare ins Gesicht.

Erneut nimmt er seine Mütze aus der Tasche, zieht sie mir bis über die Ohren und streicht mir die Haare zurück. Ein paar abtrünnige Strähnen ringeln sich, und er wickelt sie um seinen Finger. »Warum glättest du sie?«, fragt er so leise, dass ich näher kommen muss. Ich betrachte seinen Mund. Ich sollte seinen Mund nicht ansehen, also schaue ich ihm in die Augen.

»Es sieht mehr nach …« *Nach mir aus*, will ich antworten, doch nach diesem Abend bin ich mir nicht mehr so sicher, wer ich überhaupt bin. »Es sieht professioneller aus und ordentlicher.«

»Die Locken sind aber hübsch.«

Ich blicke skeptisch drein. Hübsch? Das klingt mädchenhaft süß, nicht smart, kultiviert und glamourös. Hübsch wollte ich jedenfalls nie aussehen.

Sein Grinsen wird breiter, wie ein Feuerwerk, das den Nachthimmel erhellt, als hätte er plötzlich eine brillante Idee. »Wenn ich die Wette gewinne, glättest du deine Haare für die Party morgen nicht. Ich würde sie gern lockig sehen.«

»Du bist schräg, Hudson Strong«, sage ich, denn es ist wirklich schräg. »Was spielt es für eine Rolle, wie meine Haare sind?«

»Genau, was spielt es für eine Rolle?«

Mist, ich bin hereingefallen. »Na schön, geschenkt. Aber was für eine Wette?«

Er zieht den weißen Umschlag aus der Tasche und wedelt damit herum, als wäre er eine Flagge. »Diese Wette.« In seinen Augen spiegelt sich der Übermut; tatsächlich tanzt Hudson auf dem Gehsteig, hält dabei den Umschlag über seinen Kopf und somit außerhalb meiner Reichweite.

Wenn er will, dass ich ihn zu erhaschen versuche, hat er sich getäuscht … ach, verdammt, was soll's. Er amüsiert sich prächtig, und ich fühle mich immer noch beschwingt, also stelle ich mich auf die Zehenspitzen und greife nach dem Umschlag. Er schlingt die Arme um mich, weiter wie blöde grinsend, und drückt mich an sich.

»Zu spät, ich habe die Wette bereits gewonnen.« Er küsst mich auf die Nasenspitze, lässt mich los und reißt den Umschlag auf. Dann hält er das Blatt Papier, nachdem er es herausgeholt hat, mit beiden Händen wie ein Banner.

ICH WETTE, BECS AMÜSIERT SICH PRÄCHTIG IN ELLEN'S DINER.

»Das ist nicht fair, ich wurde an der Wette nicht beteiligt«, protestiere ich lachend über seine triumphierende, freche Miene. Was kann ich auch sonst tun? Er hat recht. Ich habe mich wirklich prächtig amüsiert.

»Spielt keine Rolle. Ich habe gewonnen.«

»Das würde vor Gericht niemals standhalten«, scherze ich. »Und wo sind übrigens die Bedingungen?«

»Du immer mit deinen Bedingungen; typisch Anwältin für Vertragsrecht.« Er legt mir den Arm um die Schultern. »Was ist los mit dir? Wo bleibt dein Ehrgefühl?«

»Ehrgefühl!«, rufe ich gespielt aufgebracht, denn jetzt genieße ich das Spiel. Es ist so angenehm, mit ihm zusammen zu sein.

»Ja, ich habe die Wette gewonnen. Du musst das Ergebnis anerkennen.«

»Aber ich habe die Wette nicht verloren«, widerspreche ich, wenn auch nicht sehr ernst.

»Das ist nicht mein Problem.« Er umarmt mich noch einmal. »Wenn man nicht aufpasst, verliert man eben.«

Ich schüttle den Kopf. Seine verquere Logik ist unanfechtbar.

»Locken morgen auf der Party.«

Ich lächle, denn was könnte ich schon tun? Es hat keinen Sinn zu argumentieren, daher lasse ich ihn in dem Glauben, er habe gewonnen. Auf keinen Fall werde ich mit Locken zu der Party gehen, aber ich lasse ihm gern den Sieg, denn er hat recht. Ich habe mich amüsiert. Sehr gut sogar.

Als wir uns dem Haus nähern, verlangsame ich meine Schritte, denn ich befürchte, dass der Zauber dieses Abends endet, sobald wir es betreten haben. Er wird erlöschen wie die Flamme einer Kerze, die keinen Sauerstoff mehr bekommt. Es war wundervoll, und ich will nicht, dass es aufhört, aber leider muss es.

»Wirkönnenkeinensexmehrhaben.« Die Worte sprudeln aus mir heraus.

Hudson braucht einen Moment, bis er verstanden hat. Er sagt nichts, sondern sieht mich nur an. Ich kaue auf meiner Unterlippe. Jetzt muss ich es wohl erklären, obwohl es doch ganz offensichtlich sein sollte.

»Wir hätten letzte Nacht nicht miteinander schlafen sollen.« Natürlich ist es dämlich, das zu sagen, denn zumindest im gleichen Bett *schlafen* mussten wir schließlich. »Ich meine, wir hätten keinen Sex haben dürfen.«

»Okay«, sagt er, ohne eine Miene zu verziehen.

*Das ist alles? Einfach »okay«?*

»Weil …«, dränge ich ihn. Hat er überhaupt an den Aspekt der Bezahlung gedacht? Ist das in Ordnung für ihn? Ich will eine Antwort von ihm. Ich brauche eine. Und ich hasse es, dass ich plötzlich dermaßen verunsichert bin, aber das muss er ja nicht erfahren. War es überhaupt gut für ihn? Will er es wiederholen? Es. Oh, wow. Was bin ich, sechzehn? Wie denkt er darüber? Diese Ungewissheit treibt mich in den Wahnsinn.

Noch immer schweigt er.

»Denn wir hatten uns darauf geeinigt, es nicht zu tun«, erinnere ich ihn, was es für mich nicht leichter macht.

»Okay«, wiederholt er.

Frustration steigt in mir auf.

»Nur okay?« Du liebe Zeit, ist da ein leichtes Jammern in meiner Stimme? Was ist nur los mit mir?

Er bringt seinen Mund dicht an mein Ohr. »Es war ziemlich aufregend. Wie du mich angemacht hast.«

In meine Empörung über seine Bemerkung mischt sich Erleichterung darüber, dass er es aufregend fand. Ich klammere mich an die Empörung. »Ich soll dich angemacht haben? Das habe ich nicht!«, rufe ich aufgebracht, obwohl meine Gedanken dabei hängen bleiben, dass er es aufregend fand.

»Wie auch immer, es war sehr angenehm, auf diese Weise aufzuwachen. Tatsächlich ist das eine meiner Fantasien. Du weißt schon, gleich nach dem Aufwachen Sex zu haben.«

Verdammt, das habe ich mir jetzt selbst eingebrockt. »Ich habe dich nicht geweckt, um mit dir Sex zu haben, sondern ich bin auf der falschen Seite des Bettes gelandet. Ich war noch halb im Schlaf.«

Er zuckt mit den Schultern. »Das Unterbewusstsein ist eine starke Kraft. Manche behaupten, es gehorche nur den Befehlen des Bewusstseins.«

»Bullshit«, sage ich, denn das ist es. Ich hatte nicht vorgehabt, mit ihm zu schlafen. Ich wollte keinen Sex mit ihm. Na ja, zumindest nicht bewusst. Sicher, ich war sofort erregt, aber … verdammt, ich verheddere mich hier.

»Es wird nicht wieder passieren«, stelle ich klar und meine es ernst … warum eigentlich? Es war wirklich aufregend. Er weckt erstaunliche Empfindungen in mir, die ich nie zuvor gekannt habe. Und genau deshalb sollten wir es nicht mehr tun. Weil es zu gut ist. Das ist ein guter Grund, um etwas nicht zu tun, oder?

»Okay«, sagt Hudson.

Erneut stimmt er mir viel zu leicht zu. Ich werfe ihm einen misstrauischen Blick zu. Sein Mundwinkel zuckt, als wollte er grinsen.

»Wir können keinen Sex mehr haben.«

»Das sagtest du bereits.« Jetzt grinst er tatsächlich.

»Werden wir nicht mehr.«

»Okay.«

»Wir waren uns einig, dass es nicht mehr passieren würde. Es stand im Vertrag. Ich bezahle dich, um Himmels willen. Das verändert alles komplett.«

Er nickt wieder. »Genau«, bestätigt er.

»Was?«, hake ich skeptisch nach.

»Der Sex war/ist außerhalb des vertraglichen Spielraums.«

»Und?«

Er sieht mich unverwandt an, und da ist kein Anzeichen seiner üblichen Belustigung. Es ist ihm todernst. »Sex ist kein Bestandteil des Vertrags, daher bezahlst du mich auch nicht für Sex. Ich hätte gar nicht mit dir geschlafen, wenn ich geglaubt hätte, dass du mich dafür bezahlst.«

Ich starre ihn an, beeindruckt von seiner Gerissenheit. Wie konnte ich dieses Hintertürchen im Vertrag übersehen?

»Es wäre nur dann Bezahlung für Sex, wenn du vertraglich festgelegt hättest, dass wir Sex haben müssen. Und es ist nur dann Vertragsbruch, wenn festgelegt wäre, dass wir keinen Sex haben dürfen. Andererseits können Verträge auch immer neu ausgehandelt werden.«

# 12. Kapitel

Ich betrachte mich unten im Spiegel. Meine Wangen sind gerötet, meine Augen leuchten zu hell. Die Versuchung sprudelt in mir wie aus einer geschüttelten Flasche Champagner. Ich bin Feuer und Flamme angesichts der neuen Möglichkeiten, die sich mir eröffnen. Verträge können neu ausgehandelt werden.

Ich schlucke. Stimmt, das können sie. Aber nur, wenn Kompromisse nötig werden. Wenn die Bedingungen angepasst werden müssen. In meiner Welt ist das ein Zeichen der Schwäche und dafür, dass der erste Vertrag nicht gut genug war. Es gab ein Hintertürchen, das ich übersehen habe, eine Schwachstelle im Vertrag.

Ich sehe mich weiter im Spiegel an. Schaue genau hin. Dieser Vertrag war dazu gedacht, uns beide zu schützen. Es sollte eine einmalige geschäftliche Transaktion sein. Geld für einen festgelegten Zweck. Sex war nicht dieser festgelegte Zweck. Daran sollte ich mich halten, denn wenn ich es nicht tue … will ich möglicherweise mehr. Mehr Sex. Mehr Intimität. Mehr von allem. Und das kann ich in meinem Leben nicht gebrauchen. Ich habe genug um die Ohren und brauche keinen Mann, um Erfüllung zu finden. Ich habe keine Zeit für einen. Ich will keinen.

Mein Spiegelbild sieht mich an, während wir uns die Wahrheit eingestehen. Der Sex ist fantastisch, und ich will mehr. Aber kann ich mir das von einem emotionalen Standpunkt aus leisten? Kann ich mich mit Hudson Strong gehen lassen, ohne von mir selbst etwas zu geben? Ich bin wie ein Heißluftballon, und Hudson löst meine Halteseile. Ich laufe Gefahr, aus meinem wohlgeordneten Leben zu schweben, in dem ich weiß, was ich will, wie ich es bekomme und wie alles funktioniert.

Aber was, wenn es nur ums Hier und Jetzt geht? Um die nächsten zwei Tage? Zwei Nächte. Er fliegt am 25. nach Hause. Jetzt verhandle ich mit mir selbst. Was, wenn ich einen Vertragszusatz erstelle? Sobald wir zurück in England sind, nein, sobald wir aus dem Flugzeug steigen, kann ich wieder Rebecca Madison sein. Und bis dahin könnte ich hier, zumindest nachts, Becs sein, ganz im Privaten.

Warum nicht?

Entscheidung getroffen. Verhandlung abgeschlossen. Und wie, verdammt noch mal, bringe ich das zur Sprache? In einem Raum voller Führungskräfte kann ich aufstehen und Vertragsänderungen einfordern. Ich kann es mit den Besten aufnehmen. Aber was sage ich zu Hudson Strong? *Okay, ich habe es mir überlegt – wir können in den nächsten zwei Nächten Sex haben.* Das klingt äußerst unverblümt. Und wie gehen wir es dann an? Plötzlich kommt es mir sehr klinisch und unsexy vor. Und wie sieht es mit dem finanziellen Aspekt aus? Ich martere mich wirklich selbst.

Zornig starre ich mich im Spiegel an. Warum bin ich auf einmal so verflucht ratlos? Ernsthaft?

Zieh den Kerl einfach aus und bring es hinter dich.

Mein Hirn schmerzt mittlerweile. Es ist, als hätte man einem Greyhound einen echten Hasen zum Jagen gegeben und der wäre prompt über alle Berge entschwunden.

Als ich aus der Garderobe komme, ist Hudson weg, aber ich kann ihn im Flur mit Mrs. Makepiece reden hören. Ich folge den Stimmen. Sie lächelt, während er ihr vom Dinner erzählt.

»Hey Becs, Maddie macht uns heiße Schokolade.«

Mrs. Makepiece, oder besser Maddie, sieht freundlich zu mir. »Ich hörte gerade, Sie hatten eine tolle Zeit.« Ich nicke und befinde mich schon wieder auf unbekanntem Terrain. Die Haushälterin war, seit ich mich erinnern kann, mehr oder weniger immer ein fester Bestandteil gewesen. Sie kam zu uns, als ich etwa fünf war, und sie verließ uns, als ich zehn war, um ihre eigene Familie zu gründen. Zwölf Jahre später kehrte sie in unser Haus in London zurück, kurz nach dem Tod meines Dads. »Meine Nichte hat dort eine Zeit lang gearbeitet. Sie hat eine wundervolle Stimme. Sie ist jetzt in England und sang im Ensemble von *Les Misérables*, *Phantom der Oper* und *Mama Mia*.«

Ich habe all diese Musicals angeschaut, vielleicht habe ich sie darin gesehen.

»Becs kann singen. Haben Sie das gewusst?«, meint Hudson. »Sie ist wirklich gut.«

»O ja, das wusste ich. Meine Nichte war früher Babysitter für sie und Laura, als die beiden noch sehr klein waren. Mr. und Mrs. Madison gingen damals oft ins Theater.« Sie wendet sich an mich. »Erinnern Sie sich?«

»Du liebe Zeit, nein, leider nicht.«

Ihr strenges Gesicht wirkt entspannt, ihr Blick ist wehmütig sanft. »Ihr habt zusammen gesungen und wart beide begeistert von *Mary Poppins* und *The Sound of Music*. Laura mochte das nicht, weil sie einen Ton nicht so gut halten konnte wie Sie.« Mrs. Makepiece schüttelt den Kopf. Ich kann an sie nicht als Maddie denken. »Dieses Mädchen konnte vielleicht Wutanfälle bekommen.«

Eine Erinnerung taucht wie ein kleiner Fisch in den von der Sonne erhellten Schatten auf, wie ich für das Musical in der Schule ausgewählt wurde und Laura wütend war, weil sie nicht dazugehörte. Da muss ich ungefähr acht gewesen sein. »Aber ich bin die Hübsche. Ich hätte die Rolle bekommen müssen«, hatte sie gejammert. »Das ist nicht fair.«

Weitere Erinnerungen tauchen auf wie Knoten, die sich lösen. Wenn ich daran ziehe, weiß ich nicht, wie viele weitere Dinge folgen werden.

»Möchtet ihr Marshmallows und Sahne auf eurer heißen Schokolade?«, fragt Mrs. Makepiece und ist wieder forsch effizient, indem sie heiße Milch aus einem Topf in zwei hohe Porzellanbecher schenkt.

»Ja, bitte«, antwortet Hudson.

»Das wäre reizend, danke«, sage ich.

»Wir nehmen sie mit nach oben ins Bett. Es geht doch nichts darüber, sich mit einer heißen Schokolade ins Bett zu kuscheln«, sagt Hudson.

Mrs. Makepiece wirft ihm einen zärtlichen Blick zu und sieht dann mich an. »Einen wie ihn muss man behalten.«

Gibt es eigentlich keine Frau, die seinem Charme nicht erliegt?

»Ich habe seit Jahren keine heiße Schokolade getrunken«, sage ich und koste einen Schluck; meine Lippen berühren den Schaum aus Sahne und Marshmallows. Mrs. Makepiece hat noch einen Schuss Brandy hineingegeben, der mich zusätzlich wärmt.

Wir sitzen im Bett, an einen Stapel Kissen gelehnt, bei eingeschalteten Nachttischlampen. Das ist zum Lachen albern häuslich. Ich komme mir vor wie in einer Sitcom.

Hudson sieht mich tadelnd an und schüttelt den Kopf. »Du musst ein bisschen leben, Becs. Gut, dass ich hier bin.« Er trinkt seine heiße Schokolade aus und lehnt sich zurück in die Kissen.

Ich könnte ihn daran erinnern, dass er wegen des Geldes hier ist, aber das wäre kleinlich, und wir hatten einen so schönen Abend, den ich gern noch länger genießen würde. Langsam fange ich an, mich durch den heißen Kakao und den Brandy schläfrig zu fühlen. Ich kann kaum noch die Augen offen halten, mein Körper ist immer noch in einer anderen Zeitzone.

»Gute Nacht, Hudson«, murmele ich.

Ich bin schon halb weg, als ich »Gute Nacht, Becs. Schlaf gut, kleiner Hamster« zu hören glaube.

Ich lächle. Becs. Für die nächsten beiden Nächte kann ich Becs sein.

Als ich am nächsten Morgen aufwache, bin ich allein. Von Hudson keine Spur.

# 13. Kapitel

Mein Körper prickelt in sinnlicher Erwartung, als die Schlafzimmertür auf- und wieder zugeht.

»Honey, ich bin wieder zu Hause«, ruft Hudson.

Ich stehe nackt unter der Dusche, das Wasser prasselt auf mich herab. »Bin im Badezimmer.«

Vielleicht hätte ich das einschränken sollen, denn Hudson stürmt herein.

Ich schlucke einen Mundvoll Wasser, bleibe äußerlich jedoch gefasst.

»Du bist unter der Dusche«, stellt er fest, nachdem er abrupt stehen geblieben ist.

»Sieht ganz so aus«, entgegne ich, drehe ihm den Rücken zu und schaue über die Schulter.

Ohne jede Scham oder Verlegenheit steht er da und grinst mich an. Natürlich, was sonst? Typisch Hudson, es gibt keine Situation, die ihn verlegen machen könnte.

»Möchtest du, dass ich dir den Rücken schrubbe?«

Ich lache über diese Frage, die ich für eine rhetorische halte. Aber als ich erwidere: »Was würdest du tun, wenn ich Ja sage?«, hat meine Stimme einen rauen Unterton. Seit er heute Morgen verschwunden ist, zerbreche ich mir den Kopf darüber, wie ich ihm gegenüber zur Sprache bringen soll, dass ich den Vertrag für mich neu verhandelt habe. Und nun ist dieser Dialog so unglaublich einfach, verglichen mit den imaginären Unterhaltungen, die ich geführt habe.

Sein Blick trifft meinen, und seine Hände wandern zum Saum seines T-Shirts. Ich schlucke, drehe den Kopf und greife nach der Shampooflasche. Ich wage jetzt nicht, mich umzudrehen. Was wird er tun?

Während ich mir die Haare shampooniere, spüre ich, wie er hinter mich tritt. Ich halte den Atem an, meine Nippel richten sich auf. Seine Hände bedecken meine, als er beginnt, den Schaum in meine Haare zu massieren. Seine Finger fühlen sich fest an, während sie über meine Kopfhaut gleiten. Jede Berührung löst einen elektrisierenden Impuls in meinem Körper aus. Seine Hände sind himmlisch. Ich schließe die Augen und seufze, hebe die Schultern und lege den Kopf zurück. Nach wie vor mit dem Rücken zu ihm stehend, führt er mich unter den Wasserstrahl, um meine Haare auszuspülen. Ich liebe es, seinen Körper an meinem zu spüren, und will, dass er meine Brüste umfasst. Stattdessen fährt er mit den Fingern nur sanft durch meine Haare. Ich halte es nicht länger aus und drehe mich um. Er lächelt, und ich schmiege mich in seine Arme und küsse ihn. Sein Mund ist weich und sein Körper warm, als er die Arme um mich legt und mich an sich drückt. Wir schmiegen uns perfekt aneinander, und ich seufze vor Erleichterung. Ich spüre seine begierige Härte. Ich nehme sie in meine Hand und streichle ihn.

»Becs«, flüstert er und küsst meinen Hals. »Wenn du damit anfängst, werden wir zu spät kommen.«

»Na und?«, entgegne ich, während seine Lippen sich an meinem Hals aufwärts bewegen, bis er sich von mir löst und mich lächelnd ansieht.

»Manchmal lohnt es sich zu warten«, erwidert er.

Mit diesen Worten dreht er mich um, gibt mir spielerisch

einen Klaps auf den Po und schiebt mich sanft aus der Dusche. »Später, Becs, später. Wir müssen zu einer Party.«

Ärgerlicherweise hat er recht, trotzdem ziehe ich einen Schmollmund.

»Du bist so süß, weißt du das?«, sagt er mit diesem unbezähmbaren Grinsen, schnappt sich das Duschgel und beginnt sich einzuseifen. Da ich entlassen bin, gehe ich.

Als er aus dem Badezimmer kommt, sitze ich in ein Badehandtuch gewickelt am Frisiertisch. Mein Make-up, Föhn und Glätteisen liegen vor mir, bereit für den Einsatz, und das gilt auch für sämtliche Nervenenden in meinem Körper. Ich versuche mich auf die Aufgabe zu konzentrieren, doch das ist schwierig, wenn gewisse Teile von mir pulsieren und sich nach Aufmerksamkeit sehnen. *Konzentriere dich, Rebecca.* Es ist wichtig, dass ich heute Abend perfekt aussehe. Alle sollen wissen, dass mir Lauras Verlobung mit Andrew herzlich gleichgültig ist. Außerdem ist es meine letzte Nacht mit Hudson.

»Genau rechtzeitig«, sagt er. Zum Glück trägt er einen Bademantel, denn ich bin mir nicht sicher, ob ich ihm ein lediglich um die Taille gewickeltes Handtuch nicht einfach heruntergerissen hätte. Ein Bademantel mit zugebundenem Gürtel sendet ein ganz bestimmtes Signal – Hände weg.

»Genau rechtzeitig wofür?«, frage ich. Er hat diesen vertrauten triumphierenden, vergnügten Gesichtsausdruck, der absolut nichts Gutes verheißt.

»Natürlich um dir dabei zu helfen, dich fertig zu machen«, antwortet er, als wäre das völlig offensichtlich und als könnte nur ein Idiot das nicht begreifen.

Ich runzle die Stirn und werfe ihm einen kühlen Leg-dich-nicht-mit-mir-an-Blick zu. »Ich brauche keine Hilfe, um mich fertig zu machen.«

»Oh, doch, die brauchst du. Deshalb hast du mich mitgenommen, schon vergessen?« Er lächelt auf diese mühelos einnehmende Weise. Ehrlich, ich glaube, er ist halb Welpe.

»Nein«, widerspreche ich in meinem besten abweisenden Benimm-dich-Ton, der mir allerdings angesichts seiner hoffnungsvollen Miene schwerfällt. »Ich habe dich mitgenommen, damit du mich bewundernd ansiehst und um zu zeigen, wie gleichgültig mir die Verlobung meiner Schwester mit meinem Ex ist. Und natürlich, damit diese blöden Fragen aufhören, wann ich endlich einen Mann finde.«

»Exakt«, bestätigt er. »Du musst strategischer denken.«

»Wovon sprichst du?«

Wie üblich grinst er. »Du darfst es nicht zu sehr versuchen.«

»Ich habe immer noch keine Ahnung, was du meinst.« Ich habe die allergrößte Lust, mir die Finger in die Ohren zu stopfen und laut zu summen.

»Du willst dich von deiner stärksten Seite präsentieren – in einer Garderobe, die du als Rüstung benutzt, und mit einem Resting Bitch Face.«

»Das ist der Plan«, stimme ich zu, denn er liegt ja nicht falsch. Das hat immer funktioniert, warum also etwas ändern?

»Das ist der falsche Plan, glaub mir.«

Ich hebe eine Braue. »Falsch?«, frage ich misstrauisch zurück.

»Du musst lockerer sein und dich in deiner Haut wohlfühlen. Dein cooles Gesicht signalisiert nicht, dass du glücklich bist und es dir wirklich egal ist, was irgendwer über dich denkt. Du solltest nicht so …« Sein freches Grinsen erscheint. »Zugeknöpft sein.« Der Mistkerl senkt dabei die Stimme, denn er weiß ganz genau, welche Wirkung diese Formulierung auf mich hat. Jedes Mal aufs Neue. Geradezu ein Pawlow'scher Reflex, bei dem ich prompt feucht werde.

Ich halte seinem Blick stand, als wäre ich völlig unbeeindruckt, während tatsächlich meine Nippel erneut hart werden und ich am liebsten unruhig hin und her rutschen möchte, um diese wie aus dem Nichts kommende Lust zu befriedigen. Aber das ist glatt gelogen, denn meine Begierde hat sich in den vergangenen vierundzwanzig Stunden regelrecht angestaut.

»Du musst zerzaust aussehen, als wärst du gerade nach wildem Sex aus dem Bett gestiegen.«

Ich löse das Handtuch von meinen Haaren und fange an, die feuchten Locken zu kämmen, wobei ich Hudsons Blick im Spiegel ausweiche.

»Warte, lass mich mal.« Er nimmt mir den Kamm aus der Hand. »Sanfter.« Statt an den Haarwurzeln zu beginnen und den Kamm durch die gesamte Länge meiner Haare zu ziehen, fängt er unten an, kämmt die Verknotungen heraus und arbeitet sich nach oben vor. Ich beobachte ihn im Spiegel. Er geht methodisch vor, mit geneigtem Kopf, der Mund ist leicht geöffnet, und ist dabei ganz auf die Aufgabe konzentriert. Er ist so sanft, seine Hände fühlen sich beruhigend an, während er meine Haare im Nacken zusammennimmt und seine Finger meine Haut berühren.

Dann greift er nach einer meiner Haarklammern und teilt mit dem Kamm meine Haare, klemmt die eine Hälfte fest und zieht ruhig den Stecker meines GHD-Glätteisens heraus, ehe er meine Bürste nimmt.

»Was tust du?«, frage ich, ohne mich bewegt zu haben. Ich bin mir nicht sicher, ob ich das kann.

»Ich mache dir die Haare.«

»Du?« Unsere Blicke treffen sich im Spiegel.

Er nickt. »Drei Schwestern, erinnerst du dich? Einziger Junge. Ihr Lieblingsspiel war Frisörin. Was soll ein Junge da machen? Wenn ich nicht mit ihnen Friseur gespielt hätte, wäre ich von ihnen skalpiert und rasiert worden, außerdem hätten sie mir Zöpfe geflochten. Es war die reinste Überlebenstaktik. Und jetzt kann ich es ziemlich gut.« Er streichelt seine eigenen Locken.

»Nein«, sage ich. »Nein, nein und nein.« Als würde ich ihm mein Haar anvertrauen.

»Wenn es dir nicht gefällt, kannst du es ja hinterher immer noch glätten. Versprochen.« Er sieht mich schon wieder auf diese flehende Weise an.

Ich verdrehe die Augen. »Das funktioniert bei mir nicht.«

»Du bist hart.«

»Ja«, bestätige ich, aber er hat bereits die Bürste genommen und eine Haarsträhne angehoben. Bisher habe ich weder einen Muskel bewegt noch irgendeinen Versuch unternommen, dem Ganzen Einhalt zu gebieten. Ich bin nicht hart. Wir wissen beide, wer gewonnen hat. Ich bin weich und nachgiebig geworden, und obwohl ich es bis zum letzten Atemzug bestreiten würde, habe ich die Kontrolle hergegeben.

Er schaltet den Föhn ein, fängt an, meine Haare zu weichen Locken zu föhnen, und ist dabei ganz in seine Aufgabe vertieft. Mit geschlossenen Augen genieße ich die Wärme des Föhns und die angenehme Überraschung, sobald seine Hände meine Haut berühren oder meine Haare anheben. Ich befinde mich in einem Kokon, und ich will darin bleiben, einfach die sinnlichen Schauer genießen und das Vibrieren meines Körpers, der sich nach mehr sehnt. Immer mehr versinke ich in sich aufbauender erotischer Vorfreude – wir werden heute Nacht Sex haben, und die Vorstellung erfüllt mich mit einer heimlichen Wärme. Als ich die Augen aufmache, betrachtet er mich mit diesem einzigartigen, nur für mich gedachten Lächeln, verheißungsvoll, frech und selbstbewusst – wir sind auf der gleichen Wellenlänge.

Wir sind zu einer stillen Übereinkunft gekommen – das Wo und Wann muss noch entschieden werden. Der Gedanke, das Wissen, das Bewusstsein sind verboten und verlockend. Da ist brodelnde Begierde zwischen uns, und wir werden sie anwachsen lassen.

Ich sehe ihn kritisch an. Wer wird zuerst einknicken?

Er hebt eine Braue als Erwiderung. Die Herausforderung schwebt zwischen uns.

Als er fertig ist, sind meine Haare eine Sinfonie aus Locken, die auf meinen Schultern liegen, sich elegant ringelnd, bis er mit den Fingern hindurchfährt und sie durcheinanderbringt.

»Bitte sehr.«

Verblüfft betrachte ich mich. Ich sehe sanfter und femininer aus. Liegt es an den Haaren oder ist das die Wirkung meiner angestauten Hormone?

»Nicht schlecht«, sage ich, um Hudsons Ego nicht noch weiter zu stärken.

»Wundervoll«, entgegnet er und küsst mich auf die nackte Schulter, wobei er mir im Spiegel in die Augen schaut. Diese schlichte Geste lässt prompt einen ganzen Schwarm Schmetterlinge in meinem Bauch auffliegen. Meine Augen weiten sich, und das entgeht ihm nicht.

Er streicht sich über die schweren Locken. »Ich muss die noch in Ordnung bringen, wenn wir rechtzeitig fertig werden wollen«, erklärt er und macht sich auf den Weg ins Badezimmer. Ich schaue ihm im Spiegel hinterher.

Während er im Bad ist, ziehe ich das elegante Blusenkleid an, das ich ausgewählt habe. Es ist von Ralph Lauren und sitzt perfekt. Dazu trage ich weniger Make-up auf als sonst. Hudson hat recht, ich muss aussehen, als hätte ich mir nicht so viel Mühe gegeben. Als ich mein Haar zurückwerfe, gefällt mir, wie es weich auf meine Schultern fällt.

Ein Blick auf meine Uhr verrät, dass wir zu spät kommen werden. Nur ein paar Minuten, doch das ist in diesem Haus unverzeihlich. Es sei denn, man ist Laura.

Hudson taucht aus dem Badezimmer wieder auf, in einer schwarzen Hose und mit noch offenem Hemd, dessen Manschetten er zuzuknöpfen versucht. Wow. Beim Anblick der gebräunten Haut unter der weißen Baumwolle bekomme ich einen trockenen Mund. Ich will ihn berühren.

»Brauchst du Hilfe?«, erkundige ich mich.

»Würdest du?« Er hält mir einen Arm hin. »Ich hasse diese verdammten Dinger.«

Er probiert es mit Manschettenknöpfen aus dunklem Onyx und Gold. Mir fällt eine Art Gravur auf dem dunklen Stein auf.

Ich konzentriere mich auf die Manschettenknöpfe statt auf die männliche Brust vor mir oder den herrlichen Duft nach Tanne und Zitrone. Am liebsten hätte ich meine Nase an seinen Hals geschmiegt und tief eingeatmet. Ich will seinen Mund auf meinem spüren; ich betrachte ihn, und Hudson registriert es. Wir sehen uns in die Augen. Und wieder ist es einer dieser erotisch knisternden Momente zwischen uns.

»Wir müssen nach unten«, murmele ich.

Er berührt meine Lippen. »Wie viele Küsse haben wir heute schon?«

»Nicht genug«, erwidere ich, denn es ist die Wahrheit, und in diesem Moment gibt es nur Aufrichtigkeit.

»Das müssen wir unbedingt ändern«, sagt er und streift meine Lippen sacht mit seinen. Es ist der exquisiteste, zarteste Kuss, und er gleicht einer schrecklichen Strafe, weil wir aufhören müssen.

»Später«, verspricht er.

Ich hole tief Luft und nicke ein wenig zittrig.

»Wollen wir gehen?«, frage ich und versuche dabei ganz normal und vergnügt zu klingen.

»Ja.« Rasch schließt er die restlichen Hemdknöpfe und zieht sein Jackett an. Die feine Wolle schmiegt sich an seine Schultern; er ist breit, aber der Anzug sitzt wie maßgeschneidert. Hudson wirkt darin noch männlicher; der Anzug kann seine Vitalität und Ausstrahlung nicht verbergen.

Gerade als wir die Tür erreichen, beugt er sich vor und öffnet demonstrativ zwei weitere der oberen Knöpfe an meinem Kleid. Er lässt dabei die Finger über meine Haut gleiten. »Schon besser«, sagt er mit arglosem Lächeln.

# 14. Kapitel

»Sie sind also in London ansässig«, meint William, den meine Mutter offenbar als Dinner-Partner für mich eingeladen hat, bevor ich ihr erzählt habe, dass ich jemanden mitbringe. »Was machen Sie beruflich?«

»Ich bin Anwältin.«

Mit William zu sprechen, ist wie eine kalte Dusche nach einem warmen Bad im Mittelmeer. Und es wird nicht besser dadurch, dass ich immer wieder zu Hudson blicke, der mir gegenübersitzt. Er hat einen Platz neben meiner fünfzehnjährigen Cousine Amy. Ich kann dafür garantieren, dass sie sich in Jonathons Arbeitszimmer zurückziehen wird, sobald es ihr möglich ist, und zwar mit ihrem stets präsenten Kindle, den sie im Seitenfach ihres Rucksacks dabeihat, zusammen mit den alle Geräusche ausblendenden Bose-Ohrstöpseln. Laura nennt sie nur *die Seltsame*. Ich frage mich, warum meine Mutter die Tischordnung in letzter Minute geändert hat, um Amy neben Hudson zu platzieren.

»Interessant. Ich arbeite in der Immobilienbranche. Central Manhattan. Gerade habe ich den Auftrag für den Bau des neuen Rochester Tower bekommen. Eine Milliarde Quadratmeter Luxusverkaufsfläche.«

»Wow«, sage ich. Wo, zum Geier, ist Rochester Tower? Müsste ich das wissen? Meine Mutter hätte mir einen New-York-Spickzettel geben sollen.

»Haben Sie eine Eigentumswohnung in London oder wohnen Sie zur Miete?«

»Ich habe ein Apartment, obwohl wir es drüben ›Flat‹ nennen.«

Hudson schaut herüber und richtet mit einem verwegenen Lächeln den Blick auf die Knöpfe an meinem Kleid. Prompt durchflutet mich ein heißes Gefühl. Ich fühle mich wie ein Lappen, den jemand auswringt, denn jeder Blick von Hudson löst eine Reaktion bei mir aus. Ich bin wie Samt, dessen Flor in die falsche Richtung gestrichen wurde. Ich brauche Hudsons Berührung, um den Flor wieder zu glätten.

»Mir war nicht klar, dass Sie Engländerin sind. Wo in London wohnen Sie? Covent Garden? Notting Hill? Primrose Hill?«

Ich lache höflich. Anscheinend hat er sein Wissen über London aus irgendwelchen romantischen Komödien. »Nein, ich lebe in Chelsea.«

»Wie viel ist Ihre Wohnung wert?«

»Pardon?«

»Der Wert Ihrer Immobilie. Wie viel haben Sie bezahlt? Haben Sie eine Hypothek?«

Mir wird klar, dass er mein Vermögen herauszufinden versucht. Die Worte »Das geht Sie nichts an« liegen mir auf der Zunge.

»Ich selbst bin auf der Suche nach einer Wohnung in Williamsburg. Das ist zwar nicht Manhattan, aber man bekommt mehr für sein Geld, und aktuell ist es ziemlich schickimicki.«

Er palavert weiter über den Wert von Immobilien in New York, und ich schaue zu Hudson, in der Hoffnung auf sein heimliches Lächeln, aber er plaudert mit Amy. Ich habe sie noch nie so lebhaft gesehen. Gibt es überhaupt eine Frau, die er nicht aus ihrem Schneckenhaus locken kann? Er lächelt und nickt, während sie miteinander reden, zeigt auf ihr Handydisplay und lacht. Sie stimmt in sein Lachen ein und stupst ihn mit dem Ellbogen an. Die beiden sind rasch Freunde geworden.

Ich weiß, wie es ist, Hudsons strahlende Aufmerksamkeit zu haben. Ein Anflug von Neid erfüllt mich und noch etwas Dunkleres. Unbehagen und Unsicherheit. Hudson ist jedermanns Licht, egal um wen es sich handelt. Das darf ich nicht vergessen. Er gibt mir zwar das Gefühl, etwas Besonderes zu sein; darin ist er wirklich gut, aber das heißt noch lange nicht, dass ich wirklich etwas Besonderes für ihn bin.

Endlich ist das Dinner vorbei, und meine Mutter erhebt sich und klopft an ihr Weinglas. Weitere Gäste treffen ein, wir haben sie in der Eingangshalle gehört und wie sie in den Salon geführt werden, mit seiner funkelnden Aussicht auf das nächtliche Manhattan. Die Wolkenkratzer in der Ferne, auf der anderen Seite des Central Park, glitzern wie verstreute Diamanten.

»Ich danke euch allen, dass ihr gekommen seid«, verkündet meine Mutter. »Es wird noch reichlich Gelegenheiten geben, auf Laura und Andrew anzustoßen, aber ich wollte jetzt das Wort an euch ganz persönlich richten, unsere engsten Freunde und Familienangehörigen. Wir heißen Andrew mit großer Freude in der Familie willkommen und freuen uns für unsere Tochter Laura, sie in so guten Händen zu wissen. Er wird für sie da sein und sich um sie bemühen, wie sie es verdient. Ich bin glücklich, dass ihr alle diesen besonderen Tag mit uns teilt.«

Ich sehe zu Hudson, und er zwinkert mir zu. Die Worte meiner Mutter klingen, als handelte es sich bei Laura um den

Brautstrauß, der eben gefangen wurde und nun in ein Glas mit frischem Wasser gestellt wird. Das klingt alles nicht nach der Art von Ehe, die ich wollen würde, falls ich mal heirate. Hier scheint es mehr um Besitzverhältnisse zu gehen. Zufällig weiß ich, dass Jonathon dem glücklichen Paar eine Anzahlung für ihr erstes Penthouse zwei Blocks weiter gibt. Laura ist also eine gute Partie.

Der Salon ist voller gut gekleideter Freunde von Laura und Andrew. Ich kenne niemanden von ihnen, aber das ist egal, denn Hudson ist an meiner Seite, als wir eintreten.

»Wow«, meint er, während er sich umschaut. Hier sind wir noch nicht gewesen. »Jonathon und Jennifer sind wirklich reich, oder?«

»Sind sie.«

»Kein Wunder, dass der gute alte Algernon unbedingt deine Schwester heiraten will.«

Ich lächle und frage mich, wie viele Namen ihm für Andrew wohl noch einfallen werden.

»Wo ist Amy?«, erkundige ich mich.

»Die hat ein heißes Date mit Colleen Hoover, wer immer das ist. Süßes Mädchen.«

»Ja, das ist sie. Normalerweise ist sie sehr schüchtern.«

Ich sehe Andrew und Laura auf uns zukommen.

»Rebecca. Das ist ein ganz neuer Look bei dir. Glaubst du nicht, der Rubens-Look ist ein bisschen zu jung für jemanden in den Dreißigern?« Sie mustert spöttisch meine Locken.

»In den Dreißigern!«, ruft Hudson in gespieltem Entsetzen und schlägt sich mit der Hand auf die Brust, ein Ausdruck diebischen Vergnügens in den Augen. »Ich wollte schon immer ein Lustknabe sein.«

Laura kneift die Augen zusammen. Sie hat keine Ahnung, ob er sie auf den Arm nimmt oder nicht. Dann stutzt er. »Hast du grad Rubens-Look gesagt? Ich dachte, das sind Frauen mit voluminöser Figur. Wahrscheinlich meintest du eher Millais oder Waterhouse. Ophelia oder Lady of Shallot.« Er wickelt sich eine meiner Locken um den Finger und zieht mich zu sich heran, um mich auf den Mundwinkel zu küssen. »Obwohl«, fügt er hinzu und senkt dabei die Stimme. »Becs ist viel sexyer.«

Er ist unverbesserlich, und ich liebe es. Er hatte recht. Dieser lockere, zwanglose Look hat meine Schwester komplett aus dem Konzept gebracht. Sie weiß mich nicht mehr einzuordnen.

»Rebecca«, ist eine missmutige Stimme hinter Laura zu vernehmen, und für einen kurzen Moment erfasst uns beide Panik. Es ist Großtante Maude. »Warum bist du noch nicht verlobt? Laura ist zwei Jahre jünger als du. Ich gebe deinem Vater die Schuld. Er wollte, dass du mehr erreichst als er. Er war zu streng zu dir, als du ein Kind warst.«

Ich beuge mich hinunter und küsse Maudes gepuderte Wange. »Dir auch ein Hallo. Wie geht es dir?«

Sie tätschelt mir die Wange, als wäre ich drei statt dreiunddreißig. »Viel besser, jetzt, wo ich dich sehe.« Laura macht den Eindruck, als würde sie am liebsten schnell flüchten, aber das verbieten die guten Manieren. Maude grinst. »Du bist die Einzige in der Familie, die den Mumm hat, es mit mir aufzunehmen.«

Lauras Miene verdüstert sich, und sie hakt sich bei Andrew unter, wie um zu unterstreichen, dass sie in puncto Beziehung die Siegerin ist.

»Darf ich dir Hudson vorstellen?«, sage ich. »Hudson, das ist Maude.«

»Freut mich, Sie kennenzulernen«, entgegnet er mit seinen tadellosen Manieren. Man kann ihn wirklich überall mit hinnehmen.

»Warum habe ich bisher nichts von Ihnen gehört?«, erkundigt sie sich und legt das Gesicht in Falten, bis sie aussieht wie ein mürrischer Shar-Pei.

»Weil Becs nicht wollte, dass Sie mir Angst einjagen«, erwidert Hudson mit verschwörerischem Grinsen, was Maude zum Gackern bringt.

»Ich mag ihn. Er ist deine Eizellen vielleicht wert. Sie wissen schon, dass sie dreiunddreißig ist.«

Laura sieht mich tatsächlich mitleidig an.

»Hallo, ich bin hier. Und Hudson ist nicht an meinen Eizellen interessiert, vielen Dank auch.«

Maude strahlt mich nur an.

»Na ja, das habe ich nicht gesagt, Becs«, meint Hudson und legt mir den Arm um die Schulter. »Nur, dass ich finde, wir sollten noch eine Weile warten. Ich will die Zweisamkeit mit dir genießen, bevor Kinder kommen.«

Ich schwöre, zum ersten Mal in meinem Leben spüre ich, wie mein Unterleib sich zusammenzieht. Das ist noch nie passiert. Es macht mir Angst, aber ich rede mir ein, dass es lediglich damit zu tun hat, wie forsch er mich verteidigt. Jedenfalls habe ich vorläufig ganz sicher keine Kinder auf dem Schirm.

Allerdings erkenne ich in diesem Moment, dass Hudson zu der Sorte Männer gehört, die Kinder will. Natürlich will er welche. Und er wird ein großartiger Vater sein, man sehe sich nur an, wie leicht er Zugang zu Amy fand. Ich kann ihn mir gut vorstellen, wie er mit kleinen Jungs Football spielt und am Flussufer angelt oder eine kleine Prinzessin, die eine

Miniaturausgabe von ihm ist, auf den Schultern trägt. Ihr die Haare macht. Hinter ihm das vom Nebel weichgezeichnete Bild einer Frau. Seiner Ehefrau.

»Nun, wenn ihr uns entschuldigen würdet, wir müssen die Runde machen«, erklärt Laura, nimmt Andrews Arm und entschwindet.

»Ach, das verdirbt mir den Spaß«, sagt Maude. »Wo ist eure Mutter? Ich muss mit ihr reden.« Bevor ich antworten kann, geht sie davon, auf der Suche nach ihrem nächsten Opfer.

»Wie war es beim Golfen?«, erkundige ich mich, sobald Laura und Andrew außer Hörweite sind.

»Ganz okay«, antwortet Hudson vorsichtig. »Jonathon kann spielen. Alfred eher nicht …« Er verzieht das Gesicht, während er Andrew hinterherschaut. »Im Ernst, du warst mit diesem Typen zusammen? ›Ja, Jonathon, nein, Jonathon, wirklich, Jonathon, darf ich deine Bälle anlecken, Jonathon?‹«

Ich pruste, dass mir der Champagner aus der Nase läuft, und er grinst entzückt.

»Golfbälle?«

»Natürlich.« In seinen Augen ist ein unwiderstehlich freches Flackern. »Du hast Glück gehabt, dass du da rausgekommen bist, Becs. Du hast jemand viel Besseren verdient.«

Ich werfe ihm einen tadellos arroganten Blick zu, aber in mir drin erzeugen seine Worte ein leichtes Glühen. Ich verdiene etwas Besseres. Hat das schon mal jemand zu mir gesagt? Meine Mutter hat mir augenscheinlich William als Dinner-Begleitung organisiert, weil sie von mir erwartet, dass ich endlich eine Familie gründe.

Ich zucke impulsiv mit den Schultern. »Danke, dass du gekommen bist.«

»War mir ein Vergnügen.« Seine Augen leuchten, und ich weiß, dass er etwas ganz anderes meint.

»Ah, Rebecca und Hudson.« Die Schwester meiner Mutter taucht auf. »Was für ein gut aussehendes Paar ihr abgebt. Rebecca, du siehst umwerfend aus. Geradezu erblüht. Das muss Liebe sein.« Mir entgeht ihr kurzer Blick auf meinen Bauch nicht. »Hast du Amy gesehen?«

»Nein.« Ich schüttele den Kopf. Ich weiß sehr wohl, wo sie vermutlich ist, aber ich werde sie nicht verraten.

Wir machen die Runde durch den Salon, während ich bei Hudson untergehakt bin. Hin und wieder streicheln seine Finger die Innenseite meines Handgelenks, gerade genug, um mich daran zu erinnern, dass ich bereits innerlich am Köcheln bin.

Gelegentlich hebt er diskret mein Handgelenk an und schaut auf meine Cartier-Uhr. »Warum machst du das ständig?«, frage ich schließlich, denn jedes Mal ist es von einem speziellen Lächeln begleitet, einem verheißungsvollen.

»Weißt du es nicht?«, entgegnet er.

Natürlich weiß ich es. Ich sehe ihn tadelnd an, obwohl seine Worte mich von Neuem erschauern lassen. Man sollte meinen, ich hätte mittlerweile mein Limit erreicht. Wie viele sinnliche Schauer kann der Körper aushalten, ehe er in Flammen aufgeht? Ich bin an einem Punkt, an dem jeder Blick, jedes Wort und jede Berührung mich erregt.

Ich kann es nicht erwarten, bis wir endlich nach oben gehen und uns gegenseitig die Kleider vom Leib reißen. Werden es diese Hemdknöpfe überstehen? Denn ich sehne mich schrecklich danach, ihm dieses Hemd auszuziehen. Wird mein Kleid es schaffen? Mir sind seine verstohlenen Blicke auf meine Knöpfe nicht entgangen, als malte er sich bereits sehr genau aus, wie er einen nach dem anderen öffnet.

»Es ist erst neun.« In meiner Stimme liegt ein vages Jammern. Wie ich mir wünsche, diese Party möge enden. Wir können noch nicht nach oben, es wäre zu offensichtlich und würde als Beleidigung meiner Schwester aufgefasst werden.

»Hudson.« Meine Mutter stürzt sich auf uns. »Da ist jemand, den Sie kennenlernen müssen. Sie ist im Einzelhandel bei Bloomingdale's und kennt den Möbeleinkäufer bei Nordstrom. Sie kann es kaum erwarten, Sie kennenzulernen.«

Eines muss ich meiner Mutter lassen – sie ist ein Genie im Networken.

Hudson wirft mir einen unsicheren Blick zu und formt dann lautlos mit den Lippen das Wort »Okay?«. Das ist eine schlichte Geste, bedeutet mir aber viel. Er bekommt die Chance, einen möglicherweise sehr nützlichen Kontakt zu knüpfen, und statt sich einfach darauf zu stürzen, hält er Rücksprache mit mir. Ich glaube, in diesem Moment hätte ich mich in ihn verlieben können, wenn ich der Typ wäre, der sich verliebt.

Ich drücke seinen Arm. »Bis später.«

Ich schaue ihm hinterher und vermisse schon das erotische Knistern zwischen uns. Registriert das eigentlich außer uns noch jemand?

Auf der anderen Seite des Raumes entdecke ich meine Schwester, die mich beobachtet. Das geht schon den ganzen Abend so, beinah als müsste sie sich ihres Triumphes über mich versichern. Sie hat den Kerl bekommen, aber sie will sichergehen, dass es mir bewusst ist. Bevor ich mit Hudson hier eintraf, war mir nicht klar, wie sehr ich wirklich über Andrew hinweg bin. Ich dachte, diese Woche würde viel härter werden, als sie tatsächlich ist. Ich würdige Andrew keines zweiten Blickes, weil ich viel zu sehr damit beschäftigt bin, Hudson anzusehen.

Fröhlich winke ich Laura zu, nehme mir ein neues Glas Champagner und gehe zur Fensterfront, um die nächtliche Skyline Manhattans zu betrachten.

Lange bleibe ich nicht allein. Meine Mutter taucht hinter mir auf, ich sehe ihr Spiegelbild im Fenster.

»Da bist du ja, Liebes«, sagt sie, als hätte ich mich den ganzen Abend versteckt.

Es ist die typische Einleitung meiner Mutter für ein »ernstes« Gespräch. Was wird sie sagen?

»Wenn du mir erklären willst, dass Laura eine andere als Haupt-Brautjungfer ausgesucht hat, überrascht mich das nicht. Außerdem ist es mir egal.«

Feine Linien erscheinen auf der Stirn meiner Mutter; es ist noch kein richtiges Stirnrunzeln, aber jap, das ernste Gespräch bahnt sich an. »Ich wäre dir dankbar, wenn du dich blicken ließest«, verkündet sie mit erstaunlicher Offenheit.

Ich sehe sie nur an.

Sie trinkt einen Schluck Champagner. Für gewöhnlich nippt sie lediglich, statt richtige Schlucke zu trinken. Alles deutet darauf hin, dass sie den Vorsatz zu dieser Unterhaltung hatte. Sie seufzt. »Ich weiß, sie ist schwierig.«

Na hallo, Untertreibung des Jahres.

»Du warst immer die Umgängliche.«

»Ich?« Das höre ich zum ersten Mal. Noch jeder meiner Freunde machte irgendwann eine Bemerkung darüber, wie anspruchsvoll ich sei, und das war nicht als Kompliment gemeint.

»Allerdings mache ich mir Sorgen um dich.«

Ich starre sie an. So etwas hat sie noch nie zu mir gesagt.

»Obwohl ich deinen Vater geliebt habe, war es nicht leicht mit ihm. Man musste sich seine Zuneigung verdienen. Er verlor das Interesse an Laura, als klar wurde, dass sie nicht deinen akademischen Verstand besitzt. Ich mache mir Sorgen, du könntest immer noch versuchen, es ihm recht zu machen. Es ist dir gestattet, glücklich zu sein, weißt du?«

Ich bin perplex. Wovon redet sie?

»Aus diesem Grund war Laura stets eifersüchtig auf dich. Ich hoffe wirklich, dass …« Sie sucht nach den richtigen Worten.

»Du hoffst, dass sie es als Sieg betrachtet, früher als ich einen Mann vor den Altar zu schleppen, und dadurch glücklicher wird«, beende ich den Satz für sie, denn mir wird schlagartig klar, dass Laura tatsächlich schon immer eifersüchtig auf mich gewesen ist, nur habe ich den Grund dafür nicht begriffen. Dad war ihr gegenüber oft ablehnend, das bekam ich mit. Sie arbeitete nicht hart genug, und es war ihr alles nicht wichtig genug. Nun verstehe ich, warum sie alles versuchte, um seine Aufmerksamkeit zu bekommen. Ein ungutes Gefühl breitet sich in meinem Magen aus – ich war immer Dads Liebling, weil ich so viel Arbeit investierte.

Meine Mutter sieht mich kopfschüttelnd an. »Ich bin so froh, dass du Hudson hast. Der Job ist nicht alles.«

Allmählich bin ich alarmiert. Was versucht sie mir zu sagen?

»Ich freue mich wirklich für dich. Hudson ist perfekt für dich.«

Fast verschlucke ich mich am Champagner. »Perfekt?«

»Ja.« Meine Mutter strahlt. »Ihr zwei passt einfach zusammen. Wenn ihr einen Raum betretet, seid ihr ein Paar. Und er ist ein so reizender Mann. Ich meine, Andrew ist genau das, was Laura braucht. Er hat Geld und Status und wird ihr das Leben bieten können, das sie will. Hudson ist freundlich.

Deshalb habe ich ihn neben Amy gesetzt. Ich wusste, er würde sich um sie kümmern. Und er wird für dich da sein, auch wenn du nicht glaubst, dass du jemanden brauchst, der sich um dich kümmert.«

Ich habe immer noch Schwierigkeiten, meinen Champagner herunterzuschlucken, ganz zu schweigen davon, ein Wort herauszubekommen.

»Als ich Jonathon heiratete, hatte ich einen Schutzwall um mich errichtet. Nach dem Tod deines Vaters wollte ich nichts mehr für jemanden empfinden.«

Ich habe einen Kloß im Hals. Ich verstehe das alles nur allzu gut.

»Jonathon bot mir finanzielle Sicherheit und eine Zukunft. Deshalb habe ich ihn geheiratet.«

Ich nicke nur, denn das ist keine große Überraschung – aber dann kommt es.

»Irgendwann habe ich mich jedoch in ihn verliebt, und das ist wundervoll. Bedingungslose Liebe ist befreiend. Dein Vater …« Sie seufzt, vermutlich weil sie genau weiß, dass ich keine Kritik an ihm zulasse. Er hat mich stets ermutigt, die beste Version meiner selbst zu sein.

»Man kann eine Ehe führen, die auf gegenseitigem Respekt und den gleichen Zielen basiert. Das trifft auf Andrew und Laura zu. Aber es ist so viel besser, wenn Liebe dabei ist.« In ihren Augen schimmern ungeweinte Tränen. »Du hast mehr verdient, Rebecca. Lass die Liebe zu. Ich weiß, dass du deinen Vater vergöttert hast, und seit seinem Tod vergräbst du dich in Arbeit. Aber du bist mehr als nur deine Karriere. Gib Hudson eine Chance, er ist einer von den Guten.«

Bei ihren Worten zieht sich mein Herz zusammen. Hudson ist einer von den Guten. Wenn ich denn für einen guten Mann zu haben wäre. Doch ich darf mich dem Risiko nicht aussetzen, erneut Schmerz und Verletzung zu erfahren.

Sie irrt sich gewaltig. Was würde sie wohl sagen, wenn ich ihr erzähle, dass ich Hudson für seine Begleitung bezahlt habe? Niemals hätte ich damit gerechnet, dass er ihr gefällt. Du meine Güte, schließlich hat er lange Haare. Er trägt zerschlissene Jeans. Er redet mit den Bediensteten. Wo ist die spröde Dame der Gesellschaft, die meine Mutter in den vergangenen dreißig Jahren gewesen ist? Macht Liebe das mit einem?

Ich bin in einem Paralleluniversum gelandet. Jeden Moment wird meine Schwester sich wieder in ein menschliches Wesen verwandeln.

In diesem Augenblick kommt Andrew angeschleimt, und die Welt kehrt zur Normalität zurück – zumindest glaube ich das.

»Jennifer, Rebecca. Schöne Party, Jennifer. Vielen Dank, dass du die Gastgeberin warst. Meine Eltern wollen aufbrechen und sich vorher bei dir bedanken.«

Das ist typisch Andrew. Er fordert meine Mutter auf, sich von ihren Gästen zu verabschieden.

»Selbstverständlich, entschuldige mich«, sagt sie und verschwindet. Ich bleibe mit Andrew allein. Es ist das erste Mal, dass ich mit ihm allein bin seit der Verkündung der Verlobung, und ich habe ihm nichts zu sagen.

»Du siehst reizend aus heute Abend«, sagt er in leisem, drängendem Ton, und ich werfe ihm einen erschrockenen Blick zu. »Ich habe ganz vergessen, wie schön du bist.« Er legt seine Hand auf meinen Arm.

Ich sehe ihn finster an, dann schaue ich demonstrativ auf seine Hand.

»Oh, Rebecca, sei nicht so. Ich bin nur freundlich. Schließlich werden wir eine Familie sein.«

»Unglücklicherweise«, gebe ich zurück. Was für ein schrecklicher Gedanke.

»Du glaubst, ich muss mich bei dir entschuldigen?«

Du lieber Himmel, ich bin wirklich durch ein Loch im Raum-Zeit-Kontinuum gefallen. Was ist denn los heute Abend?

»Interessiert mich nicht«, sage ich brüsk und merke, dass es mir ernst ist. Wenn überhaupt, bedaure ich meine Schwester, dass sie jemanden heiratet, der so fade und oberflächlich ist.

Sein Lachen klingt bitter, und seine glänzenden Augen zeugen von zu viel Alkohol. »Klar, ich weiß, dass du dich stets mehr für deine Karriere interessiert hast. An manchen Abenden war ich mir nicht einmal sicher, ob du noch wusstest, dass du einen Freund hast. Laura hingegen nimmt mich wahr.«

Ich könnte ihn sehr leicht darauf hinweisen, dass sie ihn natürlich wahrnimmt, schließlich glaubt sie, mir eins ausgewischt zu haben. Aber ich verzichte darauf. Ich kann mich schlicht nicht dazu aufraffen.

Er seufzt. »Sie ist all das, was du nicht warst. Locker, umgänglich, und sie hat Zeit für mich. Sie ist nicht ständig *zu müde*.« Da ist sie also, die Krux der ganzen Sache. Er kommt an erster Stelle.

»Oh, armer Andrew. Es ist also meine Schuld.« Ich verdrehe die Augen.

»Sie steht auf mich«, sagt er, und ich weiß genau, worauf er hinauswill. Sex.

»Ich glaube, wir hatten diese Diskussion schon. Wirst du mir jetzt wieder erzählen, dass ich frigide bin? Im Bett nichts tauge?« Ich grinse ihn an. »Hudson findet das nicht, aber der ist auch pures Dynamit.« Die Schlussfolgerung ist klar. Ich muss nichts weiter sagen. Er starrt mich mit offenem Mund an, während ich auf dem Absatz kehrtmache und gehe.

Hudson lehnt am Türrahmen auf der anderen Seite des Raums und hat unsere Unterhaltung beobachtet. Er sieht mich lächelnd an.

»Ich kann Lippen lesen, musst du wissen«, erklärt er.

Ich bedenke ihn mit einem scharfen Blick und bin mir nicht sicher, ob er die Wahrheit sagt oder nicht. »Kannst du nicht.«

»Ich habe mitbekommen, um was es ging. Hast du ihm gesagt, er sei im Bett Mist gewesen?«

Das verblüfft mich jetzt.

Er legt den Finger unter mein Kinn, damit ich den Mund wieder zumache, dann küsst er mich auf die Lippen.

Lächelnd flüstere ich ihm ins Ohr: »Ich will dich, jetzt.«

# 15. Kapitel

Ich schiebe Hudson zur Tür des Salons hinaus in den leeren Flur, und ein paar Meter weiter öffne ich eine Tür und ziehe ihn mit hinein. Wir stolpern gegen einen Karton, und das leise Klirren von Glas ist zu hören, dann ein Poltern, als etwas herunterfällt.

Hudson will sich von mir lösen, doch meine Umarmung wird fester. »Alles in Ordnung«, murmele ich, während er seine heißen Lippen auf meinen Hals presst.

Wir befinden uns in der Vorratskammer. Mrs. Makepiece und die Reinigungskräfte bewahren darin Ersatzporzellan, Bettwäsche, das Zubehör für die Blumenarrangements und solche Dinge auf.

Er greift in meine Haare und hält meinen Kopf, während er mich küsst. Ich erwidere den Kuss, so wild und leidenschaftlich, dass ich mich darin verlieren könnte.

Mit einem schweren Seufzer löst er sich von mir und legt seine Stirn an meine. »Verdammt, Becs. Ich muss dich nehmen, hier und jetzt. Meine Eier laufen schon in allen Regenbogenfarben an.«

Es ist aufregend, wie sehr er mich begehrt. Mit den Händen schiebt er bereits mein Kleid hoch und streichelt meinen Po. Ich presse mich an ihn und seine Erektion. Er stöhnt, und es klingt, als hätte er echte Schmerzen.

Meine Hände liegen auf seiner Gürtelschnalle. Draußen zieht lautes Lachen vorbei.

Mist. Wir befinden uns in der Putzkammer meiner Mutter.

Hudson hält meine Arme fest, und unser Atem wirkt laut in der dunklen Kammer.

Draußen ist eine Unterhaltung zu hören, und ich schlucke; Verlangen und Verstand liegen im Streit miteinander.

Mein Herz pocht so laut, dass es ein Wunder ist, dass die Leute auf der anderen Seite der Tür es nicht hören können. Ihre Worte sind nicht zu verstehen, aber es müssen mindestens drei Leute sein, die sich unterhalten.

Ich fühle Hudsons Hand auf meinem Bein, und seine Finger streifen den elastischen Beinausschnitt meines Slips. Ich packe seine Schultern, bin jedoch zu erregt, um ihn wegzustoßen. Stattdessen hauche ich ihm ermutigend ins Ohr. »Ja«, flüstere ich. Eine Sekunde später dringt er schon mit zwei Fingern in mich ein, und ich sporne ihn mit meiner Beckenbewegung an.

»Du bist so feucht, Becs.« Er küsst die zarte Haut zwischen meinem Ohr und meinem Hals und knabbert behutsam daran. Mir entfährt ein unfreiwilliges Quietschen; sofort hält Hudson inne. Ich will, dass er weitermacht, aber er lässt mich mehrere Sekunden warten. Ich stoße gegen seine Hand.

An meinem Ohr spüre ich, wie seine Lippen sich zu einem Lächeln verziehen, als er fragt: »Was willst du?«

»Dich«, flüstere ich.

»Wirst du leise sein?«

Ich lege den Kopf an seine Brust und beiße mir auf die Lippe.

»Bist du dir sicher?«, will er wissen, während er die andere Hand in meinen BH schiebt, um mich fest in meinen Nippel zu kneifen. Ich beiße mir härter auf die Lippe, um nicht geräuschvoll nach Luft zu schnappen. Er quält mich.

Ich nicke so, dass er die Bewegung meines Kopfes an seiner Brust spürt.

Als er die beiden Finger aus mir zurückzieht, würde ich am liebsten seine Hand packen, aber dann lässt er sie geschickt wieder hineingleiten. Ich darf keinen Laut von mir geben, also presse ich die Lippen zusammen. Er wird mich zum Höhepunkt bringen, und ich muss still sein. Ich klammere mich an seinen Schultern fest. Unterdessen hat er eine meiner Brüste aus meinem BH befreit und saugt durch den Baumwollstoff meines Kleides hindurch an der aufgerichteten Knospe. Die Reibung des feuchten Stoffes an meiner sensiblen Haut steigert meine Erregung. Ich weiß nicht, ob ich es schaffe. Auf der anderen Seite der Tür ist wieder Lachen zu hören. Die Gäste sind nur Zentimeter von mir entfernt. Ich schließe meinen Mund über Hudsons Bizeps, um mein atemloses Keuchen zu dämpfen.

Die Intensität der Empfindungen nimmt zu, aber ich kämpfe gegen den Orgasmus an, weil ich Angst habe, nicht still sein zu können. Ich presse die Lippen zusammen und kneife die Augen so fest zu, dass mir die Tränen kommen. Es nützt alles nichts, ich kann es nicht aufhalten.

»Hudson«, flehe ich flüsternd und packe seine Arme so hart, dass er bestimmt blaue Flecke bekommen wird.

Er hält erneut inne, und ich schreie vor Enttäuschung beinah auf.

In der Dunkelheit der Kammer ist die einzige Lichtquelle der untere Türspalt, sodass ich mich losgelöst vom echten Leben fühle. Zum Glück haben sich die Stimmen entfernt. Allerdings bin ich mir nicht sicher, ob ich gehen kann. Meine Beine zittern, und mein Herz hämmert, als wollte es mir aus der Brust springen.

Als mein Puls sich wieder halbwegs normalisiert hat, spähe ich zur Tür hinaus. Der Flur ist leer. »Nach oben, jetzt«, sagt Hudson, nachdem wir unsere Kleidung gerichtet haben.

Niemand hat mich je so heftig begehrt, genau wie ich noch nie jemanden so sehr begehrt habe.

Er öffnet die Tür und schiebt mich hinaus. »Du hast höchstens zwei Minuten und solltest mindestens halb nackt sein, wenn ich eintreffe.«

Ich verlasse die Kammer und werfe einen Blick über die Schulter. Am Fuß der Treppe erwischt mich Jonathon. »Rebecca, ist alles in Ordnung mit dir?«

»Ja, nur ein leichter Kopfschmerz. Ich hole mir rasch zwei Paracetamol.« Ich drehe mich nicht um, da ich mir des feuchten Flecks über meinem Nippel bewusst bin, wo Hudson durch den Stoff hindurch an mir gesaugt hat.

»Ausgezeichnet«, sagt er freundlich, und ehe noch jemand vorbeikommen kann, renne ich die Treppe hinauf.

Ich erreiche mein Zimmer. Im Spiegel sehe ich meine geröteten Wangen und glänzenden Augen.

Halb nackt, hat Hudson gesagt. Allerdings weiß ich nicht, ob ich mich um das Vergnügen bringen möchte, von ihm entkleidet zu werden.

Eine Sekunde später kommt er auch schon herein und schließt die Tür ab.

Dann dreht er sich zu mir um. »Verdammt, was machst du mit mir? Ich bin hart wie nur was.«

Dann gibt es keine Zeit mehr. Wir sind beide erregt. Hudson zieht mir das Kleid einfach über den Kopf, während ich ihm das Hemd aufknöpfe, nestelnd, zerrend, seine nackte Haut küssend, die ich erreichen kann.

Er nimmt seine Hand fort, die ich gleich schmerzlich vermisse. »Bitte, Hudson, bitte.«

Er schiebt mich aufs Bett und küsst mich wild. Unsere Hände kämpfen bei dem Versuch, ihm die Hose auszuziehen, hektisch suchend; ich öffne den Reißverschluss, während er sie herunterschiebt.

Erneut küsst er mich und sieht mir in die Augen. Unser Blick ist intensiv, und die Fülle in meiner Brust, meinem Herzen, ist geradezu beängstigend. In diesem Moment habe ich keine Ahnung, wie ich mit dem Gefühl umgehen soll. Ich muss die Augen schließen, denn ich will nicht, dass er in mich hineinschaut.

Als er in mich hineingleitet, hängt mein Slip um meine Knöchel; ich trage noch meine Schuhe und gebe mich dennoch den heißen Wellen der Lust hin, die mich durchfluten. Ich komme wieder und wieder, und nur Sekunden später spüre ich seine Anspannung, gefolgt von einem lang gezogenen gutturalen Stöhnen.

Als ich spüre, wie er kommt, stoße ich einen Schrei aus. Es ist einfach zu viel. Zu intensiv. Meine inneren Muskeln ziehen sich um ihn zusammen, und ich bin umhüllt von einem Schleier der Begierde und puren Freude. Aber da ist noch mehr, viel mehr. Da ist das Verlangen, mich an ihm festzuhalten und in seinen Armen zu bleiben. Ein zutiefst beängstigendes Gefühl. Ich brauche niemanden, denn ich bin mir selbst genug. Mein Leben ist geordnet, und ich habe alles, was ich will. Ich sollte ihn von mir herunterrollen und mich unter die Dusche stellen, aber ich kann mich nicht aufraffen. Nur eine Minute noch. Nur eine Minute noch hier liegen bleiben, schlaff, halb bekleidet, und nur fühlen. Mit ihm.

Allmählich erst komme ich wieder zu mir.

Hudson liegt auf mir. Ich mag es, sein Gewicht auf mir zu spüren. Es erdet mich, während ich noch in den Nachwirkungen des Liebesspiels schwelge. Außerdem muss ich ihn dann nicht ansehen, weil … ich vielleicht den größten Fehler meines Lebens begangen habe.

Er schmiegt das Gesicht an meinen Hals. »Verdammt, Becs, du bist erstaunlich. Das war fantastisch.«

Stimmt. Und es war so viel mehr, nur kann ich ihm das nicht sagen, da es enden muss. Ich beginne tiefere Gefühle für Hudson zu entwickeln. Gefühle, die ich mir nicht gestatten darf. Das Einzige, worauf ich mich in dieser Welt verlassen kann, bin ich selbst.

Zum Glück fliegt er morgen nach Hause. Der Wagen, der ihn um halb acht morgens abholt, ist bestellt. Danach gibt es für uns beide keinen Grund, uns jemals wiederzusehen.

Er streichelt meine Brust beinah gedankenverloren, als bräuchte er diese Liebkosung, und ich mache dasselbe. Meine Finger fahren über die Muskeln und Täler seines Rückens, denn ich kann nicht widerstehen. Ich muss jeder Kontur nachspüren, um sie mir genau einzuprägen. Ich ergreife Besitz von jedem Zentimeter seines Körpers, solange ich kann. Hauchzart gleiten meine Finger über seine Taille, dann zu seiner Hüfte, während ich zärtlich sein Schlüsselbein küsse.

Er seufzt und lässt seine Hand an meinem Bauch hinuntergleiten. Ich biege mich ihm entgegen und strecke mich unter ihm.

Diesmal nehmen wir uns Zeit. Wir haben diese letzte Nacht, um einander zu necken und zu erforschen. Hudson drückt mich aufs Bett, küsst mich überall, und als er *dort* anlangt, halte ich ihn nicht auf. Er kostet jeden Zentimeter meines Körpers, und ich spüre seine Bartstoppeln an den Innenseiten meiner Schenkel. Er verwöhnt und reizt mich mit seinen Fingern und seinem Mund, und ich überlasse mich der Lust. Als er irgendwann aufhört, will ich mich revanchieren und ihm erotisches Vergnügen bereiten, das ihn um den Verstand bringt. Ich drehe ihn auf den Rücken und knie über ihm.

Hudson beobachtet mich, und seine Miene verrät die leichte Qual, während er auf das wartet, wovon ich weiß, dass er es will. Er schluckt. Mit einem Lächeln beuge ich mich sehr langsam herunter und nehme ihn hinter dem Vorhang meiner Haare in den Mund. Stöhnend sagt er meinen Namen und fasst meine Haare zusammen, um sehen zu können, was ich mit meinem Mund tue. Ich genieße sein Stöhnen und Keuchen und wie er meinen Namen sagt: »Becs, oh, Becs.«

Dann schiebt er mich weg und küsst mich voller verzweifelter Begierde. »Ich halte es nicht länger aus. Du machst mich verrückt.«

Er zieht mich hoch und wirft mich auf den Rücken, ehe er meine Beine spreizt. Wir schauen einander in die Augen, als er tief in mich eindringt. Ich bin eng, und er füllt mich ganz aus, zieht sich zurück und dringt gleich darauf erneut in mich ein. Zunächst bewegt er sich beinah quälend langsam. Es ist Himmel und Hölle zugleich. Meine inneren Muskeln umschließen ihn, mit jeder Faser klammere ich mich an ihn, an diese Empfindungen. Ich versuche, die Kontrolle zu behalten, aber ich schwitze, es ist zu viel und nicht genug.

Er senkt seine Stirn auf meine und beißt die Zähne zusammen. »Ich kann nicht mehr, Becs …«

Ich hebe das Becken, um ihn anzutreiben, und plötzlich ist es, als könnten wir uns beide nicht mehr länger beherrschen. Er bewegt sich in einem wilden Tempo, dem ich mich anpasse, rasend zum Ende hin. Unsere Körper gleiten schweißnass aneinander, unser Atem klingt harsch in der stillen Nacht. Es gibt nur uns.

Sein ganzer Körper spannt sich an, und er beugt den Rücken, mit einem entrückten Ausdruck im Gesicht. Ich fühle ihn tief in mir und erreiche gemeinsam mit ihm den Höhepunkt. Schauer um Schauer durchläuft mich noch Augenblicke danach.

Er küsst meine Schläfe.

»Becs«, murmelt er. »Verdammt, das war gut.«

»Mm«, murmele ich zurück. Er zieht mich auf die Seite, mein Kopf liegt an seiner Schulter, eines meiner Beine zwischen seinen. Schon beginne ich einzudösen. Ich kämpfe dagegen an, denn ich will das Gefühl ganz auskosten, ihn neben mir zu spüren, in meine Erinnerung gestickt wie ein Edelstein, der in eine Tasche genäht wird, damit man ihn nicht verliert.

»Stell den Wecker«, sage ich schläfrig und streichle seine Brust, während ich seinem Atem lausche.

»Schon erledigt«, wispert er in mein Haar.

Ich schlafe ein, und als ich wieder aufwache, ist er verschwunden. Das einzige Zeichen, dass er hier war, ist seine Beanie, die auf meinem Koffer liegt.

# 16. Kapitel

Ich schleppe mich durch den Schneeregen und den kalten dunklen Morgen zum Bürogebäude von Carter-Wright. Pfützen schimmern im Licht der Straßenlaternen. Es ist halb sieben morgens, aber es fühlt sich an wie Mitternacht. Der Jetlag ist übel. Ich winke dem Mann von der Security kurz zu, der seit zehn Jahren da ist … und dessen Namen ich immer noch nicht kenne. Ich gehe an ihm vorbei, doch noch ehe ich den Lift erreiche, kehre ich um und trete an die Rezeption.

»Entschuldigung.«

»Ja, Miss Madison?« Er wirft mir einen unsicheren Blick zu.

»Wie lange arbeiten Sie schon hier?«, frage ich.

»Ungefähr zehn Jahre.«

Fast so lange, wie ich hier bin. Ich empfinde ein wenig Scham. »Wie heißen Sie?«

»Ed Williams«, antwortet er, jetzt sichtlich nervös.

»Guten Morgen, Ed. Ich bedaure, dass ich mich nicht längst erkundigt habe. Ich hoffe, Sie haben einen guten Tag.«

Ich lasse ihn mit offenem Mund stehen und nehme den Lift hinauf in den ruhigen vierten Stock. Mein Weg führt mich vorbei an Schreibtischen, deren Papierkörbe geleert und deren Sessel gerade gerückt sind, bis in mein Büro. Es kommt mir vor, als wäre ich Wochen fort gewesen statt nur ein paar Tage. Ich ziehe meinen feuchten Wollmantel aus und hänge ihn auf. Die nasse Mütze werfe ich auf den Schreibtisch. Heute bin ich lethargisch und langsam. Meine Gliedmaßen fühlen sich schwer und träge an. Es war nicht leicht, aus dem Bett zu kommen, aber es gibt so viel zu tun. Obwohl ich letzte Nacht schon einiges durchgesehen habe, befinden sich noch Hunderte ungelesene E-Mails in meinem Postfach. Sicher werde ich den ganzen Vormittag brauchen, um die durchzugehen, bevor ich mit der eigentlichen Arbeit beginnen kann. Allein das ist schon ein gutes Argument dafür, keinen Urlaub zu nehmen.

Um Viertel nach acht kommt Mitzie mit Kaffee in mein Büro.

»Danke, es gibt also einen gnädigen Gott«, krächze ich, als sie mir den Pappbecher hinhält. Es ist ein Cappuccino. »Du bist ein Engel.«

»Ich weiß«, sagt sie und schiebt ihren Hintern auf die Schreibtischkante. »Neue Frisur. Gefällt mir.« Sie deutet auf den unordentlichen Knoten, aus dem sich Locken gelöst haben, die mein Gesicht umrahmen. »Süß.«

Ich trinke einen Schluck Kaffee und schließe erschauernd die Augen. Normalerweise trinke ich Espresso, doch heute brauche ich den beruhigenden Schaum und die tröstliche Milch. Für gewöhnlich ist es nie so anstrengend, zur Arbeit zurückzukehren.

»Bitte sag nie wieder ›süß‹.« Hudson hat mich süß genannt. »Ich habe verschlafen. Schlimmer Jetlag. Hatte keine Zeit, mir die Haare richtig zu machen. Ich musste mich entscheiden – entweder unordentliche Frisur oder im Pyjama zur Arbeit. Letzteres wäre wohl in der U-Bahn ein bisschen auffällig gewesen.«

»Gute Wahl dann.« Sie trinkt ebenfalls einen Schluck Kaffee und legt den Kopf schief. »Ist das schon alles? Nicht das Neue-Frisur-Syndrom?« Sie mustert mich mit einem wachsamen Ausdruck in den Augen. Ich gehe nicht darauf ein.

»Neu für mich.«

»Neue Frisur, neues Du. Neuer Mann?«

»Nö«, sage ich. »Wie kommst du denn darauf?« Ich sehe sie missbilligend an. Sie liegt völlig falsch. Die Haare waren das kleinere Übel heute Morgen, das ist alles.

»Also, hast du mir etwas zu erzählen?«, fragt sie schließlich.

Ich stelle demonstrativ meinen Kaffee ab und sehe sie durchdringend an. »Nein«, wiederhole ich, nehme einen Umschlag und öffne ihn.

»Nichts?«

Ich schüttele den Kopf. Worauf will sie hinaus? Ich habe niemandem davon erzählt, dass ich Hudson mit nach New York nehme. Wenn sie keine Hotline zu meiner Mutter oder Schwester hat, kann sie eigentlich nichts wissen.

Sie rollt mit den Augen, zieht ihr Smartphone hervor und zeigt mir das Display, bevor sie TikTok anklickt.

»Sag mir, dass du das nicht bist.« Sie scrollt einen Moment, ehe sie ein Video auswählt, in dem ein Paar vor der Skyline New Yorks zu sehen ist. Der Mann streicht der Frau die Haare aus dem Gesicht, dann setzt er ihr eine Mütze auf.

Die Szene ist untermalt von dem Song *Meet Me at Our Spot* von Willow Smith, der die bedeutungslosen Bilder zum *Schlaflos-in-Seattle*-Klischee aufwertet. Es sieht nach einem sehr romantischen, zärtlichen Moment aus. Ist es nicht.

»Wer ist der Hottie?«

Ich starre auf das Video. Verdammt, wer hat das gefilmt? Das sind Hudson und ich auf dem Empire State Building.

Ich schüttele den Kopf. Wer hat das sonst noch gesehen?

Meine Augen weiten sich. Vielleicht kann ich so tun, als wäre es eine Doppelgängerin.

»Das bin ich nicht, Mitzie.« Die Worte kommen leicht heraus, doch selbst ich finde, dass es nicht überzeugend klingt. Ich wende mich ab, schlage eine Akte auf meinem Schreibtisch auf und versuche den Inhalt zu lesen. Aber die Worte verschwimmen.

»Rebecca Madison«, sagt Mitzie und stemmt die Hände in die Hüften. »Das war die armseligste Lüge auf dieser Seite des Planeten. Außerdem habe ich Beweise.« Sie kichert triumphierend und klopft auf meinen Schreibtisch. »Du bist es.«

Beweise? Ich schaue sie misstrauisch an. Wie kann sie Beweise haben?

Sie hält die kakifarbene Mütze zwischen Daumen und Zeigefinger hoch und wedelt damit, als handelte es sich um eine erbeutete Flagge.

»Beweisstück Nummer eins, Euer Ehren.«

Ich stöhne und schnappe mir die Mütze. Sie ist noch von Tropfen bedeckt nach dem kurzen Fußweg von der U-Bahn hierher.

»Na komm, gib's auf. Wer ist es? Du hast ihn mitgenommen, um ihn deiner Familie vorzustellen, ohne mir von ihm zu erzählen?« Sie zieht einen Schmollmund.

»Er ist niemand«, sage ich und winke ab, als wäre Hudson nur ein kleines Ärgernis, wie eine Motte oder ein Moskito. Wenn es doch nur so wäre. Seit ich allein in Manhattan aufgewacht bin, musste ich unentwegt an ihn denken.

Was dumm ist, denn wir hatten eine Abmachung. Bevor ich New York verließ, habe ich das restliche Geld an ihn überwiesen und anschließend seine Nummer gelöscht. Es schien mir das Richtige zu sein. Ein Schlussstrich. Oder, meldet sich eine leise Stimme, du hast es getan, um nicht in die Versuchung zu kommen, ihn anzurufen.

»Niemand?«, wiederholt sie und spielt das Video erneut ab, wedelt mir damit vor dem Gesicht herum wie eine nervige Schwester. Sie übertrifft Laura sogar noch, und das will etwas heißen. »Er sieht nicht aus wie ein Niemand. Wie er dich anschaut, und wie du ihn anschaust. Du hast einen ganz verträumten Gesichtsausdruck, als wolltest du ihn gleich abknutschen.«

»Habe ich nicht.«

»Hast du wohl«, sagt sie in neckendem Ton und mit hoher Stimme.

Ich werfe meinen Stift hin. Für so etwas habe ich keine Zeit. »Sein Name ist Hudson und ich habe ihn für das Wochenende mit zu meinen Eltern genommen. Meine Schwester hat eine Verlobungsparty gefeiert. Ich hatte Hudson dabei, damit mir die Familie nicht im Nacken sitzt.«

»Hudson. Hübscher Name. Wo hast du ihn gefunden?«

Ich mache den Mund auf, aber nichts kommt heraus, und da hat sie mich auch schon ertappt.

»O mein Gott, er ist es. Mr. One-Night-Stand. Er sieht toll aus. Du hast mir nicht gesagt, dass ihr euch noch trefft.«

»Tun wir auch nicht, es war nur so … eine Sache.«

»Du hast ihn mit zu deinen Eltern genommen. Das hört sich nach mehr als ›nur so einer Sache‹ an. Raus damit, Rebecca. Du hast diese schuldbewusste Miene.«

Ich werfe ihr einen skeptischen Blick zu. »Mitzie, krieg dich ein. Ich brauchte ein Date für das Wochenende. Er war frei, das ist alles.«

Sie sieht nicht aus, als würde sie mir glauben. »Er ist mit dir übers Wochenende nach New York geflogen.«

Ich zucke mit den Schultern.

»Nicht schlecht. Wann wirst du ihn wiedersehen?«

»Gar nicht.«

»Warum nicht, um Himmels willen?« Sie hält ihr Smartphone hoch und spielt das verdammte Video erneut ab. Als müsste ich es noch einmal sehen. Ich erinnere mich viel zu gut an jeden einzelnen Moment. Hudson, der mein Gesicht berührt, und das Leuchten in seinen Augen, als er mir die Mütze aufsetzt. Seine Finger an meinen Wangen. Ich bete, dass niemand im Büro dieses Video gesehen hat.

»Rebecca.« Sie zeigt auf das Display. »Beweis Nr. 2, er sieht unfassbar gut aus, und Beweis Nr. 3, er steht so offensichtlich auf dich.«

Als müsste sie mich noch extra darauf aufmerksam machen. Beweis Nr. 2 ist mir bestens bekannt. Aber Nr. 3?

»Sei nicht albern. Er ist nicht mein Typ, und ich will und brauche keinen Mann in meinem Leben.«

»Die Lady protestiert ein bisschen zu heftig, denke ich.« Und wieder spielt sie das Video ab. »Ich erschauere vom bloßen Anschauen. Das ist so romantisch.« Am liebsten hätte ich ihr das Handy weggeschnappt und aus dem Fenster geworfen. Die Szene sieht exakt aus wie einer romantischen Komödie entnommen.

»Du bist dermaßen ärgerlich. Er war bloß mein Sexfreund für das Wochenende.« Die Worte verwandeln sich in Säure auf meiner Zunge, und ich empfinde sie in ihrer Grobheit selbst als kränkend. Wir hatten außergewöhnlichen und einmaligen Sex. Ich sollte es nicht heruntermachen oder kleinreden. Andererseits sollte ich auch keine große Sache daraus machen. Hudson hat wahrscheinlich ständig solchen Sex. Jedenfalls kennt er sich mit dem weiblichen Körper aus. Fast hätte ich geseufzt. Natürlich kennt er sich aus, und ich rede mir gar nicht erst ein, ich sei etwas Besonderes. Ich habe es ihm leicht gemacht. Ich war verfügbar und habe trotz meiner besten Vorsätze nicht Nein gesagt. Aber dafür werde ich mich nicht entschuldigen.

»Für mich sieht das nicht so aus. Und anscheinend bin ich damit nicht allein. Weißt du, wie oft dieses Video inzwischen angesehen wurde? Fünfeinhalbmillionenmal.«

»Verdammt!«

»Ja, toll, nicht wahr?«

»Nein«, fahre ich sie an. »Und es ist nicht das, wonach es aussieht.«

»Was? Ein sexy Mann macht etwas Nettes für seine Freundin.«

»Ich bin nicht seine Freundin. Es war eine abgesprochene und einmalige Sache.«

Sie verschränkt die Arme auf diese Ich-glaube-dir-kein-einziges-Wort-Weise.

»Das ist alles deine Schuld«, werfe ich ihr aufgebracht vor.

»Was hat das denn mit mir zu tun?«

»Ich habe dir erzählt, dass Andrew sich mit meiner Schwester verlobt. Erinnerst du dich?«

»Ja, dieser miese Wicht mit Warzen.«

Ich muss lachen über Mitzies originelle Verunglimpfung.

»Und du hast mir ein Fake-Date vorgeschlagen …«

»Nicht dein Ernst. Der Kerl?« Ihre Augen leuchten.

»Genau.«

»Nicht übel gemacht, und er sieht viel besser aus als der blöde Wicht. Wie hat deine Schwester reagiert?«

Ich kichere und erzähle ihr vom Vorwurf meiner Schwester, ich hätte ihn bezahlt. »Fast hätte ich mir in die Hose gemacht, weil ich dachte, sie hat mich durchschaut.«

»Was für ein Miststück.«

»Aber ein gerissenes Miststück.«

Sie weicht einen Schritt zurück und mustert mich kritisch. »Wie kommt es dann eigentlich, dass du gar nicht den Eindruck machst, als hättest du dich um den Verstand gevögelt?«

»Ach, komm schon. Ich habe einen schlimmen Jetlag, weil wir in unserer letzten Nacht nicht viel Schlaf bekommen haben.« Bei der Erinnerung daran muss ich grinsen. Wie letzte Nächte eben sind, endete sie spektakulär.

»Ah, da ist es ja, das glückliche, zufriedene Gesicht nach fantastischem Sex. Also, wann siehst du ihn wieder?«

»Gar nicht.« Die Worte klingen härter, als ich wollte. Eigentlich sollte es beiläufig und gleichgültig klingen.

Mitzie springt natürlich sofort darauf an. »Hat er Schluss gemacht?«

»Nein.« Jetzt klinge ich plötzlich defensiv, als hätte ich etwas zu verbergen. »Es war eine geschäftliche Verbindung. Schlicht und einfach. Wir haben nichts gemeinsam. Meine Güte, er ist Möbeldesigner. Überhaupt nicht mein Typ. Es war die ganze Zeit nur etwas Unverbindliches.« Die Rechtfertigungen sprudeln nur so heraus.

»Für mich sieht das nicht nach einer geschäftlichen Verbindung aus.« Sie hält ihr Smartphone hoch. »Und du magst ihn.«

»Mitzie, wie alt bist du? Vierzehn? Natürlich mochte ich ihn. Wir hatten Spaß. Aber mehr will ich nicht, basta.«

»Du bist komisch, weißt du das?«

»Weil ich nicht an Töpfe voll Gold am Ende des Regenbogens glaube? Nicht an die Liebe und an die Ehe? Ich habe alles, was ich will.«

»Schon, aber du könntest mehr haben.«

»Wie viele Frauen kennst du, die alles haben? Mal im Ernst. Man muss immer einen Kompromiss zwischen Job und Partner machen. Es ist jedes Mal die gleiche Geschichte. Andrew war schlimm genug. Erinnerst du dich an Josh?«

»Der war ein übler Mistkerl. Er nahm deinen Job als Vorwand, um etwas mit anderen Frauen anzufangen.«

Offenbar war mir mein Job wichtiger als er, weshalb er Affären anfing. Und er hatte recht – mein Job war mir tatsächlich wichtiger.

»Was ist mit Miles?«, krame ich einen weiteren Beziehungsversuch hervor. Ich hatte gedacht, wir passen zusammen. Er war ebenfalls Anwalt.

»Bei dem hast du Ärger praktisch gesucht. Dämlicher Name. Es war nicht deine Schuld, dass sein Ego größer war als sein Schwanz.«

Ich zucke mit den Schultern. »Du hast es ganz gut auf den Punkt gebracht, Mitz. Es ist den ganzen Stress nicht wert, und ich brauche es nicht.«

Mit Hudson kann ich das nicht auch noch riskieren. Was, wenn ich mich in ihn verliebe? Eines Tages müsste es enden. Und wo stünde ich dann?

Sie zieht ein Gesicht. »Tja, ich habe schlechte Neuigkeiten. Besser, du erfährst es von mir als von jemand anderem. Marcus wird dich wohl heute sprechen wollen.«

Ich sacke in mich zusammen. »Er setzt sich zur Ruhe.«

»Verdammt, Rebecca!« Sie schlägt mit den flachen Händen auf meinen Schreibtisch. »Woher weißt du das?«

»War nicht schwer. Das ist doch nur eine Frage der Zeit gewesen.« Ich winke ab. »Wer ersetzt ihn? Dick oder Dom?«

Sie verdreht die Augen und lässt sich in den Sessel vor meinem Schreibtisch fallen. »Es ist noch nicht offiziell, aber die beiden laufen jetzt schon herum, als hätten sie die Brust voller Orden. Ich warte nur darauf, dass sie sich gegenseitig provozieren wie zwei Boxer vor dem großen Kampf.«

»Oh, ja, in der linken Ecke haben wir Richard Billy Big Balls Carter Wheeler und in der rechten Dominic-meine-Eier-sind-größer-als-deine-Wright.«

»John Fredericks führt Buch.«

»Worauf wetten sie?«

»Dass die Kanzlei bis nächstes Weihnachten runtergewirtschaftet sein wird.«

In unser Lachen mischt sich eine Spur Hysterie, denn eigentlich ist es überhaupt nicht witzig. Keiner der beiden ist qualifiziert, irgendetwas zu leiten, geschweige denn eine ganze Rechtsanwaltskanzlei. Jeder weiß, dass ihre Assistenten die ganze Arbeit machen. Beide sind gleichermaßen inkompetent und ohne jegliche Führungsqualitäten. Beide verfahren nach dem Motto: Warum es mit der Wahrheit halten, wenn eine Lüge viel einfacher ist?

Ich schüttele mich. Immerhin ist der aktuelle Geschäftsführer von guten Leuten umgeben, denen er zuhört.

»Ich gehe lieber an die Arbeit«, sagt Mitzie. »Freut mich, dass du einen guten Kurzurlaub hattest, und willkommen zurück im Irrenhaus.«

»Danke für den Kaffee.«

»Gern geschehen. Der Barista muss auch mal vor neun etwas zu tun haben.« Sie verlässt das Büro, mit einer Hand winkend und ohne sich noch einmal umzudrehen.

Ich betrachte die Mütze auf meinem Schreibtisch, dann schnappe ich sie mir und stopfe sie in die unterste Schublade. Ich habe keine Ahnung, warum ich sie heute Morgen aufgesetzt habe – sie war einfach da, ich war müde und auf Autopilot.

Der weitere Vormittag vergeht mit Arbeitsverteilung und einem Meeting mit meinem Team, von dem anscheinend niemand das verdammte Video gesehen hat. Falls doch, bringen sie mich offenbar damit nicht in Verbindung.

Um eins werde ich in Marcus Carter-Wheelers Büro im sechsten Stock gerufen.

# 17. Kapitel

»Miss Madison«, begrüßt mich seine Sekretärin mit leiser respektvoller Stimme. Sie ist seit zwanzig Jahren für ihn tätig, mittlerweile in den Sechzigern und unglaublich glamourös, mit aschblonden Haaren und einer Garderobe aus hübschen Shiftkleidern, die ihre straffe Figur und die tollen Beine betonen. Sie ist stets freundlich, aber ich vermute, dass sie in zu viele Geheimnisse eingeweiht ist, um Freundschaften mit irgendwem aus der Kanzlei zu knüpfen. »Sie können gleich hinein, er erwartet Sie bereits.«

»Danke, Mary.« Ich betrete das Allerheiligste, das ein Drittel des gesamten Stockwerks einnimmt und einen Panoramablick auf die Themse bietet.

»Rebecca, schön, Sie zu sehen. Wie war der Urlaub?«

»Sehr gut, danke.«

»New York, oder?«

»Ja.«

»Stippvisite?«

Das ist schon bemerkenswert gesprächig für Marcus. Normalerweise wäre er längst zur Sache gekommen. Ich bin ein wenig verblüfft.

»Thanksgiving mit meiner Familie.«

»Sind Sie nicht mit Jonathon Adler verwandt?«

»Er ist mein Stiefvater.«

Marcus nickt. »Ausgezeichnet. Er ist ein sehr guter Golfspieler, wie ich hörte. Einstelliges Handicap.«

»Ich glaube.« Worauf um alles in der Welt läuft diese Unterhaltung hinaus? Ich dachte, er wollte mir von seinem bevorstehenden Ruhestand erzählen, was höchstens eine Minute dauern würde. Stattdessen scheint er eine Staatsaffäre daraus zu machen.

»Nehmen Sie doch Platz.« Er bittet mich zu den Ledersesseln mit dem kleinen Glastisch dazwischen in der Ecke der Fensterfront. Das ist der informelle Gesprächsbereich. Ich habe erst ein Mal in zehn Jahren hier gesessen, als mir die Partnerschaft angeboten wurde.

Ich setze mich, die Hände züchtig auf den Knien.

»Sie haben sicher schon die Gerüchte über meinen Rückzug aus dem Berufsleben gehört. Zum Ende des Geschäftsjahres werde ich in den Ruhestand gehen.«

»Ja, Marcus. Wir bedauern sehr, dass Sie gehen.«

Er hebt eine Braue. »Wir?«

Ich lächle, da ich den alten Kerl trotz allem ganz gern mag. »Ich werde es bedauern.«

»Dann wette ich, dass Sie genau wie alle anderen im Gebäude gespannt sind zu erfahren, wer das Ruder übernimmt.«

Ich zucke mit den Schultern. »Nicht sehr.«

Er sieht mich perplex an. »Warum nicht?«

»Na ja, es wird entweder Richard oder Dominic sein.« Zwar klinge ich gleichgültig, doch innerlich verdrehe ich die Augen wie alle anderen. Die Dick and Dom Show – im Ernst, zwei Comedians könnten den Job besser machen.

»Sie finden nicht, dass die beiden die richtige Wahl sind?«

Jetzt hat er mich überrascht. »Das habe ich nicht gesagt«, verteidige ich mich vorsichtig.

Er lacht. »Mussten Sie auch gar nicht.«

Ich berühre unwillkürlich mein Gesicht.

»Ist schon in Ordnung, Ihr Pokerface ist intakt. Aber ich kenne Sie, Rebecca. Die Tatsache, dass Sie sich nichts anmerken lassen, sagt schon alles. Was glauben Sie denn, wer mein Nachfolger sein sollte?«

Ich halte seinem Blick stand. »Nicht Richard oder Dominic.«

»Gründe?«

Wir bewegen uns wieder auf sicherem Terrain. Marcus hat meine Meinung stets respektiert, auch wenn er nicht jedes Mal mit ihr übereinstimmte.

Ich zähle an den Fingern auf: »Richard – zu impulsiv, leicht zu beeinflussen, nicht strategisch genug.«

»Und Dominic?«

»Zu gierig, zu ehrgeizig, zu egoistisch. Er würde nicht tun, was das Beste für die Kanzlei ist.«

Er nickt, enthält sich jedoch jeglichen Kommentars dazu. Stattdessen berichtet er von einem neuen Fall, der auf meinem Schreibtisch gelandet ist. Es handelt sich um einen Rechtsstreit zwischen einem multinationalen Lieferanten und einem internationalen Händler. Ein sehr öffentlicher Streit, der einiges an Verhandlungsgeschick erfordert.

»Ich bin mir sicher, dass Sie wie üblich einen exzellenten Job machen werden, Rebecca. Aber rechnen Sie mit großem öffentlichen Interesse.« Er kneift die Augen zusammen und mustert meine Haare. Ich hebe das Kinn. Wir wissen beide, was er meint. Es wird zahlreiche Fotos von mir und dem Klienten vor dem Gericht geben. Ich repräsentiere die Kanzlei, da muss ich entsprechend aussehen. Früher stand das nie zur Debatte.

Ich werde meine Frisur nicht rechtfertigen. Er ist kahl, mit über den Schädel gekämmten Reststrähnen. Alberner geht's kaum. Die Fähigkeit der Männer vor Gericht wird nie ins Verhältnis gesetzt.

Wir sprechen gerade über einige andere Klienten, als mein Handy vibriert. Es ist stumm geschaltet, aber wir müssen alle erreichbar sein, weshalb niemand sein Smartphone bei Meetings und Besprechungen ausschaltet. Es ist ein ungeschriebenes Gesetz, dass man sich diskret meldet, wenn es sich um einen Klienten handelt.

Ich schaue kurz auf die auf dem Display angezeigte Nummer. Sie ist nicht aus meiner Kontaktliste. Also lehne ich den Anruf ab und lege das Handy zurück auf den Tisch, um dort anzuknüpfen, wo wir unterbrochen wurden. Sekunden später vibriert es erneut. Die gleiche Nummer. Wieder lehne ich das Gespräch ab.

Ich habe es noch nicht hingelegt, da vibriert es in meiner Hand.

»Irgendwer versucht Sie hartnäckig zu erreichen«, stellt Marcus mit gerunzelter Stirn fest.

»Niemand, den ich kenne. Wahrscheinlich einer von diesen Mandantenjägern, die sich erkundigen wollen, ob ich einen Unfall hatte.«

»Blutsauger. Die bringen uns alle in Verruf.« Er schüttelt angewidert den Kopf.

Als mein Handy zum vierten Mal vibriert, schalte ich es ganz aus. Wenn es sich um einen echten Anruf handelt, wird die Person eine Nachricht hinterlassen.

Marcus nickt zustimmend, und wir setzen unsere Unterhaltung fort.

Nach zehn Minuten klopft Mary an die Tür und steckt den Kopf herein. »Sir David Nightingale am Telefon für Sie.«

»Aha. Sorry, Rebecca. Ich versuche seit Tagen, ihn zu erreichen.«

»Kein Problem.« Ich stehe auf und gehe hinaus, während er sich zu seinem Schreibtisch begibt.

»Danke für Ihre Zeit und Ihre Ansichten heute«, sagt er mit nachdenklich zusammengezogenen Brauen.

Ich nicke nur, da ich mir kaum vorstellen kann, dass er irgendetwas von all dem richtig zur Kenntnis genommen hat.

Zurück an meinem Schreibtisch schalte ich mein Smartphone wieder ein. Ein kleiner roter Punkt verrät mir, dass ich eine Nachricht auf dem Anrufbeantworter habe.

Ich höre sie ab.

»Rebecca, hier spricht Hudson. Ich muss mit dir reden. Ruf mich zurück.«

Er klingt geschäftsmäßig und direkt, und ich bin deswegen ein kleines bisschen enttäuscht. Will er mehr Geld? Mir fällt sonst kein einziger Grund ein, weshalb er mich würde sprechen wollen. Zumindest lässt der Ton auf nichts anderes schließen.

Am liebsten würde ich mich selbst ohrfeigen. Denn als ich seine Stimme hörte, hatte ich für ein paar Sekunden die idiotische Hoffnung, dass er mich vielleicht sehen will. Aber dann hätte er natürlich ganz anders geklungen, nicht so kurz angebunden und sanfter. So, wie er im Bett klang.

Doch daran will ich gar nicht erst wieder denken. Das ist aus und vorbei.

Er ruft noch zweimal am Nachmittag an. Beide Male bin ich zu beschäftigt, um mich zu melden, und er hinterlässt keine Nachricht.

Mein Handy steht nicht still heute. Meine Mutter ruft an, um mir mitzuteilen, dass sie wegen der Hochzeitspläne und allem anderen beschlossen haben, Weihnachten doch nicht nach London zu kommen, aber ich kann gern das Haus nutzen, wenn ich will. »Ich habe kein schlechtes Gewissen, denn du hast ja Hudson, und ihr wollt sicher viel Zeit miteinander verbringen, also wirst du uns wohl kaum vermissen.«

Ich habe sogar »Klar« zu ihr gesagt. Dann plapperte sie noch weiter über ein Treffen mit Andrews Familie während der Feiertage. Es klang, als handele es sich um das Andrew-und-Laura-Spektakel, was ich nur allzu gern auslasse.

Obwohl ich höchstens Heiligabend und den ersten Weihnachtstag, also nur zwei Tage, im Familiensitz in Kensington verbracht hätte, kommt es mir plötzlich vor, als klaffte da eine große Lücke in meinen Weihnachtstagen. Ich habe Weihnachten immer gemocht. Ich liebe es, Geschenke einzukaufen, und ich mag die Herausforderung, das jeweils passende Geschenk für die Leute zu finden. Etwas, wovon sie gar nicht wussten, dass sie es haben wollten, oder das sie sich ersehnten, aber nie gegönnt haben. Da es nun zu spät ist, Sachen noch rechtzeitig nach Übersee zu schicken, muss ich auch nicht mehr zwingend etwas einkaufen, womit ich eigentlich das Wochenende verbringen wollte. Selbst wenn ich doch noch Pakete verschicken würde, wären sie nicht mehr rechtzeitig in den Staaten. Meine Pläne für das Wochenende sind dahin, und prompt fürchte ich mich vor der Leere.

Ich packe meinen Laptop und ein Dutzend Akten für das Wochenende ein. Es ist Freitag und erst Viertel nach fünf, und das ganze Wochenende liegt vor mir, trotzdem mache ich früh Feierabend. Vielleicht liegt es am noch immer andauernden Kater von gestern Abend – Mitzie und ich haben zwei Flaschen Prosecco getrunken plus einen Cocktail zum Abschied, den wir besser hätten weglassen sollen. Aber da ist auch die Leere der nächsten zwei Tage, die wie ein Dementor alles Glück aufzusaugen droht.

Als ich meinen Mantel anziehen will, höre ich die Stimme von Mitzie auf dem Flur. Sie klingt unnatürlich fröhlich und taucht im nächsten Moment im Türrahmen meines Büros auf.

»Hallo, du hast einen Besucher. Ich war ohnehin am Empfang und wollte dir den Weg ersparen, deshalb habe ich ihn gleich mit hinaufgebracht.«

Verblüfft starre ich sie an, denn das ist keineswegs das übliche Verfahren. Abgesehen davon erwarte ich keinen Besuch. Dann erscheint Hudson.

Mitzie strahlt, als präsentierte sie mir eine Goldmedaille, während ich wie angewurzelt dastehe und kein Wort herausbringe.

»Hey, Becs«, sagt Hudson lächelnd, als hätten wir uns gestern erst gesehen, statt vor drei Wochen zuletzt.

»Becs?«, formt Mitzie hinter ihm lautlos mit den Lippen und reißt die Augen auf, was sie vermutlich für witzig hält. Ich werfe ihr einen verärgerten Blick zu, aber sie ignoriert das einfach und verschwindet auch nicht; als hätte sie Wurzeln geschlagen und bräuchte einen Baumchirurgen, um sie von der Stelle zu bewegen.

»Hudson«, sage ich.

»Wie geht es dir?«

»Willst du uns nicht miteinander bekannt machen?«, fragt Mitzie mit leicht spöttischem Unterton, weil es einfach zu klischeehaft ist. »Obwohl ich Sie natürlich schon in dem Video gesehen habe. Ich heiße übrigens Mitzie, Rebeccas Besti in der Kanzlei.«

Ich verziehe das Gesicht. Wir haben uns nie gegenseitig als Besti bezeichnet.

»Hi, ich bin Hudson. Ein Freund von Rebecca.«

»Sie hat immer noch die Mütze, wissen Sie?«, sagt Mitzie.

Ich werde sie umbringen, und zwar langsam und schmerzvoll.

»Mitzie, weiß dein Mann eigentlich, wie viel eine Dior-Handtasche kostet?«

Sie schüttelt über die Erpressungsdrohung nur den Kopf. »Das ist selbst für deine Verhältnisse weit unterhalb der Gürtellinie«, erwidert sie. »Tut mir leid, Hudson, anscheinend muss ich gehen. Schönes Wochenende, Leute.« Und dann marschiert sie aus dem Büro, dreht sich im Türrahmen aber noch einmal um und hebt beide Daumen.

Hudson lacht, und ich schaue hinter mich zum Fenster. Mitzies Spiegelbild vor dem dunklen Winterabend ist für ihn deutlich zu sehen.

»Bis später.« Auch sie lacht und verschwindet. »Schönes Wochenende«, ruft sie noch einmal aus dem Flur.

Ich verdrehe die Augen.

»Sie ist lustig.«

»Mm«, entgegne ich.

»Nun, Frau Anwältin, hier verbringen Sie also Ihre Zeit.« Er schaut sich in meinem Büro um.

»Das ist mein Büro, ja«, bestätige ich spröde, obwohl mein Herzschlag aus dem Takt ist.

»Du bist schwer zu erreichen.« Er schaut zum großen Fenster hinter meinem Schreibtisch und auf die Lichter Londons. »Du bist wirklich wichtig, oder?« Da schwingt eine Spur Ehrfurcht in seiner Stimme mit, was mich aus dem Konzept bringt. Mir hat bisher gefallen, dass Hudson meine Arbeit nicht so ernst nahm. Da war er der Einzige.

»Nicht wirklich«, antworte ich in scharfem Ton, weil ich

das, was ich gerade empfinde, nicht fühlen will – lächerliche Schüchternheit und Freude, ihn zu sehen.

Ich mustere ihn, als wäre ich völlig cool, wo ich in Wirklichkeit doch seinen Anblick regelrecht aufsauge. Diese hellblauen Augen, das schiefe Grinsen und die feuchten Locken. Er trägt eine Jeansjacke über einem dunkelblauen Kapuzenpullover, dazu eine schwarze Jeans. Er sieht so vertraut und verlässlich aus, was eine merkwürdige Wortwahl in dieser Situation ist, aber es passt zu Hudson.

»Was willst du?«, frage ich. Mein Gehirn hat Oktopuseigenschaften entwickelt, weil meine Gedanken neuerdings ständig in acht verschiedene Richtungen gleichzeitig schießen. Außerdem habe ich Schwierigkeiten, sie im Zaum zu halten.

»Ah, Frau Anwältin ist wieder da«, stellt er mit seinem typischen Hudson-Grinsen fest. »Ich habe mir Sorgen gemacht, da du meine Anrufe nicht entgegengenommen hast.«

»Was soll das denn heißen?« Ich bin mir nicht sicher, ob ich die Antwort darauf hören will, daher füge ich schnell hinzu: »Und die Botschaft kam bei dir nicht an?«

»Ich wusste, du meinst es nicht ernst«, erwidert er mit einem fröhlichen Schulterzucken.

»Deine Arroganz ist atemberaubend.« Ich gehe weiter, hauptsächlich, weil ich keine Ahnung habe, was ich sonst machen soll. Das ist allerdings eine Lüge, denn ich weiß es genau. Ich will ihn umarmen, ihn an mich drücken und diese muskulöse breite Brust spüren. Von ihm gehalten werden. Und ich habe eine Heidenangst.

»Ich weiß«, sagt er, und ich frage mich, woher, aber dann wird mir klar, dass sich das auf meine Bemerkung bezieht. Ich reagiere zunächst nicht und versuche das Schweigen auszuhalten, bis es doch aus mir herausplatzt. »Was willst du, Hudson?«

»Ich muss mit dir reden. Das habe ich auch am Telefon schon gesagt.«

»Es gibt nichts zu bereden zwischen uns. Du hast dein Geld bekommen und getan, worum ich dich gebeten hatte.« *Ausgezeichnet*, könnte ich noch hinzufügen, doch das lasse ich, denn sein Ego ist bereits groß genug.

»Houston, wir haben ein Problem.« Er bleibt stehen und legt seine Hand auf meinen Arm. »Ich muss wirklich mit dir reden. Lass uns was trinken gehen. Es ist wichtig.« Er sieht mich flehend an.

Mit einem Seufzen schaue ich auf meine Uhr, als hätte ich noch etwas vor, was natürlich kompletter Blödsinn ist. Auf mich wartet nur wieder eine Fertigmahlzeit und eine weitere Wiederholung von *Friends*. »Ich gebe dir eine halbe Stunde«, sage ich, denn Zeit ist Geld und in meinem Beruf besonders kostbar. Während ich das denke, sehe ich vor mir, wie viel Zeit ich vergeude, wenn ich zu Hause bin. Ich vertrödele sie, wenn ich nicht bei der Arbeit bin, anstatt etwas Positives damit anzufangen. Ich hasse es, wie ich über diese Dinge denke, sobald ich mit Hudson zusammen bin.

Mit seinem typischen strahlenden Lächeln umfasst er meinen Arm und führt mich zu den Fahrstühlen.

Ich finde einen Platz, während Hudson an die Bar tritt. Wir befinden uns in einem typischen Londoner Pub, aber er liegt in der Nähe des Büros, und es ist unwahrscheinlich, dass ich hier jemanden treffe, den ich kenne. Meine Kollegen gehen nach Feierabend in vornehmere Läden. Hudson verwickelt den Barmann in eine kurze, gut gelaunte Unterhaltung, denn so ist er nun mal. Ich beobachte ihn neidisch. Jeder scheint ihn zu mögen. Sogar meine Mutter.

Hudson bringt mir ein großes Glas Wein. Wenn ich das innerhalb einer halben Stunde auf nüchternen Magen trinke, werde ich heimwärts wanken.

Er trinkt einen Schluck Bier, stellt das Glas ab und zieht sein Handy hervor. Nachdem er auf dem Display herumgetippt hat, schiebt er mir das Telefon herüber.

Als ich herunterschaue, sehe ich das mittlerweile sehr vertraute TikTok-Video. Ich schiebe das Handy zurück und bin plötzlich sehr froh, nicht seine Mütze auf dem Kopf zu haben. Ich habe sie heute Morgen aufgesetzt, obwohl sie nicht sonderlich gut zu meinem roten, knöchellangen Stella-McCartney-Wollmantel passt, aber sie ist besser als ein Schirm, um meine Haare in der feuchten Luft lockenfrei zu halten. Jetzt ist sie in meinem Laptopkoffer verstaut.

»Ich habe es gesehen«, sage ich knapp, und es ist schon erstaunlich, denn obwohl ich es oft gesehen habe, weckt es jedes Mal aufs Neue Sehnsucht in mir. Wenn es nur so echt wäre, wie fünf Millionen TikTok-Nutzer zu glauben scheinen.

Sein Gesicht ist ernst geworden. »Meine Mum auch.«

»Oh, ist das ein Problem?«

»Ja, und zwar ein großes. Riesig sogar«, sagt er, und ich sehe ihn ratlos an. »Meine Schwestern zwangen mich, *Pretty Woman* bestimmt sechzigmillionenmal zu sehen.«

»Warum ist das ein solches Problem?«

»Da wäre zum einen die Tatsache, dass ich meiner Mum nichts von meiner Reise nach New York erzählt habe. Und meine Schwestern sind sauer. Offenbar hätten sie mir gern eine Einkaufsliste mitgegeben.«

Darüber muss ich lächeln; er hingegen sieht resigniert aus. Ich bin mir immer noch nicht sicher, was er von mir hören will. Es hat doch nichts mit mir zu tun, wenn seine Mum wütend ist, weil er ihr nicht erzählt hat, dass er das Land verlässt. Schließlich ist er ein erwachsener Mann. »Wirklich übel nimmt sie mir, dass ich nichts davon erzählt habe, dass ich mit jemandem eine romantische Beziehung habe – ihre Worte, möchte ich hinzufügen.«

Ich zucke mit den Schultern. »Ich kapiere immer noch nicht, inwiefern das mein Problem ist.«

Hudson sackt in sich zusammen und fährt sich durch die Haare. Zum ersten Mal sieht er nicht nur ernst aus, sondern auch sehr traurig. »Sie war krank und erholt sich gerade von einer Chemotherapie und Bestrahlung. Brustkrebs. Jetzt ist sie zwar krebsfrei, aber sie … na ja, sie will dich kennenlernen.«

»Mich. Warum?«

»Möglicherweise habe ich ihr erzählt, dass du meine Freundin bist, nachdem sie das Video gesehen hat.«

»Warum solltest du das tun?«

Er lehnt sich schwungvoll zurück. »Äh, hallo.« Er tippt auf das Display, und das verdammte Video wird erneut abgespielt. »Meine Mum hält das, wie jede Frau auf diesem Planeten, für einen zärtlichen Moment. Und nicht für den Versuch, dich ins Bett zu bekommen.«

Ich lache. Typisch Hudson. »War es das denn?«

»Es hat funktioniert, oder?« Sein Funkeln in den Augen löst bei mir sofort die sinnliche Erinnerung an die verzweifelte Begierde unserer letzten gemeinsamen Nacht aus.

»Kannst du deiner Mutter nicht einfach sagen, dass wir Schluss gemacht haben?«

Er setzt ein spöttisches Grinsen auf, was eigentlich nicht seine Art ist. »Das wäre die einfachste Lösung. Dummerweise hat sich das Zeitfenster dafür geschlossen.«

»Was?« Ich werde nicht ganz schlau daraus.

»Es wäre ganz schön kaltschnäuzig, unmittelbar im Anschluss an die Reise nach New York mit dir Schluss zu machen, zumal du das Flugticket bezahlt hast – Mum weiß, dass ich momentan pleite bin.«

Er macht wohl Witze.

»Das müsste ich mir von meinen Schwestern ewig anhören. Sie würden glauben, ich hätte dich nur ausgenutzt, und Mum wäre enttäuscht. Ich dachte, ich gebe uns noch einen oder zwei Monate.«

»Wie schön für dich«, sage ich.

Er grinst. »Fand ich auch.«

»Ich wusste ja gar nicht, dass es akzeptable Zeiträume gibt, innerhalb derer man eine Beziehung beendet. Steht das irgendwo geschrieben? Wie groß ist die Zeitspanne? Drei Tage nach dem Dinner? Eine Woche nach dem Sex? Zwei Wochen, nachdem man die Familie kennengelernt hat?«

»Ich bin mir nicht sicher, nur dass ich mit dir nicht rechtzeitig Schluss gemacht habe. Mum führte *das Gespräch* mit mir in dieser Woche.« Er seufzt. »Sie macht sich Sorgen um mich.« Er malt Gänsefüßchen in die Luft. »Dass ich von einer Freundin zur nächsten flattere. Ich musste mir einen Vortrag anhören, ich solle endlich erwachsen werden. Hinzu kam die emotionale Erpressung. Also sagte ich, ich würde dich mitbringen.«

»Im Grunde hast du sie belogen.«

Er hebt eine Hand. »Sie war schwer krank in diesem Jahr, und sie meint, es könnte ihr letztes Weihnachtsfest sein, daher will sie, dass es perfekt ist. Natürlich wird sie uns erhalten bleiben.«

Ich bin mir nicht sicher, ob er das sagt, weil er es glaubt oder weil er es glauben muss. Schwer zu sagen, jedenfalls hat seine Miene sich verhärtet. »Ich will ihr einfach ihren Wunsch erfüllen. Ich dachte, wenn wir es einmal vorgespielt haben, könnten wir es doch wieder tun.«

Ich schüttele sofort den Kopf. »Nein, auf keinen Fall. Das war eine einmalige geschäftliche Vereinbarung. Ich bin nicht interessiert.« Ich kann nicht noch mehr Zeit mit diesem Mann verbringen. Aus Dutzenden von Gründen.

Er beißt sich auf die Unterlippe. »Bitte, Becs.« Da ist echtes Flehen in seiner Stimme, dazu wieder der Welpenblick. Ich schüttele erneut den Kopf, als er sagt: »Es sind nur ein paar Tage. Für meine Mum. Sie hatte ein beschissenes Jahr.«

»Ich kann nicht.« Obwohl ich bereits von Schuldgefühlen geplagt werde, stehe ich auf. Er liebt seine Mutter und würde sie anlügen, um sie glücklich zu machen. Aber ich darf nicht noch mehr Zeit mit ihm verbringen. Es ist zu gefährlich. »Diese Unterhaltung ist beendet.«

»Ich werde es deiner Schwester erzählen«, spielt er seine Trumpfkarte aus.

Ich bleibe stehen, sinke wieder auf den Stuhl und starre Hudson ungläubig an. Das würde er nicht tun. Ich würde es ewig zu hören bekommen. Für ein Date zu zahlen. Shit, meine Schwester würde es mir immer wieder unter die Nase reiben. Ich könnte mich nie mehr bei einem Familientreffen blicken lassen. Ich kann sie schon hören, ihre triumphierende Stimme: »Erinnert ihr euch noch daran, wie Rebecca jemanden dafür bezahlen musste, sie zu ihrem Familienbesuch zu begleiten?«

Dann fängt mein Verstand wieder an zu arbeiten. Dies ist Hudson Strong. Das würde er nicht tun. So gemein ist er nicht. Allerdings ist er verzweifelt, das sehe ich in seinen Augen, wenn er von seiner Mum spricht.

»Das würdest du nicht tun. Es gab eine Geheimhaltungsvereinbarung im Vertrag.« Ich hebe das Kinn, denn ich ringe immer noch mit mir. Möglicherweise finden wir irgendeinen Kompromiss. »Ich würde dich verklagen.«

Er hebt sein Bier an die Lippen und trinkt langsam. »Du würdest mich verklagen?«

»Ja.«

»Nein, würdest du nicht. Dann würde es ja jeder erfahren. Außerdem habe ich den Teil des Vertrages gelesen. Die Geheimhaltungsvereinbarung galt für die Zeit unseres Aufenthaltes in New York, nicht für danach.«

Stimmt das? Meine Kinnlade klappt herunter. Nein. Das kann nicht sein. Meine Verträge sind absolut wasserdicht. Deshalb habe ich einen Ruf. Keine Schlupflöcher. Ich nehme mein Handy hervor. Ich muss den Vertrag sofort lesen. Als ich es auf dem Display geöffnet habe, scrolle ich zu der betreffenden Stelle.

»Becs.« Hudson legt die Hand auf mein Smartphone. »Was machst du da?«

»Den Vertrag überprüfen«, gebe ich gereizt zurück.

»Hast du eine Ahnung, wie wütend das klingt?«, fragt er leise. Es ist diese ruhige, beinah mitfühlende Stimme, die zu mir durchdringt.

»Wie meinst du das?«

»Du machst dir mehr Sorgen darüber, ob der Vertrag korrekt ist, als über alles andere.«

»Das ist mein Job«, sage ich kühl. So bin ich nun mal. Es

macht mir gerade schwer zu schaffen, dass ich dermaßen versagt habe. Wie konnte ich es unterlassen, eine dauerhafte Geheimhaltungsvereinbarung aufzunehmen? Das ist ein Anfängerfehler.

Hudson sieht mich an und hebt die Hand an mein Gesicht. »Du siehst müde aus, Becs.«

Ich schlucke und weiß nicht, was ich darauf erwidern soll. Er ist so freundlich. Besorgt. Für einen Moment ist es verlockend, meine Schwäche einzugestehen. Ja, ich bin müde. Besorgt. Beunruhigt. Neben der Spur.

»Ich habe viel um die Ohren im Job. Der Geschäftsführer der Kanzlei geht in den Ruhestand, und zwei Witzfiguren übernehmen die Leitung.« Bei dem Gedanken an Dick und Dom verziehe ich das Gesicht.

»Machst du je eine Pause, von den Tagen in New York mal abgesehen? Nicht, dass man das Urlaub hätte nennen können. Du warst ständig am Telefon.«

Da wären wir wieder.

»Ich mache viele Pausen«, entgegne ich in gespielt fröhlichem Ton, obwohl es schlicht gelogen ist.

»Was machst du Weihnachten?«

»Weiß ich noch nicht.«

»Ich dachte, deine Eltern kommen nach London. Besitzen sie nicht ein Haus in Kensington?«

»Du bist gut informiert.«

»Jenny hat mir beim Abendessen erzählt, wie gern sie Lebensmittel bei Harrods einkauft.«

»Na, in diesem Jahr wird *Jennifer* dort nicht einkaufen. Sie haben die Reise nach London abgesagt. Zu viel zu tun mit den Hochzeitsvorbereitungen.«

»Das ist hart. Tut mir leid, Becs.«

»Muss es nicht. Es ist okay.«

»Aber was wirst du machen?«

Ich starre ihn an. »Weihnachten ist auch nur irgendein Tag. Ich werde frühstücken, ein bisschen arbeiten, zu Mittag essen, zu Abend essen. Ins Bett gehen. Ich werde nicht sterben, nur weil ich allein bin und zwei Tage frei habe.«

Er blinzelt und neigt den Kopf zur Seite, als betrachtete er eine seltene Spezies.

Ich reagiere gereizt. »Was?«

»Nichts.«

Ich will nicht mehr darüber sprechen. »Ich muss los.«

»Um noch ein bisschen zu arbeiten, bevor du zu Abend isst und ins Bett gehst?«

»Wer bist du, dass du über mich urteilst?« Ich muss ihn nicht erst daran erinnern, dass er mein Geld brauchte, um seinen Job wieder ausüben zu können. »Bist du wieder in deinem Studio?«

Statt sich getadelt zu fühlen, hellt sich sein verdammtes schönes Gesicht auf, als stünde er im Scheinwerferlicht einer Theaterbühne.

»Ja, und ich habe auch schon ein Stück verkauft und kann dir dein Geld zurückzahlen.« Er holt einen Umschlag aus seinem Rucksack. »Bitte sehr.« Er redet ohne Pause weiter. Am liebsten hätte ich über seine blasierte Art gelacht. Das einst so wichtige Geld ist vergessen, und er hat seinen Teil des Vertrages erfüllt. Er hat diese Tatsache nicht als Argument angeführt, um seinen Wunsch durchzusetzen. »Ich habe am Wochenende ein neues Holzstück abgeholt, an dem ich gearbeitet habe. Es soll ein Tisch daraus werden.« Er bewegt die Hände mit der Anmut eines Balletttänzers, während er das Design beschreibt und von der Holzmaserung und

Krümmung des Holzes erzählt. Das ändert den ganzen Ton unserer bisherigen Unterhaltung. Seine Begeisterung und Freude beruhigen mich und beenden die nervösen Gedanken in meinem Kopf. Ich beobachte ihn fasziniert. Er ist glücklich. Hudson ist Hudson. Er ist ganz er selbst. Er kennt sich.

»Becs.« Er wedelt mit der Hand vor meinem Gesicht. »Du bist in Gedanken schon wieder woanders. Langweile ich dich?«

»Nein, mich beschäftigt nur vieles. Ich sollte jetzt wirklich gehen.« Ich spüre, wie ich nachgiebig werde.

»Komm Weihnachten vorbei«, fordert er mich plötzlich auf. »Damit schlägst du zwei Fliegen mit einer Klappe. Du hast etwas zu tun und kannst meine Mum kennenlernen. Ich hole dich Heiligabend ab und bringe dich am zweiten Weihnachtstag wieder nach Hause. Zwei Nächte.«

»Ich kann nicht«, sage ich standhaft.

»Doch, du kannst und bist es mir schuldig.«

Stimmt. Vor allem jetzt, nachdem er mir das Geld zurückgezahlt hat. Nicht, dass ich es zugeben würde. »Nein, bin ich nicht.«

Ein dreistes Grinsen breitet sich auf seinem Gesicht aus. »Doch, bist du. Denk an Sydney.«

# 18. Kapitel

Ich wache am nächsten Morgen früh und erfrischt auf. Es ist einer dieser klaren kalten Wintermorgen mit einer Frostschicht auf dem Balkongeländer vor meinem Fenster. Möwen kreisen über dem stahlgrauen Wasser der Themse, wobei sie durchdringende Schreie ausstoßen.

Obwohl es erst halb acht am Samstagmorgen ist, schaue ich aufs Handy. Ich habe eine WhatsApp-Nachricht von Hudson.

Ich glaube es nicht, der verdammte Mistkerl hat mir einen Vertrag zugeschickt.

Als ich gestern Abend die Bar verließ, ziemlich sauer, weil er gewonnen hatte, rief er mir hinterher: »Ich schicke dir einen Vertrag zu.« Daraufhin zeigte ich ihm den Mittelfinger.

Das ist leicht, wenn man zur Tür hinausgeht, aber ich muss mich von meiner besten Seite zeigen, denn Hudson hat mir deutlich zu verstehen gegeben, dass er, wenn ich seine Mutter aufrege, umgehend meine Schwester anruft.

Wenn ich also schon Hudsons Familie kennenlernen muss, will ich wenigstens einen guten Eindruck machen. Da geht es um meinen Stolz. Bestimmt wird seine Mutter auf den ersten Blick erkennen, dass ich gar nicht Hudsons Typ und auf dem völlig falschen Dampfer bin. Und ich wette, seine Schwestern – alle drei werden da sein – durchschauen die gespielte Beziehung sofort. Seine Familie scheint deutlich bodenständiger zu sein als meine und eine hohe emotionale Intelligenz zu besitzen. Obwohl meine Mutter mich bei meinem letzten Besuch überrascht hat. Offenbar ist sie weicher geworden, sehr sogar.

Frisch aus der Dusche nehme ich die Notizen, die ich mir über seine Familie gemacht habe. Micky und Geoff sind seine Eltern. DD, PP und CC sind seine Schwestern. Kurz entschlossen rufe ich ihn an.

»Guten Morgen, Becs«, flötet er; ich hatte vergessen, dass er ein echter Frühaufsteher ist.

»Ich muss wissen, was deine Mutter mag, und deine Schwestern und dein Vater.«

»Warum?«

»Ich muss Geschenke für sie besorgen.«

»Nein, musst du nicht. Das ist nicht nötig.«

»Wenn ich Weihnachten zu Besuch komme, dann bestimmt nicht mit leeren Händen.« Meine Güte, höre ich mich spießig an. Aber ich kann den Gedanken nicht ertragen, dort einfach aufzutauchen, nicht dazuzugehören und obendrein auch noch unhöflich zu sein. Als Hudson mich begleitete, spielte das keine Rolle; meine Familie ist da völlig unempfindlich. Hudsons Familie scheint jedoch das genaue Gegenteil zu sein.

»Mum mag Schals und Broschen. PP ist verrückt nach Schnecken, DD steht auf Pferderennen und CC bastelt Schmuck. Dad liebt seinen Garten.«

»Schnecken?«

»Ja, sie war schon immer ein wenig seltsam. Sie sammelt sie.«

»Sie sammelt Schnecken?«

Er prustet los. »Keine echten, sondern kleine Figuren oder Bilder oder Stofftiere.«

Ich entspanne mich ein wenig. Zuerst dachte ich, er will mich auf den Arm nehmen, aber so, wie es jetzt klingt, ist es wohl wahr. Zumindest habe ich genug Informationen, um daraus etwas zu machen. Außerdem mag ich Herausforderungen.

»Was hältst du von dem Vertrag?«

Am liebsten würde ich abstreiten, dass ich ihn gelesen habe. Ich schließe die Augen und schüttele den Kopf, obwohl er mich nicht sehen kann. »Das nennst du einen Vertrag?«

»Ich fand, ich habe das ganz gut gemacht.«

»Hm«, sage ich, das Blatt überfliegend, das ich inzwischen ausgedruckt habe.

Laut unserem *Vertrag* tritt die Vereinbarung um halb neun am vierundzwanzigsten Dezember zweitausendzweiundzwanzig in Kraft und endet um halb fünf am sechsundzwanzigsten Dezember.

»Dir ist hoffentlich klar, dass es sich um sechsundfünfzig abrechenbare Stunden handelt, falls du mich bezahlen willst«, informiere ich ihn.

»Wie gut, dass ich dich nicht bezahlen werde. Du schuldest mir was, denk dran.«

Ich stoße einen Seufzer aus. »Wir brauchen keinen Vertrag.«

»Ich erinnere mich an jemanden, der zu unserem eigenen Schutz auf einem Vertrag bestanden hat.«

»Das war ja auch ein richtiger Vertrag und nicht so ein hastig hingekritzeltes Ding.«

»Es ist ein richtiger Vertrag.« Er klingt belustigt. »Den habe ich aus dem Internet. Hat mich zwei Pfund fünfzig gekostet.«

»Du wurdest über den Tisch gezogen.«

Ich grinse schon bei der Vorstellung, wie viel Vergnügen es

mir bereiten wird, dieses Schätzchen auseinanderzunehmen. Es handelt sich nicht um ein langes Dokument. Eine DIN-A-4-Seite. Ich zücke den Rotstift.

»*Becs wird ihr Glätteisen nicht mitnehmen*«, lese ich vor. »Das kannst du vergessen. Nicht verhandelbar.«

»Okay«, gibt er viel zu schnell nach. »Aber gib mir nachher nicht die Schuld, wenn es im Haus einen Kurzschluss verursacht und wir kein Weihnachtsessen haben.«

Ich ignoriere seinen Einwand und streiche den Punkt.

*Keine der Vertragsparteien wird Details der Vereinbarung preisgeben, weder jetzt noch in Zukunft.* Ich werde mich nicht dazu herablassen, das zu kommentieren. Der schlaue Mistkerl hat mein Schlupfloch geschlossen.

»*Rebecca wird Spaß haben.* Ein bisschen voreilig von dir, oder?«

»So wird es aber kommen«, verspricht er mir und klingt sehr überzeugt.

Ich lese weiter. »*Resting Bitch Face nicht gestattet.* Mal ehrlich, ich kann doch nichts dafür, wie ich aussehe.«

»Doch, kannst du. Nur weil jemand ein Idiot ist, musst du es nicht gleich heraushängen lassen.«

»Den nächsten Punkt kannst du ebenfalls vergessen. *Kein Laptop oder Smartphone erlaubt – mit Ausnahme einer halben Stunde am ersten Weihnachtstag, um der Familie frohe Weihnachten zu wünschen.*« Ich kann über fünfzig Stunden meine E-Mails nicht lesen. Was, wenn etwas Dringendes anliegt?

»*Die Teilnahme an Familienspielen ist obligatorisch.* Was denn für Spiele?« Langsam werde ich nervös. Was spielen die denn so? Ich habe das komische Gefühl, dass es hier nicht um Bridge oder Canasta geht.

»Nichts zu Anspruchsvolles.«

»Hudson, das ist nicht sehr hilfreich.«

Ich richte den Blick auf den letzten Vertragspunkt. Da zieht sich mir der Magen zusammen.

*Nicht zugeknöpft zu sein, ist ebenfalls obligatorisch.*

# 19. Kapitel

Eine Woche später knalle ich, kaum bin ich in den alten VW Golf GTI eingestiegen, den mit roten Markierungen übersäten Vertrag auf Hudsons Schoß, wobei ich haarscharf seine Hoden verfehle.

Ich habe beschlossen, dass wir nicht erneut Sex haben werden. Wir spielen nur, dass wir ein Paar sind. Was auch alles einleuchtend klingt, solange ich nicht mit ihm zusammen bin. Jetzt aber, wo ich neben ihm sitze, schwindet meine Willenskraft. Es wäre sehr leicht, wieder mit ihm zu schlafen, doch es wäre falsch und würde meinem natürlichen Selbsterhaltungstrieb zuwiderlaufen. Ich mag Hudson. Sehr sogar. Zu sehr. Ich bin entschlossen, etwas emotionale Distanz zwischen uns zu bringen. Es muss sein, denn ich will mich nicht wieder verlieren.

»He, pass auf die Kronjuwelen auf!«, ruft er. »Welche Laus ist dir denn heute Morgen über die Leber gelaufen?«

»Es ist halb sieben, und ich hatte erst einen Kaffee.« Ich streiche mein rotes Wollkleid glatt und bewundere den Skater Skirt. Ich rocke den Weihnachtslook heute Morgen, auch wenn ich niemanden beeindrucken muss. Aber ich bin eben gern gut gekleidet. Es verleiht mir den nötigen Biss im täglichen Konkurrenzkampf.

Natürlich habe ich mich bei Hudson nach dem Dresscode erkundigt, und es folgte erst einmal Schweigen am anderen Ende der Leitung, bis er dann antwortete: »Es gibt keinen.«

Ich seufzte, denn manchmal ist er echt naiv. Es gibt immer einen Dresscode.

Dass er mir anschließend versicherte, es sei alles ganz locker, beruhigte mich nicht im Mindesten. Männer sagen das jedes Mal über ihre Familien, und dann kommt man dort an und stellt fest, dass die sich jeden Abend fürs Essen zurechtmachen, inklusive obligatorischer Familienperlen.

Obwohl ich ihn im Lauf der Woche mehrmals verhört habe, rückte er nur sehr spärlich mit Informationen heraus. Auf meine Frage, wo wir schlafen werden, antwortete er: »Im Bett«, in seinem üblichen fröhlich neckenden Ton. Handelt es sich dabei um ein Schlafsofa im Wohnzimmer, sein Einzelbett aus der Jugend oder um eines im Gästezimmer? »Mach dir mal keine Gedanken, du wirst eine gute Zeit haben, Becs.«

»Mm«, sage ich düster und erinnere mich an das letzte Mal, als er meinte, ich würde eine gute Zeit haben. Ich will nicht an Ellen's Stardust Diner denken.

»Um wie viel Uhr erwartet man uns?«, frage ich, während er sich in den langsam fließenden frühen Morgenverkehr einfädelt. Es ist noch dunkel, und London erwacht gerade erst. Noch ist es auf den Straßen ruhig, doch später wird es voll werden, wenn die Unverbesserlichen aus den Büros stürmen und zum Heiligabend nach Hause fahren.

»Gegen Mittag, aber wir legen eine Frühstückspause ein.«

Wir fahren nach Kingham, einem Ort nördlich von Oxford, in dem ich noch nie war. Doch sobald ich das vor Kollegen erwähnte, schwärmten die davon, wie hübsch es dort sei. Ich kenne den Ort nicht, aber wenn ich reise, dann ohnehin meistens ins Ausland.

Natürlich habe ich mir vorher die Route angesehen und weiß daher, dass wir zwei Stunden unterwegs sein werden.

»Wie geht es Jenny und Jon?«, erkundigt sich Hudson, als wir aus London heraus und auf die A40 fahren.

»Gut«, sage ich und mache mir nicht die Mühe, ihn zu verbessern. Meine Mutter war ziemlich entzückt, dass er sie Jenny nannte.

»Was machen deine Eltern eigentlich beruflich?«, frage ich und betrachte Hudsons Hände am Lenkrad. Seine Finger sind lang und elegant, und plötzlich erinnere ich mich daran, wie sie meinen Körper gestreichelt haben.

»Meine Mutter töpfert inzwischen, sie fertigt Sachen aus Ton und bemalt diese.« Die vage Umschreibung ist sowohl beunruhigend als auch faszinierend.

»Was denn für Sachen?«

Er verzieht das Gesicht. »Märchenhäuser und Einhornställe. Solche Dinge.«

Das hört sich verrückt an. Kaum vorstellbar, wie scheußlich das alles vermutlich ist. Vielleicht kann ich etwas als Hochzeitsgeschenk für Laura und Andrew kaufen.

»Und mein Dad leitet einen Farmerladen. Er ist Biobauer und macht Rewilding und so was.«

Ich nicke. Die scheinen ziemlich exzentrisch zu sein, ganz anders als meine Familie. Das liegt vermutlich sehr weit außerhalb meiner Komfortzone. Ich bin in einer seriösen, vernünftigen Familie aufgewachsen, und ich weiß genau, woran ich bei ihnen bin. Alles ist geordnet und geregelt. Es gibt keine Überraschungen. Ich weiß stets, was mich erwartet. Genau so mag ich es. »DD arbeitet für einen Pferderenntrainer und macht die ganze Verwaltung. Er ist ihr Ehemann. CC stellt Schmuck her, und PP macht etwas, was mit Bodenerhaltung zu tun hat. Sie fährt durchs Land und sammelt Töpfe voll Erde. Ich glaube, sie sammelt auch Würmer.«

Ich lächle höflich. Du meine Güte, die müssen alle völlig durchgeknallt sein. Das wird das reinste Albtraumweihnachten.

»Und wie laufen die Vorbereitungen für deine große Ausstellung?« Ich nehme Anteil an seiner Arbeit, obwohl ich noch nie ein Stück gesehen habe.

»Wirklich großartig«, antwortet er. »Ich habe gerade das letzte Stück fertig bekommen und bin sehr zufrieden damit.« Er fängt an, mir alles darüber zu erzählen, auf seine typisch schwärmende, begeisterte Art, und einmal nimmt er sogar beide Hände vom Lenkrad. Ich liebe meinen Job, aber so leidenschaftlich werde ich nie. Dabei bin ich gut in dem, was ich tue, und mir gefällt das Lob, das ich erhalte. Ich mag die Herausforderung, dafür zu sorgen, dass es keine Schlupflöcher gibt, und die dazu erforderliche präzise Sprache. Mir gefällt das Prestige, außerordentlich gut zu sein. Trotzdem gibt es gewisse Dinge, die mir nicht gefallen. Die Teilhaber führen mich gern als Beispiel für jemanden an, der es geschafft hat. Und ja, ich bin Partnerin der Kanzlei geworden, eine der jüngsten. Allerdings musste ich dafür verdammt viel härter arbeiten als irgendein anderer Teilhaber, nur weil die ein Ding zwischen den Beinen hängen haben.

Nach anderthalb Stunden Fahrt halten wir an einer Raststätte auf der M40, wo Hudson ein komplettes englisches Frühstück verputzt, während ich mich mit einem Croissant und einem schwarzen Kaffee begnüge. Wo lässt er das alles? Ich mustere über den Tisch hinweg seinen Bizeps. Er ist gut gebaut, mit diesen wunderschön definierten Muskeln, besonders an dem flachen, harten Bauch. Allein der Gedanke daran und an die schmale Spur seidiger Haare unter seinem Hosenbund lösen abseitige Fantasien aus. Möbel herzustellen, ist wohl eine sehr physische Angelegenheit.

Ich hebe den Blick und merke, dass Hudson mich grinsend ansieht. Mist, er hat sich in einen verdammten Gedankenleser verwandelt. Ich beschließe, mir einfach nichts anmerken zu lassen. »Was?«

»Nichts«, sagt er ganz unschuldig, wovon ich mich kein bisschen täuschen lasse. Ich verschränke die Arme und warte auf das, was er sicher gleich sagen wird. In seinen Augen leuchtet schon der Übermut. »Du solltest nie Poker spielen.«

»Ich habe ein sehr gutes Pokerface«, entgegne ich. »Im Job bin ich bekannt dafür.«

»Du hast mich angesehen, als wolltest du erneut über mich herfallen.«

»Habe ich nicht«, sage ich ärgerlich, weil er der Wahrheit so nahe gekommen ist. »Lass uns eines klarstellen: Ich bin hier, weil du mich erpresst. Was, nebenbei bemerkt, eine Straftat ist. Paragraf 21 des Theft Act 1968.«

Er sieht mich unverwandt an. »Ich liebe es, wenn du die strenge Anwältin raushängen lässt. Das ist sehr sexy.«

Das prompte Kribbeln im Bauch ignoriere ich. »Ich werde nicht wieder mit dir schlafen.« Ich bin mir nicht sicher, ob ich das selbst glaube.

Er legt den Kopf schief, und kleine Lachfältchen bilden sich um seine Augen. »Du hast dieses lustige kleine Wangengrübchen, sobald du schwindelst.«

Und natürlich falle ich darauf herein und hebe die Hand an mein Gesicht.

Er lacht begeistert. »Man kann dich sehr leicht auf den Arm nehmen.«

Wütend starre ich ihn an. Ich mag es nicht, wenn man mich auf den Arm nimmt. Da habe ich immer das Gefühl, auf dem falschen Fuß erwischt worden zu sein. Als wäre ich die einzige Person, die den Witz nicht begriffen hat. Ich weiß nie, wie ich damit umgehen soll. Also strafe ich ihn mit meinem eisigen Blick, der leider nicht die geringste Wirkung hat. Er sieht nach wie vor sehr zufrieden mit sich aus.

»Gibt es noch etwas, was ich über deine Familie wissen muss oder wovon sie erwarten können, dass ich es weiß?«

Er schüttelt den Kopf. »Ich glaube nicht, nein. Sie werden dich ausfragen, da du die erste Frau bist, die ich seit einer ganzen Weile mit zu ihnen nehme.«

»Wie lang ist eine ganze Weile?«

»Ein paar Jahre?«

»Wirklich?« Ich bin verblüfft.

»Versteh mich nicht falsch … ich habe sie nur nie meinen Eltern vorgestellt. Ich wollte nicht, dass irgendwer auf Ideen kommt, schon gar nicht meine Mum.«

»Und du fühlst dich nicht das kleinste bisschen schuldig, dass du ihr diesmal etwas vorspielst?«

Zu meiner Überraschung glaube ich, einen Anflug von schlechtem Gewissen in seinem Gesicht zu erkennen. Seine Miene wird angespannt. »Was sie nicht weiß, macht sie nicht heiß. Ich werde sie nicht weiter anlügen, sondern sie lediglich im falschen Glauben lassen.«

Der Ort Kingham ist sehr hübsch und extrem ländlich. Prompt steigt Panik in mir auf. Wir biegen in eine schmale Landstraße ein, der wir gefühlt mehrere Meilen folgen. Meine Anspannung nimmt zu. Wir befinden uns wirklich am Arsch der Welt. Ich schaue auf mein Handy, es hat noch Empfang. Aber nur so gerade eben. Auf dem Display wird nur noch ein Balken angezeigt.

»Bei euch gibt es doch WLAN, oder?«, frage ich mit dünner, hoher Stimme.

Er wirft mir einen Blick zu, und mir ist meine Schwäche peinlich.

»Hm, das ist ein bisschen unzuverlässig. Doch es ist Weihnachten, Becs. Wofür brauchst du WLAN? Du wirst ganz bestimmt nicht arbeiten. Es ist ohnehin alles geschlossen.«

Die Vorstellung, ohne WLAN zu sein, verursacht mir Übelkeit. Vielleicht werde ich krank. Ich muss erreichbar sein. Was, wenn etwas passiert, und niemand kann Kontakt zu mir aufnehmen?

Ich will gerade antworten, dass ich stets mit dem Job verbunden bleibe und erreichbar bin, als mir die Frage in den Sinn kommt: Für wen soll ich eigentlich erreichbar sein? Ich muss zwei Verträge durchsehen, während ich hier bin, aber beide Klienten sind erst wieder Neujahr im Büro. Hudson hat recht, es ist Weihnachten. Mir wird klar, dass ich die Arbeit als Vorwand benutze, um nicht so viel mit der Familie zusammen sein zu müssen, wenn ich zu Besuch bin. Ich ertrage meine Schwester und meine Mum einfach nicht ständig. Wir sind so verschieden. Die beiden haben den Tod meines Dads überwunden – ich nicht. Ich habe mich in die Arbeit geflüchtet, doch zum ersten Mal kommt mir das ein wenig traurig vor.

Wir biegen in eine geschotterte Auffahrt ein. Vor uns erhebt sich ein großes golden schimmerndes Steinhaus, dessen Fassade und Sprossenfenster mit Rautenscheiben weitläufig von Weinranken bewachsen sind. Es ist ganz anders als das, was ich erwartet habe. Ich werfe Hudson einen Blick zu.

Ein wehmütiges Lächeln liegt auf seinem Gesicht. »Home sweet home.«

»Es ist reizend.« Ich schaue zum Schieferdach und zu den kunstvoll gedrehten Schornsteinen empor.

»Ja.« Sein Mund verzieht sich. »Ein weiterer Grund, weshalb ich keine Freundinnen mit nach Hause bringe. Ich habe nicht die Absicht, irgendeine zur Gutsherrin zu machen. Meistens verlieben sie sich nämlich in das Haus.«

Ich glaube, da unterschätzt er seinen Charme, aber weil sein Ego keinerlei Streicheleinheiten bedarf, sage ich dazu nichts.

Als ich die Wagentür öffne, kommt ein Rudel Hunde zur Begrüßung auf uns zugerannt. Genau genommen sind es drei, doch die toben so wild durcheinander, dass es locker doppelt so viele sein könnten. Dabei ist ein lebhafter Cocker Spaniel, der vor Freude, Hudson zu sehen, beinah Saltos macht, außerdem ein begeisterter Labrador, dessen Schwanz wedelt wie ein irrer Scheibenwischer, und schließlich ein Yorkshire Terrier mit einer pinkfarbenen Schleife um das Haarbüschel auf seinem Kopf.

»Hallo, hallo, hallo«, ruft Hudson, der in die Hocke geht und die Hunde begrüßt. Dann hebt er den Yorkshire Terrier hoch, der zwischen den Beinen der beiden anderen Hunde herumgetänzelt ist. »Das ist Trixie. Die ist zwar klein, aber sehr selbstbewusst. Das da ist Prudence, der Lab, und der völlig verrückte Hund ist Eddie – der ist sogar für Cocker-Standard überdreht.«

Ich nicke. Ich habe keine Angst vor Hunden, ich bin nur nicht an sie gewöhnt. Wir waren stets eine Familie, die strikt auf Haustiere verzichtet hat, obwohl ich jahrelang um einen Welpen gebettelt habe. Die sind nicht reinlich, wurde mir erklärt. Prudence lehnt sich an mich und schaut mit treuen Augen zu mir hoch. Sie hinterlässt eine kleine Wolke blonder Haare an meinen Knien.

»Die macht alles für Futter. Sie hofft, dass du vielleicht eine Karotte bei dir hast. Komm mit.«

Er holt unser Gepäck aus dem Kofferraum. Unser Atem dampft in der kalten Morgenluft. Das Gras ist noch weiß gefroren, und ich kuschele mich, plötzlich fröstelnd, in meinen Kaschmirmantel und vergrabe die Hände tief in den Taschen.

Wir gehen durch die unverschlossene Eingangstür – offenbar macht man sich hier keine Sorgen wegen Einbrechern – und betreten die durch lange Abnutzung glänzenden Steinplatten der Eingangshalle. Das Haus muss mehrere Hundert Jahre alt sein, aber es riecht frisch nach Holzwachs, Lavendel und Kiefer. Vor uns befindet sich außer dem großen Steinkamin ein bis zur Decke reichender bunt geschmückter Weihnachtsbaum. Er ist kein Vergleich zu dem farblich abgestimmten Designer-Baum, den meine Mutter jedes Jahr kauft. Um ehrlich zu sein, herrscht an diesem Baum hier ein gewisses Durcheinander, und die schielende Fee auf der Spitze sieht betrunken aus. Ich starre fasziniert zu ihr hinauf.

»Ganz schön scheußlich, oder?«, meint Hudson und verdreht die Augen. »Aber meine Mum weigert sich, irgendetwas von dem wegzuwerfen, was wir als Kinder gebastelt haben. PP hat die gemacht, als sie sieben war. Seitdem hat die Fee einen Ehrenplatz.«

Ich entdecke einige Holztiere mit Glitzer und ein Rotkehlchen mit leuchtender ampelroter Brust. »Hast du die gemacht?«, frage ich, da mir wieder einfällt, wie er erzählt hat, dass er schon als Kind angefangen hat zu schnitzen.

»Ja. Mittlerweile bin ich viel besser, aber wie ich schon sagte, Mum wirft nie etwas weg.«

Es ist ein echter Mix an Dekoration, und ich entdecke ständig neue Sachen. Fast eine Art visuelles Abenteuer. Komplett und vollkommen geschmacklos. Meine Mutter wäre entsetzt.

»Huds, Darling.« Eine kleine Frau in etwas, das aussieht wie ein voluminöses Samtzelt, kommt auf uns zu und schließt ihn in die Arme. Sie trägt seltsame Socken, die eine hellgrün und mit Lamas bedruckt, die andere eine orange Fußballsocke. Die Frau reicht Hudson kaum bis zur Schulter, aber es ist ganz offenkundig seine Mutter. Sie hat dieselben hellblauen Augen und einen Mopp lockiger Haare, allerdings sind ihre mit einem Stück Gartenband zusammengebunden. Sie wirbelt herum und streckt die Arme aus. »Rebecca, willkommen. Wie reizend, Sie kennenzulernen. Ich weiß überhaupt noch nichts über Sie. Woran liegt das? Dieser ungezogene Junge hat Sie uns vorenthalten.«

Als sie mich umarmt, bin ich in den Duft von Apfel, Zimt und Ingwer gehüllt. Sie riecht nach Weihnachten. Obwohl wir uns nie zuvor begegnet sind, drückt sie mich. Derartig überschwängliche Begrüßungen bin ich nicht gewohnt. Ich stehe steif da, die Arme an die Seiten gepresst, und lächle gezwungen. Sie scheint es gar nicht wahrzunehmen.

»Ich habe heute das Lebkuchenhaus gemacht. Mögen Sie Lebkuchen? Wir haben das Zeug tonnenweise. Ehrlich, die Kinder bestehen jedes Jahr darauf, dass ich eines mache, und dann essen sie es nie. Sie werden etwas davon mit nach Hause nehmen müssen.«

Ehe ich darauf etwas erwidern kann, treibt sie uns wie ein Border Collie durch eine Tür in die große Küche, in die durch ein Dachfenster helles Licht hereinfällt. Die Küchenschränke aus Holz sind hellblau gestrichen, die Arbeitsflächen aus hellem Holz. Es sieht aus wie aus *Country House Interiors*, bis auf das Durcheinander. Überall liegen Sachen herum. Töpfe mit Kochlöffeln, Tabletts mit Ölen und Essig, ein Teller mit Chutney, Senf und Soßen, ein Stapel Kochbücher hier und dort und überall.

Eine Frau springt an der Kochinsel in der Mitte auf, deren Zentrum von einer großen Schüssel mit Obst dominiert wird. »Hallo, kleiner Bruder.« Sie stürmt zu ihm, gefolgt von einer anderen Frau, die auf einem großen weichen Sofa neben dem Holzofen saß. Eine dritte Frau verschränkt, an die Wand gelehnt, die Arme und verdreht die Augen. »Der verlorene Sohn ist wieder da.« Trotz dieser Worte huscht ein Lächeln über ihr Gesicht.

»Lass ihn frei, um Himmels willen«, donnert eine tiefe Stimme. »Hallo, Sohn.« Hudsons Vater schüttelt ihm die Hand, als wollte er Wasser pumpen.

Ich schaue zu, wie sie sich alle um Hudson scharen, redend und ihn umarmend. Ich könnte ebenso gut unsichtbar sein und werde ein wenig neidisch, weil sich alle so freuen, ihn zu sehen, und ihn willkommen heißen. Selbst die dritte Schwester hat sich jetzt den Weg zu ihm gebahnt, und er legt ihr den Arm um die Schultern. Sie reden alle durcheinander, das reinste Vogelhaus, und mir fällt auf, dass sie sich ständig berühren. Es ist Welten entfernt von dem, was ich kenne. Am liebsten wäre ich davongelaufen. Was tue ich hier? Es war eine blöde Idee mitzukommen.

»Hört mal her, das hier ist Becs.« Hudson schüttelt sie alle ab und zieht mich in die Mitte des Kreises. Im Nu sind alle um mich herum.

»Rebecca.« Er stellt mich vor, und sie sind ultrafreundlich. »Du bist blond«, bemerkt CC, die Jüngste, und küsst mich auf beide Wangen. »Normalerweise steht er auf Brünette.«

»Und toll sieht sie auch noch aus«, meint DD an Hudson

gewandt. »Wie ist jemand wie du an sie herangekommen? Nicht schlecht, Bruder.«

»Freut mich, Sie kennenzulernen. Hudson meinte, Sie sind Anwältin. Kennen Sie sich mit Grundbesitzstreitigkeiten aus?«

»Dad, fang nicht damit an«, warnt Hudson ihn, und die anderen stimmen ein: »Dad, nein!«

»Er ist besessen«, erklärt Hudson.

»Das wärst du auch, wenn ...«

»Still jetzt, Geoffrey«, mischt sich Mrs. Strong ein. »Möchten Sie eine Tasse Tee oder etwas Stärkeres?«

»Champagner«, bellt Geoffrey. »Sie sehen aus, als würden Sie Champagner trinken.«

CC holt bereits Gläser aus einem der Schränke. Es ist noch nicht einmal zwölf, und ich fühle mich wie in eine Zirkusmanege gestoßen.

Mir fällt etwas ins Auge, während die anderen mit dem Champagner und den Gläsern beschäftigt sind, lachend und albernd. Ich schaue genauer hin. Offenbar ist es eines der Märchenschlösser, die Hudsons Mutter anfertigt, und es ist ziemlich außergewöhnlich. Es ist ungefähr dreißig Zentimeter hoch und aus Ton, mit mattblauer Glasur, und sieht auf faszinierende Weise verrückt aus. Der Detailreichtum ist verblüffend. Es gibt winzige Kürbisfenster, Giftpilze, verborgene Feen mit transparenten Flügeln. Kleine Äuglein spähen unter Vorsprüngen hervor und aus den winzigen Türen. Es birgt eine erstaunliche Vielfalt, und ich bin ganz hingerissen von der exzentrischen Schönheit. Obwohl es irgendwie jenseits des herkömmlichen Geschmacks liegt, gefällt es mir.

»Mögen Sie es?«, erkundigt sich Hudsons Mutter und drückt mir ein Champagnerglas in die Hand.

»Mmm, Mrs. Strong«, sage ich ein wenig sprachlos. »Wie lange brauchen Sie dafür?«

Hinter mir ist vereintes Stöhnen zu hören, und ich drehe mich zu den anderen um. Hudsons Mutter tätschelt meine Hand. »Nenn mich Micky, Schätzchen. Und ich bin völlig versunken, wenn ich daran arbeite. Das da hat mich drei Tage gekostet. Wenn ich fertig bin, muss ich mich erst einmal hinlegen.«

»Und sie meint wirklich drei Tage«, sagt Hudson. »Zweiundsiebzig Stunden am Stück. Als Kinder lernten wir früh, uns um uns selbst zu kümmern.«

»Das war auch gut so«, erwidert Micky. »Andernfalls wärt ihr verhungert.« Sie tätschelt liebevoll das Schloss aus Ton. »Ziemlich scheußlich, nicht wahr? Aber sie bringen Geld.«

Ich glaube, sie ist auf typisch britische Weise bescheiden. Bevor ich noch etwas sagen kann, umfasst CC glücklicherweise meinen Arm und führt mich zum Sofa. Hudson sitzt auf einem der Barhocker bei seinen anderen Schwestern und seinem Vater, während Micky unermüdlich in der Küche herumflitzt. Nur die dunklen Ringe unter ihren Augen und die Falten in den Augenwinkeln zeugen davon, dass sie krank war. Ich trinke meinen Champagner, während die Familie plaudert und sich nach der Arbeit, Freunden und anderen Familienmitgliedern erkundigt. Ständig unterbrechen sie einander, überbieten sich gegenseitig an Lautstärke und ziehen sich auf. Ich beobachte sie fasziniert. Es ist laut und chaotisch, aber die Familie macht auch einen glücklichen und entspannten Eindruck. Niemand versucht den anderen zu übertreffen, sondern sie scheinen sich alle dafür zu interessieren, was jeder von ihnen so treibt.

Hudson sieht zu mir und zwinkert. Ich lächle zurück, ein

wenig unsicher angesichts der sich entfaltenden Familiendynamik.

Geoffrey ist dafür, eine weitere Flasche Champagner zu öffnen, doch Hudson schlägt vor, dass wir nach oben gehen und unsere Sachen auspacken. Sobald wir die Küche verlassen haben, tritt Stille ein.

»Fangt nicht an, über uns zu reden, bis wir weg sind«, ruft Hudson.

»Würde uns nicht im Traum einfallen«, ruft CC zurück. »Aber sie scheint wirklich nett zu sein. Besser als deine üblichen Flittchen.«

Ich zucke zusammen. Ich bin mir nicht sicher, ob das als Zustimmung zu werten ist. Abgesehen davon ist es eine heilsame Erinnerung daran, dass ich nur eine weitere von Hudsons vielen Freundinnen bin.

»Keine Sorge, du hast den Test bestanden«, sagt er.

»Welchen Test?«

»Den Champagnertest. Du hast nicht einmal auf die Uhr gesehen. Und du hast keine unhöfliche Bemerkung über Mums Kunsthandwerk gemacht.«

»So etwas habe ich noch nie gesehen.« Ich werde ein Teil für Laura kaufen, und sie wird es hassen.

»Seltsamerweise verkaufen die sich bombig und bringen entsprechend viel Geld herein. Als wir Kinder waren, hatten wir kein Geld. Dieses Haus verschlingt einiges. Früher habe ich sämtliche Reparaturen übernommen, daher mein handwerkliches Geschick. Dad ist in der Hinsicht komplett nutzlos. Mum ist die mit der praktischen Ader.«

Oben führt er mich in ein Zimmer, das in dunklem Racing Green gestrichen ist, mit cremefarbener Vertäfelung. Es wirkt geschmackvoll und elegant, gleichzeitig aber auch gemütlich durch das große Doppelbett, auf dem viele verschiedene Kissen liegen, die alle nicht so recht zusammenpassen. Die seidene Tagesdecke am Fußende ist dunkelgrün und mit gelben Orchideen bestickt. Sie ist wunderschön, wenn auch schon ein bisschen verschlissen. An einigen Stellen weist die Seide Risse auf, und es kleben eine Menge Hundehaare daran. Meine Mutter hätte diese Decke umgehend ersetzt. Ich lege die Hand auf den weichen, zarten Stoff und streiche darüber.

»Die gehörte meiner Großmutter. Sie lebte eine Zeit lang in Japan und brachte sie von dort mit, als Hochzeitsgeschenk für meine Mum.«

Ich frage mich, ob sie zu wertvoll ist, um sie wegzuwerfen.

»Alles okay?«, fragt Hudson. »Du bist so still.«

»Bestens«, antworte ich. In meinem Kopf dreht sich alles ein bisschen nach dem lärmenden Zusammentreffen mit dem Strong-Clan. Es ist schwer einzuschätzen, ob sie sich alle mögen oder nicht.

Ich beginne mit dem Auspacken.

»Willst du wieder eine Münze werfen, was das Bett angeht?«, fragt er und sieht mich mal wieder auf diese sehr direkte Weise an. Ich weiß, er denkt: *Letztes Mal hat es nicht wirklich funktioniert, oder?*

»Ich nehme die rechte Seite.«

»Um auf der sicheren Seite zu sein?«, scherzt er mit einem verschlagenen Lächeln. »Was, wenn ich vergesse, auf welcher Seite des Bettes ich schlafen sollte?«

»Wirst du nicht«, entgegne ich.

»Ich bin es gewohnt, rechts zu schlafen.«

»Dann musst du dich eben für zwei Nächte umgewöhnen. Das schaffst du sicher.«

»Ich werde mich bemühen, aber gib mir nicht die Schuld, wenn ich … was war es noch gleich? Durcheinanderkomme.«

»Ich hatte Jetlag«, gifte ich zurück, denn das vielsagende Zucken seiner Lippen ärgert mich maßlos.

»Klar«, meint er lässig, als glaubte er mir kein Wort.

»Hör zu, Hudson. Mit dir zu schlafen, gehört nicht zu diesem Arrangement. Ich werde es nicht tun.« Obwohl ich es wirklich gern möchte.

Zu meiner Überraschung reagiert er genervt. »Ich kann mich nicht daran erinnern, dich gebeten zu haben. Um ehrlich zu sein, ärgert es mich, dass du ständig andeutest, ich hätte dich irgendwie gezwungen. Du bist diejenige, die ständig ankommt.« Er hebt die Hand und spreizt die Finger.

»An diesem Abend in der Bar«, zählt er am ersten Finger ab. »›Knöpf mich auf‹, hast du gesagt. Am ersten Abend in New York hast du den ersten Schritt gemacht, als du dich auf meine Seite des Bettes gelegt hast.« Er nimmt einen weiteren Finger weg. »Und am letzten Abend in New York hast du mich in diese Kammer gezerrt, wenn ich mich recht entsinne.« Sein kurzes Lächeln ist säuerlich, während er den dritten Finger wegnimmt. »Warum bist du nicht ehrlich zu dir selbst? Wir haben großartigen Sex. Warum es nicht genießen? Wir sind beide erwachsen, und es geschieht in gegenseitigem Einvernehmen. Keiner erwartet etwas vom anderen. Wir könnten einfach unseren Spaß haben.«

Er tritt einen Schritt auf mich zu, sodass ich seinen Zorn beinah körperlich spüre. Mein Magen macht einen Looping. Selbst wütend sieht er noch umwerfend aus.

Ich starre ihn an und weiß, dass er recht hat. Ich schlucke, nehme meinen Kulturbeutel und marschiere ins angrenzende Badezimmer. Wie sehr ich es hasse, im Unrecht zu sein.

Ich werfe meinen Kulturbeutel auf die Ablage beim Waschbecken und seufze. Auf keinen Fall werde ich zugeben, dass ich unrecht hatte. Leugnen ist eine gute Verteidigung. Ich lüge nicht, ich gebe es nur einfach nicht zu. Zufrieden mit dieser Entscheidung packe ich meine Toilettenartikel aus und arrangiere sie an der Seite.

Im Badezimmer gibt es eine altmodische Badewanne auf Füßen und einen weiß gestrichenen Holzfußboden. Das ganze Bad ist in französischem Landhausstil gehalten, mit weißen Spitzenvorhängen an den Flügelfenstern, weißen Handtüchern sowie grünen Akzenten in Form einer Glasvase, einem Zahnputzglas und einer Seifenschale.

Mir waren klare Linien und ein zeitgenössischer Stil stets lieber, aber selbst ich muss zugeben, dass dieser Raum einen gewissen Charme hat. Neben der Badewanne stehen Flaschen mit Neom-Schaumbad, an denen ich kurz schnuppern muss. Prompt stelle ich mir vor, bis zu den Brüsten in einem Schaumbad mit Hudson zu sitzen.

Ich lasse meinen Frust an den Toilettenartikeln ab, die ich immer wieder auf der hübschen Holzablage umstelle, während ich die Bilder aus meinem Kopf zu verbannen versuche. Leider funktioniert es nicht. Dieses Badezimmer ist für meinen Geschmack viel zu romantisch. Erhobenen Hauptes gehe ich zurück ins Schlafzimmer. Hudson hängt gerade seine Sachen auf und wirft mir einen Blick zu, den ich nicht deuten kann. Aber er sagt nichts. Ich folge seinem Beispiel und packe meine restlichen Sachen aus. Anders als das Zimmer, welches wir uns im Haus meiner Mutter teilten, gibt es hier nur einen Kleiderschrank, und es kommt mir komisch vor, meine Kleidung neben seiner einzuräumen. Zwei Schränke zu haben, fühlte sich geordneter an. Ordentlich und voneinander getrennt. Das hier fühlt sich an, als würden wir zusammengequetscht, und das mag ich gar nicht. Oder fürchte ich mich nur davor, mich daran zu gewöhnen? Das ist genau die Art und Weise, wie Dinge zur Normalität werden. Man passt nicht richtig auf, und ehe man sichs versieht, sind sie etabliert.

»Hast du Lust auf einen Spaziergang vor dem Essen? Wir könnten mit den Hunden gehen«, schlägt Hudson vor und klingt ganz ruhig; von dem Ärger vorhin keine Spur mehr.

Ich werde mich nicht entschuldigen, aber ich nicke und antworte gleichmütig: »Hört sich gut an«, ehe ich gründlicher darüber nachdenken kann. Im Grunde ist es eine schlechte Idee. Ich habe gar nicht die passende Kleidung für Hundespaziergänge dabei.

»Du solltest dir vielleicht Jeans und andere Schuhe anziehen.«

Ich verziehe das Gesicht. »Ich habe keine Jeans mitgenommen, und bitte – sehe ich aus wie eine Frau, die Wanderschuhe besitzt?«

Er lacht; sein Humor ist offenbar wieder da. »Nein, Becs, siehst du nicht. Aber wir haben massenhaft Gummistiefel, es wird ein Paar dabei sein, das dir passt. Und irgendwer wird dir seinen Mantel leihen.«

# 20. Kapitel

Die Kälte ist mir in die Knochen gekrochen, meine Füße sind Eisklumpen, und meine Nase ist knallrot. Allerdings bin ich da nicht allein – Hudson hat ebenfalls ganz rosige Wangen, als wir in die Stiefelkammer poltern. Die Hunde laufen voraus, während wir unsere Jacken ausziehen, Mützen, Schals und Handschuhe. Ein richtiger Haufen Wolle in den Farben des Regenbogens.

»Da seid ihr ja!«, ruft Micky, die aus der Küchentür späht. »Ab ins Wohnzimmer mit euch, dort brennt ein angenehmes Feuer. Es gibt heißen Punsch.«

Ich folge Hudson in das große Wohnzimmer, in dem mehrere Sofas stehen. Im Kamin brennt ein Feuer, das eine kuschelige Wärme verbreitet. Geoff ist schon dort, halb versteckt hinter *The Times*. Er begrüßt uns mit einem kurzen Nicken und verschwindet wieder hinter seiner Zeitung. Ich habe das Gefühl, dass ich mich neben Hudson setzen sollte, andererseits ist es nicht wie bei meiner Mutter, wo jeder höflich auf der Sofakante sitzt und Small Talk macht. PP hat sich in kompletter Länge auf einem der Sofas ausgebreitet, die abgestreiften Schuhe stehen auf dem Boden. DD hat ein anderes Sofa besetzt und die Kissen heruntergeschoben, damit es für sie bequem ist. Und CC hat es sich auf diesen Kissen vor dem Kamin gemütlich gemacht. Bleibt noch ein freies Zweiersofa, das ein bisschen abgenutzt aussieht und dessen Damastbezug in seiner Glanzzeit wohl ein wunderschönes Hellblau hatte.

Hudson schüttelt den Kopf. »Dad, du solltest es eigentlich entsorgen. Ich habe es bei meinem letzten Besuch schon, so gut es ging, repariert, aber Wunder kann ich auch nicht vollbringen.«

»Du weißt, wie ungern deine Mutter Sachen wegwirft«, erwidert Geoff hinter seiner Zeitung. »Es ist noch nicht ganz am Ende.«

»Das Ding war schon vor dem Beginn des einundzwanzigsten Jahrhunderts Schrott.«

Hudson geht zu dem Sofa und hält mich zurück, als ich mich setzen will. »Vorsichtig.«

Er nimmt eine Decke und breitet sie über dem fadenscheinigen Bezug aus. An einer Seite glänzt sogar eine Sprungfeder; er legt ein Kissen darüber.

Hudson setzt sich und klopft auf den Platz neben ihm. »Es wird wohl gehen. Vermeide nur hastige Bewegungen, sonst bricht das Ding noch zusammen. Wenn ich es nicht selbst zur Müllhalde bringe, wird es bei meinem nächsten Besuch immer noch hier stehen.«

Vorsichtig setze ich mich. Das Sofa hält, obwohl unter mir ein verdächtiges Knarren zu hören ist. Hudson dreht sich und legt seine Beine auf meinen Schoß. Ich lehne mich in die klumpigen Polster und spüre das Gewicht und die Wärme von Hudsons Beinen auf meinen. Es fühlt sich seltsam beruhigend an, und niemand nimmt an dieser, wie ich finde, sehr öffentlichen Zuneigungsbekundung Anstoß.

Micky kommt mit einem Tablett mit Whiskygläsern herein und stellt es geräuschvoll auf den Tisch. »Bedient euch«, fordert sie uns auf, bevor sie ihrem Mann die Zeitung wegnimmt, ihm einen Drink gibt und sich auf seinen Schoß setzt.

»Ma, das Sofa?«

»Ach, Schatz, bleib ruhig. Alles bestens.«

Hudson verdreht die Augen, beugt sich vorsichtig zum Tisch hinüber, nimmt ein Glas und gibt es mir, ehe er sich eines schnappt.

»Cheers«, sagt er. »Frohe Weihnachten.«

Ein plötzliches Durcheinander entsteht, in dem sich jeder einen Drink nimmt und alle »Frohe Weihnachten« rufen. Ich warte auf gestelzte Konversation, aber niemand sagt etwas. Jeder scheint seinen eigenen Gedanken nachzuhängen und damit ganz zufrieden zu sein. Es ist alles so entspannt und zwanglos. Niemand besteht auf irgendwelchen Zeremonien oder glaubt, sich anders verhalten zu müssen als sonst, nur weil ich hier Gast bin. Ich war nie zuvor bei solchen Leuten.

Ich nippe an meinem Drink und schaffe es mit Mühe, zu schlucken. Es handelt sich um einen besonderen Grog, der aus Whisky, noch mehr Whisky sowie einem Spritzer Zitrone und Honig besteht. Mein zweiter Drink an diesem Tag, und es ist noch nicht einmal sechs. Wärme breitet sich in mir aus, und ich entspanne mich. Es ist ziemlich schön, nicht reden zu müssen, einfach zu sein. Im Raum herrscht eine allgemeine Zufriedenheit. Alle fühlen sich behaglich miteinander. Es gibt keinen Drang, sinnlose Konversation zu machen. Das ist erfrischend.

Hudson hat die Augen geschlossen, eine Hand liegt schlaff auf meinem Arm. Ich betrachte sein Gesicht. Auf seinen Wangen sprießen dunkelbraune Stoppeln, seine Wimpern berühren den oberen Teil seiner Wangen, die Lippen sind leicht geöffnet. Mir ist die Narbe über der einen Augenbraue schon sehr vertraut, die Windpockennarbe auf der einen Wange und das Muttermal unterhalb seiner Lippe. Ich empfinde ein besitzergreifendes Gefühl für all das, als dürfte nur ich es berühren, streicheln, mit den Fingern sacht darüberstreichen.

Eine Bewegung auf der anderen Seite des Zimmers weckt meine Aufmerksamkeit, und ich schaue in die Richtung. DD beobachtet mich aufmerksam und abschätzend. Ich lächle sie zögernd an. Was denkt sie? Kann sie sehen, dass ich in ihren Bruder verliebt bin? Hat sie alles andere auch gesehen? Vermutlich ja. Ich schließe die Augen, einerseits um Hudson nicht mehr anzusehen, andererseits weil es so herrlich gemütlich hier ist. So ruhig und entspannt habe ich mich lange nicht gefühlt.

Als ich aufwache, liege ich an Hudson gelehnt auf dem Zweiersofa. Verdammt. Wie ist das passiert? Im Schlaf muss ich heruntergerutscht sein, sodass seine Beine jetzt auf meiner Hüfte ruhen. Ich befinde mich zwischen ihm und der Sofalehne, mein Kopf ruht unter seinem Kinn. Er hat den Arm um mich gelegt. Es ist warm und wundervoll, so an ihn geschmiegt. Ich liege da und genieße das Pochen seines Herzens. Meine Sinne sind wie Rennpferde in der Startbox. Ich kann ihn atmen hören, seine Brust hebt und senkt sich gleichmäßig, und ich spüre seinen warmen Atem auf meinem Kopf. Ich will mich nicht bewegen, obwohl ich das wirklich sollte. Ich atme seinen Duft ein, der mir so vertraut ist, ganz Hudson. Es ist dieser leichte Hauch Zitrone, zusammen mit dem Holzduft, der stets an ihm haftet. Er streichelt sanft meinen Rücken. Ich möchte mich strecken und ausgestreckt an ihn kuscheln, in ganzer Länge. Aber ihm so nah zu sein, ist Folter. Ich bewege mich ganz leicht, um meinen verspannten Nacken zu lockern, und seine Hand gleitet unter meinen Pullover, wo seine Finger sacht über meine Haut streichen, beinah gedankenverloren. Er ist ein sehr haptischer Mensch, vielleicht kann er gar nicht anders.

Alle anderen im Raum dösen ebenfalls, während CC ein Buch liest. Niemand schenkt uns besondere Aufmerksamkeit, trotzdem habe ich das Gefühl, ich sollte aufstehen. Andererseits ist es schön, einfach dazuliegen. O Gott, ist das wirklich Kuscheln? Ich stutze. Ich bin keine Kuschlerin.

»Schsch«, murmelt Hudson. »Entspann dich. Du bist im Urlaub.« Seine Finger sind jetzt auf meinem Rücken und massieren sanft die Muskeln dort. Ich zwinge mich, mich aufzusetzen und von ihm wegzurutschen. Das wird mir zu behaglich. Zu normal. Zu vertraut.

Draußen dämmert es, und Micky springt auf, um die Lampen überall im Zimmer anzuschalten. Wie Tiere, die aus dem Winterschlaf erwachen, strecken sich auf einmal alle und blinzeln sich verschlafen an. Ich lächle, mehr über mich selbst als über die anderen, und versuche mir meine Mutter in dieser Situation vorzustellen. Sie und meine Schwester würden sich schrecklich unwohl fühlen. Ist unsere Familie je so gemütlich beisammen gewesen? Haben wir uns je so natürlich gegeben? Ich kann mich jedenfalls nicht erinnern. Als wir Kinder waren, wollte Laura immer im Mittelpunkt stehen und kämpfte um Aufmerksamkeit. Sie war ein rastloses, bedürftiges Kind.

Plötzlich wird mir einiges sehr deutlich klar. Nein. Am liebsten würde ich es leugnen, denn es erschüttert einige meiner tiefsten Überzeugungen. An Thanksgiving hat meine Mutter mir etwas sagen wollen. Ich schaue zu Geoff, der alle seine Kinder gleich gern zu haben scheint. Keines scheint besser oder wichtiger zu sein als die anderen. Ich fühle mich auf einmal, ausgelöst durch die Erinnerung, ein bisschen elend. Arme Laura. Sie sehnte sich verzweifelt nach der Aufmerksamkeit meines Dads.

Jetzt verstehe ich alles. Nichts, was sie tat, war für unseren Vater gut genug. Er war ein harter Lehrmeister. Hudson hätte er nicht gutgeheißen. Er hat nicht den richtigen Job. Vater hätte von mir erwartet, dass ich standesgemäß heirate, einen Banker, einen Anwalt, jemanden mit guten Verbindungen in der Stadt. Aber ich bin mir sicher, er hätte gewollt, dass ich glücklich bin.

Ich versteife mich.

»Was ist los?«, will Hudson wissen.

Hudson macht mich glücklich, obwohl ich die ganze Zeit dagegen ankämpfe. Warum sollte ich nicht glücklich sein – wenigstens über die Feiertage?

»Okay, ich muss mich in der Küche nützlich machen«, sagt Geoff und steht auf. »Ich brauche mein Lieblingskind, um mir zu helfen und als Souschef.«

Alle drei Schwestern verdrehen die Augen, und Hudson lacht.

»Niemand Interesse?« Geoff macht ein kummervolles Gesicht.

»Dad, du brauchst keine Hilfe«, erklärt CC. »Wir stehen dir nur im Weg.«

»Du willst bloß jemanden, der dir Wein einschenkt.« Micky zwinkert mir von der anderen Seite des Zimmers zu.

»Natürlich, mein Schatz.«

»Ich hoffe, du erwartest nichts zu Vornehmes heute Abend«, wendet sich Micky an mich und wirkt plötzlich besorgt. »Du hast sie doch gewarnt, oder, Hudson?«

»Mm«, erwidert er unbekümmert, und ich sehe ihn an. Wovor denn gewarnt?

»Gott sei Dank. Ich muss los und den Tisch für morgen decken. DD, du kannst mir helfen. PP, du hilfst deinem Vater. CC, kannst du den Weihnachtsbaum einschalten und Weingläser holen?«

»Was ist mit Hudson?«, fragt CC sofort und sieht mürrisch aus.

»Ich kümmere mich um meinen Gast«, erklärt er mit selbstzufriedener Miene.

»Kann ich irgendwie helfen?«, biete ich an.

»Nein, meine Liebe«, sagt Geoff und stupst CCs Ohr im Vorbeigehen an. »Komm, Kind, schenk deinem armen alten Dad einen Drink ein.«

Innerhalb von Sekunden ist der Raum leer, und ich sollte mich endlich von Hudson losmachen, aber verdammt, ich habe keine Lust mehr, dagegen anzukämpfen. Ich habe ein wenig Glück verdient. Er hat recht, wir haben wirklich fantastischen Sex. Er gibt mir ein tolles Gefühl. Anscheinend habe ich den Großteil meines Lebens innerhalb selbst auferlegter Parameter verbracht im Versuch, die perfekte Tochter zu sein, die perfekte Angestellte. Rebecca Madison zu sein. Für die nächsten zwei Tage könnte ich einfach nur Becs sein.

Er steht auf und streckt sich. Sein obligatorisches Henley-Shirt hebt sich, sodass sein flacher Bauch sichtbar wird, und ich halte den Atem an. Ich will ihn. Vor Begierde bekomme ich einen trockenen Mund. Ich starre ihn an.

Er schaut herunter und sagt mit heiserer Stimme »Rebecca« und hält mir die Hände hin. Ich bin so entspannt, dass ich meine Hände in seine lege, und dann zieht er mich hoch. Brust an Brust sehen wir einander an, und er presst seinen Mund auf meinen. Ich erwidere den Kuss, kaum dass seine Lippen meine berührt haben. Es ist die reinste magnetische Anziehung. Ich kann mich einfach nicht von ihm fernhalten. Kann ihm nicht widerstehen, schon gar nicht, wenn er meinen Namen auf diese Weise sagt.

Ich drücke ihn fester an mich, beinah verzweifelt. Ich will

nicht, dass dieser Kuss endet. Jedes Mal, wenn ich mir eingeredet habe, es sei das letzte Mal, konnte ich mich nicht beherrschen. Seine Hände graben sich in meine Haare, lösen meinen Pferdeschwanz, und mit den Fingern fährt er spielerisch über meine Ohren. Meine Brüste werden gegen seine harte muskulöse Brust gepresst, seine Schenkel gegen meine, und ich will ihn noch näher spüren.

»Nehmt euch ein Zimmer, ja?« Wir lösen uns voneinander, ein wenig außer Atem. CC grinst breit und hält uns zwei Gläser Prosecco hin. »Ich habe euch etwas zu trinken gebracht. Soll ich euch damit übergießen, damit ihr ein bisschen abkühlt?«

»Nein«, knurrt Hudson, und in seiner Stimme schwingt Frustration mit. Verständlich. Meine Wangen glühen, als wäre ich wieder fünfzehn. Ich knutsche nicht im Wohnzimmer anderer Leute herum. Warum verliere ich meine Fassung und mein gutes Benehmen, sobald ich mit Hudson zusammen bin?

»Ich gehe mal rasch zur Toilette«, murmele ich und eile aus dem Raum, dankbar darüber, dass CC eher amüsiert ist als irgendetwas anderes. Als ich an der Küche vorbeikomme, höre ich das Radio und Geoff, der mit PP zusammen »Last Christmas« singt. Ich spähe zur Tür herein und sehe, dass er den Arm um seine Tochter gelegt hat und aus voller Kehle singt. Beide lachen. Dieses Haus ist so voller echter Emotionen. Ich komme mir vor wie ein kleines Mädchen, das durch ein Fenster in eine Welt blickt, die es nicht kennt.

Im Spiegel sehe ich meine geröteten Wangen. Mein Makeup ist verschwunden, unter den Augen ist Mascara verschmiert, was eher cool aussieht, nicht nuttig, und meine Augen leuchten. Ich sehe ganz okay aus. Glücklich.

Beim Händewaschen lasse ich mir Zeit, ein wenig hingerissen von meinem Spiegelbild. Ist es das, was Hudson sieht, wenn er mich betrachtet? Ein verführerischer Gedanke. Da ist definitiv eine Chemie zwischen uns. Das kann ich nicht bestreiten. Aber empfindet er etwas für mich? Ich will, dass er mich mag. Dass er mich mehr als nur mag. Ich beiße mir auf die Unterlippe, als mir die Erkenntnis dämmert. Wie ein Eiszapfen, der durch mein Herz dringt. Er hat mich, wie alle anderen Frauen, vollkommen mit seinem Charme verzaubert. Es ist tatsächlich passiert, ich habe mich in Hudson verliebt.

# 21. Kapitel

Wir versammeln uns in der Küche; der Esstisch ist offenbar für das Weihnachtsessen reserviert. Micky setzt sich und gibt ihren Töchtern Anweisung, wie der Tisch gedeckt werden soll, und mir fällt auf, dass sie ein wenig blass aussieht.

Alle reden mit fröhlichen Stimmen und versuchen ganz offensichtlich zu ignorieren, dass sie ermattet ist. Den ganzen Tag war sie strahlend und sprudelnd, dass man leicht vergessen konnte, wie krank sie gewesen ist.

Ich spüre den Schmerz der unausgesprochenen Angst. Als Dad krank war, gab ich mir solche Mühe, vor ihm tapfer aufzutreten, obwohl es leicht zu durchschauen gewesen sein muss.

Als fühlte er mein Unbehagen, nimmt Hudson meine Hand und drückt sie. Ich erwidere den Druck. Sein Bein ist gegen meines gepresst – oder meines gegen seines? Jeder von uns will dem anderen näher sein. Ich frage mich, ob der Rest der Familie die erotische Spannung zwischen uns bemerkt. Es ist fast, als müssten wir uns des Lebens vergewissern. Ich balle die Fäuste, um seinen muskulösen Oberschenkel nicht zu streicheln. Das Verlangen, ihn zu berühren, ist fast beängstigend stark. Ich merke, dass er mich beobachtet, seine Augen haben sich verdunkelt. Er richtet den Blick auf meinen Mund. Ich halte den Atem an und befeuchte mir die Lippen – eher eine instinktive Handlung als sonst irgendetwas. Mit dem Daumen streichelt er die weiche Haut meiner Handinnenfläche.

Die zarte Berührung erzeugt ein beharrliches Sehnen zwischen meinen Beinen. Die Spirale der Begierde wird enger. Ich schlucke hart und verspüre den verrückten Drang, laut zu lachen. Trotz der formellen Atmosphäre auf der Party meiner Mutter hat niemand registriert, dass ich Hudson in die Vorratskammer schleppte. Hier besteht die Chance nicht. Obwohl alle plaudern, bin ich mir Mickys prüfender Blicke sowie denen der drei Schwestern bewusst, auch wenn sie von dem leisen Knistern zwischen uns nichts mitzubekommen scheinen.

Micky findet offenbar neue Kraft und öffnet eine weitere Flasche Champagner, während Geoff eine riesige Platte auf den Tisch stellt.

»Das Essen ist serviert«, verkündet er gespielt gestelzt.

Die Platte ist voller dick geschnittener Weißbrotsandwiches, und alle beugen sich vor, um sich eines zu nehmen.

»Dad«, stöhnt CC. »Du hast die Tartarsoße vergessen.«

»Nein, habe ich nicht. Ich wollte keine.«

Sofort bricht ein gutmütiger Streit über die Vorzüge von Tomatensoße im Vergleich zu Tartarsoße aus. Vorsichtig nehme ich mir ein Sandwich und hebe das Brot an.

»Was meinst du, Rebecca?«, fragt DD, woraufhin alle verstummen und mich ansehen. »Tartar- oder Tomatensoße?«

Wie sie mich alle ansehen, könnte man meinen, es handelte sich um eine Frage auf Leben und Tod.

»Weder noch«, antworte ich.

»Was?« Geoff macht ein entsetztes Gesicht.

Ich grinse, denn ich habe eine Antwort. Als ich auf der Universität war, waren Fischstäbchensandwiches mein Grundnahrungsmittel. »Ausschließlich Malzessig.«

Es folgt ein kollektives »Ah«.

»Daran habe ich noch nie gedacht«, gesteht CC und klingt beeindruckt.

Hudson stupst mich in die Seite, und ich begreife, dass ich gerade einen weiteren Test bestanden und es vermieden habe, ins Fettnäpfchen zu treten. »Gut gemacht, Becs«, murmelt er in einem derartig sinnlichen Ton, dass ich befürchte, mein Slip fängt an zu glühen.

Wir verputzen den Berg Sandwiches, und es ist der stressfreieste Heiligabend, den ich je erlebt habe. Niemand macht sich Sorgen wegen des Essens morgen oder wegen irgendwelcher Zeitpläne, bis CC aufspringt.

»Kann mir jemand Geschenkpapier borgen?«

»Jedes Jahr das Gleiche mit dir, CC.«

»In der untersten Schublade der Kommode im Esszimmer ist noch welches, Schatz«, sagt Micky. »Darin sind auch Anhänger.«

»Bis später, ihr Loser.« CC winkt noch kurz und verschwindet.

»Kommst du zur Mitternachtsmesse?«, fragt PP.

»Wahrscheinlich nicht«, antwortet CC. »Ich gehe in den Pub.«

»Der wird proppenvoll sein«, meint DD und verzieht das Gesicht.

»Sehr gut, umso mehr Leute, von denen man Drinks schnorren kann.«

»Vielleicht komme ich mit«, sagt Geoff und erhebt sich.

»Geht niemand in die Kirche?«, fragt Micky mit klagender Stimme. »Was ist mit dir, Rebecca?«

Ich bin dazu erzogen worden, ein guter Gast zu sein und den Wünschen der Gastgeber entgegenzukommen, aber Hudson drückt meine Hand.

»Becs hatte eine sehr anstrengende Woche. Und wir sind früh aufgestanden«, sagt er.

»Du willst doch nur Weihnachtssex ohne schlechtes Gewissen«, verkündet PP und trifft den Nagel damit voll auf den Kopf. »Der Kirchenbesuch würde euch einen Strich durch die Rechnung machen. Eine Stunde lang in einer kalten Kirche zu stehen, ist nicht gerade das ideale Vorspiel für eine feierliche Vögelei. Dir werden die Eier zusammenschrumpeln.«

Geoff schüttelt sich, und seine Frau stößt ihm den Ellbogen in die Rippen. »Catherine Strong, sei nicht so vulgär«, ermahnt Micky sie.

PP und DD grinsen nur, und ich spüre, wie meine Wangen sich röten.

Hudson wendet sich kopfschüttelnd an mich. »Mum schlägt jedes Jahr vor, zur Mitternachtsmesse zu gehen. Sie findet, das soll man Weihnachten tun.«

»Stimmt ja auch«, verteidigt sich Micky. »Aber ihr seid alle Philister.«

»Ich glaube, die gingen aber in die Kirche, oder?«, sagt Geoff.

»Wie dem auch sei.« Micky schüttelt den Kopf, und der Rest der Familie lacht.

»Wie wäre es, wenn wir uns das Weihnachtskonzert auf der Dorfwiese anhören?«, schlägt DD vor und legt tröstend den Arm um ihre Mutter, die sofort wieder auflebt.

»Das ist eine ausgezeichnete Idee.«

Für mich klingt das schrecklich. Freiwillig im Winter stundenlang draußen stehen. Nein, vielen Dank.

»Dann gehen wir mal lieber«, sagt Hudson und schaut auf seine klobige Uhr.

Irgendwie ist die Entscheidung getroffen, und alle laufen durchs Haus, um sich fertig zu machen, damit wir in fünf Minuten aufbrechen können. Mir dreht sich der Kopf angesichts so viel Spontanität.

»Wird dir warm genug sein?«, fragt Hudson mit Blick auf meinen roten Mantel. Längere Aufenthalte im Freien hatte ich nicht geplant.

»Ich habe nichts anderes mitgenommen.« Ich bilde mir etwas auf mein Kofferpacktalent ein und gebe nur äußerst ungern zu, dass ich nicht vorbereitet bin. Aber dies hier ist auch nicht Rebecca-Madison-Territorium. Normalerweise bin ich wie eine Pfadfinderin – immer vorbereitet. Das hier habe ich hingegen nicht kommen sehen. Ich dachte, es wird ein zivilisiertes Weihnachtsfest, das wir drinnen verbringen, essend und trinkend wie die meisten normalen Familien.

Hudson verschwindet und kommt mit einer großen Daunenjacke zurück, die schon bessere Tage gesehen hat. »Die wird dich warm halten.«

Er erwartet ernsthaft, dass ich die anziehe.

»Becs.« Er hebt eine Braue angesichts meiner nicht sehr gut verborgenen Geringschätzung. »Du würdest noch in einer Papiertüte wunderschön aussehen.« Das Kompliment ist entwaffnend, und ich habe darauf nichts zu erwidern. Ein warmes Gefühl breitet sich in meiner Brust aus. Ich kann Hudson bloß anstarren. Leute, Männer, sagen solche Sachen nicht zu mir. Vermutlich habe ich zu hart dafür gearbeitet, in der Männerwelt zu bestehen. Ich kleide mich feminin, aber mich umgibt eine gewisse Unnahbarkeit. Man würde wohl sagen, ich bin zugeknöpft.

Er tritt zu mir und berührt mein Gesicht. »Das weißt du, nicht wahr?« Mit der anderen Hand zupft er an einer Strähne, die ich – okay, ich gebe es zu – heute nicht geglättet habe, und wickelt sie um den Finger. Ich schlucke und registriere den seltsam intensiven Ausdruck auf seinem Gesicht. Seine Lippen umspielt ein sinnliches Lächeln. Ich werde mir seiner erregenden Nähe voll bewusst, aber es ist noch mehr. Aus irgendeinem bizarren Grund ist mir plötzlich zum Weinen. Es ist, als wäre er die erste Person, die mich sieht, wie ich wirklich bin. Mein verborgenes Ich. Noch nie hat jemand mich wunderschön gefunden.

Jemand klopft laut an die Zimmertür, und dann steckt CC den Kopf herein. »Na los, ihr zwei, ihr habt später noch Zeit für heißen Sex.«

Hudson schüttelt den Kopf. »Ich muss mich für sie entschuldigen. Wir haben mehrmals versucht, sie auszusetzen, aber sie findet immer den Weg zurück.«

»Das habe ich gehört«, ruft CC von draußen.

Er schließt den Reißverschluss der Jacke für mich und küsst mich auf die Nase. Ich seufze und schaue auf zu ihm.

»Mach nicht so ein Gesicht«, sagt er und legt die Hand an meine Wange. »Je eher wir hinausgehen, umso schneller können wir zurück.«

Wir werfen beide einen letzten Blick auf das Bett, als wir Geoff von unten mit donnernder Stimme rufen hören, alle sollten sich jetzt beeilen.

# 22. Kapitel

Das Weihnachtskonzert macht tatsächlich Spaß, obwohl ich gleich zu Beginn von Hudson getrennt werde. Aber das stört mich nicht. Seine Schwestern und seine Mutter behandeln mich, als wäre ich eine von ihnen, und lassen keine Gelegenheit verstreichen, Hudson zu ärgern. Ich genieße ihre Respektlosigkeiten; es ist, als wäre ich zu lange in einem Korsett gefangen gewesen, dessen Schnüre nun gelockert werden, sodass ich wieder frei atmen kann. Das bringt eine Beschwingtheit und Albernheit mit sich, als hätte ich Helium eingeatmet.

»Wann gehst du zu Hudsons Ausstellung?«, will DD wissen. »Wir könnten uns hinterher auf ein paar Cocktails treffen. Ich habe schon lange keinen mehr draufgemacht in London.«

»Das weiß ich noch nicht«, sage ich und bin erstaunt, wie traurig ich es finde, dass ich wahrscheinlich nie mit ihr Cocktails trinken oder einen draufmachen werde. Bislang habe ich nicht geplant, Hudsons Ausstellung zu besuchen. Allerdings frage ich mich, warum eigentlich nicht. Ich könnte es mir ansehen und herausfinden, warum ein solches Aufhebens darum gemacht wird. Hudson wird ja schließlich nicht die ganze Zeit da sein, oder?

»Dann müssen wir uns verabreden«, schlägt PP vor.

»Wo wohnst du?«, will CC wissen. »Bestimmt ist deine Wohnung schöner als Huddys. Wir könnten bei dir übernachten.«

Ich male mir das Chaos aus, das sie in meiner ordentlichen Wohnung hinterlassen würde. »Ihr seid herzlich willkommen«, sage ich und meine es auch so. Ich bin stolz auf mein schönes Apartment mit der wundervollen Aussicht auf die Themse. Es wäre schön, es zur Abwechslung mal jemand anderem zu zeigen.

»Klasse. Wir sollten ein Wochenende daraus machen«, sagt CC. »Ich war lange nicht shoppen. Hier gibt es meilenweit keinen Primark.«

»Man kann bei Primark nicht shoppen«, wendet PP ein und lässt einen kurzen Vortrag über Wegwerfmode folgen, auf den CC reagiert, indem sie sich die Finger in die Ohren stopft und »Good King Wenceslas« singt.

»Du bist kindisch. Ich wette, Rebecca würde im Leben nicht bei Primark kaufen. Ich liebe deinen roten Mantel übrigens. Woher hast du ihn?«

»Pass auf, sie wird dich fragen, ob sie ihn sich leihen kann«, warnt DD und stupst ihre Schwester an. »Ich bin zuerst an der Reihe.«

»Weißt du«, sagt Micky und hakt sich bei mir unter. »Ich denke oft, ich hätte nach einem Kind aufhören sollen.«

»Ma«, beschwert sich CC. »Dann hättest du mich nicht bekommen. Dabei waren die anderen nur Training, um Perfektion zu erreichen.«

Ich lausche lächelnd dem Geplänkel. Trotz ihrer Worte ist es ganz offensichtlich, dass sie alle aneinander hängen.

Mittlerweile hat sich eine ziemliche Menschenmenge auf dem Dorfplatz um einen Weihnachtsbaum versammelt, der mit schlichten weißen Lichtern geschmückt ist. Auf der einen Seite steht ein Lastwagenanhänger mit einer Blaskapelle, auf der anderen befindet sich die Kirche mit ihren von innen erhellten Buntglasfenstern. Freiwillige Helfer in Warnwesten verteilen Songtexte und klappern mit Spendendosen.

Hudson taucht neben mir auf, er trägt jetzt eine Stirnlampe. Ich muss lachen. »Du siehst vielleicht komisch aus damit.«

»Das wirst du nicht mehr sagen« – er senkt die Stimme – »wenn du meinen Liedtext lesen willst.«

Ich lache erneut. Wie schafft er das, »meinen Liedtext lesen« wie eine erotische Anspielung klingen zu lassen?

»Ich glaube, dein Liedtext ist sicher.«

»Schade«, murmelt er dicht an meiner Wange. Prompt fange ich an zu kichern. Ich und kichern. Normalerweise kichere ich nie, doch heute Abend fühle ich mich so beschwingt, frei und glücklich. Niemand erwartet ein bestimmtes Verhalten von mir, und ich kann ganz ich selbst sein.

»Bist du kitzlig?«, fragt er auf einmal.

Ich hebe arrogant eine Braue, lächle aber dabei. »Als würde ich dir das verraten.«

»Hmm, dann muss ich es wohl herausfinden, oder?« Er grinst wölfisch, und mein Herz macht einen komischen Hüpfer.

»Darauf freue ich mich schon.«

Etwa in der Mitte des ersten Weihnachtsliedes schaue ich auf und stelle fest, dass er mich beobachtet.

Seine Augen glänzen in der Dunkelheit, und wir tauschen einen dieser langen Blicke, bei denen ich dahinschmelze und mein Slip feucht wird. Wie aus dem Nichts verspüre ich das heftige Verlangen, seine Hand in meine Hose zu schieben, um diese beinah beängstigende Begierde zu stillen. Ich begehre ihn mit einer Heftigkeit, die mir den Atem raubt.

Hudson nimmt meine Hand und zieht mich außer Sichtweite seiner Familie. Er führt mich über den Dorfplatz und unter das Vordach der Kirche.

Dort küsst er mich. Es ist ein hungriger, gieriger Kuss. Ich komme mir vor, als wollte er mich verschlingen – oder liegt es daran, dass ich ihn verschlingen will? Sein heißer Mund gleitet über meinen, und meine Knie drohen nachzugeben. Ich will mehr davon. Viel mehr. Er löst sich von mir und legt mir die Hand auf die Schultern, als wollte er die Balance nicht verlieren.

»Verdammt, es ist so lange her, Becs«, sagt er. »Ich musste die ganze Zeit an New York denken. Ich will dich so sehr.«

Diese Worte lassen mich innerlich leuchten wie der Eiffelturm. Dass ich diese Wirkung auf ihn habe und er mich so sehr begehrt.

»Warum nimmst du mich dann nicht?«, erwidere ich, denn wie könnte ich nicht? Er ist so sexy, und ich will ihn sofort in mir spüren.

Hudson hält meine Hand und sagt: »Sieh blass und traurig aus. Krank.« Gleich darauf marschiert er zu Geoff und Micky. »Becs hat Migräne. Ich bringe sie nach Hause.«

»Oh, meine Liebe«, sagt Micky. »Das tut mir leid. Migräne ist schrecklich. Ja, leg dich ins Bett, und morgen geht es dir hoffentlich besser.«

Hinter ihr ziehen die drei Schwestern ungläubige Gesichter, denn sie wissen genau, was Hudson vorhat. Was wir beide vorhaben.

»Gute Besserung«, sagt CC kichernd. »Ja, legt euch mal ins *Bett*«, fügt DD hinzu.

»Hudson wird bestimmt dafür sorgen, dass es dir besser geht.« PP grinst breit.

Hudson schenkt ihnen keine Beachtung, während wir davongehen. Unser Tempo ist so schnell, dass wir fast rennen, sobald wir aus dem Lichtschein heraus sind.

»Die wissen alle Bescheid.«

»Na und?«, entgegnet Hudson. »Macht es dir etwas aus? Wenn es nicht so verflixt kalt wäre, würde ich dich gleich hier auf dem Boden nehmen.« Seine raue Stimme zerrt an meiner Selbstbeherrschung.

Erleichtert sehe ich die Lichter des Hauses vor uns auftauchen. Hudson rammt den Schlüssel ins Schloss und zerrt mich durch die Tür. Von der anderen Seite des Hauses ist freudiges Begrüßungsbellen zu hören. Er bleibt im Türrahmen stehen und küsst mich, während ich mit dem Reißverschluss seines Mantels kämpfe. Ich muss seine Haut spüren. Wir beginnen, uns gegenseitig auszuziehen, atemlos und ungeduldig, küssen uns, wo es möglich ist. Es ist, als könnten wir es nicht ertragen, den Kontakt zu unterbrechen, aber wir sind unkoordiniert. Ich versuche diesen verdammten Schal abzuwickeln, während Hudson am Reißverschluss meiner Jacke zerrt. Es ist ein Gewusel, was jedoch keinen von uns groß kümmert. Ohne voneinander abzulassen, bewegt er mich rückwärts auf die Treppe zu.

»Wenn ich dich nicht die Treppe hinaufbekomme, werde ich dich gleich hier nehmen, und ich will nicht, dass meine Familie bei ihrer Rückkehr meinen blanken Hintern sieht.« Seine Stimme ist leise und heiser vor Begierde.

Ich schenke ihm ein sinnliches Lächeln. Ich habe Macht über ihn, und ich liebe es.

»Dann komm lieber mit nach oben«, sage ich, nehme seine Hand und führe ihn die Treppe hinauf.

Kaum haben wir das Schlafzimmer betreten, befreien wir uns von unserer Kleidung. Es gibt keine Raffinesse, keine geschickte Verführung – wir wollen einfach die hinderlichen Klamotten loswerden. Ich will seinen warmen Körper an meinem spüren. Ich ziehe meinen Pullover über den Kopf, während er sein Oberteil auszieht. Mein Mund wird trocken, als ich seine glatte, muskulöse Brust betrachte. Er ist wunderschön. Unsere Blicke treffen sich, und er beugt sich vor, um mit der Hand über meinen BH zu streichen und eine meiner Brüste daraus zu befreien. Ohne ein Wort neigt er den Kopf und schließt den Mund um meinen Nippel. Glühendes Verlangen durchströmt mich, als seine Zunge meine sensible Haut umspielt.

»Hudson«, bringe ich keuchend heraus. Seine Hände sind jetzt an meinem Hosenbund, und er schiebt Hose und Slip gleichzeitig herunter, während ich den Reißverschluss seiner Jeans öffne. Wir laufen Gefahr, übereinander zu fallen wie in einem dieser Sexmomente in romantischen Komödien. Mit fiebrigen Fingern und zugegebenermaßen ziemlich amateurhaft versuche ich seine Jeans herunterzuziehen. Unser Schwanken endet abrupt, als ich rückwärts aufs Bett falle und er auf mir landet. Er packt meine Haare und küsst mich wild. Seine warme Haut an meiner zu fühlen, ist himmlisch, und ich winde mich unter ihm. Irgendwie gelingt es uns, die Hosen loszuwerden.

»Stopp«, sage ich außer Atem.

»Was?« Er sieht benommen und enttäuscht aus. Aber auch süß.

Ich lache, es ist ein atemloser, heiserer Laut. »Socken«, sage ich und setze mich auf, um meine auszuziehen.

Mit einem mürrischen Schmollen wirft er sich rücklings auf das Bett. »Meine Güte, Frau.«

»Ich kann keinen Sex haben, wenn wir beide noch Socken tragen«, erkläre ich. »Das ist unsexy.«

Er beugt ein langes Bein und legt die Arme über den Kopf.

Sein Penis ragt auf, begierig und drängend. »Findest du das unsexy?«

Ich schlucke. Verdammt, nein. Ich will ihn in mir spüren. Rittlings setze ich mich auf ihn. Ohne einen weiteren Gedanken an Socken richte ich mich ein wenig auf. Er streckt die Hände nach meinen Brüsten aus, und ich beobachte seine Augen, während ich mich langsam auf ihn herabsenke. Sinnliche Vorfreude breitet sich in mir aus in Erwartung der Fülle, und das erregt mich noch mehr. Ich bin feucht, und er gleitet geschmeidig in mich, zunächst allerdings nur ein Stückchen. Ich halte inne und schaue auf ihn herunter. Unsere Blicke treffen sich.

»Ja, Becs«, fleht er mit glasigen Augen. Ich senke mich ein weiteres Stückchen herab und presse meine inneren Muskeln um ihn zusammen. Er keucht ein wenig, und das ist aufregend. Einerseits will ich ihn endlich ganz in mir aufnehmen, andererseits besitze ich mittlerweile genug Selbstbewusstsein, um ihn ein wenig zu necken und sowohl ihm als auch mir süße Qualen zu bereiten. Ich übernehme wieder die Kontrolle und erhebe mich, sodass ich außer Reichweite bin. Er lässt die Hände von meiner Taille zu meinen Armen wandern. »Ah, ah!« Ich lächle sündig und drücke seine Hände über dem Kopf aufs Bett. »Nicht berühren.«

Seine Augen weiten sich. Es ist das erste Mal, dass ich im Schlafzimmer mit ihm die Initiative übernehme, und es verschafft mir einen Kick. Erneut senke ich mich herab, während er sofort das Becken anhebt. Ich stoppe und schüttele den Kopf; meine Haare fallen bis über meine Brüste. »Du darfst dich nicht bewegen.«

Seine Brauen zucken vor Belustigung, aber er nickt kaum merklich. Wieder sinke ich herab und beobachte sein Gesicht.

Ich kann die Anspannung sehen und die Lust in seinen Augen, höre die leisen heiseren Laute, als ich sehr langsam abwärts gleite.

Seine Kiefer mahlen, während ich mich bewege, mir Zeit nehme und Lust verschaffe.

»Du machst mich fertig, Becs.«

»Das ist der Plan.« Ich lehne mich nach vorn und drehe behutsam an einer seiner Brustwarzen; sein Schwanz in mir zuckt. So gut. Zu gut. Ich höre auf. Es ist zu intensiv, ich fürchte zu explodieren. Hudson sagt stöhnend meinen Namen und bewegt von Neuem das Becken. Das Lustempfinden steigert sich, für uns beide. Ich halte inne, um das ansteigende sinnliche Vergnügen auszukosten, aber das ist nicht gut, ich brauche mehr.

»Becs, verdammt, ja. Ja, o Gott, ja.« Seine Worte spornen mich an. Ich lasse das Becken kreisen, und Hudson füllt mich ganz aus. Und dann erreiche ich den Punkt, ich fliege. Ich schreie, überwältigt von Lust. Hudson beobachtet mich unter halb geschlossenen Lidern, während ich vom Orgasmus geschüttelt werde. Er schließt die Augen, halb in Qual, halb vor Ekstase. Ich fühle ihn pulsieren, während er das Becken aufwärts bewegt. »Becs.« Er kommt stöhnend, kehlig und aus tiefstem Herzen, und es durchdringt mich.

Ich sinke schlaff auf ihn herunter, erschauere von den Nachbeben des Höhepunkts. Wir atmen beide schwer.

»Wow.« Hudson streicht mir die Haare von den Schultern, den anderen Arm locker um meine Taille gelegt. Sein Körper unter mir ist warm und muskulös, und ich genieße es, ihn Haut an Haut zu spüren. »Du solltest mit einem Gesundheitshinweis versehen werden. Du hast mich geschafft.«

Ich knabbere an seiner Schulter. »Sei nicht so ein Weichei.«

Er lacht und drückt mich, ehe er die Decke hochzieht, damit wir beide zugedeckt sind, und mich auf die Schläfe küsst. Aus irgendeinem seltsamen Grund bin ich angesichts dieser zärtlichen Geste den Tränen nahe, und ein Gefühl erblüht in meiner Brust, als würde ein Ballon meinen Brustkorb weiten.

Allmählich beruhigt sich mein Körper wieder, das Feuerwerk verwandelt sich in tiefe Zufriedenheit, während wir aneinandergeschmiegt daliegen. Zufriedenheit. Glück. Sicherheit. Ich fühle mich hier sicher und friedvoll; die übliche Angespanntheit weicht ebenso wie die chronischen Verspannungen in meinem Nacken und den Schultern.

Wir liegen im Dunkeln, der Mond scheint durch die offenen Vorhänge. Die Schneeflocken sind dicker geworden, sie tanzen und wirbeln durch den nächtlichen Himmel.

Gedankenverloren spielt Hudson mit meinen Haaren. »Damit hatte ich an Heiligabend nicht gerechnet«, murmelt er. »Aber meine Familie mag dich.«

»Ist das eine Überraschung?«

»Ich war besorgt, du würdest durch und durch Rebecca Madison sein.«

»Ich bin Rebecca Madison.« Doch ich sage es halbherzig, denn diese Frau bin ich gar nicht mehr.

»Sei nicht so hochnäsig.« Er streicht mir über den Mund, als wollte er die Worte abmildern. »Du weißt, was ich meine.«

Das tue ich – irgendwie bin ich Becs geworden. »Sie sind …« Seine Familie ist anders, als ich es erwartet habe, aber stattdessen sage ich: »Sie sind großartig.« Ich will nicht zu überschwänglich loben. »Mir gefällt, wie sie dir Kontra geben.«

Tatsächlich ist es viel mehr als das. Es hat mich ein wenig in meinen Grundfesten erschüttert. Diese Frauen mögen einander, aufrichtig, und sie halten zusammen. Und sie haben mich in ihren Kreis aufgenommen, nur weil ich Hudsons Freundin bin. Aus keinem anderen Grund. Sie haben mich einbezogen und mich ohne Vorbehalte akzeptiert. Meine Mutter und meine Schwester hätten wie Raubvögel auf Fehler und Schwächen gelauert und mit Urteilen über Kleidung, Manieren, Aussehen, Ansichten, Job oder Herkunft nicht gespart. Die sind nicht wählerisch bei ihren Vorurteilen.

»Ich mag sie sehr«, füge ich ein bisschen verspätet hinzu.

»Natürlich magst du sie.« Er klingt leidgeprüft. »Die triezen mich ganz schön.«

Ich muss über seinen Schmollmund lachen und küsse ihn. »Du wirst schrecklich ungerecht behandelt, du Ärmster«, necke ich ihn. Wer hätte das gedacht? Ein leises Glücksgefühl breitet sich in mir aus.

Seine Hände gleiten an meinem Rücken herunter und streicheln meinen Po. »Das wirst du wiedergutmachen müssen.«

»Und was schlägst du vor, wie ich das anstelle?«, frage ich mit flirtender, sinnlicher Stimme. Er bewegt sich unter mir, und ich spüre, wie er wieder hart wird.

»Ach, ich bin sicher, da fällt dir schon was ein«, erwidert er.

## 23. Kapitel

»Jemand hatte Heiligabend eine heiße Bescherung«, meint CC, als Hudson und ich am nächsten Morgen in die Küche kommen.

»Dir auch fröhliche Weihnachten«, sagt Hudson. »Du bist ja nur neidisch.«

»Das kannst du aber laut sagen«, erwidert sie mit wehmütigem Seufzen und lässt die Beine von der Arbeitsfläche baumeln, auf der sie sitzt. Sie trägt einen pinkfarbenen Einhorn-Onesie, der einen befremdlichen Kontrast zu ihrer nächsten Bemerkung bildet: »Ich glaube, meine kleine Vagina ist schon ausgetrocknet.«

»Zu viel Information«, sagt Micky, die die Hände über dem Kopf hält, ein sehr scharfes Messer in der einen Hand. Heute Morgen sieht sie viel besser aus.

Mit Ausnahme von mir und Hudson sind alle noch im Morgenrock oder Pyjama.

»Frohe Weihnachten, mein Lieber.« Sie küsst Hudson auf die Wange, ehe sie sich mir zuwendet und mich mit ihren hellen Augen mustert. »Frohe Weihnachten, Becca. Wie geht es deinem Kopf heute Morgen?«

»Gut«, sage ich, bevor ich begreife, dass ihre Frage sich nicht auf einen möglichen Kater bezieht. Meine Migräne zur rechten Zeit gestern Abend hatte ich schon ganz vergessen.

Mehrere Augenpaare blicken mich wissend an, als Micky

sagt: »Das sind ja gute Neuigkeiten. Es gibt nichts Übleres als Migräne, besonders am ersten Weihnachtstag.«

In der einen Ecke der Küche schält Geoff einen Berg Kartoffeln. Er trägt einen karierten Morgenmantel, aus dem zwei sehr dünne behaarte Beine ragen. PP bürstet Pastinaken. Micky schneidet weiter gekonnt geräucherten Lachs mit dem tödlich aussehenden Messer, während sie Aufgaben verteilt. »Hudson, würdest du bitte den Frischkäse aus dem Kühlschrank holen und auf den Tisch stellen? DD, könntest du wohl Zitronen schneiden? Becca, würde es dir etwas ausmachen, die Messer dort herauszuholen?« Sie deutet auf die Küchenschränke und Schubladen. Es gefällt mir, dass man von mir Mithilfe erwartet – kein steifes Herumsitzen oder Stehen wie bei meiner Mutter, als wäre ich ein Ersatzteil. Bei meiner Mum fühle ich mich immer wie ein Gast, nicht als Teil der Familie.

Wir sitzen an dem abgewischten Holztisch und machen uns über das Frühstücksbuffet her. Es gibt geräucherten Lachs, Frischkäse und Bagels, Schinkenbrote mit körnigem Senf, Würstchen in Brötchen, aus denen Tomatensoße trieft, einen Berg Kartoffelpuffer mit Zwiebelringen, Waffeln mit Ahornsirup und eine sehr kleine Platte mit Blutwurst. Ich bin verblüfft über diese bunte Frühstücksauswahl. Micky, die offenbar meine Miene bemerkt, tätschelt mir den Handrücken und lässt ihre warmen Finger auf meinen ruhen. »Jeder darf am ersten Weihnachtstag sein Lieblingsfrühstück haben. Hudson meinte, du magst am liebsten Frischkäse und geräucherten Lachs mit Bagels.«

Ich hebe eine Braue. Hudson hat sich das ausgedacht?

»Das esse ich auch am liebsten«, fährt sie fort und lächelt, als machte uns diese Tatsache allein zu Seelenverwandten. Erneut drückt sie meine Hand. Sie ist wirklich ziemlich nett, und ich hätte sie gern umarmt, obwohl mein Lieblingsfrühstück aus Avocadocreme auf Sauerteigbrot mit einem Spritzer Zitrone besteht.

Ein Mann erscheint an der Hintertür, und DD springt vom Tisch auf, um sich ihm in die Arme zu werfen. Wie sich herausstellt, handelt es sich um ihren Mann, der letzte Nacht zu Hause verbracht hat, um die Pferde heute Morgen zu füttern und anschließend mit den »Jungs« auszureiten (»Jungs« bezieht sich auf die Stallburschen, wie mir klar wird, nachdem ich überlegt habe, warum man mit seinen Trinkkumpanen am ersten Weihnachtstag ausreiten sollte).

»Hab dich vermisst«, brummt er in ihre Haare, während sie sich umarmen. Sie schlingt die Arme fest um ihn und schmiegt sich an seine Brust. Ich wende mich ab, da ich diese offene Zuneigungsbekundung nicht gewohnt bin. Ein wenig Neid meldet sich bei mir, den ich rasch wieder verdränge.

»Komm und setz dich zu uns, Jonty«, ruft Micky und rutscht auf der Bank zur Seite, um Platz für ihn zu schaffen. »Ich habe extra Zwiebelringe gemacht …«

»Gemacht? Du hast sie aus dem Tiefkühler«, meldet sich CC zu Wort und schnappt sich einen. »Aber dafür sind sie ziemlich gut.«

»Lass welche für Jonty übrig, CC. Oh, das ist übrigens Hudsons Freundin Becca.«

»Hi«, sagt er und hebt eine große Hand. Er ist wirklich groß und schlaksig, und ich frage mich unwillkürlich, wie er auf dem Rücken eines Rennpferdes sitzt. Sind Jockeys nicht alle klein?

Ich lächle ihm zu. Er ist nicht sonderlich gut aussehend, aber er hat ein freundliches Gesicht und sanfte braune Augen. Als er das Lächeln erwidert, hellt sich sein ganzes Gesicht auf, und ich bemerke, wie verliebt DD ihn ansieht. Er setzt sich neben sie, und obwohl sie nicht miteinander sprechen – sie bekommen keine Gelegenheit dazu, da alle anderen ihre Unterhaltungen wortreich fortsetzen –, sieht man doch auf den ersten Blick, dass sie ein Paar sind. Da ist eine Zusammengehörigkeit zwischen ihnen, eine Vertrautheit, und wenn sie sich ansehen, erkennt man, wie sie sich auch ganz ohne Worte verstehen. Es sind nur kurze Blicke, aber ich sehe, wie sehr sie miteinander im Einklang sind.

»Widerlich, oder?«, flüstert Hudson mir ins Ohr.

Ich verdrehe die Augen. »Ich denke, es ist eine erwachsene Beziehung. Davon verstehst du nichts.« Es sollte neckend klingen, hört sich jedoch scharfzüngig an, wofür ich mich sofort schäme. Ich weiß, dass Hudson viele Freundinnen hatte, er hat nie etwas anderes behauptet, aber es ist falsch von mir, ein Thema daraus zu machen. Schließlich habe ich ihm genau deswegen überhaupt erst den Vertrag angeboten – er ist eine sichere Wahl. Zumindest hätte er das sein sollen.

Nach dem Frühstück begeben wir uns ins Wohnzimmer, wo über Nacht eine ganze Menge Geschenke aufgetaucht sind. Ich habe meine kleine Sammlung hinzugefügt, glänzend und perfekt. Einige der Geschenke sind in Zeitungspapier gewickelt, mit einfachen Rudolphs bestempelt und mit grüner Gartenkordel zugebunden. Andere sind in Geburtstagsgeschenkpapier verpackt oder in gebrauchten Geschenktüten.

»Ich bin der Weihnachtself!«, kräht CC und setzt sich eine grüne Mütze mit großen Ohren auf beiden Seiten auf den Kopf. Im nächsten Moment ist sie unter dem Baum und holt eine große Geschenktüte hervor. »Die ist für Mum und Dad, von mir. Schaut gleich hinein.« Sie ist ganz aufgeregt, während die beiden die Tüte öffnen. Sie nehmen zwei große Stücke Metall heraus, und CC springt herbei, um sie zusammenzusetzen. »Das ist eine Skulptur für den Garten.«

Es handelt sich um eines dieser fein ausbalancierten Kunsthandwerkstücke, die sich im Wind bewegen, wirklich schön und raffiniert.

»Gefällt es euch?«, fragt CC und knetet die Hände vor sich. Ihre Aufregung ist so deutlich wie ihr Wunsch, zu gefallen.

»Oh, Darling.« Micky schnieft und schlingt die Arme um ihre Tochter. »Es ist wundervoll. Du bist so talentiert.«

CC hockt sich hin. »Ich war ganz zufrieden damit, besonders da es sich um einen Prototypen handelt. Vielleicht muss ich es mir noch mal ausleihen, um es im Gartencenter zu zeigen. Ich will denen die Skulpturen verkaufen.«

Ich bin verblüfft. »Du hast die gemacht?«

»CC ist pleite. Sie bastelt ihre Geschenke immer selber«, neckt Hudson sie.

»Das Material kostet mich etwas«, protestiert CC.

»Oder mich«, bemerkt Geoff, aber er lächelt dabei. Es scheint ihm tatsächlich nichts auszumachen, dass seine Tochter immer noch kämpft, um ihren Lebensunterhalt zu verdienen.

»Es ist ein Darlehen, Daddy. Du weißt, dass ich es dir zurückzahlen werde.«

»Er macht doch nur Spaß, Darling«, beschwichtigt Micky.

Dann verteilt sie die in Zeitungspapier eingewickelten Geschenke. »Ich rette den Planeten«, verkündet sie, als DD eines der Rentiere betrachtet.

»Ich versuche gerade herauszufinden, ob das ein sechsbeiniger Hund mit einem roten Ball auf dem Kopf oder ein sagenhaftes Ungeheuer mit einem entzündeten Hoden ist«, sagt DD lachend, und alle stimmen ein. Mickys Geschenke sind sämtlich handgetöpferte Sachen, alle wunderschön, einschließlich meines eigenen Märchenschlosses. Es ist in weichen Pastellfarben glasiert, in Pink-, Blau- und Grüntönen, mit zarten Libellen bemalt und mit verborgenen Feen, von denen nur die Augen hinter Fenstern hervorlugen. Ich habe noch nie etwas so Wunderliches und Unpraktisches besessen, und ich liebe es.

Ich werde verwöhnt von diesen lieben Menschen, die ich doch kaum kenne. PP hat mir ein gebundenes Notizbuch geschenkt, darauf steht vorn: »Meine Liste von Dingen, bei denen ich recht hatte«. Das passt so gut zu mir. Von Geoff habe ich geschnitzte Rotkehlchen bekommen für meinen Weihnachtsbaum. DD und ihr Mann haben mir ein Set personalisierter Post-it-Blöcke in verschiedenen Größen geschenkt; auf ihnen steht: »Rebeccas Wort ist Gesetz!«

Der Geschenkestapel ist geschrumpft, und jetzt bin ich nervös. Hudson nimmt das Päckchen, das ich für ihn eingewickelt habe. Als ich es kaufte, fand ich die Idee witzig, aber jetzt kommt es mir ein bisschen anmaßend vor. Ich wollte nichts Unpersönliches – das hat mit meinem Stolz zu tun –, also entschied ich mich für einen Insider-Scherz, der mir jetzt albern erscheint.

Bevor er mein Geschenk aufmacht, überreicht er mir ein kleines Päckchen. Darüber bin ich ganz froh, denn es gibt doch nichts Peinlicheres, als wenn jemand einem extra ein Geschenk besorgt hat, man selbst aber nicht. Manchmal ist es Blödsinn, dass die Absicht zählt.

Wir öffnen die Geschenke gleichzeitig. Zum Glück beobachtet uns niemand, weil alle anderen selbst mit Geschenkeauspacken beschäftigt sind. Aus dem Geburtstagsgeschenkpapier – ja, es war Hudson, der es nicht mehr geschafft hat, weihnachtliches Geschenkpapier zu kaufen – wickle ich eine rote Mütze. Sie ist aus der weichsten Kaschmirwolle und von exakt der gleichen Farbe wie mein Mantel.

Er grinst schief, was, wie ich inzwischen weiß, eine gewisse Unsicherheit bei ihm verrät. »Ich fand, es ist an der Zeit, dass du deine eigene Mütze besitzt.«

Ich nicke. Meine Güte, ist das peinlich. Ich fürchte, ich weine gleich. Ein so einfühlsames, schlichtes und zugleich perfektes Geschenk.

Als er endlich das kleine Buch aus meinem aufwendig mit Geschenkband umwickelten Papier ausgepackt hat, lacht er laut.

»Was?«, will CC wissen und schnappt es ihm aus der Hand. »*Pflege und Fütterung von Hamstern*.« Sie macht ein verwirrtes Gesicht. »Schafft ihr zwei euch einen Hamster an?«

Hudson lacht noch immer und hält sich dabei den Bauch. »Das … das ist ein Insiderjoke.«

Sie wirft uns beiden einen misstrauischen Blick zu und schüttelt den Kopf. »Paare werde ich nie verstehen. Erinnert mich daran, dass ich mir niemals einen Freund zulege. Es ist schon schlimm genug, einen Bruder zu haben.«

# 24. Kapitel

Wahrscheinlich ist es der schönste erste Weihnachtstag, den ich seit Jahren hatte. Er ist herrlich zwanglos und entspannt. Erst gegen vier Uhr nachmittags gibt es das Weihnachtsessen, und es ist ein Wunder, dass Micky sich noch auf den Beinen hält. Ganz zu schweigen davon, dass sie das Kochen hinbekommt, nach der Menge Champagner, die sie getrunken hat. Es ist unter den Strong-Frauen Tradition, dass sie vor dem Weihnachtsessen nur Champagner trinken, und meiner Schätzung nach müssten wir bei der fünften oder sechsten Flasche sein. Hudson hält sich an BrewDog, sein Vater wechselt zwischen Champagner und Whisky, während der gute Jonty stocknüchtern bleibt, weil er noch zu den Ställen fahren muss.

Um sieben sitzen wir immer noch am Tisch, und der Rotwein fließt wie die Gespräche. Es wird gelacht und gescherzt. Ich trage sogar eine Papierkrone, was noch nie da gewesen ist, während CC mir die Zukunft per Magischem Fisch vorhersagen will – einem Schnipsel blaues Zellophan. Je nachdem, wie es sich in meiner Hand zusammenrollt, sagt es voraus, ob ich leidenschaftlich, reuig, wankelmütig, falsch oder tot bin. Man sollte meinen, wir würden alle merken, wenn ich tot bin. Alle diskutieren darüber, ob der Fisch nun seinen Schwanz oder seinen Kopf bewegt, als er mir von der Hand springt und in der Sauciere landet.

»Oje, er schwimmt«, kreischt CC, während der Fisch sich

einige Sekunden lang windet, ehe er in der Soße versinkt. Meine Mutter wäre entsetzt, aber Micky nimmt einfach einen Löffel und fischt ihn heraus.

»Ich verschwende doch keine gute Soße«, sagt sie. »Die wollte ich noch einmal aufwärmen, für den kalten Yorkshire Pudding zum Frühstück.«

Ich muss grinsen; da ich die Soße und die dicken Yorkshires probiert habe, halte ich das für keine schlechte Idee. Ich glaube, ich bin in einer anderen Welt gelandet.

Nach dem Essen helfen alle mit beim Aufräumen, und dann versammeln wir uns vor dem Fernseher, um *Skyfall* zu schauen. Ich werde keinem der Anwesenden gestehen, dass ich diesen James-Bond-Film nicht kenne. Daheim läuft am ersten Weihnachtstag nie der Fernseher. Die Feiertage bei meiner Mutter sind ziemlich öde, wenn ich ehrlich bin. Es gibt reichlich zu essen und zu trinken, aber es ähnelt doch sehr einer Pflichtveranstaltung. Kein Wunder, dass ich nie ein großer Fan war. Das diesjährige Weihnachtsfest macht viel mehr Spaß als die früheren Weihnachtsfeste. Ich komme mir vor, als hätte ich eine Scrooge-artige Offenbarung, während ich mir die Strong-Familie im Raum ansehe. Anscheinend habe ich mich nicht nur in Hudson verliebt, sondern gleich in die ganze Familie.

Ich will morgen nicht abreisen. Der Gedanke, in meine triste Existenz in London zurückzukehren, erfüllt mich mit Kälte. Ich erschauere. Hudson, der seinen Arm um meine Schultern gelegt hat, drückt mich an sich.

»Alles in Ordnung?«, fragt er.

Ich nicke und muss schlucken. Kann ihn nicht ansehen. Mein Magen zieht sich zusammen, wenn ich an morgen und an den Abschied von ihm denke. Ich fühle mich leer bei der

Vorstellung, als hätte jemand meinen Brustkorb ausgehöhlt. Es ist beängstigend.

Hudson neben mir ist warm, und er riecht gut. Ich habe bisher nicht einmal die Möbel gesehen, die er baut.

Das Feuer im Kamin macht mich schläfrig, außerdem habe ich im Lauf des Tages einiges an Alkohol getrunken. Ich schließe die Augen, lehne mich an Hudson, und im nächsten Moment schüttelt er mich sachte. »Komm, Hamsterbacke, Zeit fürs Bett.«

Ich lächle ihn verschlafen an. Er ist so wundervoll und lädt einen regelrecht zum Küssen ein. Als könnte er meine Gedanken lesen, findet sein Mund meinen. In seinen Augen liegt ein verheißungsvoller Ausdruck, obwohl der Kuss sehr sanft ist.

Auf dem Weg nach oben scheint er meine Stimmung zu erahnen. In unserem Zimmer schaltet er eine der Nachttischlampen ein, ehe er mich in die Arme schließt. Wir stehen da, die Arme umeinander gelegt, und seine Stirn ruht an meiner. Seine Brust ist hart und solide, ich könnte für immer dort verweilen und seine stille Kraft spüren. Ich hebe die Arme, um ihn auf die Wange zu küssen, und fahre mit den Lippen über die leicht stoppelige Haut, als versuchte ich, mir für alle Zeiten genau einzuprägen, wie er sich anfühlt.

Sehr sanft zieht er mich aus; es gibt keine rasende Eile diesmal, nur eine verführerisch langsame Entkleidung. Anschließend schlägt er die Bettdecke zurück und legt mich ins Bett. Wir wechseln kein Wort. Er kniet über mir und schaut mir in die Augen, während seine Hände über meinen Körper wandern, seine Finger durch das Tal zwischen meinen Brüsten, über die Hüften und an meinen Schenkeln hinunter. Fühlt er es auch? Es ist das letzte Mal.

Mit den Blicken folgt er jeder Bewegung. Seine Hände umfassen meine Hüften, während er sich meinen Bauch hinunterküsst. Für einen Moment legt er den Kopf auf meinen Bauch, als lauschte er dem Blut, das durch meine Adern fließt. Unser Atem ist leise, tief und gleichmäßig. Ich fahre ihm durch die Haare und massiere seine Kopfhaut. Im gedämpften Licht betrachte ich sein Profil. Wir nehmen Abschied voneinander mit unseren Körpern. Er steht auf und zieht sich aus, während ich ihm gebannt zuschaue. Das Licht erzeugt leichte Schatten auf seinem Oberkörper, und ich berühre seine warme Haut. Er hält meine Hand, legt sich auf die Seite zu mir und deckt uns beide zu. Im schwachen Lichtschein sehen wir einander an; suchen mit Blicken das Gesicht des anderen ab.

Etwas ist anders, aber ich glaube, keiner von uns beiden ist darauf vorbereitet, es zuzugeben. Wir befinden uns in einem dunklen Kokon, außerhalb der Zeit und der Realität. Wir liegen still, das Gesicht dem anderen zugewandt, und halten uns an den Händen, sonst nichts.

»Bist du okay?«, flüstert er.

Ich nicke. »Und du?«

»Glaube schon. Danke, dass du mitgekommen bist. Es hat mir viel bedeutet. Ich habe Mum seit Jahren nicht mehr so munter erlebt.«

»Ich hatte eine schöne Zeit.«

»Ich wusste, die würdest du haben.«

Wir küssen uns, langsam und träge. Der Kuss ist sanft und warm, ein zärtlicher Tanz unserer Zungen, die einander umspielen. Ich lasse mich ganz darauf ein und genieße das Gefühl. Mein Arm liegt auf seinem breiten Rücken. Ich fühle mich aufgehoben und sicher. Ganz allmählich erwachen gewisse Teile meines Körpers, während leise Erregung mich durchflutet. Es gibt kein hektisches Vorspiel oder erotische Neckereien. Unser Kuss wird leidenschaftlicher. Wir wissen, worauf es hinausläuft, daher gibt es keine Eile, dorthin zu gelangen. Wir bewegen uns sicher und stetig darauf zu, und das ist umso elektrisierender, weil wir uns Zeit nehmen und den Augenblick ganz auskosten. Es ist, als würde man einen Schokoriegel essen, und zwar jeweils immer nur ein winziges Stück, eines nach dem anderen, und jedes davon im Mund schmelzen lassen. In der Stille ist nur unser Atem zu hören, langsame, tiefe Atemzüge, die uns durch die Intensität des Moments tragen. Sein Schwanz stupst mich an, er ist feucht, aber das bin ich auch. Ich spreize die Beine für ihn, und er neckt mich ein wenig. Dann hält er inne. »Ich hatte auch eine gute Zeit, Becs. Eine wirklich gute Zeit.«

Ich würde mich gern abwenden, doch ich kann nicht. In seinen Augen sehe ich die Aufrichtigkeit und weiß, dass er mir viel mehr sagt. Ich kann das nicht, aber Nein sagen kann ich auch nicht. Ich begehre ihn wie zuvor, wenn nicht noch mehr. Ich schließe die Augen, denn er soll nicht sehen, dass Begierde mir nicht genug ist. Er gleitet in mich, und sein Gewicht ruht schwer auf mir. Er bewegt sich von Neuem, in einem sehr langsamen Rhythmus. Es ist das zweischneidige Schwert des Schmerzes aus intensiver Lust. Mir entweicht ein Schrei. Zu wissen, dass es das letzte Mal ist, macht alles schlimmer. Morgen werde ich Abschied nehmen, und das war's.

»O Gott, ja, Becs. Du fühlst dich so gut an.«

»Hudson«, hauche ich. Er bewegt sich nach wie vor quälend langsam, doch das Verlangen steigt und steigt. Ich hebe ihm mein Becken entgegen, und er stöhnt meinen Namen.

»Ich will dich so sehr«, sagt er, und sein Tempo wird schneller und härter. Die Geschwindigkeit hat sich geändert, aber wir sind immer noch im Einklang. Ich bin so bereit für ihn und hebe erneut mein Becken, während er wieder und wieder tief in mich eindringt. Ich klammere mich an seinen Unterarmen fest und schlinge die Beine um ihn, damit er nicht fortkann. Anspannung erfasst mich, während ich mich verzweifelt auf den Höhepunkt zubewege. Tränen laufen mir die Wangen hinunter, denn dies ist das Ende. Muss es sein. Meine Schreie sind völlig unzusammenhängend, da die Zuckungen der Lust mein Hirn kurzschließen. Ich bestehe nur noch aus Sinnesempfindungen. Nicht mehr zugeknöpft. Mit einem heiseren Stöhnen kommt Hudson und bringt mich damit zum Orgasmus, der mich erbeben lässt.

Schwer atmend sinkt er auf mich herunter, sein Kopf liegt in meiner Halsbeuge. Ich spüre seinen drachenheißen Atem an meiner Haut, während wir beide nach Luft ringen und unsere Herzen wie wild schlagen. Sein Gewicht ist mir willkommen, und nur allmählich wird die Wahrnehmung wieder klarer. Unser Atem unterstreicht die Stille der Nacht. Ich spüre die kühle Luft an meinen Schultern, aber alles andere ist warm unter Hudson, dessen Körper meinen bedeckt. Er wärmt mich von innen und außen. Ich bin zu Hause. Hinter dieser Zimmertür liegt die Welt Millionen Meilen, Millionen Atemzüge weit weg. Es gibt nur uns.

Keiner von uns sagt ein Wort – ich bin mir nicht sicher, ob wir es könnten, doch ich weiß, dass wir uns des anderen gerade sehr bewusst sind. Wir haben eine Linie überschritten. Danach kann nichts mehr sein wie vorher. Und es liegt nicht nur am fantastischen Sex.

Es ist mehr. Ich habe mich in Hudson verliebt. Abgrundtief. Ich könnte ertrinken, wenn ich mich daraus nicht befreie, aber es ist zu spät. Ich liebe Hudson Strong, und es ist das Schlimmste, was passieren konnte.

»Tja, das war … mal was«, sagt Hudson schließlich und hebt den Kopf, um mir in die Augen zu sehen. Ich weiß, was er will, doch ich kann es ihm nicht geben.

»Allerdings«, stimme ich ihm zu und füge im Rebecca-Madison-Stil hinzu: »Fantastischer Sex. Den werde ich definitiv vermissen, wenn ich ins reale Leben zurückkehre.« Ich hasse mich dafür, noch während ich es ausspreche, aber ich muss klarmachen, dass es sich nur um Sex handelte. Es war ein schönes Intermezzo, und ich habe meinen Teil der Abmachung eingehalten. Morgen kehrt das Leben zur Normalität zurück.

Er hebt sich von mir herunter und rollt auf den Rücken, den Arm über dem Kopf, die Hand ruht auf seiner Stirn. Seine Hüfte berührt nach wie vor meine, und wir liegen Schenkel an Schenkel. Er hat sich noch nicht ganz zurückgezogen, aber schon ist da eine beginnende Distanz, während wir allmählich zu uns kommen. Offenbar will keiner von uns über das reden, was gerade geschehen ist. Warum bin ich dann enttäuscht, wo ich doch eigentlich erleichtert sein sollte?

Wir liegen beide in der Dunkelheit und sagen nichts. Es ist, wie es sein sollte. Ein zivilisiertes Ende, nach dem jeder seines Weges zieht, wie es vertraglich vereinbart ist.

»Wann willst du morgen aufbrechen?«, frage ich und kann es plötzlich nicht erwarten, in den Alltag zurückzukehren.

»Nach dem Frühstück«, sagt er.

»Gut«, erwidere ich mit einer Coolness, die die Achterbahnfahrt meiner Gefühle kaschiert.

Ich drehe mich auf die Seite und liege nun mit dem Rücken zu ihm. Morgen werden wir Abschied nehmen, und das war's.

# 25. Kapitel

Nur noch ein paar Meilen bis Chelsea, dem Himmel sei Dank. Ich schaue Hudson an. Seit wir Kingham verlassen haben, gab es alles in allem einundfünfzig Worte zwischen uns. (Na schön, die Zahl stimmt vielleicht nicht exakt, ich habe nicht mitgezählt, aber für eine zweistündige Fahrt haben wir erstaunlich wenige Worte gewechselt.)

Mein Handy hat mehrmals vibriert, weil CC mir Textnachrichten geschickt hat; sie hat eine WhatsApp-Gruppe eröffnet, noch ehe wir Chipping Norton erreicht hatten.

*Vermisse dich schon.*

*Du bist die beste Freundin, die Hudson je hatte, und er hatte viele.*

Ich bin mir nicht sicher, weshalb sie glaubt, das könnte mich beruhigen.

*Wie lautet deine Adresse?*

*Wo ist die nächste U-Bahn-Station?*

*Was ist dein Lieblingscocktail?*

*Ist Hudson noch mürrisch?*

*Ja*, schreibe ich zurück. *Und wie.*

*Ist ganz normal. Er ist ein griesgrämiger Bastard.*

Tatsächlich? Hudson kam mir bisher gar nicht griesgrämig vor. Prompt bekomme ich ein schlechtes Gewissen, denn es ist sicher meine Schuld. Allerdings habe ich ihm nie Versprechungen gemacht. Es war von vornherein klar, dass es eine vorübergehende Sache zwischen uns ist, oder?

Wir sind zwanzig Minuten von Chelsea entfernt. Ich atme tief ein und will etwas sagen. Das Zuhause kommt näher, und ich will diese Sache klären, bevor ich aussteige und wir uns nie wiedersehen.

»Spuckst du es endlich aus oder willst du einfach nur weiterhin seufzen?«, fragt Hudson eine Spur schnippisch. Er umfasst das Lenkrad fester.

Sein Ton verstärkt meine Schuldgefühle noch. Das ist nicht Hudson, normalerweise ist bei ihm immer alles eitel Sonnenschein.

»Was versuchst du zu sagen?«, will er wissen.

»Ich habe überlegt, an welchem Tag wir die Beziehung beenden sollten. Oder ob wir noch im Auto einen Streit vom Zaun brechen und zu der Erkenntnis kommen, dass wir nicht zusammenpassen.«

»Dir ist schon klar, dass mir meine Familie im Nacken sitzen wird. Warum musstest du auch so nett zu meinen Schwestern sein? Können wir nicht noch eine Woche oder so durchhalten? Ich kann mir den Kummer bereits vorstellen.«

»Macht für mich keinen Unterschied«, sage ich. Sobald er mich abgesetzt hat, werde ich ihn nie wiedersehen, und das passt mir ganz gut. Es spielt keine Rolle, wann das offizielle Datum unseres Beziehungsendes ist. Ich bin mir sicher, dass CC in einigen Tagen ihr Interesse auf etwas Neues gerichtet hat. »Wann fängt deine Ausstellung an? Hätte das eine Auswirkung?«

Er runzelt die Stirn und zuckt mit den Schultern. »Die beginnt am Siebten. Irgendwann danach wäre okay.«

Das trifft mich wie ein Schlag gegen das Brustbein. Ich werde ihn tatsächlich nicht mehr wiedersehen. Dies ist das letzte Mal. Es gibt keinen Grund für ein Wiedersehen. Es sei denn, wir wären beide an überwältigendem Sex interessiert. Ich muss zugeben, das wäre verlockend, aber zugleich auch beängstigend. Wow, wird je einer Hudson das Wasser reichen können? Und genau das ist ein weiterer Grund, um drüber hinwegzukommen. Er hat mich für jeden anderen ruiniert. Ich muss meinen Weg allein weitergehen.

»Nicht früher? Warum nicht jetzt?«

»Hm.« Er neigt den Kopf zur Seite und blinkt, um auf den Parkplatz vor meinem Wohnblock abzubiegen. »Ich bezweifle, dass meine Schwestern es glaubwürdig finden, wenn wir auf der Heimfahrt Schluss gemacht haben. Außerdem werden die stinksauer auf mich sein, dass ich die Beziehung beendet habe.« Er überlegt einen Moment. »Jetzt weiß ich – du gehst wieder zur Arbeit, schläfst mit einem Kollegen, und ich mache Schluss mit dir.«

»Äh, entschuldige mal. So etwas würde ich niemals tun.«

»Das wissen sie ja nicht.«

»Aber ich weiß es. Ich will nicht, dass sie schlecht von mir denken.«

»Das ist ein bisschen unfair«, erwidert er grimmig und sieht tatsächlich wütend aus. »Dass sie schlecht von mir denken, bereitet dir offenbar keine Probleme. Es ist immerhin meine Familie.«

»Ich mochte sie, und ich will nicht, dass sie mich hassen«, sage ich, was albern ist – ich werde die Familie nie wiedersehen. Trotzdem will ich, dass sie einen guten Eindruck von mir haben. Vermutlich bin ich ein wenig vernarrt in Hudsons Familie.

Er fährt in eine Parklücke.

»Aber wenn meine eigene Familie mich hasst, ist das in Ordnung?«, meint er vorwurfsvoll.

»Du meine Güte, Hudson.« Ich bin schwer genervt, denn ja, ich habe unrecht, und es sollte keine Rolle spielen, was seine Familie von mir denkt. Ich werde keinen von ihnen wiedersehen. »Du erhältst die Chance freizukommen. Sie werden dir verzeihen.«

Er schnauft spöttisch. »Du bist eine knallharte Verhandlungspartnerin, Becs. Wie wäre es mit dem achten Januar?«

Ich steige aus dem Wagen, und er steigt auf der anderen Seite aus. Er geht zum Kofferraum, und meine Handflächen sind feucht, trotz der Dezemberkälte und dem grauen Nebel, der uns umgibt. Das ist er dann also, der Abschied.

Soll ich ihn küssen? Ihm die Hand schütteln? Ihm mit einem gewissen Abstand einen Klaps auf den Arm geben?

Er hebt meinen Koffer aus dem Kofferraum, und wir stehen uns gegenüber, einander in die Augen schauend. Ich kann den Blick nicht abwenden. Mein Magen zieht sich zusammen wie noch nie.

»Tja, dies ist der Abschied«, sagt er und gibt mir mein Gepäck. Ich will ihn gerade darauf hinweisen, dass er versehentlich seinen Doctor-Who-Schal hat fallen lassen, als ein freches Grinsen auf seinem Gesicht erscheint. »Es sei denn, du möchtest einen letzten überwältigenden Abschiedsorgasmus. Da wäre ich dir gern gefällig.« Das ist typisch Hudson. Er ist so verdammt unwiderstehlich. Und nachsichtig.

Ehrlich, ich schwöre bei Gott, meine Vagina hat in Neonbuchstaben aufgeleuchtet: *Ja, ich will!* Aber ich kann nicht. Ich kann wirklich nicht, auf keinen Fall.

Ich zögere und schwanke fast auf der Stelle. Mein Körper will nachgeben, mein Verstand tritt auf die Bremse. Ich bin hin- und hergerissen, in mir tobt ein Kampf. Ich versuche, das Wort »Ja« zu formen, aber da meldet sich der Selbsterhaltungstrieb. Es wäre nicht vernünftig. Wenn er mit in meine Wohnung kommt, wird seine Gegenwart dort für immer zu spüren sein; Hudsons Umrisse werden in meinem Bett sein, und die Erinnerung an ihn in meiner Wohnung wird sich in mein Gedächtnis einbrennen.

Ich mache den Mund auf. Das Wort »Nein« kommt mit einem kaum hörbaren Seufzen heraus. Ich schüttele den Kopf, um es zu unterstreichen, für den Fall, dass er mich nicht gehört hat oder das offenkundige Widerstreben in meiner Stimme registriert hat. Mein Herz bricht ein wenig. Dies ist das Ende des Weges. Es ist die richtige Entscheidung.

»Danke für dieses Wochenende, Becs. Pass auf dich auf.«

»Du auch. Viel Glück für deine Ausstellung. Ich hoffe, sie läuft gut.«

»Danke. Ohne dich würde sie nicht stattfinden.«

Ich zucke gelassen mit den Schultern. »Freut mich, dass ich helfen konnte. Außerdem hast du mir auch geholfen.«

»Ja, und dann hast du mir wieder geholfen.«

»Das war nicht freiwillig«, erwidere ich mit trockenem Humor. »Da war Erpressung im Spiel.«

»Aber du hattest eine gute Zeit, oder etwa nicht?«

Mein Mund zuckt. Ich bin es ihm schuldig, ehrlich zu sein. »Ja, stimmt. Deine Familie ist großartig.«

»Wenn man nicht mit ihr zusammenleben muss.«

»Das meinst du ja gar nicht ernst.«

»Nein, tue ich nicht«, gibt er zu.

Schon bald wissen wir nicht mehr, was wir noch sagen könnten.

»Die mochten dich jedenfalls«, fährt er fort. »Besonders CC. Was für eine Ehre, denn für gewöhnlich mag sie niemanden.«

»Sie mag die Lage meiner Wohnung«, scherze ich.

»Na ja, das auch.«

Ich schlucke. Mir gefällt die Vorstellung, dass seine Schwestern mich besuchen kommen. Sie sind lustig, und sie kennen mich nicht. Wenn ich mit ihnen zusammen bin, kann ich mich von einer ganz anderen Seite zeigen.

»Tja, danke, dass du mich nach Hause gefahren hast. Ich sollte …« Ich drehe mich um und deute auf meinen Balkon, als könnte ich jede Sekunde hinauffliegen wie Superwoman.

»Ja«, sagt er.

Keiner von uns rührt sich von der Stelle.

»Okay, danke noch mal«, sagt er.

»Danke, Hudson«, erwidere ich, und meine Zunge kostet seinen Namen aus.

»Kein Problem.«

Verdammt, das wird langsam schmerzlich.

Ich packe ihn, küsse ihn auf den Mund und wende mich ab. Es wird leichter werden, sobald ich es hinter mich gebracht habe. Einer von uns muss den Anfang machen. Stattdessen zieht er mich in seine Arme. »Was für ein Kuss war das denn?«, fragt er. »Das können wir viel besser.«

Genau davor habe ich mich gefürchtet.

»Hudson, nein.« Ich weiche zurück. Wenn er mich küsst, bin ich verloren.

»Solltest du je deine Meinung ändern, Becs, hast du ja meine Nummer.«

»Für gelegentlichen Sex?«, frage ich scherzhaft, halte innerlich jedoch den Atem an. Mist, ich will so viel mehr als das. Ich will ihn wiedersehen. Ich will wirklich nicht, dass es vorbei ist.

Sein Lächeln verschwindet. »Das ist nicht dein Stil.«

»Nein, ist es nicht.« Ich würde stets mehr wollen, denn ich bin in Hudson Strong verliebt. Ich will alles mit ihm, doch mir ist klar, dass ich es nicht haben kann, deshalb muss ich hinzufügen: »Ich weiß nicht, ob ich für etwas anderes geschaffen bin, aber wenn ich es wäre …«

Er sieht mir in die Augen und lächelt traurig.

## 26. Kapitel

Die Fahrstuhltüren gleiten gerade zu, als eine Hand dazwischen erscheint und das Schließen verhindert.

Marcus Carter-Wheeler drängt sich zwischen ihnen hindurch. »Guten Morgen, Rebecca. Nicht in New York dieses Jahr?«

»Offensichtlich nicht«, sage ich und schaue an mir herunter, um meine Worte zu unterstreichen.

Er lacht. »Das gefällt mir an Ihnen. Sie lassen niemanden mit einer dummen Bemerkung durchkommen. Was treibt Sie heute Morgen hierher?«

Ich starre ihn an. Was glaubt er denn, was ich hier mache? Wie würde er wohl reagieren, wenn ich einfach antworte: »Ich bin so eine traurige Gestalt und habe am zweiten Weihnachtstag einfach nichts Besseres zu tun.«?

»Ich wollte in Ruhe noch einmal den Lawson-Vertrag durchgehen.«

Er lacht. »Ich auch. Es ist das reinste Irrenhaus zu Hause.«

Ich nicke höflich, doch statt an mein eigenes stilles, steriles Apartment zu denken, erinnere ich mich an das glückliche Chaos bei Hudsons Familie. »Kann ich mir vorstellen«, sage ich.

»Hatten Sie ein gutes Weihnachtsfest?«, erkundigt er sich. Mist, er ist wieder im Plaudermodus, trotzdem lächle ich unfreiwillig und kann aufrichtig antworten: »Ja, hatte ich.«

»Meins war klasse. Gab mir einen Ausblick auf den Ruhestand. Ich freue mich schon darauf.«

Dennoch ist er an diesem zweiten Weihnachtstag im Büro.

Als ich im vierten Stock aus dem Lift steige und mich verabschiede, denke ich immer noch an Hudsons Schwestern.

Die Kanzlei ist verlassen. Natürlich, was sonst? Alle haben etwas Besseres zu tun. Meine Güte, seit wann bemitleide ich mich selbst? So kennt man mich, immer eifrig und scharf auf den Job. Apropos scharf. Hudson fehlt mir. Heute Morgen bin ich in meinem leeren Bett aufgewacht und empfand heftige Reue. Da ist diese schlimme Sehnsucht, und die macht mir Angst. Es ist beinah physisch, eine Leere in meinem Leben. Das hasse ich. Dieses Gefühl des Verlustes, des Verlangens und der Verzweiflung. Dabei ist mein Leben fantastisch, verdammt noch mal. Warum sitze ich dann hier an meinem Schreibtisch, starre vor mich hin und denke an Hudsons Stimme, wenn er mich Becs nennt, wenn er mir sagt, dass er mich will, und an sein Gesicht, als ich sagte: »Ich weiß nicht, ob ich für etwas anderes geschaffen bin, aber wenn ich es wäre …«

Ich ziehe seinen Doctor-Who-Schal aus meiner Tasche. Den habe ich mit ins Büro genommen, um ihn an Hudson zurückzuschicken. Und dann mache ich diese dumme Sache. Ich schnuppere daran. Natürlich riecht es nach ihm. Holzspäne, Zitrone und einfach er. Dieser undefinierbare Hudson-Duft. Plötzlicher heftiger Sehnsuchtsschmerz steigt in mir auf.

Ich lasse den Schal wieder in meine Tasche fallen und schlage die Akte auf meinem Schreibtisch auf, ignoriere das Rumoren in meinem Innern.

Ich stürze mich in die Arbeit oder versuche es zumindest.

Ich ertappe mich dabei, wie ich aus dem Fenster schaue, auf die Splitter bleifarbenen Winterhimmels, die zwischen den Hochhäusern hindurchlugen. Sogar mein Kopf fühlt sich schwer an, während ich zu arbeiten versuche.

Mein Telefon klingelt um 11:30 Uhr, und ich melde mich, dankbar für die Ablenkung.

»Ich bin's. Marcus. Wollen Sie auf einen Kaffee und eine Unterhaltung raufkommen? Ihren Kaffee müssten Sie allerdings selbst mitbringen. Ich habe keine Ahnung, wie die Kaffeemaschine hier funktioniert, und der Barista ist heute nicht da.«

»Klar, geben Sie mir fünf Minuten«, sage ich so erfreut, wie ich kann. Was zur Hölle will er? Ein weiteres Gespräch? Der bevorstehende Ruhestand versetzt ihn anscheinend in Hochstimmung. Schön für ihn, aber mir ist heute nicht nach einer lockeren Plauderei mit dem Boss. Und ich werde ihm ganz bestimmt keinen verdammten Kaffee kochen.

Dann überlege ich es mir doch anders und nehme den Lift nach unten. Ich laufe zum Costa Coffee auf der anderen Straßenseite und bestelle zwei Espresso mit heißer, unaufgeschäumter Milch. Nicht, weil ich großzügig sein will, sondern weil ich selbst Koffein brauche und es taktlos wäre, vor ihm einen Kaffee zu trinken. Er ist immer noch der Chef.

»Ein Kaffee – gewöhnen Sie sich nicht daran«, sage ich und schiebe den Becher über seinen Schreibtisch.

Er macht ein überraschtes Gesicht. »Danke. Ich würde nicht von jemandem in Ihrer Position erwarten, dass er mir einen Kaffee bringt.«

»Marcus, wenn das eine Art Kompliment sein soll, lassen Sie es einfach gut sein. Sie sind ein erwachsener Mann und sollten ganz allein in der Lage sein, sich Ihren Kaffee zu kochen, statt sich auf Ihre Sekretärin zu verlassen.«

Er lacht. »Danke.« Er hebt den Becher an die Lippen. »Ah, das ist schon besser.«

Ich warte. Warum bin ich zum insgesamt erst dritten Mal hier oben? Wollte er nur Kaffee? Oder hat er mir noch etwas zu sagen?

»Ich möchte an unser letztes Gespräch über meine Nachfolge anknüpfen.«

Er macht eine Pause und wartet darauf, dass ich etwas dazu sage, aber ich will nicht. Meine Meinung dazu kennt er bereits.

»Wenn ich Richard oder Dominic nicht ernenne, wen dann?« Eine tiefe Falte gräbt sich in seine Stirn, und seine buschigen Brauen krümmen sich wie Raupen, die aufeinander losgehen wollen. Ich betrachte ihn fasziniert.

Er sieht mich immer noch an und wartet offenbar auf eine Antwort.

»Ich dachte, das ist längst ausgemacht«, sage ich.

Sein Mund zuckt, und er trinkt einen Schluck Kaffee, ehe er unglücklich auf den gefüllten Becher hinunterschaut. »Sie haben ein exzellentes Urteilsvermögen. Und Ihre Einschätzung ist ganz richtig, keiner der beiden bringt die nötigen Voraussetzungen mit. Aber beide erwarten, den Posten zu bekommen. Ich muss einen deutlich besseren Kandidaten ernennen. Ich schätze Ihre Meinung. Wen schlagen Sie vor?«

In Gedanken gehe ich die anderen Vorstandsmitglieder durch.

»Würden Sie in Betracht ziehen, eine außenstehende Person zu engagieren?«, erkundige ich mich.

Auf seinem Gesicht erscheint ein gequälter Ausdruck. »Was sagt das über unseren Vorstand?«

Dass sie alle inkompetente patriarchalische Arschlöcher sind. Das spreche ich natürlich nicht laut aus, auch weil mir plötzlich ein sehr helles, klares Licht aufgeht.

»Sie könnten mich ernennen«, sage ich. Verdammt! Ich habe es ausgesprochen!

Er starrt mich an, schiebt die Papiere auf seinem Schreibtisch zusammen und räuspert sich. Was zum Teufel hat mich geritten? Immerhin hat er nicht laut gelacht. Wahrscheinlich ist er zu geschockt.

Tatsächlich ist es ein sehr brillanter Vorschlag. Ich würde es voll bringen.

Selbstverständlich würde er sich nie darauf einlassen, vielleicht habe ich es deshalb gesagt. Aber man stelle sich eine Frau auf dem Chefposten vor. Ich würde einige Dinge ändern. Ich erinnere mich daran, wie Hudsons Schwestern sich gegenseitig unterstützten. Da ist noch Raum für Zusammenarbeit. Ich war eine der Schlimmsten und habe in allen anderen Frauen nur Konkurrenz gesehen. Wir könnten einander anspornen und unterstützen. Vielleicht sollte ich kündigen und meine eigene Kanzlei eröffnen. Dinge auf meine Art tun.

*Wenn ich Chefin wäre, könnte ich meine eigenen Vorstellungen verwirklichen.* Dieser Gedanke zuckt kurz wie ein Blitzlicht in meinem Kopf auf und löst eine ganze Lawine an Ideen aus, zu neuen Räumlichkeiten, der Einstellung von Mitarbeiterinnen, Mitzies Abwerbung … und prompt bekomme ich nicht mit, was er sagt.

»Verzeihung, könnten Sie das wiederholen?«

In seinen Augen liegt so ein onkelhaftes Funkeln. Das macht mir Angst.

»Ich sagte gerade, dass ich das für eine ausgezeichnete Idee halte.«

»Was?«

»Ich weiß wirklich nicht, warum ich nicht schon früher darauf gekommen bin«, gesteht er entzückt glucksend.

Ernsthaft? Er hat überhaupt nicht an mich gedacht und gibt auch noch zu, mich gar nicht in Betracht gezogen zu haben. Weil ich eine Frau bin? In welchem Jahrhundert leben wir eigentlich?

»Aber es ist die perfekte Lösung. Sie würden eine ausgezeichnete Geschäftsführerin abgeben. Sie haben im kleinen Finger mehr Talent als diese beiden Volltrottel zusammen.«

Ich starre ihn perplex an. Solche Ausdrücke habe ich ihn noch nie benutzen hören, schon gar nicht über seine Neffen.

Er beugt sich über den Schreibtisch und streckt die Hand aus. Ich schüttele sie, und er sieht mich strahlend an. »Das könnte eine der besten Entscheidungen sein, die ich je getroffen habe.«

»Und der Rest des Vorstands?«, frage ich, denn ich bezweifle, dass er die alleinige Entscheidungsgewalt hat.

Das rücksichtslose Glitzern, das ich nur zu gut kenne, erscheint in seinen Augen. »Die werden tun, was ich ihnen sage.« Seine Miene nimmt kurz einen sanfteren Ausdruck an. »Sie wären verrückt, wenn sie es nicht täten. Sie sind die naheliegende Kandidatin.«

Ich werfe ihm einen sarkastischen Blick zu. So naheliegend, dass es ihm erst vor fünf Minuten eingefallen ist, nach einem Monat der Spekulationen. Schon merkwürdig.

»Ganz recht, meine Liebe. Ich bin ein Dinosaurier, aber das bedeutet nicht, dass ich es nicht eingestehen kann, wenn ich falschliege. Wir müssen mit der Zeit gehen. Sie werden dafür sorgen, dass das geschieht.« Er schaut auf seine Uhr. »Ich finde, wir sollten ausgehen, um das zu feiern. Möchten Sie zu Mittag essen?«

Ich kann schlecht Nein sagen, außerdem ist es besser als ein Truthahn-und-Cranberry-Sandwich von Pret A Manger. In meinem Kühlschrank ist nichts zu essen – keine große Neuigkeit –, und mit wem sonst könnte ich feiern?

# 27. Kapitel

Es ist Freitagabend, und ich bin gerade von der Arbeit nach Hause gekommen. Ich kann mich nicht dazu aufraffen, etwas zu kochen. Stattdessen schaue ich mir eine Auswahl an Außerhausgerichten an. Ich werfe die Karte auf den Tisch, da ich keine Ahnung habe, worauf ich heute Abend Lust habe. Ich brauche mich gar nicht erst zu fragen, was mit mir los ist, denn ich kenne die Antwort. Genervt seufze ich, reiße die Kühlschranktür auf und nehme die Flasche Champagner heraus. Die steht schon seit einer Weile darin, aber was soll's, ich kann auch allein feiern. Geschäftsführerin mit dreiunddreißig ist nicht schlecht. Warum also nicht?

Es gibt einen sehr guten Grund dafür, warum nicht, und der wird mir in dem Moment klar, als ich den Champagner koste. Er erinnert mich an Hudsons Familie und den ersten Weihnachtstag.

Ich kicke meine Pumps weg, gehe zum Fenster und schaue hinaus. Das scheine ich in letzter Zeit häufiger zu tun. Dennoch betrachte ich nachdenklich die Lichter und frage mich, was die anderen Leute alle tun. Mit einer wütenden Bewegung kippe ich den Champagner herunter. Es hat mich schwer erwischt. Ich leide an heftigem ungestillten Verlangen. Ich stelle das Glas ab und lege mich aufs Sofa. Dann berühre ich mich selbst durch den Stoff meiner Hose hindurch, deren Naht sich an mir reibt. Ich spüre drängende Begierde zwischen meinen Beinen, doch einige intensive Streicheleinheiten zeigen mir, dass es nicht genug ist; es wird nie genug sein. Frustriert stöhne ich auf, drehe mich auf die Seite und lege den Arm auf mein Gesicht. Ich will Hudson. Kurz überlege ich, den Vibrator in meiner Nachttischschublade zu benutzen, aber ich weiß jetzt schon, dass es nicht dasselbe sein wird. Nichts wird je so gut sein wie Hudson.

Ich nehme mein Handy und lege es gleich wieder hin. *Lass es*, ermahne ich mich im Stillen. Stattdessen marschiere ich in die Küche und schenke mir ein zweites Glas Champagner ein. Dann schalte ich den Fernseher ein und zappe durch die Programme. Das mache ich zehn Minuten später immer noch. Mein Glas ist leer. Ich fülle es erneut. Es ist nur eine Verabredung zum Sex. Es hat nichts zu bedeuten.

Ich nehme das Handy wieder. Schließe die Augen. Ich bin verrückt. Wie würde Hudson reagieren, wenn ich tippe: *Ich vermisse dich*? Ich schlucke. Diese Bedürftigkeit ist befremdlich. Ich suche seinen Namen unter meinen Textnachrichten und starre einige Sekunden lang darauf. Wieder lege ich das Telefon hin. Ich werde ein heißes Bad nehmen, noch mehr Champagner trinken, ein wenig arbeiten. Irgendwas, um mich abzulenken.

Ich betrachte das Handy. Ich könnte einfach Hallo sagen. Wahrscheinlich ist er in irgendeiner Bar, amüsiert sich und schaut gar nicht auf sein Handy. Er wird meine Nachricht später sehen und mich für einen Trottel halten. Aber dann fällt mir etwas ein.

*Ich habe deinen Doctor-Who-Schal.*

Ich drücke auf »senden«. Komplett harmlos und unschuldig. Absolut nichts Besonderes, es ist schließlich vorbei.

Ich verdränge das Bedauern und sehe zu meinem Entzücken drei blinkende Punkte. Ich halte den Atem an.

*Möchtest du, dass ich vorbeikomme und ihn abhole?*

Ich schließe die Augen. Verdammt, und ob ich das will! Es geht doch nur um guten Sex. Das ist wirklich alles.

*Ja. Jetzt?*

Mist, ich habe es schon abgeschickt. Nun gibt es kein Zurück mehr.

Mein Herz rast.

Die Punkte tauchen wieder auf. Dann stoppen sie. Dann sind sie wieder da. Ich kaue gebannt auf meiner Lippe. Dann nichts mehr. Keine Antwort. Ich habe mich gerade komplett zum Narren gemacht. Ich werfe das Handy aufs Sofa und vergrabe das Gesicht in den Händen. Ich bin so dämlich. Volle zehn Minuten warte ich ab, zumindest fühlt es sich so an, ehe ich erneut auf mein Handy schaue. Noch immer keine Antwort. Ich schließe die Augen, sinke rückwärts in die Polster und wünschte, sie würden mich verschlucken.

Nach einem weiteren Glas Champagner und einer Google-Suche, um herauszufinden, ob man eine Textnachricht zurückrufen kann – kann man nicht mehr, sobald sie gelesen wurde –, beschließe ich, mir ein Bad einzulassen. Ich fülle es mit meinem Neom-Schaumbad, was mir hoffentlich beim Einschlafen helfen wird, indem es meine innere Unruhe lindert.

Gerade als ich mich aus- und einen Seidenkimono übergezogen habe, läutet die Türklingel. Mein Herz macht einen Satz. Hudson kann es sicher nicht sein. Besucher werden nur nach Anmeldung hinaufgelassen.

Ich blicke durch den Türspion, und mein Herz hüpft himmelwärts. Ich reiße die Tür auf.

Hudson grinst mich an.

»Ich wollte meinen Schal abholen«, sagt er mit einer sinnlichen Stimme, die mich erschauern lässt und ein Kribbeln in meinem Kitzler auslöst.

Natürlich, der Schal. Ich spüre, wie ich rot werde und ein breites Lächeln auf meinem Gesicht erscheint, während ich ihn ausgiebig betrachte. Ich schmelze einfach dahin.

Im nächsten Moment küssen wir uns, und ich habe keine Ahnung, wer den ersten Schritt gemacht hat, aber es war der richtige. Ich halte den Atem an, als seine wundervollen Lippen auf meinen liegen.

»Du hast mir gefehlt«, murmelt er, während er zärtlich meinen Mundwinkel küsst.

Ich greife mit beiden Händen in seine Haare, um ihn erneut stürmisch zu küssen.

Die Angelegenheit wird im Nu heiß, aber mein Herz fließt über. Er ist hier. Er ist hier, und ich will ihn nie wieder gehen lassen. Seine Hände gleiten über die Seide an meinem Rücken, hinunter zu meinem Po, um mich fest an seine steinharte Erektion zu drücken.

»Warst du auf dem Weg ins Bett?«, fragt er.

Ich schüttele den Kopf. »Ich wollte gerade ein Bad nehmen.«

Seine Augen leuchten. »Ich liebe es, zu baden.« Prompt beginnt er, meinen Kimono aufzubinden, und umfasst meine Hüften. Er schiebt mich in die Wohnung hinein. »Wo entlang?«, flüstert er.

Rückwärts gehend, führe ich ihn den Flur hinunter zum Badezimmer. Ich habe diesen Raum stets gemocht, aber ich habe das Gefühl, dass ich ihn nach dem heutigen Abend noch mehr mögen werde.

Hier duftet es nach Jasmin und Neroliöl, und das Schaumbad wartet.

Hudson bleibt stehen, und das freche Grinsen erscheint. Er überrascht mich, indem er eines meiner Haarbänder von der Ablage unter dem Spiegel nimmt. »Dreh dich um«, fordert er mich auf. Er streift mir den Kimono ab, hebt meine Haare und küsst meinen Nacken, bevor er sie zu einem Pferdeschwanz hält und das Band zweimal darum wickelt, sodass ein lockerer Dutt daraus wird.

Ich drehe den Kopf und sehe ihn über die Schulter hinweg an. Er betrachtet mich mit offener Begeisterung. »Gefällt dir, was du siehst?«, necke ich ihn.

»Du bist verdammt wundervoll, Becs.« Er tritt zurück, als wollte er den Anblick ganz in sich aufnehmen.

»Warum steigst du nicht hinein?«, fragt er. Die Einladung in seinen Worten löst ein Prickeln in meinem Körper aus.

»Wirst du dich mir anschließen?«

»Irgendwann schon.«

Wow. Meine Augen weiten sich angesichts der sanften Verheißung in seiner Stimme.

Als ich einen Fuß in die Badewanne setze, umfasst er meine Taille. Ich stehe mit einem Bein im Wasser, mit dem anderen auf dem Badezimmerfußboden; meine Beine sind gespreizt, und er sitzt auf dem Wannenrand und schaut grinsend zu mir hoch. Er streicht mit dem Finger an der Innenseite meines Schenkels hinauf, und ich schließe die Augen, als er zwischen meinen Beinen innehält.

»So zart«, flüstert er und küsst mich dort, wo eben noch sein Finger war. Ich bekomme weiche Knie. Seine Finger streichen über meine Schamlippen, und er beugt sich vor, um sachte auf meinen Kitzler zu pusten. Ich muss mich an seiner

Schulter festhalten, denn meine Knie drohen nachzugeben. Die sinnliche Vorfreude beschleunigt meinen Puls. In Gedanken sporne ich ihn an.

»Weißt du, Becs, ich liebe deinen Geruch. Schmeckst du genauso gut?« Er schaut wieder hoch. »Ja?«

Diese sündigen Worte lassen mich erröten, aber ich liebe sie. Es steigert meine Begierde.

»Ich weiß nicht«, bringe ich mühsam heraus. Meine Nippel haben sich aufgerichtet, und ich zittere vor Verlangen. Ich will, dass er mich berührt.

»Ich glaube, das tust du. Möchtest du, dass ich dich koste?« Er sieht mich an. O Gott, er verlangt eine Antwort. Ich nicke, und seine Augen funkeln. »Das genügt nicht, Becs. Sag mir, was du möchtest.«

Ich halte seinem Blick stand. Es ist, als könnte er in meine Seele hineinschauen. Er weiß, was ich will, aber er bringt mich dazu, es auszusprechen. Er will, dass ich gestehe, wie sehr ich mich nach seiner Liebkosung sehne.

Ich schlucke und halte seinem Blick weiter stand. »Ich will, dass du mich kostest.« Kurz halte ich inne, denn ich weiß, er will noch mehr von mir hören, und er weiß, dass die Worte auszusprechen mich noch weiter erregen wird. »Ich will deine Zunge spüren.«

Er sieht mich noch immer an und hält meine Hüften. Ich bin so feucht und ziehe meine inneren Muskeln zusammen in dem Versuch, das brennende Verlangen ein wenig zu lindern.

»Wo?«, fragt er mit leiser, heiserer Stimme.

Ich schlucke erneut. Er will alles hören, und ich bin machtlos. »Meinen Kitzler«, flüstere ich. »Ich will, dass du meinen Kitzler leckst.«

»Nur lecken?«

»Saugen.« Ich hauche das Wort. Sämtliche Nervenenden pulsieren in meiner Mitte vor heftiger Begierde, und kurz bevor meine Knie endgültig nachgeben, unterbricht er den Blickkontakt und küsst die Innenseite meines Schenkels. Ich muss mich zusammennehmen, während er sich langsam hinaufarbeitet. Längst zittere ich vor Verlangen.

Bei der ersten Berührung seiner Zunge zucke ich zusammen und seufze. Es ist so gut. Ich keuche und versuche mich zu beherrschen, aber … es ist einfach zu wunderbar. Das Spiel seiner Zunge, mit der er diesen äußerst sensiblen Punkt verwöhnt. Ich wage kaum zu atmen, ich will nicht, dass er aufhört. Ich höre mich selbst leise stöhnen. Seine Hände streicheln meinen Po, ein Finger gleitet die Spalte hinunter und verweilt über dem engen Muskelring dort, ehe er sanft drückt. Die heftige, unerwartete Lustempfindung lässt mich erschrocken wimmernd seinen Namen sagen: »Hudson.« Meine Sinne sind überwältigt. Ich fühle mich sinnlich und verdorben, und ich will ihn.

»Möchtest du das?«, fragt er, meine Gedanken lesend.

»Mmm«, ist alles, was ich herausbringe.

Seine Zunge spielt mit mir, während seine Finger sanft drängen. Niemand hat mich je zuvor dort berührt.

Behutsam dringt er mit einem Finger in mich ein. Ich stöhne angesichts dieser sündigen Schauer, die mich durchlaufen. Mir bleibt ein Moment, um mich auf diese neuen Empfindungen einzustellen, dann bewegt sich seine andere Hand an meinem Bein hinauf, und er saugt an meinem Kitzler. Heiße Lust explodiert in mir, und mir entfährt ein Schrei. Er bewegt sich weiter hinauf und küsst meinen Bauch, während er mit zwei Fingern in mich eindringt. Meine Knie geben nach, als der Orgasmus mich durchflutet. Hudson hält mich aufrecht, und das Bad ist erfüllt von meinem keuchenden Atem. Ich sacke vornüber und lege den Kopf an seine Brust, während er meinen Rücken streichelt. »Gott, du bist unglaublich, weißt du das?«

Ich brauche eine Weile, um in die Realität zurückzukehren. Schließlich hebe ich den Kopf und sehe Hudson an.

»Der Schal ist nebenan«, sage ich.

Er lacht laut und drückt mich an sich. »Becs, ich liebe dich. Du bist echt komisch.«

Diese drei kleinen Worte. Mein Herz dehnt sich aus. Aber ich weiß, es war lediglich ein scherzhaft gemeintes »Ich liebe dich«, das auf meinen Sinn für Humor abzielte.

Um den albernen Hoffnungsschimmer zu verbergen, necke ich ihn: »Wie sieht's aus, hast du vor, dich in nächster Zeit mal auszuziehen?« Ich steige ins Bad, froh, meine Beine ausruhen zu können, die sich immer noch wacklig anfühlen.

Sofort zieht er sein T-Shirt aus. Ich lehne mich zurück und beobachte ihn. Ich mache keinen Hehl aus meiner Bewunderung, während mein Blick über seine Brust und hinunter zu den Haaren um seinen Bauchnabel gleitet.

»Gefällt dir, was du siehst?«, fragt er scherzend und zieht Turnschuhe und Socken aus.

»Nicht schlecht«, entgegne ich.

Ohne die geringste Verlegenheit zieht er die Jeans und die Boxershorts herunter. Seine Erektion springt heraus.

»Rutsch mal«, fordert er mich auf. Er steigt hinter mir in die Wanne, sodass seine Beine sich links und rechts von meinen Hüften befinden. Ich spüre seine glatte Härte an meinem Rücken. Er lehnt sich am schrägen Ende der Badewanne zurück und zieht mich an seine Brust. Ich fühle seine Lippen an meinem Hals, und seine Hände wandern abwärts zu meinen Brüsten.

»Das ist schön«, sagt er seufzend in meine Haare.

»Mmm.« Ich lehne mich entspannt an ihn und schließe die Augen. Noch immer kann ich nicht ganz fassen, dass er tatsächlich hier ist. Zum ersten Mal seit meiner Rückkehr legt sich meine innere Unruhe, und ein friedliches Gefühl breitet sich in mir aus. Es genügt mir, einfach nur zu sein. Ich habe weder das Bedürfnis, etwas zu sagen, noch, Konversation zu machen. Ich streichle Hudsons Unterarm und genieße es, in seinen Armen zu liegen, seine starke Gegenwart hinter mir zu spüren.

Der Schaum verschwindet allmählich, und die Wassertemperatur ist auch nicht mehr so angenehm.

»Es wird Zeit, unser Bad zu beenden«, sagt Hudson, setzt sich auf und schiebt mich nach vorn, damit er aufstehen kann.

Er steigt hinaus und nimmt ein Badehandtuch vom Haken an der Tür. Er hält es mir hin, während ich aus der Wanne steige, und wickelt mich darin ein, ehe er mich an sich zieht. Niemand hat mich je so verwöhnt. Ich schaue ihm in die Augen, und er lächelt und küsst mich sacht auf die Lippen. Seine nackte Haut wirkt dunkler vor dem weißen Handtuch. Sein Rücken ist stark, und die Muskeln wölben sich, wenn er sich bewegt. Seine Erektion presst sich an mich.

Ich befreie meine Arme und wickle das Handtuch um meinen Oberkörper. Dann lasse ich meine Hand über seine Taille zu seinem Bauch gleiten, bis ich die Spitze seines Penis umschließen kann. Hudson saugt scharf die Luft ein, und wieder blickt er mit diesen blauen Augen in meine. Es ist ein machtvolles Aphrodisiakum, ihn zu beobachten, während ich ihn streichle. Seine Lider sind halb geschlossen. Er öffnet den Mund, und ich höre ihn scharf Luft holen. Ganz leicht beschleunige ich mein Tempo und packe ein wenig fester zu bei der Abwärtsbewegung. Ich werde mit einem tiefen, gutturalen Stöhnen belohnt, und er stößt das Becken vor.

»Verdammt, ja.«

Ich bewege die Hand entschlossener und noch schneller, dann küsse ich ihn auf den Mund, und der wilde Kuss spiegelt die Bewegungen meiner Hand wider.

Erschauernd weicht er zurück. »Du musst aufhören«, sagt er keuchend unter schweren Atemzügen. »Ich will in dir sein. Jetzt.«

Ich höre nicht auf, sondern werde langsamer und beobachte seine gequälte Miene mit einem katzenhaften Lächeln.

»Becs, du machst mich fertig … verdammt, hör auf.« Seine Augen sind geweitet, als er seine Hand auf meine legt. Er küsst mich, und seine Zunge dringt erneut gierig in meinen Mund ein. Ich höre tatsächlich auf, denn ich bin abgelenkt von dem Kuss.

»Kondome«, knurrt er mit einem wilden Ausdruck in den Augen. »Wenn ich innerhalb der nächsten zehn Sekunden nicht in dir bin …« Er spricht die Warnung nicht zu Ende aus, denn ich reiße ein quadratisches Päckchen aus dem Badezimmerschrank auf und streife ihm das Kondom über den Schwanz.

Er drängt mich gegen die Wand und gleitet in mich, dabei sieht er mir ins Gesicht, während er sich mit den Händen an den Fliesen über meinem Kopf abstützt. »Komm für mich, Becs. Jetzt.« Er zieht sich fast ganz zurück, nur um im nächsten Moment hart und tief erneut in mich einzudringen, wieder und wieder, während er mich die ganze Zeit ansieht. Hart saugt er an einem meiner Nippel, während sein Tempo schneller und unnachgiebiger wird. Auf dem Gipfel schreie ich, meine inneren Muskeln ziehen sich um ihn zusammen, und eine Sekunde später durchläuft ein Beben seinen Körper. Ich fühle, wie er in mir kommt, während er meinen Namen ruft.

# 28. Kapitel

In der Nacht habe ich mich an seine Brust geschmiegt, und als ich aufwache, ist meine Nase an seine Haut gepresst, und meine Knie berühren seine Hüfte. Das Gewicht seines Arms ruht auf meiner Taille und hält mich. Ich lächle verschlafen vor mich hin bei der Erinnerung an die vergangene Nacht.

»Du zuckst. Es ist, als würde man mit einem Hamster schlafen.« In seiner Stimme schwingt Belustigung mit.

Ich bewege meinen Kopf, um Hudson ins Gesicht sehen zu können. Seine Augen sind noch geschlossen, aber sein Mund lächelt. Ich seufze und lehne mich wieder behaglich zurück, da er einen zufriedenen Eindruck macht und ich nicht vorhabe, eilig irgendwohin zu verschwinden. Dösend lausche ich eine Weile dem gleichmäßigen Schlagen seines Herzens an meinem Ohr. Dieser solide Rhythmus passt so gut zu Hudson. Schon komisch – als ich ihn kennenlernte, hielt ich ihn für unzuverlässig und ein bisschen exzentrisch, dabei ist er alles andere als das. Allerdings tut er einiges dafür, um es zu verbergen. Ich seufze erneut, und er legt den Arm fester um mich, bevor er mir einen Kuss auf den Kopf gibt. Daran könnte ich mich gewöhnen.

Nein! Nein, könnte ich nicht. Darf ich nicht. Dies sind nur postkoitale Glücksgefühle und Euphorie. Es ist nicht real. Wir hatten eine großartige Zeit, aber aus Erfahrung weiß ich, dass die Dinge sich ändern werden. Zumal ich jetzt diese fantastische Beförderung erhalten habe. Ich werde noch mehr arbeiten müssen. Mein Job wird ganz im Mittelpunkt stehen. Und wenn ich keine Kompromisse eingehe, wird es alles zwischen mir und Hudson ruinieren. Für mich ist es nicht die richtige Zeit, dass jemand die erste Stelle in meinem Leben einnimmt.

Er gähnt, und ich finde, ich sollte eine gute Gastgeberin sein, obwohl ich lieber liegen bleiben würde.

»Möchtest du einen Kaffee?« Ich setze mich neben ihm auf.

»Noch nicht«, murmelt er, dreht sich auf die Seite und streichelt mein Schlüsselbein. Das ist eine seltsam zärtliche Geste, und ich kann nicht widerstehen, ich gebe ihm einen sanften Kuss auf die Wange.

»Was machst du heute?«, erkundigt er sich, sieht mir aber nicht in die Augen, sondern beobachtet seine Hand, die über meine Haut streicht.

»Einkaufen«, antworte ich fest, denn das muss ich wirklich, obwohl ich ihm am liebsten vorgeschlagen hätte, gemeinsam etwas anderes zu unternehmen.

»Etwas Bestimmtes?« Jetzt sieht er mich lächelnd an. »Ich wette, du bist eine sehr gute Shopperin.«

»Natürlich bin ich das. Effizient. Organisiert. Methodisch.«

»Aus deinem Mund klingt es wie Aktenbearbeitung. Shoppen sollte Spaß machen.«

Ich werfe ihm einen tadelnden Blick zu. »Ich kaufe ein neues Kostüm für die Arbeit.« Das wird kein Spaß, sondern eine ernste Angelegenheit. »Ich wurde befördert, und es wird auf der Vorstandssitzung am Montag verkündet. Da möchte ich entsprechend gekleidet sein.«

Er setzt sich auf und zieht die Decke über seine Brust. »Befördert. Das ist doch toll, Becs.« Er umarmt mich und gibt mir einen Kuss. »Gut gemacht. Was bist du jetzt?« Er sieht mich begeistert an. »Vertragskaiserin des Universums?«

Ich schubse ihn, gerührt von seiner aufrichtigen Freude für mich, und lache. »Noch nicht.«

»Was bist du also?«

Plötzlich werde ich verlegen. Obwohl ich stolz bin auf das, was ich erreicht habe, mag ich es nicht, damit zu prahlen. Ich habe hart für alles gearbeitet, aber ich verspüre nicht das Bedürfnis, es jedem zu erzählen. »Managing Director«, sage ich leise.

»Becs!« Er drückt mich wieder an sich, diesmal noch begeisterter. »Das ist der Hammer! Ich wette, deine Familie ist stolz auf dich.«

Meine Mutter und meine Schwester waren es wirklich. Sie hörten sich an, als würden sie sich für mich freuen, als ich es ihnen per FaceTime erzählt habe. Na schön, vielleicht wollte ich vor ihnen schon ein bisschen angeben, nach dem Motto: *Siehst du, Laura, ich muss nicht heiraten.*

»Wow, das sollten wir unbedingt feiern. Ich kenne da ein fantastisches Restaurant, wo wir zu Mittag essen können. Wir könnten dein Kostüm kaufen und anschließend essen gehen.«

»Du willst nicht mit mir shoppen«, sage ich.

»Doch, das will ich. Ich möchte dich in deiner Unterwäsche in der Umkleidekabine sehen.«

»Ah, das klingt schon mehr nach dem Hudson, den ich kenne.«

Er lächelt umwerfend. »Ich wette, du hattest vor, dir ein schwarzes Kostüm zu kaufen. Ich bin zwar überzeugt, du würdest darin klasse aussehen, aber es geht noch besser. Ich denke da an Rot.«

»Nur über meine Leiche«, sage ich.

»Das wäre zu schade«, erwidert er und beugt den Kopf herunter zu meinen Brüsten, während er mit dem Daumen einen meiner Nippel umspielt.

Er tut es schon wieder, weckt dieses Verlangen nach mehr in mir.

»Ich muss unter die Dusche«, sage ich und zwinge mich, aus dem Bett aufzustehen. Ohne ihn anzusehen, nehme ich saubere Sachen mit und schließe die Badezimmertür hinter mir ab. Ich weiß genau, was geschehen wird, wenn er mir folgt. Ich stelle das kalte Wasser an, fast als Strafe dafür, dass ich zu viel Spaß mit Hudson gehabt habe.

Ich hole tief Luft und trete vollständig angezogen aus dem Badezimmer. Hudson trägt meinen Morgenmantel, der sich über seiner breiten Brust nicht ganz schließen lässt und seinen Po nur so eben bedeckt – wow, sieht er sexy darin aus. Noch besser ist, dass er mir Kaffee gekocht hat.

»Du bist angezogen«, sagt er und zieht einen Schmollmund.

»Ich habe dir gesagt, dass ich shoppen gehe«, erkläre ich knapp.

»Du willst nicht, dass ich mitkomme.«

»Nein, Hudson, ich will nicht, dass du mitkommst.« Ich sage es mit mehr Bestimmtheit, aber die Botschaft kommt immer noch nicht bei ihm an.

»Wenn ich nicht mitkomme, wirst du etwas richtig Langweiliges kaufen«, argumentiert er mit diesem Funkeln in den Augen.

Mein Mut sinkt. *Bitte lass deinen Charme aus dem Spiel.*

»Es handelt sich um ein Kostüm für den Job. Es ist ein Statement über mich und sendet den Leuten, mit denen ich arbeite, eine Botschaft.«

»Aber du bist nicht langweilig«, lässt er nicht locker.

»Hudson, ich muss los. Zieh einfach die Tür hinter dir zu, wenn du gehst.«

Er braucht einen Moment, bis er versteht, dann erscheint ein trauriges Lächeln auf seinem Gesicht. »Ernsthaft, Becs?«

»Ernsthaft, Hudson.«

Er sieht mich so durchdringend an, als versuchte er in meine Seele zu blicken. »Du meinst es gar nicht so.« Das Lächeln wird zuversichtlicher.

»Doch. Du musst gehen.«

Er seufzt und trinkt einen Schluck von seinem Kaffee. »Also war die vergangene Nacht nichts weiter als eine Verabredung zum Sex?«

Ich habe plötzlich einen Kloß im Hals. »Was dachtest du denn?«

»Ehrlich jetzt, Becs, willst du das wirklich?«

»Was denn?«, fahre ich ihn an; ich brauche das nicht.

»Das mit uns vergessen?«

»Es gibt kein Uns. Wovon redest du überhaupt?« Mein Herz zieht sich vor Entsetzen zusammen. Er soll nicht so reden. Er soll locker und unbeschwert sein. Dafür habe ich unterschrieben. Es sollte ihm leichtfallen, seines Weges zu ziehen. Er soll es mir nicht unnötig schwer machen.

»Becs«, sagt er und sieht mich dabei unverwandt an.

»Wir hatten eine Abmachung, schon vergessen? Und wir haben beide bekommen, was wir wollten. Außerdem hatten wir uns auf ein Datum für das Ende dieser Geschichte geeinigt.«

»Ist es das, was du wirklich willst?«, fragt er mit sanfter Stimme.

Ich beiße die Zähne zusammen, bevor ich antworte. »Ja.«

»Tu das nicht, Becs.« In seinen Augen erscheint ein Ausdruck, der mir fast den Atem nimmt.

»Was denn?« Ich gebe mich begriffsstutzig.

»Was, wenn ich dir sage, dass ich mich in dich verliebt habe?«

Mein Lachen klingt leicht hyänenhaft. »Hudson, du bist eher der lockere Beziehungstyp.«

Er hebt eine Braue. »Das habe ich nie gesagt, sondern du. Weil es dir ganz gut passt, das zu glauben.«

»Was ist mit deiner Geschäftspartnerin?«

»Das habe ich dir erzählt. Es war ein Missverständnis von ihrer Seite. Ich bin mit ihr nie eine feste Beziehung eingegangen, aber das heißt nicht, dass ich dazu nicht in der Lage wäre.«

»Schön für dich.« Ich bin absichtlich gemein.

»Wovor hast du solche Angst?«

»Angst? Sei nicht albern. Ich habe eine Karriere, für die ich unglaublich hart gearbeitet habe. Ich werde Managing Director. Es gibt nichts, wovor ich Angst hätte. Und ich habe genug Beziehungen geführt, um zu wissen, dass Männer nicht damit klarkommen, neben meinem Job an zweiter Stelle zu stehen.«

»Warum sollten sie?«

»Siehst du? Du bist genauso. Wenn ich nach Hause komme, heißt es gleich, warum ich nicht zum Abendessen da war. Und sie wollen wissen, wieso ich am Sonntag arbeite.«

»Aber solche Fragen beweisen doch eigentlich nur, dass ihnen etwas an dir liegt.«

Ich lächle mitleidig. »Nein, es zeigt, dass sie es nicht ertragen, dass mein Job mir wichtiger ist als sie.«

»So sollte es allerdings auch nicht sein, wenn man jemanden

liebt. Dann sollte dieser Mensch genauso wichtig sein. Beide müssen Kompromisse machen und an der Beziehung arbeiten. Solche Dinge lassen sich gemeinsam klären.« Und dann begeht er den fatalen Fehler zu sagen: »Ein Job ist nicht alles.«

»Für mich schon«, entgegne ich. Andernfalls wäre mein Dad sehr enttäuscht. Niemand wird mich vom Weg abbringen.

»Du irrst dich, Becs. Das Leben hat mehr zu bieten. Viel mehr. Ich dachte, du willst nicht mehr so zugeknöpft sein.«

»Da ging es nur um Sex. Und wir hatten großartigen Sex.«

»Ja, Becs, wir hatten verdammt fantastischen Sex.« Nach diesen Worten stürmt er aus dem Schlafzimmer und knallt die Badezimmertür zu.

Ich habe ihn verletzt, war so auf das fokussiert, was ich will, dass ich nicht an seine Gefühle gedacht habe. Doch es ist besser so. Ich nehme meine Handtasche und verlasse eilig die Wohnung, bevor er aus der Dusche kommt. Es ist das zweite Mal, dass ich einfach gehe, aber diesmal ist es definitiv das letzte Mal.

## 29. Kapitel

Es ist das schlimmste Silvester, das ich je hatte. Ich wurde zu zwei Veranstaltungen mit Abendgarderobe eingeladen, allerdings klingt keine verlockend. Ich würde lieber daheim bleiben und mir zum zweiten Mal in dieser Woche *Grease* ansehen, aber ich würde doch wieder nur über die Schlussszene heulen.

Irgendetwas muss ich tun. Ich kann nicht zu Hause bleiben, und beide Veranstaltungen sind potenziell Möglichkeiten, Kontakte zu knüpfen. Letztendlich entscheide ich mich für die Party im Grosvenor Hotel, weil ich von dort wohl am ehesten mit dem Taxi nach Hause fahren kann.

Ich brauche ewig, um mich fertig zu machen, hauptsächlich, weil ich unerklärlicherweise keine Ahnung habe, was ich mit meinen Haaren anfangen soll. Als ich sie endlich weitgehend geglättet und im Nacken mit einer Spange zusammengebunden habe, bin ich bereit zum Aufbruch. Ich trage ein schwarzes Seidenkleid, allerdings gewagter, als ich mich normalerweise kleiden würde, obwohl es vorn hochgeschlossen ist. Der Rücken ist frei, und meine Haare fallen zusammengebunden in gerader Linie bis in die Mitte. Es ist die Art von Kleid, bei dem die Männer sich fragen, was meine Brüste hält.

Es macht mir nichts, allein zu einer Party zu gehen, und ich nehme mir ein Glas Champagner von der Kellnerin neben der Tür. Als ich mich abwende, um weiterzugehen, sagt sie: »Cooles Kleid.« Ich drehe mich um, und sie lächelt ganz freundlich und arglos. Ihr Lächeln erinnert mich an Hudson, der stets freundlich zu allen Leuten ist, egal, wer sie sind und was sie darstellen.

»Danke«, erwidere ich und lächle zurück. »Ich hoffe, Sie verdienen heute Nacht richtig gut.«

»Das ist der einzige Grund, weshalb ich es mache.« Sie strahlt. »Mein Freund und meine Freundinnen warten auf mich, wenn ich nach Hause komme. Dann werden wir unsere eigene kleine Feier haben.«

»Das ist schön.«

»Ja. Ich finde Silvester überschätzt. Ich bin lieber mit Freunden und der Familie zusammen.« Sie streckt eine Hand aus, um auf die Abendgesellschaft zu deuten, erst danach wird ihr klar, dass sie wohl versehentlich das Falsche gesagt hat.

Ich lache. »Ich weiß, was Sie meinen.« Ich muss an Weihnachten mit Hudson und seiner Familie denken.

»Rebecca! Schön, Sie zu sehen.« Oh, Mist, das ist Dominic Wright. Er schüttelt eifrig meine Hand. »Nettes Weihnachtsfest gehabt?«

»Ja.« Ich nicke und zwinge mich zu einem Lächeln.

Er stellt mich seiner Frau vor. »Alison, das ist Rebecca Madison, eine unserer Überfliegerinnen.«

»Hallo.« Sie sieht sich um und wirkt leicht verwirrt. »Sind Sie allein hier?«

Dominic bricht in Gelächter aus. »Ach, unsere Miss Madison ist mit ihrem Job verheiratet. Die ist eine echte Eiskönigin.«

Alison sieht ein wenig entsetzt aus. Offenbar hat Dominic schon einige Drinks intus. Betrunken ist er ein noch größerer Vollidiot als nüchtern, falls das möglich ist. Dem Himmel sei Dank, dass er die Kanzlei nicht leiten wird.

Ich behalte mein gezwungenes Lächeln bei und frage mich im Stillen, ob ich diesen erbärmlichen Typen nicht feuern kann, wenn ich Managing Director bin.

In der Menge entdecke ich einen dunklen Lockenkopf, und mein Herz macht einen Sprung. Hudson. Dann gerät eine Gruppe von Leuten in mein Blickfeld, und ich verliere ihn aus den Augen.

»Entschuldigen Sie, ich habe gerade jemanden gesehen, mit dem ich mich unterhalten muss.«

Dominic stupst seiner Frau den Ellbogen in die Rippen. »Da, was habe ich dir gesagt? Immer bei der Arbeit.«

Alison verdreht die Augen; ganz offenkundig hält auch sie ihn für einen Idioten.

Ich bewege mich Ausschau haltend durch die Menge, nicke Leuten zu, die ich kenne, anderen Anwälten – ehemaligen Arbeitskollegen, aktuellen Kollegen und einigen Klienten. Was mache ich hier? Ich habe das die letzten fünf Jahre gemacht. Ich gehe weiter, und da ist er. Er hat mir den Rücken zugedreht und den Arm um eine Frau gelegt, die ein helles fuchsiarosa Kleid trägt. Natürlich, was sonst – eine, die Hudson sich wählt, trägt sicher nicht Schwarz. Seine Finger streichen über ihre Haut, sein Kopf ist ihr zugeneigt. Ein Bild der Zweisamkeit. Mir bricht das Herz. Hudson ist mit jemandem zusammen. Ich empfinde schreckliches, fieses Bedauern. Der Anblick der beiden gibt mir einen Stich. Etwas in mir bricht zusammen, und plötzlich bin ich den Tränen nah. Ich, Rebecca Madison. Ich straffe die Schultern und hebe das Kinn. Ich werde zu ihm gehen und Hallo sagen und drüber hinwegkommen. Schließlich war ich diejenige, die ihn weggestoßen hat. Es war *meine* Entscheidung. Ich erinnere mich an seine Worte. *Was, wenn ich dir sage, dass ich mich in dich verliebt habe?* Aber ich hatte recht, er ist nicht der Typ für eine dauerhafte Beziehung, denn er hat schon eine Neue. Ich setze ein Lächeln auf und trete zu ihnen. Sie schaut zuerst in meine Richtung, dann er.

»Hi«, sage ich und grinse die beiden an. Das Paar tauscht einen leicht irritierten Blick, wozu sie auch allen Grund haben. Es ist nämlich gar nicht Hudson, und aus der Nähe sowie von vorn besitzt er keine Ähnlichkeit mit ihm. Ich atme erleichtert auf. Vor Glück? Triumph? Ich bin mir nicht sicher. Was immer es ist, es ist ein wunderbares Gefühl, auch wenn mein Verstand mir anscheinend einen Streich gespielt hat. Verdammt, wenn Liebe so etwas mit einem macht, kann ich darauf verzichten.

Mein Handy klingelt. Es ist zwei Minuten nach fünf Uhr morgens. Benommen greife ich danach, ohne vorher zu überprüfen, wer der Anrufer ist.

»Frohes neues Jahr!«

»Hallo, hier spricht Rebecca Madison.«

»Oh«, sagt die Stimme am anderen Ende und kichert nervös. »Rebecca, ich habe nicht damit gerechnet, dass du dich meldest. Eigentlich wollte ich eine Nachricht hinterlassen.«

Erst allmählich dämmert mir, wer das ist. »Laura?«

»Ja, ich bin's.«

»Bist du betrunken?«, frage ich.

»Nicht ganz«, artikuliert sie extrem vorsichtig, denn ganz offensichtlich ist sie es. »Vielleicht ein kleines bisschen angeschickert.« Bevor ich dazu etwas sagen kann, platzt sie heraus: »Ichwilldassdueinebrautjungferbist.«

Ich brauche einen Moment, um die Worte zu unterscheiden, und dann schweige ich erst mal geschockt. Träume ich oder hat ein Alien von meiner Schwester Besitz ergriffen? Ja, ich träume definitiv.

»Rebecca? Bist du noch da? Mum, ich glaube, sie hat das Telefon fallen lassen.«

»Aha, Mutter hat dich also dazu gedrängt«, sage ich und bin von der Enttäuschung, die ich empfinde, überrascht.

»Nein«, erwidert Laura kichernd. »Sie hat mir Champagner eingeflößt, um mir Mut zu machen.«

Meine Schwester ist eindeutig betrunken. »Warum rufst du morgen nicht noch mal an, wenn du nüchtern bist?«

»Nein, warte! Leg nicht auf. Dann werde ich nicht mehr genug Mut haben.«

»Wovon redest du?«

»Rebecca, ich war immer eifersüchtig auf dich. Aber jetzt habe ich etwas empfangen ...«

»Du bekommst ein Baby, na und?«

»Nein, Dummerle, das meine ich nicht. Mum meint, es ist so 'ne Art Offenbarung, wie wenn man nach langer Zeit einen Irrtum erkennt.«

»Eine Offenbarung«, wiederhole ich trocken und frage mich, wovon um alles in der Welt sie eigentlich spricht und ob ich wohl meine Mutter an den Apparat bekomme, um endlich aus diesem Anruf schlau zu werden.

»Lass mich doch mal ausreden. Ich war immer eifersüchtig auf dich.«

Ich verkneife mir, sie darauf hinzuweisen, dass ich das weiß; je eher sie fertig ist, umso eher kann ich wieder schlafen.

»Aber dann habe ich erkannt, dass es nicht deine Schuld war, dass du klüger bist als ich. Und natürlich hattest du es viel schwerer als ich.«

Es ist zu früh am Morgen für dieses blöde psychologische Geplapper. Ich werfe mich ins Kissen und frage müde: »Und wie bist du darauf gekommen?«

»Egal, was du getan hast, es konnte niemals gut genug sein für Dad. Du hattest lauter Einser, du musstest in Cambridge studieren, du hast einen super Abschluss gemacht und musstest für die beste Kanzlei arbeiten. Du musstest Teilhaberin werden. Immer gab es noch einen Schritt. Es hätte nie aufgehört.«

»Du meinst, wenn er nicht gestorben wäre«, flüstere ich und leide still bei der Erinnerung an seinen Tod.

»Ja, aber das wurde mir erst bewusst, als ich Andrew kennenlernte. Er liebt mich, weißt du?«

Worauf will sie hinaus?

»Er liebt mich wirklich. So wie ich bin, und er will mich nicht anders haben. Mich, die dumme, doofe Laura.«

»Du bist nicht dumm«, sage ich und meine es ernst.

»Aber ich bin nicht so klug wie du. Ist jetzt auch egal, denn ich liebe Andrew, und ich bin glücklich – wirklich glücklich.«

Sie muss eine ganze Flasche Champagner allein getrunken haben. Viel vertragen hat sie nie. »Ich muss nicht mehr eifersüchtig sein. Und ich freue mich ehrlich sehr, dass du jemanden wie Hudson gefunden hast und auch glücklich sein kannst.«

Ich kann mir nicht helfen, ich will schwierig sein, denn so war es immer zwischen uns. »Hudson und ich haben uns getrennt.« Hoffentlich bringt sie das zum Schweigen.

»Nein!«, jammert Laura. »Mum, die beiden haben sich getrennt. Ich schalte dich auf Lautsprecher.«

»Es ist okay«, sage ich. Verdammt, ich will nicht gleichzeitig mit meiner Mutter reden. »Es ist besser so.«

»Warum habt ihr euch getrennt?«, will Laura wissen.

»Weil …« Ich zucke mit den Schultern, obwohl sie es nicht sehen können. »Na ja, wir haben doch nicht so gut zusammengepasst.«

»Ist es wegen deines verfickten Jobs?«, fragt Laura.

»Laura! Ausdruck!«, meldet sich meine Mutter zu Wort.

»Du bist jetzt die verdammte Chefin, Rebecca. Du kannst tun, was dir gefällt. Du musst deine Mitarbeiter führen. Sag es ihr. Mum. Sag ihr, was du zu mir gesagt hast.«

Meine Mutter dringt durch Lauras unerklärlichen Zorn. »Rebecca, du hast dir genug bewiesen. Du darfst jetzt auch mal leben, statt nur zu arbeiten.«

»Ich lebe«, entgegne ich. Die wissen überhaupt nichts. Aber eine leise Stimme in meinem Kopf fragt: *Tun sie nicht?*

Am anderen Ende herrscht Schweigen.

»Wirst du meine Brautjungfer sein?«, fragt Laura.

»Hast du schon ein Datum?«

»Ich frage dich nicht, ob du Zeit hast. Ich bitte dich, meine Brautjungfer zu sein, egal an welchem Datum. Meinst du, du kannst es einrichten, falls die Arbeit im Weg ist?«

Entsetzt muss ich mir eingestehen, dass ich genau daran gedacht habe.

»Es ist der wichtigste Tag in meinem Leben … und du findest nach wie vor, dein Job ist wichtiger. Ich hab's dir doch gesagt, Mum. Ich hab's dir gleich gesagt.« Laura hebt die Stimme. »Der Job meiner großen Schwester ist wichtiger, genau wie immer. Sie war mit ihrem Studium zu beschäftigt, um zu spielen, shoppen zu gehen oder zu schwimmen, wenn wir Ferien hatten. Für alles, selbst wenn ich sie angebettelt habe.«

Ich höre, wie meine Mutter im Hintergrund beruhigende Laute von sich gibt.

»Als ich klein war, Rebecca, da warst du meine Heldin. Ich wollte nicht nur Dads Aufmerksamkeit, sondern auch deine. Und jetzt kannst du dich nicht mal dazu durchringen, meine Brautjungfer zu sein. Ach, scheiß auf dich.«

»Laura!« Der aufgebrachte Ton meiner Mutter ist das Letzte, was ich höre, ehe die Leitung tot ist.

Ich bin jetzt hellwach und gehe auf meinem Balkon auf und ab, umklammere einen großen Becher entkoffeinierten Kaffee. Mein Atem bildet Dampfwölkchen in der Januarnacht, aber mit dem bequemen Kaschmirpullover über dem Pyjama und den mit Schaffell gefütterten Hausschuhen stört mich die Kälte nicht. Ich kann immer noch nicht glauben, dass Laura mich als Brautjungfer haben will und aufgebracht ist, weil ich nicht gleich fest zusage. Ich habe nicht geglaubt, dass es ihr dermaßen wichtig ist.

Die nächste halbe Stunde verbringe ich damit, die Vergangenheit auseinanderzupflücken und meine Erinnerung aus neuer Perspektive zu betrachten. Laura war für mich stets die weinerliche, Aufmerksamkeit heischende Göre gewesen, doch jetzt erkenne ich, dass ich die Göre war. Zu sehr mit mir selbst beschäftigt und mich wichtig nehmend. Ich war die Clevere, die bedeutsame Dinge zu tun hatte, angespornt von meinem Dad, der Großartiges für mich wollte.

Oder für sich? Ich erinnere mich an Maudes Bemerkung und die meiner Mutter bei der Party: »Er war kein einfacher Mann. Man musste sich seine Zuneigung verdienen.«

Versuche ich immer noch, mir die Aufmerksamkeit meines Vaters zu verdienen? Versuche ich nach wie vor, seine Träume zu leben?

# 30. Kapitel

Es ist Montag, der vierte Januar, Tag der Bekanntgabe. Ich würde gern behaupten, dass ich mich in meinem neuen Kostüm super fühle, während ich mir vom Barista einen Kaffee geben lasse und die Lobby auf dem Weg zum Lift durchquere. Sollte ich verdammt noch mal auch. Ich habe einen Haufen Geld für mein Outfit ausgegeben, und das helle Rot ist definitiv ein Statement. Mein Mac-Lippenstift passt perfekt zur Kostümjacke. Doch die Wahrheit ist, dass ich mir wie eine Zehn-Watt-Glühbirne vorkomme. Das Licht brennt, aber das ist auch schon alles.

Ich bin unruhig, denn ich will dieses Meeting hinter mich bringen. Mehr nicht. In meinem Kopf ziehe ich einen Schlussstrich unter alles, was im vergangenen Jahr gewesen ist. Dies ist ein Neustart. Ich muss Hudson vergessen und den großartigen Sex mit ihm. Vergessen, dass ich mich durch ihn anders gefühlt habe. Vergessen, dass ich durch ihn die Dinge anders gesehen habe. Dies ist die Zukunft. Es ist mehr, als ich mir erträumt habe. Mein Dad wäre wirklich stolz auf mich. Dennoch frage ich mich unablässig, ob es genug gewesen wäre. Laura hat Zweifel in mir gesät, die beängstigende Dimensionen anzunehmen drohen.

Ich fahre in den obersten Stock und blicke durch die Glaswände über die Stadt. Ich verspüre einen Anflug von Stolz, aber der kann das komische Unbehagen nicht ganz überdecken.

Was, wenn das noch nicht genug ist für mich? Was, wenn ich mehr will? Was, wenn ich alles will?

Dieser Gedanke trifft mich wie ein Pfeil und durchstößt sämtliche Wertvorstellungen und Ambitionen, die ich mein Leben lang als selbstverständlich betrachtet habe.

Für einen Moment ist alles verschwommen vor meinen Augen, und ich muss mich am Handlauf festhalten, da mir schwindelig wird. Fast hätte ich meinen Kaffee verschüttet. Ist das etwa eine Panikattacke? Ich umklammere das kühle Metall fester, sodass meine Fingerknöchel weiß hervortreten. Ich bin albern. Es handelt sich bloß um Nervosität. Schließlich wird die Bekanntgabe einschlagen wie eine Bombe. Daran besteht kein Zweifel. E-Mails wurden bereits hin- und hergeschickt, in denen es um die Frage ging, warum dieses Meeting stattfindet. Manchmal mag Marcus es theatralisch. In diesem Fall wünschte ich nur, es ginge dabei nicht um mich.

Was zur Hölle ist los mit mir? Ich nehme Haltung an. Seit wann gebe ich etwas darauf, was irgendwer von mir denkt? Reiß dich zusammen, Rebecca. Ich atme tief ein und zupfe an meinen Jackenärmeln. Der Lift wird langsamer. Noch einmal hole ich tief Luft. Ich schaffe das.

Zeitlich habe ich es extra so geplant, dass ich in allerletzter Minute eintreffe. Ich setze mich auf meinen Platz und trinke einen großen Schluck Kaffee. Im Raum herrscht eine leicht erwartungsvolle Stimmung, aber gedämpft, denn wann lassen Anwälte sich so etwas anmerken? Zugleich glaubt jeder zu wissen, warum wir hier sind. Dick und Dom sitzen an gegenüberliegenden Enden des Tisches, und meine Nerven melden sich, als ich beobachte, wie gequält die beiden sich ansehen und versuchen, nach außen hin unbeeindruckt zu wirken. Keiner der beiden weiß, dass der andere den Job nicht hat, sie wissen nur jeweils von sich, dass sie ihn nicht haben. Entsprechend argwöhnisch beäugen sie sich.

Endlich tritt Marcus ein und setzt sich auf seinen Platz am Kopf des langen Tisches. Das hier wird eine feierlich-ernste Angelegenheit, geradezu viktorianisch. Nicht wie der übliche wichtigtuerische und testosterongeladene Quatsch. Marcus lässt den Blick durch den Raum schweifen, sieht ein Gesicht nach dem anderen an, und ich würde mich am liebsten zusammenkrümmen. Er spielt den Königsmacher, in diesem Fall den Königinmacher. Das hier ist nicht das verdammte *Game of Thrones*. Wir sind eine große Anwaltskanzlei in der City, mit jeder Menge großer Egos.

Als ich an meinen Schreibtisch zurückkomme, kaum zwanzig Minuten später, treffen die ersten Glückwünsche auf meinem Handy ein. Die Neuigkeit hat sich wie das sprichwörtliche Lauffeuer verbreitet. Die meisten Nachrichten sind diplomatisch statt überschwänglich, mit Ausnahme der von Mitzie. Weder Dick noch Dom haben etwas zu mir gesagt, aber wenn Blicke töten könnten, läge ich jetzt von Mistgabeln durchbohrt unter der Erde. Trotz allem fühle ich mich ein wenig ernüchtert, und ich weiß nicht wieso.

*OMG. Hammer. Tolle Neuigkeiten. Können wir bitte, bitte, bitte eine Kinderkrippe bekommen?*

Diese Nachricht ist mit Baby-Emojis versehen. Wie bitte? Doch nicht Mitzie, oder?

*Bist du etwa schwanger?*

*Jap, absolut. Schlechtes Timing. Rate mal, wer die ganze Fahrerei über Weihnachten gemacht hat?*

Du liebe Zeit, die arme Mitzie. Ich rufe sie umgehend an. »Hey, ist alles okay mit dir? Was wirst du tun?«

Sie lacht mir ins Ohr. Verdammt, es klingt hysterisch. Ich kann es ihr nicht verübeln.

»Rebecca, ich wollte schwanger werden.«

Ich brauche volle dreißig Sekunden, um das Klingeln in meinen Ohren loszuwerden, ehe ich mit einem leicht ungläubigen Ton – immerhin handelt es sich um Mitzie! – erwidern kann: »Du wolltest es?« Ich bin fassungslos. »Das hast du nie erwähnt.«

Am anderen Ende herrscht zunächst Schweigen, dann sagt sie leise: »Ich wusste, du würdest es nicht gutheißen.«

Das ist ein Schlag in die Magengrube, und tatsächlich krümme ich mich beinah. Bin ich eine so schlechte Freundin? Ich fahre mit einem meiner lackierten Nägel (glänzend rot, passend zur Jacke) über den Schreibtisch und beiße mir auf die Unterlippe. Einerseits kränkt es mich, dass sie meiner Billigung bedarf, schließlich ist sie eine starke, unabhängige Frau. Andererseits empfinde ich Schuldgefühle, denn sie hat recht. Sie hat so hart für ihren Posten gearbeitet, warum sollte sie alles wegwerfen?

»Außerdem«, fügt sie hinzu, vermutlich damit ich mich besser fühle, »gehe ich damit wohl lieber nicht in dieser frauenfeindlichen Kanzlei hausieren. Ich habe schon fest damit gerechnet, in den Mutterschutz zu gehen und danach aussortiert zu werden. So läuft es für gewöhnlich.«

»Wirklich?«

»Madison! Jetzt sag nicht, du hättest davon nie etwas mitbekommen. Trudy Winters, Alessandra Keighley, Joanne Dickens, Ellie McGreggor, Sue Peters, Ivana Nugent, um nur einige zu nennen. Die wurden alle aus der Kanzlei gedrängt.«

Shit, das waren gute Mitarbeiterinnen. Ich hatte angenommen, dass sie von ihren Babys geschafft sind oder nicht mehr arbeiten wollten. »Ist das nicht illegal?«

»Technisch gesehen ist das sehr illegal, aber es gab jedes Mal vertragliche Schlupflöcher. Ich habe stets dagegen angekämpft, doch die fanden immer einen Weg. Zu hohe Leistungsanforderungen, fehlende flexible Arbeitszeiten, oder man gab ihnen das Gefühl, nicht mehr willkommen zu sein, bis sie dann freiwillig kündigten. Ich bin erstaunt, dass keine die Kanzlei wegen ungerechtfertigter Entlassung verklagt hat.«

Wahrscheinlich war ihnen klar, dass es nichts bringen würde. Sie hätten nie wieder in der Stadt arbeiten können.

»Was wirst du also tun?«, frage ich noch einmal.

»Was viele andere Frauen tun. In Mutterschutz gehen, das Baby bekommen und anschließend wieder arbeiten. Und wenn meine neue Chefin schlau genug ist, bietet sie flexible Arbeitszeiten und Kinderbetreuung an. Es gibt im ersten Stock ungenutzte Bürofläche. Du könntest damit Geld verdienen, indem du anderen Firmen in der Gegend die Kinderbetreuung anbietest, denn die gibt es momentan nirgends.«

»Zuerst muss ich mir über einige andere Dinge Gedanken machen«, sage ich.

»Dir bleiben sechseinhalb Monate.« Da schwingt ein herausfordernder Unterton mit.

Weitere Glückwunschnachrichten trudeln ein, was erstaunlich ist, da ich mich nie als beliebt gesehen habe. Es scheint fast, als würde die Tatsache, dass ich in der hundertzwanzigjährigen Firmengeschichte von Carter-Wright die erste Frau an der Spitze bin, einen Nerv treffen, sogar unter männlichen Kollegen. Es wurde beschlossen, dass ich die Geschäftsführung am ersten Februar übernehme, was mir sehr früh erscheint. Jetzt, wo er seine Entscheidung getroffen hat, kann

Marcus es kaum erwarten, in den Ruhestand zu kommen. Für den zweiten Februar hat er sich bereits bei einem Golfturnier angemeldet.

Gegen Mittag wird es ruhiger, und ich nehme mir eine kurze Auszeit für einen Gang zur Toilette.

In der Nachbarkabine hat gerade jemand die Spülung betätigt; die Tür geht knarrend auf, gleichzeitig kommt wer herein.

»OMG, hast du schon gehört?«, ruft eine Stimme.

»Ja. Ich kann es nicht glauben. Eine Frau als Managing Director. Das gab's noch nicht. Meinst du, sie wird einiges neu organisieren?«

»Träum weiter.« Es folgt ein spöttisches Schnauben, dann sagt eine Stimme, die ich nicht erkenne, voller Hohn: »Rebecca Madison gehört zur alten Clique. Was glaubst du, wie sie so weit gekommen ist? In ihren Adern fließt Eiswasser. Die könnte ebenso gut ein Kerl sein.«

»Ooh, übel.«

»Na komm, sie ist eine Bitch. Du denkst, sie wird einiges ändern, aber sie ist keine Verbündete. Frauensolidarität interessiert sie null. Erinnerst du dich noch daran, als Mel und ihr Freund sich getrennt haben und sie wieder zu ihren Eltern ziehen musste? Eine beschissene zweistündige Pendelstrecke zur Arbeit. Ihre verdammte Chefin hat sich nicht mal erkundigt, wie es ihr geht. Die frigide Kuh wollte bloß wissen, warum sie zu spät kommt.«

Es heißt, wer lauscht, hört nichts Gutes über sich. Mir reicht's jedenfalls, ich bin bereit, die beiden so was von in Verlegenheit zu bringen. Aber ich halte inne, die Hand schon am Türriegel, als die erste Stimme hinzufügt: »Glaubst du, sie hat jemals Spaß? Die ist dermaßen zugeknöpft.«

Ich lasse die Hand sinken. Von allen Dingen, die sie hätte sagen können – ausgerechnet das trifft mich hart. Meine Kolleginnen sehen mich vielleicht so, aber Hudson hat mir gezeigt, dass ich ziemlich locker und unbeschwert sein kann. Wenn ich an ihn denke, fühle ich mich ein bisschen elend. Wie kann ich ihn derartig vermissen? Meine herausragende Fähigkeit, alles zu verdrängen, woran ich nicht denken will, hat mich komplett verlassen. Gedanken an Hudson sind nie weit weg.

»Wow, kannst du dir vorstellen, dass sie beim Sex locker ist? Oder meinst du, sie liegt da, denkt an England und gibt dem armen Kerl Kommandos? Los, fass meinen Kitzler an. Massier mir die Titten.«

Die zwei brechen in Gelächter aus.

Ihr Lachen ist eine zusätzliche Demütigung zum Schmerz, den ich bereits fühle. Ich streiche mir die Haare zurück und knöpfe meine Jacke zu, als würde ich gleich den Gerichtssaal betreten. Dann straffe ich die Schultern und öffne die Tür.

Der Gesichtsausdruck der beiden, als sie mich sehen, ist unbezahlbar. Das kommt meiner Wut entgegen. Mit einem Haifischlächeln neige ich majestätisch den Kopf und sage: »Ich werde Ihre Bemerkungen über Frauensolidarität im Hinterkopf behalten.«

Ohne Eile drehe ich ihnen den Rücken zu und werfe ihnen auch im Spiegel keinen Blick zu, während ich mir ganz in Ruhe die Hände wasche und sie anschließend unter den Händetrockner halte. Erst im Hinausgehen lächle ich noch einmal. Innerlich ist mir allerdings zum Heulen zumute. Ich war nicht mehr zugeknöpft und habe gelernt, das Leben aus einer anderen Perspektive zu sehen. Das will ich behalten. Vielleicht kann ich das.

# 31. Kapitel

*Wie schade! Du und Hudson habt euch getrennt! Nein! Ich bin sooo traurig*, lautet CCs Text um halb sieben am nächsten Morgen. Es folgt eine zweite Nachricht aus einem Dutzend Emojis mit traurigem Gesicht.

Ich fasse es nicht. Hudson hat mich zwei Tage zu früh abserviert. Wie kann er es wagen?

Ich komme spät ins Büro, zumindest für meine Verhältnisse. Es ist halb neun, statt meiner üblichen Zeit halb acht, und der trübe, nieselige Januarmorgen passt zu meiner Stimmung. Ich habe mich gerade aus der U-Bahn gekämpft, durch dicht gedrängt stehende, nach nassem Hund riechende Wollmäntel, und ich bin schwer genervt. Allerdings weiß ich selbst nicht so recht, warum eigentlich – mal abgesehen davon, dass Hudson sich nicht an unsere Abmachung gehalten hat. Der Achte war vereinbart, nicht der Sechste.

Ich muss die Hände tief in den Taschen meines Mantels vergraben. Drei viertel der Menschheit können mir heute Morgen getrost gestohlen bleiben. Als ich die Lobby betrete, sehe ich mein Spiegelbild in der Glasfront der Rezeption. Ich reiße mir die rote Kaschmirmütze vom Kopf und befreie die Sturzflut aus Locken. Okay, ich habe beschlossen, dass ich meine Haare neuerdings lockig mag – niemand muss eine große Sache daraus machen. Aber alle tun es, und wenn mir noch eine einzige Person sagt, dass mir das wirklich gut steht, bringe ich sie mit der nächstbesten herumliegenden Schere um. Mitzie geht sogar so weit zu behaupten, es mache mich nahbarer. Bei der nächsten Gelegenheit werde ich ihr Salz in den Kaffee kippen.

Die Leute machen einen Bogen um mich, als ich das Großraumbüro durchquere.

»Die Liebe und du, ihr seid über Kreuz, nicht wahr, Schätzchen?«, meint Mitzie, die in meinem Büro sitzt und auf mich wartet. Immerhin hat sie zwei Becher Kaffee vor sich stehen. Ich kann nur hoffen, dass einer davon für mich ist. »Süße Mütze.« Sie deutet auf die Mütze in meiner Hand. »Neu?«

»Nein«, antworte ich knapp und werfe sie auf den freien Sessel in der Ecke. »Und ich habe keine Ahnung, wovon du sprichst.«

»Oooh! Welche Laus ist dir denn über die Leber gelaufen heute Morgen?«

Ich gehe um sie herum und setze mich hinter den Schreibtisch. Mir dämmert, dass ich mich idiotisch benehme. Was ist nur los mit mir?

Aber ich weiß es genau. Wenn das Liebe ist, kann sie mir gestohlen bleiben. Ich hasse dieses Gefühl des Ausgehöhltseins. Es ist falsch. Ich hasse meine Sehnsucht danach, in Hudsons Armen zu liegen. Ich hasse … ach, verdammt, ich hasse alles an diesem Morgen.

»Ich dachte, ich schaue mal rein und erzähle dir was. Hier, Kaffee für dich, du siehst aus, als könntest du ihn gebrauchen.«

»Danke.« Ich nehme ihn entgegen. »Hältst du mich für eine von den Typen?«

»Wie bitte?« Sie starrt mich an und betrachtet meine Brüste. »Von meinem Platz aus gesehen eher nicht.«

»Du weißt, was ich meine. Glaubst du, ich bin genauso wie die anderen spießigen Vorstandsmitglieder? Sei ehrlich.«

Es ist besorgniserregend, dass sie sich auf die Lippe beißt, ehe sie antwortet. »Wie ehrlich?«

»Shit, Mitz, keine falsche Zurückhaltung.«

»Du hast es nicht anders gewollt.«

Ich seufze. »So schlimm?«

Sie zuckt mit den Schultern.

»Warum bist du nicht gegangen?«

»Erstens hätte ich momentan nirgendwo einen Job bekommen«, antwortet sie und deutet auf ihren sich noch kaum wölbenden Bauch. »Zu großes Mutterschaftsrisiko. Und zweitens arbeite ich ganz gerne hier. Ich habe ja auch nicht so viel mit diesen Typen zu tun wie du. Die wären gern so knallhart wie du.«

»Ich will ja gar nicht knallhart sein«, sage ich, und es klingt, sehr untypisch für mich, nach Jammern.

Sie tätschelt mit einem herablassenden Lächeln meine Hand. »Sag einfach was. Du hast die Macht. Ändere die Unternehmenskultur.«

»Ändere die Unternehmenskultur?«

»Rebecca, du lebst im gleichen Jahrhundert wie die Schwachköpfe aus dem Vorstand. Du hast dich tausendmal bewiesen. Es gibt mehr im Leben als nur Arbeit.«

»Das bekomme ich von allen Seiten zu hören.«

»Vielleicht weil es wahr ist.«

Ich schüttele den Kopf. Das ist nicht das, was mein Dad mir beigebracht hat.

Nachdem Mitzie gegangen ist, konzentriere ich mich und bekomme tatsächlich einiges an Arbeit erledigt, was großartig ist. Bis ich auf mein Handy schaue. Offenbar bin ich einer ganz neuen WhatsApp-Gruppe hinzugefügt worden: *Intervention.*

*Becca, bist du okay? Du hast auf meinen Text nicht geantwortet. Wir sind da für dich. Was machst du heute Abend?* Die Nachricht ist von CC. Es kam mir nie in den Sinn, ihr zu antworten.

Geduld ist nicht gerade ihre Stärke.

Innerhalb von dreißig Sekunden folgte der nächste Text.

CC: *Wo bist du? Alles in Ordnung?*

PP: *Er ist ein Arsch, auch wenn er mein Bruder ist.*

CC: *Ich enterbe den Idioten.* Sie hat eine Reihe von Auberginen-Emojis angefügt.

Fünf Minuten später hat CC diese Nachricht geschickt: *Alarmstufe Rot, Ladys. Wir fahren heute Abend alle zu Becca. Die Situation ruft nach Margaritas.*

DD ist jetzt auch dabei: *Werde dort sein.*

PP hat ihre Antwort hinzugefügt: *Okay, wer bringt den Tequila mit?*

DD: *Ich, weil ich die Einzige bin, die Knete hat. Becca, schick mal deine Adresse mit Postleitzahl für das Navi. Ich fahre heute Nachmittag vorbei.*

PP: *Ich und CC nehmen den Zug. Ist um zehn vor fünf in Paddington Bear. Abfahrt um zehn nach zwei.*

Ich schaue schnell auf meine Uhr, für den Fall, dass mir noch Zeit bleibt, sie zu stoppen. Aber keine Chance, es ist schon zwei.

Die sind bereits unterwegs.

CC: *Bis nachher, Becca. Denk an die Adresse.*

Shit, es ist offiziell. Hudson hat mit mir Schluss gemacht. Mir bricht mein dummes Herz ein bisschen. Was wirklich dumm ist, denn wieso leide ich wegen des Endes einer Fake-Beziehung?

Wie hat Hudson es seiner Familie beigebracht? Hat er es ganz nebenbei erwähnt? Ich stelle mir das Gespräch vor.

*Wie geht es Becca?*

*Ihr? Oh, wir haben uns getrennt, ich bin jetzt zusammen mit …* Portia, Jocasta, Camilla, Beatrice … Nicht zutreffendes streichen.

Ich habe vor, es meiner Familie so lange wie möglich zu verschweigen. Die brauchen es in nächster Zeit noch nicht zu erfahren. Aber Mist! Da wäre ja noch die Hochzeit. Hoffentlich erst in einem Jahr. Ich werde eine neue Begleitung engagieren. Vielleicht kontaktiere ich Hudson für diese Veranstaltung wieder. Mein Herz flackert in falscher Hoffnung wie der Docht einer erlöschenden Kerze. Vielleicht mache ich es auch lieber nicht.

Ich blicke hinunter auf mein Handy, nicht sicher, ob ich kichern oder weinen soll. Ob es mir nun gefällt oder nicht, ich erwarte drei Gäste bei mir zu Hause in ungefähr drei Stunden. Und ich bin ein wenig überwältigt von ihrer bedingungslosen Unterstützung. Obwohl Hudson ihr Bruder ist, scheinen sie auf meiner Seite zu sein.

CC: *Ehrlich, manchmal ist er ein Armleuchter.*

PP: *Er kann nicht anders – er hat einen Penis.*

Darüber muss ich laut lachen.

DD: *Gib ihm eine Chance, denn er hat Angst, weil er weiß, dass du perfekt für ihn bist.*

Ich fühle mich ein wenig schuldig, weil sie Hudson für alles verantwortlich machen. In unserem Vertrag stand, dass wir uns in gegenseitigem Einverständnis trennen würden.

# 32. Kapitel

»Da bist du ja endlich. Wir mussten ohne dich mit der Party anfangen.« CC und PP lümmeln im Flur vor meiner Wohnung, die Beine ausgestreckt. Neben ihnen stehen mehrere leere Gin-Tonic-Dosen.

»Sorry, wir haben deine auch getrunken. Es ist schon weit nach sechs.«

»Wie seid ihr hereingekommen?«

»Wir haben uns durchgeschwindelt.« CC zwinkert mir zu. »Wir haben bei dem Typen in Nummer zweiunddreißig geklingelt und ihm einen Blowjob angeboten, wenn er uns reinlässt.«

Mir klappt die Kinnlade herunter. Ich bin entsetzt.

»Schon gut, er ist schwul.«

Oh, wow, das ist ja noch schlimmer. Der arme Kerl hat womöglich den Schreck seines Lebens bekommen.

Sie kreischt vor Lachen. »Bleib locker, Becca, das war nur ein Scherz.«

PP schüttelt den Kopf. »Ich entschuldige mich für sie. Wir haben gewartet, bis jemand das Gebäude betrat, und sind auf die gute alte Methode hinter ihm hineingeschlichen.« Sie schlenkert die Schultern, als wollte sie ihr gekonntes Manöver demonstrieren.

»Sorry, ich wurde aufgehalten.« Ich bin nur zehn Minuten zu spät.

CC wirft mir einen missbilligenden Blick zu, während sie

vom Boden aufsteht. »Hudson meinte, du bist ein Workaholic. Obwohl, das muss er gerade sagen. Wie geht's dir, Süße?« Sie nimmt mich in den Arm, und kurz darauf tut PP es ihr gleich. Sie duften beide nach dem Weichspüler, den auch Hudson benutzt. Das löst sofort eine Flut von Erinnerungen aus. Ihre Körper schmiegen sich weich an meinen, und ich gebe nach und erwidere die Umarmung, mit Tränen in den Augen, obwohl ich mir wie eine Schwindlerin vorkomme. So werde ich ihn nie wieder in den Armen halten.

»Hey, ist okay«, sagt PP. »Wir sind da für dich.« Sie drückt mich noch einmal, und prompt laufen mir die Tränen übers Gesicht, Schluchzer inklusive.

»Oh, Süße. Er ist es nicht wert«, sagt PP.

Das bringt ihr einen tadelnden Blick von CC ein. »Er ist unser Bruder.«

»Ich versuche nett zu sein.«

Und ich stoße weinerlich die Worte hervor, die ich mein ganzes Leben lang verachtet habe. »Aber ich … ich liebe ihn.«

»Komm«, sagt CC. »Betrinken wir uns.«

Ich wische mir mit dem Handrücken die Tränen ab und versuche mich an einem Lächeln. Jetzt, wo sie hier sind, freue ich mich, sie zu sehen, trotz der unangenehmen Tränen.

Als ich die Tür aufschließe, schießt CC an mir vorbei in den offenen Wohn- und Kochbereich. Vor dem Panoramafenster bleibt sie stehen, die Hände auf der Scheibe, und schaut in den Abendhimmel. »Mach die Tür zu, Becca. Das ist ja fantastisch.« Sie wirbelt herum und grinst. »Was für eine Bude!«

Sie schaltet die nächste Tischlampe ein, wirft sich aufs Sofa und hüpft auf den mitternachtsblauen Samtpolstern. »Abgefahren. Wo schlafen wir?« Sie springt auf und stolpert beinah über die Taschen, die sie auf den Fußboden gestellt hat. Seltsam, meine Wohnung wirkt gleich viel bewohnter.

Sie läuft schon voraus, bevor ich ihr und PP das Gästezimmer zeigen kann.

PP hebt seufzend die Reisetasche auf. »Die ist wie ein Hund, fühlt sich gleich überall zu Hause und geht einfach davon aus, dass alle sie lieben.« Das ist eine so treffende Beschreibung, dass ich lachen muss.

CC hat tatsächlich mit der Spürnase eines Labradors schon eines der Gästezimmer gefunden.

»Wow, ich liebe es«, verkündet sie und wirft einen Blick ins angrenzende Badezimmer. »Tolle Dusche. Hier könnte ich wohnen.«

Ich schaue skeptisch drein, denn ich bin nicht auf der Suche nach einer Mitbewohnerin.

Sie sieht mich mit leuchtenden Augen an, was mich an Hudson erinnert. »Keine Sorge.« Sie zwinkert. »Ich werde mich selbst einladen, sobald du verheiratet bist.«

Ich pruste; hätte ich gerade etwas getrunken, hätte ich es vermutlich an die Wände gesprüht. »Vergiss nicht, wir haben uns getrennt.«

»Ja«, sagt PP und hakt sich bei mir unter. »Es handelt sich nur um einen vorübergehenden Rückschlag, das ist alles. Mum und Dad waren begeistert von dir, und sie mochten Hudsons Freundinnen sonst nie.«

»Gut zu wissen«, murmele ich. »Es ist immer gut, die Eltern auf seiner Seite zu haben.« Ich glaube, mein Gehirn steht kurz vor dem Kollaps. Die Sache gerät außer Kontrolle. Ich weiß nicht, was ich ihnen sagen soll. Verheiratet, verdammt noch mal. Das wird niemals passieren. Unsere Trennung ist vorgetäuscht, wie unsere ganze Beziehung. Und ich verstelle mich auch. Normalerweise bin ich ziemlich rücksichtslos und tue, was ich tun muss, um eine Aufgabe zu erledigen. Diesmal plagt mich jedoch mein Gewissen, weil ich diesen netten Leuten etwas vorspiele. Ich konnte ja nicht ahnen, dass ich mich in Hudsons wundervolle Familie ebenso verliebe wie in ihn. Meine Güte, wenn ich ihnen die Wahrheit sage, werden sie mich hassen. Und zum ersten Mal spielt es für mich wirklich eine Rolle, was Leute von mir denken.

»Dir ist schon klar, dass du perfekt bist für ihn«, bleibt CC hartnäckig. »Du lässt dir nichts gefallen, schon gar nicht von mir.« Trotz ihres Lächelns bin ich auf der Hut. CC ist ein gerissenes Biest. Sie sieht mich strahlend an. »Der Prosecco öffnet sich nicht von allein.«

Eine Stunde später trifft DD mit Nachschub ein, und wir haben bereits zwei Flaschen Prosecco geleert und die dritte geöffnet. Im Ofen sind zwei Fertiglasagnen von Marks & Spencer, die wir brauchen werden als Unterlage für den Alkohol. Ich habe das Gefühl, dass dieser Abend noch chaotisch wird.

»Gut«, sagt CC. »Zeit, um über das Mastodon zu sprechen.« Alle werden still. »Na ja, das Mastodon im Raum, ihr wisst schon. Und Mastodons waren größer als Elefanten.«

PP macht ein skeptisches Gesicht. »Da bin ich mir gar nicht so sicher.«

CC wirft eines meiner Graham-&-Green-Kissen auf ihre Schwester. »Was ist zwischen dir und Huddy schiefgelaufen?« Alle drei Augenpaare richten sich auf mich. Jeden Moment werden sie die Daumenschrauben hervorholen. Ich schlucke und zucke mit den Schultern; meine übliche Wortgewandtheit verabschiedet sich.

»Tja, wir haben einfach beschlossen ... ich meine, mir ist klar geworden, dass wir nicht, na ja, es war nicht das, was wir ... Und deshalb haben wir uns getrennt.«

Dieses Gestammel ist für sie genauso befremdlich wie für mich. Warum kann ich es nicht aussprechen? Unüberbrückbare Differenzen. Darauf hatten Hudson und ich uns geeinigt. Da schien es ganz einfach zu sein.

»Hattet ihr einen Streit?«

»Worüber habt ihr gestritten?«

»Hat er dich betrogen?«

Ich schüttele den Kopf.

»Hast du ihn betrogen?«

»Nein«, antworte ich, empört, dass sie das von mir denken.

»Liebst du ihn?« Diese Frage kommt von DD, die mit Abstand die sensibelste der Schwestern ist. Sie sieht mich prüfend an, dabei fällt es mir ohnehin schon schwer, zu lügen. Ihr Blick macht die Sache nicht besser. Prompt ist mein Hals wie zugeschnürt. Gott, ja, ich liebe ihn. So sehr, dass es wehtut. Und er hat keine Ahnung. Er würde sich schlapplachen. War er nicht derjenige, der die Nicht-verlieben-Klausel in den Vertrag aufnehmen wollte? Ich habe ihn wirklich unterschätzt.

»Natürlich tut sie das«, kräht CC. »Sie ist ganz rot geworden.«

DD sieht triumphierend aus. »Hab ich doch gesagt.«

»Man muss kämpfen für das, was man will«, sagt CC. »Du musst um Hudson kämpfen. Nur ohne ihn zu stalken.«

Dafür besitze ich zu viel Stolz. »So tief bin ich noch nie gesunken, dass ich jemanden gestalkt hätte«, erwidere ich.

»Aber du musst dich mit ihm treffen. Rede mit ihm. Sag ihm, warum er sich irrt.«

»Oder warum du dich geirrt hast«, schlägt PP vor. »Wer hat denn eigentlich Schluss gemacht? War er das oder du?«

»Das habe ich euch doch schon erklärt. Wir haben uns in gegenseitigem Einvernehmen getrennt. Wir haben erkannt, dass es nichts mehr bringt.«

»Aber du wolltest nicht Schluss machen. Dieser verdammte Hudson hat einfach keinen Schimmer, wenn er etwas Gutes hat. Das habe ich ihm heute Morgen gesagt, und er hat aufgelegt.«

Dazu schweige ich. Es sollte nie eine richtige Beziehung werden, das gehörte nicht zum Vertrag. Es sollte nur etwas Vorübergehendes sein.

Mir gefiel das immer am besten. Es passte zu mir.

»Du musst um ihn kämpfen«, wiederholt CC.

Ich nicke und trinke einen strategischen Schluck Prosecco, um nichts sagen zu müssen. Die Schuldgefühle fressen mich auf.

»Ja, denn ihr passt perfekt zusammen«, fügt DD hinzu. »Ich habe ihn noch nie so entspannt und glücklich mit jemandem erlebt. Und das Beste ist, dass du ihn auf Trab hältst.«

Tue ich das? Ich bin mir nicht einmal sicher, ob wir perfekt zusammenpassen, doch ich weiß, dass ich ihn in meinem Leben will. Vielleicht können wir wenigstens eine lockere Beziehung weiterführen. Ich könnte einen neuen Vertrag aufsetzen, in dem die Bedingungen festgeschrieben sind. Hochzeiten. Familienfeiern. Keine dauerhafte Beziehung. Etwas Unverbindliches.

Genug mit den Verträgen. Was ist los mit mir? Ich bin völlig verwirrt. Ich weiß nicht, was ich will. Es ist alles so kompliziert. Wie kann ich Hudson und meine Karriere unter einen Hut bringen? Es wird mit einem gebrochenen Herzen enden – meinem.

Wir trinken noch mehr, und die Mädchen entwerfen immer verwegenere Pläne. Am Ende des Abends wanken CC und PP zu ihrem Zimmer und singen aus voller Kehle *Hold My Hand* von Jess Glynne. DD, die ein wenig nüchterner ist, umarmt mich.

»Du schaffst das, Becca. Bring ihn zur Vernunft.« Ich erwidere die Umarmung, während die Lügen wie schwarze Schatten auf meinen Schultern sitzen.

Als ich ins Bett falle und alles ein bisschen schwankt, bekomme ich eine WhatsApp-Nachricht von Hudson. Sofort schlägt mein Herz schneller.

*Ich bin der unbeliebteste Mann auf dem Planeten. Warum hast du ihnen nicht gesagt, dass wir uns in beiderseitigem Einvernehmen getrennt haben?*

Ich lächle amüsiert über die aufgebrachten Worte. Ich kann mir vorstellen, wie er die sagt. Kann mir seinen Gesichtsausdruck vorstellen. Er fehlt mir.

Es fällt mir schwer, mich beim Tippen zu konzentrieren, trotzdem schaffe ich es, eine zusammenhängende Antwort zu verfassen. *Ich habe es versucht, aber es ist deine Familie, mit der wir es hier zu tun haben, und du weißt, wie sie ist.* Ich nehme mein Handy mit ins Badezimmer für einen letzten Gang zur Toilette.

*Was hast du mit ihnen gemacht? Die mochten noch nie eine von meinen Freundinnen.*

Ich sitze auf dem Klo und tippe lächelnd: *Das sollte dir vielleicht zu denken geben …*

Die Texte hören auf, und ich frage mich, ob ich zu viel gesagt habe.

Als ich das Licht ausschalten will, trifft eine weitere Nachricht ein, und diese bricht mir das Herz. Diesmal habe ich es wirklich vermurkst.

*Du hast immer noch meinen Doctor-Who-Schal. Gibst du ihn bitte einer meiner Schwestern mit?*

# 33. Kapitel

Heute Morgen konnte ich nichts frühstücken, und heute Mittag konnte ich auch nichts essen. Der eine Espresso schwappt in meinem leeren Magen, als die U-Bahn der Northern Line eine Kurve fährt. Wenn nicht Samstag wäre, hätte ich blaugemacht. Irgendwo findet ein Fußballspiel statt, denn der Zug ist proppenvoll. Ich kann mich nicht erinnern, je so nervös gewesen zu sein. Ich klopfe auf meine enorme Stofftasche. Darin befindet sich nicht nur Hudsons Doctor-Who-Schal, sondern auch ein Vertrag. Ein neuer Vertrag, den ich innerhalb von fünf Minuten hingekritzelt habe. Wahrscheinlich ist der so voller Schlupflöcher, dass er in einem gigantischen Schwarzen Loch verschwinden wird.

Das Einzige, was mich heute Morgen hat weitermachen lassen, war die konstante Unterstützung von CC. Sie hat mir jede Stunde eine Nachricht geschickt: *Hast du schon mit ihm gesprochen?*

Sie und die anderen sind früh verschwunden, weil sie alle noch irgendwo hinmussten, nachdem sie alles stehen und liegen gelassen hatten, um mir beizustehen. Zum Abschied ermutigten sie mich noch einmal, Hudson anzurufen und für das zu kämpfen, was ich will.

Statt ihm einen Text zu schicken oder anzurufen, setze ich alles auf eine Karte und suche ihn auf. Ich werde ihm einen neuen Vertrag anbieten. Ein zeitlich begrenztes Arrangement, um uns die Familien vom Hals zu halten. Das ist absolut vernünftig.

Ich habe den Vertrag sachlich formuliert und die logischen Gründe angeführt, weshalb es sinnvoll ist, unsere Fake-Beziehung weiterzuführen. Irgendwann werde ich zur Hochzeit meiner Schwester müssen, und er kann sich bei seiner Familie rehabilitieren. CC und PP weigern sich momentan, mit ihm zu reden. Und mir kommt eine zeitlich begrenzte Beziehung sehr entgegen, ohne echte Erwartungen. Ich werde mich vor allem auf meine neue berufliche Aufgabe konzentrieren müssen, und da kann ich einen Freund, der sich darüber beklagt, erst an zweiter Stelle zu stehen, nicht gebrauchen. Hoffentlich wird Hudsons Ausstellung ein Erfolg, sodass er genauso viel um die Ohren hat. In der Theorie ergibt das alles Sinn, aber jetzt, wo ich zu seiner Ausstellung im Design Centre unterwegs bin, kommen mir Zweifel. Ich öffne die Tasche, nehme den Vertrag heraus und überfliege ihn ein letztes Mal.

*Dies ist ein zeitlich begrenzter Vertrag zwischen Rebecca Jane Madison und Hudson Strong. Er kann jederzeit von einer der Vertragsparteien gekündigt werden, mit einer Woche Kündigungsfrist.*

*Die Vertragspartner einigen sich darauf, eine zeitlich begrenzte Zweckbeziehung zu führen für die Dauer des Nutzens beider Parteien.*

Ich lese die vertrauten juristischen Formulierungen, die ich im Lauf der Jahre Tausende Male benutzt habe. Es ist alles ziemlich unkompliziert. Ein wenig heikler ist der Anhang:

*Die folgenden Aktivitäten sind gestattet:*

*Unbegrenztes Küssen*

*Sexuelle Handlungen*

Du liebe Zeit, diese Klausel habe ich wieder und wieder umgeschrieben. *Sexuelle Aktivitäten* klingt ein bisschen versaut, *Geschlechtsverkehr* klingt zu direkt und sachlich. Was *sexuelle Handlungen* betrifft, bin ich mir immer noch nicht sicher – klingt ein bisschen Clintonesque.

*Händchenhalten*

Ist das zu verordnend?

*Dates*

Zu fordernd? Dehnt es den vertraglichen Rahmen zu sehr?

*Mindestens zwei gemeinsame offizielle Besuche bei den Eltern pro Jahr*

Das wäre in einer echten Beziehung normal, oder? Obwohl ich nichts dagegen hätte, öfter Zeit bei seiner Familie zu verbringen.

Der Zug fährt in den Bahnhof ein, und ich lasse mich vom Strom der Menschen Richtung Ausgang treiben.

Der uniformierte Security-Mann am Eingang händigt mir einen Prospekt für die Veranstaltung aus. Ich brauche eine Weile, um herauszufinden, wo sich Hudsons Stand in der riesigen Halle mit dem Glasdach befindet. Sobald ich mich orientiert habe, atme ich tief durch und mache mich auf den Weg durch einen der breiten Gänge. Ich bin zu konzentriert, um auf die Ausstellungsstücke zu beiden Seiten zu achten. Ich komme mir vor wie eine Rakete, die auf das Ziel Hudson programmiert ist. Meine Hand ist in der Umhängetasche und ruht auf seinem weichen Schal darin. Ich hoffe, er freut sich, mich zu sehen. Falls nicht, kann ich immer noch so tun, als wäre ich ohnehin in der Gegend gewesen und hätte nur mal vorbeischauen wollen.

Ermutigt von diesem Plan beschleunige ich meine Schritte und zähle die Standnummern: 112, 113, 114, und da ist es, 115. Hudsons Möbel sind überwältigend, sie wecken den tiefen Wunsch, sie zu besitzen. Wirklich, ich hätte gerne eines dieser Möbelstücke. Sein Design maximiert die geschwungenen Linien der Holzmaserung zu wunderschönen Formen, die sowohl praktisch als auch ästhetisch sind. Sie sind einfach wundervoll, und der Anzahl der Verkauft-Schilder nach zu urteilen, finde nicht nur ich das. Ich lächle und freue mich für ihn. Aber wo steckt er? Ich halte Ausschau. Vielleicht ist er Kaffee holen. Ich nehme den Schal aus meiner Tasche und drapiere ihn über dem kleinen Schreibtisch in der Ecke, den Hudson offenbar auch gefertigt hat, der allerdings aussieht, als würde er während der Ausstellung für Büroarbeiten benutzt werden. Wenn ich mich auf die Suche nach ihm mache, wird er wissen, dass ich hier gewesen bin. Verdammt, ich bin traurig. Ich will, dass er weiß, dass ich hier war. Dies ist mein eigener *Schlaflos-in-Seattle*-Empire-State-Building-Moment. Ich werde ihm die Entscheidung überlassen, aber er wird wissen, dass ich hier war.

Unterwegs entdecke ich ein Hinweisschild auf Erfrischungen, also schlage ich die Richtung ein. In zehn Minuten werde ich zurück sein. Beim Losgehen nehme ich aus dem Augenwinkel etwas wahr und drehe mich um. Hudson ist wieder zurück an seinem Stand. Ich bleibe stehen und nehme seinen Anblick in mich auf. Mein Herz setzt ein paar Schläge aus. Erst als ich schon zu ihm gehen will, bemerke ich die blonde Frau neben ihm. Sie schlingt ihm die Arme um den Hals und küsst ihn auf den Mund. Er legt seine Hände auf ihre Taille. Mein Magen zieht sich zusammen. Ich bin so blöd. Er braucht mich nicht, eine, die keine feste Beziehung will. Eine, die seine Liebe nicht wollte. Hudson hat mir gesagt, dass er mich liebt. Verdammt, ich habe es wirklich vermurkst. Ich hätte niemals herkommen sollen.

Und ich habe den blöden Schal dagelassen.

Während ich die beiden mit tränenverschleiertem Blick beobachte, löst sich Hudson von der Frau und wirft einen Blick über die Schulter. Er entdeckt mich, und ein Ausdruck huscht über sein Gesicht – Schuld oder Reue, ich bin mir nicht sicher, aber ich will nicht, dass er meine Demütigung aus der Nähe sieht. Ich wende mich ab und laufe davon, bevor ich mich noch mehr zum Narren machen kann. Den Vertrag werfe ich in den nächsten Mülleimer.

Erledigt. Aus und vorbei. Ich nehme mein Handy und lese die neueste Nachricht von CC. *Los, triff dich mit ihm!* Mein Mund zuckt vor Selbstekel. Es ist verlockend, zu antworten und ihr zu berichten, dass ich komplett gescheitert bin, aber sie kennt die Wahrheit nicht.

Ich habe ihr Mitgefühl und ihre Unterstützung nicht verdient, sosehr ich sie auch möchte. Um nicht doch noch nachzugeben, schalte ich mein Handy aus.

Ich kann es nicht ertragen, nach Hause zu gehen, trotzdem steige ich in die Northern Line. Wie ist das möglich, dass Hudson so schnell einen Platz in meinem Leben gefunden hat? Es gibt so viele Erinnerungen. Der Zug fährt in Leicester Square ein, und ich entscheide mich spontan auszusteigen. Ich schlendere durch Covent Garden und die Strand und durch Somerset House und lande schließlich am Flussufer. Ich beschließe nach Hause zu gehen. Es ist einer dieser hellen Wintertage, die schon vom Frühling künden; allerdings liegt noch eine Menge Winter vor uns. Meine Zukunft sieht aus wie eine sehr weite Landschaft, die ich nie durchqueren werde. Wie kann ich mich so einsam fühlen, wo ich Hudson doch eigentlich erst so kurz kenne? Ich nehme an, es liegt daran, dass er mir einen kleinen Ausblick auf ein anderes

Leben gewährt hat. Ohne es zu wollen, hat er mir so viel gegeben, die Freundschaft seiner Schwestern, ein besseres Verständnis für andere Frauen sowie die Fähigkeit, endlich mir selbst gegenüber ehrlich zu sein. Ich habe einen Großteil meines Lebens damit verbracht, mich anzupassen und den Erwartungen anderer gerecht zu werden. Mein wahres Ich habe ich hinter Business-Kostümen und geglätteten Haaren versteckt. Ich sollte Hudson dankbar sein, immerhin hat er sich an die Bedingungen unseres ursprünglichen Vertrages gehalten. Die Beziehung sollte nie länger als ein Wochenende halten. Das Ende war von vornherein klar und absehbar.

Ich brauche anderthalb Stunden für den Heimweg, und als ich mich Chelsea Harbour nähere, dämmert es. Meine Schritte werden langsamer. Ich will eigentlich nicht nach Hause und allein sein, aber es wird kalt, jetzt, wo die Sonne untergeht. Die Luft ist frostig.

Ich eile ins Gebäude, froh über die warme Lobby, die leer ist. Ich treffe hier selten jemanden, abgesehen von meinen Nachbarn, die zu unorganisiert sind, um sich regelmäßig Milch liefern zu lassen. Der Lift braucht ewig, dann kommt er endlich und bringt mich hinauf zu meinem Stockwerk.

Ich nehme meinen Schlüssel aus der Tasche, während ich den Flur entlanggehe, und entdecke jemanden.

Hudson sitzt vor meiner Tür. Er steht auf. Ich muss mich wirklich mal über den Sicherheitsdienst des Gebäudes beschweren.

»Gehst du nie an dein Handy?«, fragt er und hält den Vertrag hoch. »Und was zum Geier ist das?«

Ich mache den Mund auf, aber es kommt nichts heraus.

Er zerreißt den Vertrag mit einer schnellen Bewegung und beobachtet, wie geschockt ich bin.

»Ich habe Stunden gebraucht, um das zu schreiben«, sage ich aufgebracht, was eine glatte Lüge ist. Auf einmal bin ich wütend auf ihn.

»Nun, du hast deine Zeit vergeudet«, knurrt er. »Ist es wirklich das, was du willst?« Er klingt gereizt, zugleich sieht er jedoch auch verwirrt aus, als wüsste er selbst nicht, warum er verärgert ist.

Ich finde meine Stimme wieder. »Nein.« Ich sehe ihn trotzig an. Zeit, für das zu kämpfen, was ich wirklich will. Das habe ich mein ganzes Berufsleben hindurch getan, doch jetzt begreife ich, was wirklich wichtig ist. »Ich will eine richtige Beziehung … mit dir.«

Er schluckt, und ich wappne mich.

»Okay.«

»Okay?«, frage ich. Meine Stimme ist ein wenig klagend. Oder eher verärgert? Nach all dem Durcheinander seit Neujahr ist dieses ruhige Akzeptieren ein ziemlicher Kontrast. Ich sehe ihn an, und er mich.

»Du wirst mich dazu bringen, es zu sagen, oder?«, fragt er leicht genervt. Besonders romantisch ist das wirklich nicht.

»Was sagen?« Ehrlich, es ist wie eine Art Duell.

Er seufzt dramatisch. »Du gibst nie auch nur einen Millimeter nach, oder?« Langsam erscheint ein Lächeln auf seinem Gesicht, das ein leises Glücksgefühl in mir auslöst. So habe ich nie bei jemandem empfunden.

Ich gehe zu ihm. Wir mustern einander, dann streicht er mir die Haare aus dem Gesicht.

»Als ich dich zum ersten Mal sah, fragte ich mich, was sich hinter diesem anmaßenden, selbstbewussten Auftreten verbirgt. Du warst eine Herausforderung, weil du mich nicht brauchtest.«

Das hat sich jetzt geändert.

Ich halte den Atem an. Entspricht es einfach meinem Charakter, dass ich ihn nicht brauche?

»Es ist so angenehm, mit dir zusammen zu sein. Du erwartest nicht, dass ich mich um dich kümmere, und wenn ich es doch tue, wirst du ganz sanft und süß, wie ein Hamster«, fügt er lächelnd hinzu.

»Ich habe mal gehört, dass Hamster ganz schön bösartig sein können.«

»Was mir an denen gefällt, ist ihre Unabhängigkeit. Ihr Glück hängt nicht von jemand anderem ab. Sie gehen ihren eigenen Weg.«

Ich verstehe, worauf er hinauswill. Er versucht seine Ängste zu rechtfertigen. Aber mir ist längst klar geworden, dass wir gemeinsam den Sprung wagen und herausfinden müssen, ob es mit uns funktioniert.

»Hudson«, sage ich und bringe ihn mit einem kurzen Kuss zum Schweigen. »Du redest Unsinn. Ich habe mich in dich verliebt. Ich brauche dich wirklich, aber mein Leben hört nicht auf, wenn du nicht da bist. Es ist dann nur nicht so gut.«

Er lacht. »Und genau deswegen liebe ich dich.«

Ich grinse. »Das wusste ich.«

»Nein, wusstest du nicht.«

»Doch, wusste ich.«

Er legt die Arme um mich und hebt mein Kinn.

Ich schmelze ein wenig dahin.

»Ich liebe dich, Becs.« Er macht eine Pause. »Ein kleines bisschen mehr als meine verdammte Familie, die, wie ich hinzufügen darf, mir ununterbrochen im Nacken sitzt, seit ich gesagt habe, dass wir uns getrennt haben.«

»Deshalb bist du hier. Du willst wieder besser vor ihnen dastehen.«

»Das und weil ich Sex wollte.« Er grinst mich an.

»Ich liebe dich auch, Hudson Strong.«

»Nachdem wir den kitschigen Teil geklärt haben, können wir hineingehen, uns die Seele aus dem Leib vögeln und anschließend zu Abend essen? Und während des Essens erzähle ich dir, was für ein verdammter Star ich bin und dass du, Miss Managing Director, Heal's neuestem Lieferanten und laut *Evening Standard* dem ›sexiest neuen Designer‹ gegenüberstehst.«

Ich schließe die Wohnungstür auf, doch statt ins Schlafzimmer führt Hudson mich auf den Balkon.

»Es ist nicht ganz das Empire State Building …« Er umfasst mein Gesicht mit beiden Händen. »Aber da habe ich mich in dich verliebt.«

»Komisch, ich habe mich in dich verliebt, als du mir diese schreckliche Mütze aufgesetzt hast.«

»Schreckliche Mütze …«

Unser gegenseitiges Necken endet mit einem leidenschaftlichen Kuss, den wir drinnen fortsetzen müssen, um die Nachbarn nicht völlig zu schockieren.

# Epilog

»Wir werden zu spät kommen«, sagt Hudson und folgt mir aus der Dusche. Er gibt einem meiner Nippel einen raschen Abschiedskuss, verweilt dann aber doch, bevor er mir ein Handtuch reicht.

»Und wessen Schuld ist das?« Ich grinse, und mir wird ganz warm ums Herz bei seinem Anblick, während er sich ein weißes Handtuch um die Hüften wickelt. Ehrlich, nach sechs Monaten sollte man meinen, der Flitterwochenmodus sei vorbei, aber Hudson ist unwiderstehlich wie eh und je. Mit ihm zusammen zu sein, gibt mir das Gefühl, dass ich einen Platz in der Welt habe, der sich nicht nur um die Arbeit dreht.

Er lächelt verführerisch. »Deine, weil du so sexy bist.« Er zieht mich für einen weiteren Kuss an sich. Wassertropfen rinnen ihm über die Brust, und ich fange einen auf, indem ich mit der Hand über seine warme Haut fahre. Er hält meine Hand fest und küsst mich stürmischer.

Ich muss mich von ihm losmachen. »Es wird immer später«, sage ich bedauernd. Liebend gern würde ich den ganzen Nachmittag im Hotel bleiben. Wir sind im Murcott Manor, das nur wenige Meilen entfernt von Hudsons Elternhaus steht und mit seinen goldenen Cotswold-Steingebäuden diesem nicht ganz unähnlich ist.

»Mmm«, sagt er und zieht mich wieder an sich. »Ich könnte dafür sorgen, dass es sich lohnt.«

Ich lache. »Nicht einmal du bist es wert, Laura heute wütend zu machen.«

Ich gehe zurück ins Schlafzimmer, werfe einen kurzen Blick auf das zerwühlte Bettzeug und nehme meine Uhr vom Frisiertisch. Wenn ich präsentabel aussehen will, muss ich mich beeilen.

»Du siehst fantastisch aus und musst dir über dein Aussehen keine Gedanken machen«, sagt Hudson, der wie immer meine Gedanken liest.

»Ich sehe aus, als hätte ich gerade Sex gehabt«, entgegne ich und schaue auf meine Uhr. Ich muss in exakt fünf Minuten in der Suite meiner Schwester sein, und ich habe noch nicht einmal das Brautjungfernkleid angezogen.

»Ich könnte dir deine Haare föhnen.«

»Nein, geh und zieh dich an, und hör auf, mich abzulenken.«

»Ich!« Er legt sich in gespielter Empörung die Hand auf die Brust.

Für einen Moment lächeln wir uns an.

Nachdem ich meine Haare und mein Make-up gemacht habe, bin ich nur eine halbe Stunde zu spät.

Ich nehme das Seidenkleid vom gepolsterten Bügel. Es ist ein hellblaues Kleid im Bias Cut mit Spaghettiträgern, und als ich es über den Kopf ziehe, fällt der Rock mit leichtem Rascheln um meine Beine. Es ist weit entfernt von dem pfirsichfarbenen Flauschball, den ich befürchtet hatte.

Hudson kommt zu mir, streichelt meine nackte Schulter und küsst sie.

»Wundervoll«, sagt er mit sinnlichem Unterton.

Ich schlucke meine aufwallenden Emotionen herunter. »Danke«, flüstere ich. Ich liebe diesen Mann so sehr, der mich mit der kleinsten Geste überwältigt.

»Viel Glück«, sagt er.

Ich lächle ihm zu, schaue mich um und klopfe auf mein Kleid. Ich wünschte, ich hätte Taschen.

Er hält meine Handtasche hoch. »Keine Sorge, ich werde sie nicht vergessen. Und ja, dein Handy ist stumm geschaltet. Ich werde dich einmal pro Stunde draufschauen lassen, für den Fall, dass eine Krise eingetreten ist, die nur du in den Griff bekommen kannst.« Er zieht mich auf, erinnert mich jedoch gleichzeitig daran, wie gut er mich kennt. Ich habe mich verändert in den vergangenen sechs Monaten, aber so sehr nun auch wieder nicht. Als Chefin kann man Aufgaben delegieren … wenn man es will.

Ich lasse ihn zurück und gehe zur Hochzeitssuite meiner Schwester am anderen Ende des Ganges.

Auf mein Klopfen hin wird die Tür aufgerissen, und Laura steht in einem schneeweißen Seidenbustier vor mir. Ihr Make-up ist perfekt, die Haare sind kunstvoll hochgebunden und mit hineingeflochtenen winzigen weißen Orchideen geschmückt. Ich hebe entschuldigend die Hände. »Tut mir leid, dass ich zu spät komme.«

Ich folge ihr hinein in die Suite. »Wo sind alle?« Die anderen Brautjungfern und Mütter sollten für einen Champagner-Umtrunk vor der Zeremonie und zum Bestaunen des Hochzeitskleides hier sein.

Laura grinst triumphierend. »Ich habe wegen der Uhrzeit geschwindelt. Tatsächlich bist du fünf Minuten zu früh hier.«

Ich denke an meine hastige Dusche mit Hudson. »Was? Warum solltest du so etwas tun?«

O nein, will sie etwa ein gegenseitiges Herzausschütten unter Schwestern?

Bitte nicht. Wie schon erwähnt, habe ich mich in den letzten Monaten verändert, aber auch nicht völlig.

»Äh, hallo!« Sie tippt auf ihre Armbanduhr.

»Ich bin stets äußerst pünktlich.«

Sie schnaubt verächtlich. »Es sei denn, Hudson befindet sich im gleichen Zimmer.« Sie wirft mir einen wissenden Blick zu.

»Ich weiß nicht, was du meinst«, sage ich, spüre jedoch gleichzeitig, wie ich erröte.

Sie berührt meine Wange. »Du strahlst dieses postkoitale Glühen aus …«

Ich hebe das Kinn, dann grinse ich, denn leugnen kann ich es auch nicht.

»Er tut dir gut.«

»Danke. Eröffnest du jetzt die Party?« Ich mag ein wenig milder geworden sein, aber ich bin nicht darauf vorbereitet, mit meiner Schwester über meine Gefühle zu sprechen, auch wenn sie heute heiratet. Brautjungfer zu sein, ist ein klitzekleiner Schritt hin zu einer besseren Beziehung zwischen uns, aber ich will nichts überstürzen.

Als sie den Champagner entkorkt, trifft meine Mutter ein, zusammen mit den anderen Brautjungfern; alle sieben sind Freundinnen aus Lauras Highschool- und College-Zeit. Ein paar kenne ich noch flüchtig. Nach einem Glas Champagner helfen wir Laura in ihr naturfarbenes Kleid aus Duchesse-Seide. Meine Mutter wischt sich diskret Tränen aus dem Gesicht, und ich reiche ihr ein Taschentuch. Laura sieht wirklich hinreißend aus, und selbst meine Augen werden feucht. Vielleicht liegt es an den Pollen aus dem Brautstrauß.

Die Zeremonie verläuft reibungslos, und nachdem der Fotograf ungefähr eine Million Aufnahmen gemacht hat, schleiche ich mich davon, um Hudson zu suchen. Gar nicht so einfach unter dreihundert Gästen, aber als ich in der Menge auf dem Rasen Ausschau halte, entdecke ich ihn mit verlässlicher Präzision. Noch im selben Moment schaut er in meine Richtung, und wir lächeln uns wissend zu. Ich bin mir seiner Gegenwart stets bewusst; es ist, als sende mein Herz Signale, sobald er in der Nähe ist.

Er entschuldigt sich bei den beiden Frauen, mit denen er geplaudert hat und die ich als Lauras Freundinnen identifiziere. Während er über den Rasen auf mich zukommt, die cremefarbene Ledertasche unter dem Arm, die zu meinen LK-Bennet-Schuhen passt, schauen sie ihm neugierig hinterher. Ich frage mich, ob es daran liegt, dass er meine Handtasche mit lässiger Selbstverständlichkeit trägt.

»Die steht dir gut«, sage ich und deute auf die Tasche.

»Du siehst wunderschön aus.« Er umfasst mein Gesicht und küsst mich auf die Wange, als wäre ich etwas unendlich Kostbares und Zartes.

»Das solltest du eigentlich über die Braut sagen.«

Er zuckt mit den Schultern und küsst mich ein weiteres Mal. An meinen Lippen murmelt er: »Es ist aber nicht die Braut, die ich wie verrückt liebe.«

Wir sehen einander in die Augen und verständigen uns ohne Worte. Manchmal kann ich nicht genug von ihm bekommen, und dann wieder, so wie jetzt, freue ich mich einfach nur zu sein und genieße den Moment angenehmer Gelöstheit.

Arm in Arm schlendern wir zum tiefer gelegenen Teil des Gartens nahe dem See, wo wir uns in den Schatten einer Weide mit herabhängenden Ästen stellen.

»Schön hier«, bemerkt er, schiebt den Träger meines Kleides von meiner Schulter und küsst mein Schlüsselbein.

Es kitzelt ein wenig, und ich kichere. »Benimm dich.«

»Muss ich?« Er zieht einen Schmollmund, aber da ist das stets präsente Funkeln in seinen Augen.

»Heute schon.«

»Spielverderberin«, neckt er mich und legt den Arm um mich. Wir stehen einige Minuten im Schatten. Es ist schön, eine kurze Auszeit vom Trubel des Tages zu haben. Seit wir heute Morgen angekommen sind – mit Ausnahme der halben Stunde für uns selbst – waren wir ganz von Familienpflichten eingenommen: Hochzeitsschleifen verteilen, Blumen an die sechs Trauzeugen und sieben anderen Brautjungfern ausgeben und als Ansprechpartner für die zahlreichen Gäste fungieren.

Ich höre Schritte im Kies knirschen. Hudson und ich schauen einander an und fragen uns, ob die Gäste uns sehen können, halb verborgen unter dem grünen Laub der Äste.

Der Unterhaltung nach zu urteilen, können sie es nicht.

»Laura und Andrew sind ein hinreißendes Paar, nicht wahr?«

»Allerdings. Du weißt, dass er früher mit Rebecca zusammen war.«

»Ja.« Es folgt ein gemeines Lachen. »Hast du ihren Begleiter gesehen?«

»Ja!«, antwortet die andere Person mit beachtlicher Begeisterung. »Der ist vielleicht heiß. Ich dachte, mein Höschen geht in Flammen auf.«

Ich werfe Hudson einen Blick zu und wackle dabei mit den Brauen.

»Meins auch.« Klingelndes Lachen folgt. »Meinst du, sie hat ihn für heute gemietet?«

Hudson und ich sehen uns amüsiert an.

»Was?«

»Du weißt schon, wie in diesem Film. Ich kann mich nicht erinnern, wie der hieß, aber es ist der, in dem sie jemanden dafür bezahlt, dass er sie zu einer Hochzeit begleitet. Er sieht so gut aus, der könnte Model oder so was sein.«

Ich grinse Hudson an, der mir zuzwinkert und eine Modelpose einnimmt, die Hände an die Hüften gelegt. Ich muss ein Prusten unterdrücken.

»Du meinst eine Art Escort-Service?«

»Ja. Man will ja sicher ein bisschen Unterstützung, wenn die eigene Schwester deinen Ex heiratet.«

»Ich frage mich, wie viel sie ihm zahlen musste.«

Hudson kneift die Lippen zusammen, und seine Augen verraten, dass er zu gern laut gelacht hätte. Ich muss mir die Hand vor den Mund halten und bebe vor Belustigung; es ist fast schmerzhaft, sich zu beherrschen. Jeden Moment werden wir losprusten.

Ich richte mich gerade auf, atme tief ein und versuche einen würdevollen Ausdruck auf mein Gesicht zu bekommen. Ich hake mich bei Hudson unter und führe ihn aus dem Schatten des Baumes heraus.

»Guten Tag«, sage ich, und die beiden Frauen starren uns perplex an. Es handelt sich um die beiden, mit denen Hudson vorhin gesprochen hat.

»Der Film, den ihr meintet, heißt *Wedding Date*. Verratet es niemandem.« Ich lege den Finger an meine Lippen. »Aber ihr solltet auch mal ein Date engagieren. Es ist jeden Penny wert.« Ich zwinkere ihnen zu.

Die beiden Frauen starren uns mit offenen Mündern an. Ich schenke ihnen ein unbekümmertes Lächeln, und bevor wir gehen, fügt Hudson noch hinzu: »Es hilft allerdings, vorher einen guten Vertrag aufzusetzen. Ich kann euch da eine extrem gute Anwältin empfehlen.«

Gemeinsam schlendern wir davon, Hand in Hand, und ersticken fast am Lachen, das wir uns zu verkneifen versuchen.

ENDE

# Dank

Das dickste Dankeschön geht an dich, ja, genau, an dich, liebe Leserin und lieber Leser. Danke, dass du dieses Buch ausgewählt hast und so weit gekommen bist, und dafür, dass du dir Zeit für Rebeccas und Hudsons Geschichte genommen hast. Ich hoffe, es hat dir genauso viel Spaß gemacht, sie zu lesen, wie mir, sie zu schreiben.